Recordação Mortal

J. D. ROBB

SÉRIE MORTAL

Nudez Mortal

Glória Mortal

Eternidade Mortal

Êxtase Mortal

Cerimônia Mortal

Vingança Mortal

Natal Mortal

Conspiração Mortal

Lealdade Mortal

Testemunha Mortal

Julgamento Mortal

Traição Mortal

Sedução Mortal

Reencontro Mortal

Pureza Mortal

Retrato Mortal

Imitação Mortal

Dilema Mortal

Visão Mortal

Sobrevivência Mortal

Origem Mortal

Recordação Mortal

Nora Roberts
escrevendo como
J. D. ROBB

Recordação Mortal

Tradução
Renato Motta

Rio de Janeiro | 2014

Copyright © 2006 *by* Nora Roberts

Título original: *Memory in Death*

Capa: Leonardo Carvalho

Editoração: FA Studio

Texto revisado segundo o novo
Acordo Ortográfico da Língua Portuguesa

2014
Impresso no Brasil
Printed in Brazil

Cip-Brasil. Catalogação na publicação
Sindicato Nacional dos Editores de Livros, RJ

R545r	Robb, J.D., 1950-
	Recordação mortal / Nora Roberts escrevendo como J. D. Robb; tradução Renato Motta. — 1. ed. — Rio de Janeiro: Bertrand Brasil, 2014.
	476 p.; 23 cm. (Mortal; 22)
	Tradução de: Memory in death
	Sequência de: Origem mortal
	Continua com: Nascimento mortal
	ISBN 978-85-286-1896-9
	1. Ficção americana. I. Motta, Renato. II. Título. III. Série.
	CDD: 813
14-13545	CDU: 821.111(73)-3

Todos os direitos reservados pela:
EDITORA BERTRAND BRASIL LTDA.
Rua Argentina, 171 — 2º andar — São Cristóvão
20921-380 — Rio de Janeiro — RJ
Tel.: (0XX21) 2585-2070 — Fax: (0XX21) 2585-2087

Não é permitida a reprodução total ou parcial desta obra, por
quaisquer meios, sem a prévia autorização por escrito da Editora.

Atendimento e venda direta ao leitor:
mdireto@record.com.br ou (0XX21) 2585-2002

Havia uma velhinha que morava num sapato
Tinha tantos filhos que não sabia como agir
No jantar lhes dava apenas sopa, sem pão
Depois surrava todos e os colocava para dormir.
— *CANTIGA DE RODA TRADICIONAL* —

As recordações são as sentinelas do cérebro.
— *WILLIAM SHAKESPEARE* —

Capítulo Um

A morte não tirava folga. Nova York estava linda, cheia de brilho e glamour, toda enfeitada em pleno mês de dezembro de 2059, mas Papai Noel tinha morrido e alguns dos seus elfos ajudantes não exibiam aparência muito melhor.

A tenente Eve Dallas estava parada na calçada. Ouvia, ao fundo, a insanidade sonora de Times Square, enquanto analisava o que tinha sobrado do bom velhinho. Duas crianças, tão jovens que ainda acreditavam que um sujeito gordo de roupa vermelha se espremeria pela chaminé de suas casas para lhes trazer presentes, em vez de estrangulá-las durante o sono, estavam paralisadas perto do morto. Seus gritos enlouquecedores aumentavam sem parar, numa escalada de decibéis muito apropriada para estourar os tímpanos de quem estivesse em volta. Eve se perguntou por que os adultos responsáveis pelos fedelhos não os levavam para longe dali.

Felizmente, cuidar deles não era responsabilidade dela. Graças a Deus. Eve preferia a massa sanguinolenta aos seus pés.

Olhou para cima e viu o prédio, volumoso como um gigante. O morto despencara do trigésimo sexto andar do Hotel Broadway View. Isso foi o que o primeiro policial a chegar ao local tinha relatado. O gordo desceu gritando "Ho-ho-ho" — segundo testemunhas —, até se espatifar na calçada e virar ketchup, não sem antes levar consigo um desavisado pedestre que caminhava despreocupado em meio à festa eterna do local.

A tarefa de separar os dois corpos esmagados seria muito desagradável, refletiu a tenente.

Duas outras vítimas escaparam do evento com danos menores. Uma delas simplesmente caiu como uma árvore recém-cortada e machucou a cabeça no meio-fio, dura de choque diante do sangue, tecidos e pedaços de cérebro que haviam respingado nela. Dallas resolveu deixá-las aos cuidados dos paramédicos, por enquanto. Pegaria seus depoimentos quando tivessem condições de falar com um mínimo de coerência.

Eve já sabia exatamente o que tinha acontecido. Dava para ver tudo nos olhos vidrados de dois dos ajudantes do finado Papai Noel.

Seguiu na direção deles com o casacão de couro que lhe batia nos tornozelos e drapejava ao vento frio de dezembro. Seus cabelos castanhos muito curtos lhe emolduravam lindamente o rosto fino. Seus olhos eram da cor de uísque envelhecido de boa qualidade e combinavam com o resto. E esse resto deixava bem claro para todos que ela era uma tira.

— O cara com roupa de Papai Noel era seu amigo?

— Puxa vida... Tubbs... Puxa vida!

Um deles era negro e o outro branco. Naquele momento, porém, ambos pareciam ligeiramente esverdeados. Ela não podia culpá-los. Avaliou que ambos tinham vinte e tantos anos; suas fantasias caras mostravam que os dois trabalhavam como executivos na empresa onde ocorria a festa de Natal rudemente interrompida.

— Vou providenciar para que vocês sejam levados até a Central de Polícia, a fim de tomarmos seus depoimentos. Gostaria muito que ambos se submetessem, voluntariamente, a um teste para pesquisa de drogas no sangue. Se não quiserem aceitar de bom grado... — Parou por um segundo e sorriu de leve. — Bem, faremos isso do jeito mais difícil.

— Caraca, puta merda. Tubbs. Morto. Ele está morto, não está?

— Sim, isso está oficialmente confirmado — disse Eve, e se virou para chamar sua parceira.

A detetive Peabody, cujos cabelos agora estavam um pouco mais compridos e ondulados, continuava de cócoras ao lado dos corpos ensanguentados, mas levantou-se rapidamente. Eve notou que seu rosto estava pálido e levemente acinzentado, mas ela se aguentou com firmeza.

— Identifiquei as duas vítimas — anunciou ela. — Papai Noel é Max Lawrence, vinte e oito anos, mora no centro da cidade. O desavisado que "aliviou" sua queda, coitado, é Leo Jacobs, trinta e três anos. Mora no Queens.

— Vou manter aqueles dois ali sob custódia. Pretendo mandá-los fazer um teste toxicológico e pegar seus depoimentos, assim que liberarmos os corpos. Você certamente quer subir até o andar de onde ele caiu para olhar o local e conversar com as outras testemunhas, certo?

— *Eu!?...*

— Isso mesmo. Você vai ser a investigadora principal desse caso.

— Tudo bem. — Peabody respirou fundo. — Você já conversou com alguma testemunha?

— Não, deixei isso por sua conta. Quer tentar arrancar algo daqueles dois agora?

— Ahn... — Peabody analisou o rosto de Eve, obviamente em busca da resposta certa, mas a tenente permaneceu impassível. — Eles estão muito abalados e isso aqui está um caos, mas... Talvez eu consiga detalhes mais elaborados agora, antes que a ficha caia e eles percebam a encrenca em que podem estar metidos.

— Qual você escolhe?

— Ahn... Vou começar pelo negro.

Eve fez que sim com a cabeça, foi até onde os dois estavam e chamou:

— Você! — Apontou para o rapaz branco. — Qual é o seu nome?

— Steiner. Ron Steiner.

— Vamos dar uma voltinha, sr. Steiner.

— Estou enjoado.

— Imagino que sim. — Ela ordenou que ele se levantasse do chão, agarrou-o pelo braço e se afastou alguns passos. — Você e Tubbs trabalhavam juntos?

— Bem... Trabalhávamos, sim. Na Tyro Comunicações. Éramos colegas.

— Ele era um cara grandão, não acha?

— Tubbs? Nossa, era enorme. — Steiner enxugou o suor da testa. — Devia ter quase cento e vinte quilos. Todos acharam que seria muito divertido alugar um traje de Papai Noel para ele usar na festa.

— Que tipo de brinquedinhos e surpresas Tubbs levou para essa tal festa escondidos no saco de presentes, Ron?

— Puxa... — Ele cobriu o rosto com as mãos. — Meu Jesus!

— Não estou gravando o seu depoimento, Ron... Ainda! Faremos isso depois. Por enquanto, basta me contar como tudo aconteceu. Seu amigo morreu e o pobre pedestre que passava quando ele aterrissou também foi para o beleléu.

— Nossos chefes organizaram uma festa com bufê para comemorar o fim do ano — disse ele, gesticulando muito. — Mas não tiveram a gentileza de comprar bebidas decentes, entende? — Ron estremeceu duas vezes e largou os braços ao lado do corpo. — Foi por isso que fizemos uma vaquinha e alugamos uma suíte para a noite toda. Depois que os patrões foram embora, liberamos a birita e as drogas recreativas, por assim dizer.

— Que drogas?

— Ah, o de sempre... — Engoliu em seco e olhou fixamente para Eve. — Um pouco de *Exotica*, *Push* e *Jazz*.

— Nada de *Zeus*?

— Não uso nenhuma droga pesada. Posso fazer o teste para provar. Tudo o que eu tomei foram algumas doses de *Jazz*. — Quando viu que Eve ficou calada, fitando-o longamente, ele se apressou em continuar. — Tubbs também nunca usava nada pesado, eu *juro*, dona. Se usasse eu perceberia. Só que hoje acho que ele ingeriu algo a mais. Talvez tenha misturado um pouco de *Push* com *Jazz*, ou alguém fez isso. Babaca! — exclamou, e lágrimas lhe escorreram pelo rosto. — Ele estava ligadão demais, com certeza! Mas, puxa vida, dona, era uma *festa*. Estávamos nos divertindo. As pessoas riam e dançavam. De repente, Tubbs abriu a janela.

As mãos dele se agitaram muito e de repente estavam em toda parte: rosto, garganta, cabelos.

— Oh, Deus, meu Deus do céu! — continuou. — Pensei que ele tivesse resolvido abrir a janela porque o ambiente estava abafado e enfumaçado demais, entende? Mas então ele subiu no peitoril com um sorriso idiota de orelha a orelha e gritou: "Feliz Natal para todos e uma belíssima noite." E mergulhou no vazio. De cabeça! Puxa, o cara simplesmente desapareceu. Ninguém teve a ideia de impedi-lo, nem tempo para isso. Tudo aconteceu depressa pra caramba, tá ligada? As pessoas começaram a gritar e a correr de um lado para outro. Fui até a janela e olhei para baixo.

Ele enxugou o rosto com as mãos e estremeceu mais uma vez.

— Gritei para que alguém ligasse para a emergência, e Ben e eu descemos correndo. Não sei por quê. Éramos amigos de Tubbs e descemos na mesma hora.

— Onde Tubbs comprou essas drogas, Ron?

— Caraca, que merda! — Olhou para cima e para trás, por sobre o ombro, observando a rua em torno. Estava em conflito, Eve percebeu. Uma pequena guerra entre entregar o ouro ou negar até o fim.

— Tubbs deve ter comprado o bagulho com Zero. A vaquinha incluía as drogas para a festa. Mas não havia nada pesado, juro!

— Onde fica o centro de operações de Zero?

— Ele tem uma boate na esquina da Broadway com a rua 29. O nome da espelunca é Zero's. Eles vendem drogas recreativas por baixo do balcão. Dona, eu lhe garanto, Tubbs era um cara da paz, inofensivo. Era apenas muito grande e muito burro.

O s pedaços do cara grande e burro e do pobre pedestre em cima do qual despencou estavam sendo raspados da calçada quando Eve entrou no salão onde ocorrera a festa. O aspecto era exatamente o esperado: uma bagunça total de roupas largadas, bebida entornada, comida pelo chão. A janela continuava aberta e isso era um alívio, pois ajudava a espalhar o fedor de cigarro, vômito e sexo que ainda empesteava o ar.

As testemunhas que não tinham fugido do local como coelhos assustados já haviam prestado depoimento nas salas adjacentes e logo seriam liberadas.

— O que você acha que rolou aqui? — perguntou Eve a Peabody, caminhando por entre o campo minado de pratos e copos espalhados pelo carpete.

Recordação Mortal 13

— Além do fato de que Tubbs não vai passar o Natal em casa? O idiota ingeriu algo que o deixou ligado demais, provavelmente achou que Rudolph e as outras renas estavam estacionados do lado de fora da janela, presos ao trenó, e pulou diante de mais de dez testemunhas. Meu laudo é: "Morte provocada por burrice extrema."

Quando Eve não comentou o veredito e continuou olhando pela janela aberta, Peabody parou de recolher as pílulas que encontrara espalhadas pelo chão.

— Você tem outra versão? — perguntou à tenente.

— Ninguém o empurrou, mas ele teve ajuda para alcançar esse estado de burrice extrema. — Distraidamente, massageou o quadril que ainda doía um pouco, depois de ter sido atingido num confronto, semanas antes.* — Deve aparecer alguma coisa no exame toxicológico além de pílulas da felicidade ou algo que promova uma ereção de três horas.

— Nos depoimentos não encontramos ninguém que tivesse algo contra o cara. Era apenas um imbecil comum. E foi ele mesmo quem trouxe as drogas para a festa.

— Exato.

— Você quer que eu procure o traficante?

— As drogas o mataram, mas foi o traficante que as vendeu. — Eve se deu conta de que estava massageando o quadril mais uma vez, então parou e se virou. — O que você conseguiu com as testemunhas sobre o hábito de a vítima consumir drogas ilegais?

— Ele não tinha esse hábito. Usava raramente, em festas. — Peabody parou por um instante e analisou o caso. — Mas tem um detalhe: um dos truques que os traficantes usam para aumentar os negócios é misturar um pouco de drogas mais pesadas, aqui

---

* Ver *Origem Mortal.* (N.T.)

e ali. Tudo bem, vou verificar com a Divisão de Drogas Ilegais se existe alguma ficha criminal sobre esse tal Zero, depois vou até lá conversar com ele.

E ve deixou Peabody comandar o show e se dedicou a levantar dados sobre os parentes mais próximos das vítimas. Tubbs era solteiro e não morava com ninguém, mas tinha mãe residindo no Brooklyn. Jacobs tinha mulher e um filho. Como era pouco provável que a investigação fosse englobar as famílias das vítimas, entrou em contato com uma terapeuta do departamento especializada em orientar famílias em casos de luto. Dar a notícia da perda de um ente querido era sempre difícil, e a época do Natal amplificava o choque.

De volta à calçada, ela parou e observou os cavaletes de isolamento que a polícia instalara, a multidão atrás deles e as manchas horrorosas que haviam ficado no cimento. Aquilo certamente tinha sido um caso de estupidez extrema combinada com falta de sorte, mas havia tantos elementos absurdos na história que valia a pena investigar mais um pouco.

O fato é que dois homens que estavam vivos há poucas horas seguiam a caminho do necrotério naquele momento.

— Ei, moça! Ei, moça! *Por favor, moça!*

No terceiro apelo, Eve olhou em torno e avistou o garoto agachado debaixo da fita de segurança que a polícia instalara. Trazia uma mala muito velha e quase tão grande quanto ele.

— Você está falando comigo? *Tenho cara* de "moça", por acaso?

— É que eu tenho uma oferta excelente, aqui. — Enquanto observava, mais impressionada que surpresa, o menino abriu o fecho da mala. Três pernas surgiram como molas, formando um tripé que aguentou a mala que se abriu e formou uma bandeja lotada de cachecóis e echarpes. — Coisa boa. Cem por cento *cashmere.*

O garoto tinha a pele da cor de café preto de boa qualidade e seus olhos exibiam um tom quase impossível de verde. Trazia um skate aéreo pendurado numa tira no ombro, pintado em belos tons de amarelo, laranja e vermelho, imitando chamas.

Enquanto sorria alegremente para Eve, seus dedos ágeis foram retirando da mala vários cachecóis.

— Essa cor combina com a senhora, moça.

— Qual é, garoto, não está vendo que sou uma tira?

— Tiras sabem reconhecer mercadoria de qualidade.

Eve afastou com um aceno um guarda que vinha a passos largos na direção deles.

— Garoto, estou investigando o caso de dois caras mortos.

— Mas eles já eram!

— Você viu o cara que saltou?

— Não. — Balançou a cabeça para os lados, visivelmente frustrado. — Perdi esse lance, mas ouvi o barulho. Junta a maior galera aqui quando alguém pula de alguma janela, então eu vim correndo, porque dá para fazer bons negócios. Que tal esse vermelho aqui, moça? Vai ficar um arraso com esse seu casacão irado.

Eve reconheceu e apreciou a cara de pau do garoto, mas manteve o rosto impassível.

— Uso um casacão irado porque sou uma tira irada, e se isso for *cashmere* legítimo, eu mastigo e engulo a sua mala toda aqui mesmo, na calçada.

— A etiqueta diz que é *cashmere*, e é isso que conta. — Ele sorriu mais uma vez, com ar triunfante. — A senhora vai ficar bonitaça com esse vermelho. Eu faço um preço camarada.

Ela balançou a cabeça para os lados, mas um dos cachecóis em padronagem xadrez de verde com preto lhe atraiu a atenção. Eve conhecia alguém que ficaria muito bem com ele. Quem sabe?

— Quanto custa? — perguntou, pegando o cachecol xadrez e percebendo que era muito mais macio do que parecia à primeira vista.

— Setenta e cinco. Mais barato que poeira.

Ela largou o produto, lançou para o garoto um olhar de desdém que ele notaria longe e desdenhou:

— Poeira eu já tenho de sobra na vida.

— Sessenta e cinco, então.

— Cinquentinha, pegar ou largar. — Ela entregou a ele algumas fichas de crédito no valor oferecido. — Agora volte para trás da faixa, antes que eu prenda você por ser tão baixinho.

— Leve o cachecol vermelho também, moça, por favor. Metade do preço. É um belo negócio!

— Não. E nada de enfiar seus dedos leves nos bolsos das pessoas aqui em volta, porque estou de olho em você. Agora, cai fora!

Ele simplesmente exibiu o sorrisão mais uma vez e apertou o trinco; a mala se fechou e os pés foram recolhidos como num truque de mágica.

— Tudo bem, não esquenta, vou ficar pianinho. Feliz Natal para a senhora e toda aquela merda que as pessoas dizem.

— O mesmo para você. — Eve se virou, avistou Peabody que chegava e, rapidamente, guardou o cachecol amarfanhado no bolso do casacão, deixando uma ponta de fora.

— Você pegou algo do garoto. Por acaso fez compras?!

— Não comprei nada. Simplesmente adquiri o que me pareceu mercadoria roubada ou vinda do mercado negro. O objeto é uma espécie de evidência em potencial.

— Uma ova! — Peabody estendeu a mão depressa e esfregou a ponta do cachecol entre os dedos. — Muito boa qualidade. Quanto foi? Talvez eu também quisesse um desses, sabia? Ainda não acabei de fazer as compras de Natal. Para onde o garoto foi?

Recordação Mortal

— Peabody!

— Droga! Tudo bem, tá legal. A Divisão de Drogas Ilegais tem ficha de Martin Gant, mais conhecido como Zero. Tive um briga com um tal de detetive Piers, porque nossas duas vítimas trouxeram o caso para a nossa jurisdição e vão interromper a investigação dele. Vamos trazer Zero para prestar depoimento.

Ao caminharem na direção da viatura, Peabody olhou por cima do ombro e perguntou:

— Ele tinha algum cachecol vermelho?

A boate estava funcionando e parecia lotada, como acontecia com os estabelecimentos desse tipo localizados naquela região da cidade, que costumavam ficar abertos vinte e quatro horas por dia, sete dias por semana. A Zero's era pouco mais que uma espelunca. Tinha um bar central giratório, cabines privativas e uma decoração toda em preto e prata, que agradava muito aos clientes, na maioria executivos jovens. Naquele momento a música de fundo era calma, ninguém se apresentava ao vivo, e telões que ocupavam as paredes inteiras exibiam o rosto de um sujeito nem um pouco bonito, de feições comuns; felizmente, grande parte de sua cara estava parcialmente oculta por um bocado de cabelos escorridos pintados de roxo. Cantava, com ar melancólico, as tristezas da vida.

Eve poderia lhe contar que, no caso de Lawrence Tubbs e Leo Jacobs, a alternativa tinha sido muito mais triste.

O sujeito que trabalhava como segurança do lugar era maior que um maxiônibus, e a túnica imensa que vestia era a prova de que nem sempre o preto fazia a pessoa parecer mais magra. O gigante percebeu que Eve e Peabody eram tiras no instante em que elas colocaram os pés dentro da boate. Eve reparou no brilho intenso que surgiu nos olhos dele e no jeito como girou os ombros, para parecer mais importante.

O chão não chegou a vibrar quando ele atravessou o salão, mas também não se pode dizer que caminhava com suavidade.

Exibiu um ar duro, um pouco preocupado, e juntou as sobrancelhas sobre os olhos castanho-escuros, mas rapidamente mostrou os dentes no que talvez fosse um sorriso.

— Posso ajudá-las?

Peabody demorou um pouco para responder, pois geralmente esperava que Eve tomasse a palavra, mas logo se recuperou.

— Depende. Gostaríamos de falar com seu patrão.

— Zero está ocupado.

— Puxa, então eu acho que teremos de esperar. — Peabody olhou calmamente em torno. — Já que estamos aqui, poderíamos aproveitar para dar uma olhada no alvará de funcionamento da casa. — Exibiu um sorriso largo ao dizer isso. — Gosto de otimizar meu tempo. Talvez fosse uma boa conversar um pouco com os clientes da boate, também. Relações comunitárias, coisa e tal...

Enquanto falava, exibiu o distintivo.

— Enquanto isso, você pode dizer a ele que a detetive Peabody e sua parceira, a tenente Dallas, estão esperando aqui fora.

Peabody foi até uma mesa onde um sujeito de terno elegante e uma mulher se agarravam com vontade; a mulher não parecia nem de longe ser esposa do homem, pelo volume de busto que transbordava do seu top rosa coberto de lantejoulas.

— Boa-tarde, senhor! — cumprimentou Peabody, com um sorriso entusiasmado, e reparou que ele ficou pálido como um papel. — O que o traz a este elegante estabelecimento?

Ele se levantou num pulo e murmurou algo sobre estar atrasado para um compromisso urgente. Assim que ele fugiu como um coelho assustado, a mulher se levantou. Como era uns quinze centímetros mais alta que Peabody, os seios impressionantes quase bateram no rosto da detetive.

Recordação Mortal 19

— Estou trabalhando aqui, sabia? — reclamou ela. — Trabalhando!

Sem tirar o sorriso do rosto, Peabody pegou o tablet e perguntou:

— Qual é o seu nome, por favor?

— Que porra é essa?

— Por favor, srta. Que Porra é Essa, poderia me mostrar sua licença de trabalho?

— Bull!

— Não, senhora, nada de *bullying*, trata-se apenas de uma verificação de rotina.

— Bull! — repetiu ela, girando o corpo e os peitos na direção do segurança. — Essa tira afugentou meu cliente!

— Desculpe, senhorita, mas realmente preciso verificar sua carteira de acompanhante licenciada. Se tudo estiver em ordem, a senhorita poderá voltar ao trabalho agora mesmo.

Bull era grande como um touro, como seu nome indicava, e se posicionou ao lado de Peabody. Por alguns instantes, a detetive pareceu um recheio fino entre dois gordos pedaços de pão, para diversão de Eve.

Para garantir a ordem e intimidar um pouco, a tenente ficou na ponta dos pés.

— Você não tem o direito de vir aqui só para incomodar os clientes.

— Estou apenas utilizando o tempo de forma proveitosa, enquanto espero para conversar com o sr. Gant. Tenente, me parece que o sr. Bull não aprecia policiais.

— Gosto mais das mulheres fazendo outra coisa.

— Quer tentar fazer outra coisa *comigo*, Bull? — perguntou Eve, girando o corpo sobre os calcanhares e se colocando novamente na ponta dos pés, com um tom de voz frio como a brisa de dezembro.

Com os cantos dos olhos, Eve percebeu um movimento e algo colorido se movendo na escada estreita em espiral que levava ao segundo andar.

— Olha lá, parece que seu patrão arrumou um tempinho para nos receber, afinal.

Zero era um nome que combinava com o dono tanto quanto Bull. O sujeito tinha pouco mais de um metro e meio de altura, e certamente não pesava mais de cinquenta quilos. Para compensar a baixa estatura, vestia uma camisa com fundo azul brilhante, estampada com flores cor-de-rosa. Seus cabelos eram curtos, muito lisos, e Eve achou que ele se parecia com as velhas imagens de Júlio César, imperador de Roma.

Os cabelos eram pretos, como os olhos.

Um canino com uma incrustação de brilhante reluziu quando ele abriu um sorriso.

— Há algo que eu possa fazer por vocês, policiais?

— Sr. Gant?

Ele estendeu as mãos, fez que sim com a cabeça, olhou para Peabody e pediu:

— Podem me chamar de Zero, por favor.

— Sinto muito, mas recebemos uma queixa contra o seu estabelecimento. Precisamos que o senhor nos acompanhe até a Central para responder a algumas perguntas.

— Que tipo de queixa?

— Algo envolvendo a venda de substâncias ilegais. — Peabody olhou na direção das cabines privativas. — Como as que estão sendo ingeridas neste exato momento por alguns dos seus clientes.

— Como sabe, detetive, elas são trancadas por dentro. — Dessa vez ele espalmou as mãos, em sinal de impotência. — É difícil acompanhar tudo que as pessoas fazem lá dentro. Mas

Recordação Mortal

comprometo-me a expulsar os clientes que a senhorita determinar. Afinal, este é um estabelecimento de classe.

— Podemos conversar sobre tudo isso na Central.

— Estou sendo preso?

— Depende... Deseja ser preso? — quis saber Peabody, erguendo as sobrancelhas.

O bom humor estampado nos olhos de Zero se transmutou em algo muito menos agradável.

— Bull! — chamou ele. — Entre em contato com Fienes e ordene que ele me encontre na...

— Central de Polícia — completou Peabody. — Mande-o procurar a detetive Peabody.

Zero pegou seu casaco, uma peça branca comprida que, provavelmente, era feita de puro *cashmere*. Assim que saíram na calçada, Eve baixou a cabeça, olhou para ele e avisou:

— Você contratou um idiota como segurança, Zero.

— Ele tem algumas qualidades — retorquiu Zero, dando de ombros.

E ve fez um caminho comprido e sinuoso por dentro do prédio da Central, lançando olhares de tédio para Zero, de vez em quando.

— Festas de fim de ano! — reclamou, vagamente, quando eles se espremeram em mais uma passarela aérea lotada. — Todos correndo para esvaziar as mesas e ficar mais tempo sem fazer nada. Vai ser difícil conseguir uma sala de interrogatório vazia por uma hora, nessa época do ano.

— Isso tudo é uma perda de tempo — resmungou Zero.

— Qual é, Zero, você sabe como a banda toca. Quando a polícia recebe uma queixa, tem que sair para dançar o tango.

— Conheço todos os tiras da Divisão de Drogas Ilegais — disse ele, estreitando os olhos para Eve. — Você eu não conheço, mas há algo familiar em seu rosto.

— As pessoas vivem sendo transferidas de um lugar para outro, certo?

Ao sair da passarela, Eve seguiu na frente, rumo a uma das salas de interrogatório mais apertadas do prédio.

— Sente-se — convidou, apontando para uma das duas cadeiras diante da mesa minúscula. — Deseja algo? Café? Água?

— Só meu advogado.

— Vou autorizar a entrada dele. Detetive? Podemos conversar um instantinho?

Eve saiu atrás de Peabody e fechou a porta.

— Puxa, Dallas, eu já ia começar a checar os bolsos atrás de bolinhas de pão para espalhar pelo chão e marcar o caminho para não me perder — comentou Peabody. — Por que demos tantas voltas?

— Não vale a pena deixá-lo descobrir que somos da Homicídios, a não ser que ele pergunte. Até onde o espertinho sabe, essa é uma simples batida da Divisão de Drogas Ilegais. Já foi preso antes e sabe como molhar a mão de policiais. Não demonstrou medo de sofrer alguma pressão. Acha que se tivermos uma queixa válida, ele poderá pagar uma multa e voltar aos negócios de costume.

— O anão é um filho da mãe arrogante — resmungou Peabody.

— Isso mesmo, use essa característica. Remexa um pouco a terra debaixo dele. Não conseguiremos acusá-lo de homicídio, mas podemos estabelecer uma ligação dele com Tubbs e deixá-lo pensando que um dos clientes quer puxar o tapete dele. Faça-o pensar que estamos simplesmente tentando levantar alguma informação nova para o histórico dele. Diga que Tubbs feriu alguém e está tentando colocar a culpa em Zero para negociar um acordo e escapar só com um registro de posse de drogas.

— Entendi. Isso vai deixá-lo puto. De um jeito ou de outro estamos nos lixando para ambos, é claro. — Peabody enxugou as palmas das mãos nas coxas. — Vou recitar seus direitos e deveres legais para tentar chegar a algum acordo.

— Vou procurar o advogado dele, que certamente foi direto para a Divisão de Drogas Ilegais, em vez de vir para a Homicídios. — Eve sorriu e se afastou com toda a calma do mundo.

Do lado de fora da sala de interrogatório, Peabody se aprumou, inspirou fundo, beliscou as bochechas e deu alguns tapinhas no rosto, para ficar corada. Ao entrar na sala de volta, seus olhos estavam baixos e as faces muito vermelhas.

— Eu, eu... preciso ligar o gravador, sr. Gant, e ler seus direitos e obrigações. Minha... ahn... a tenente foi verificar se o seu advogado já chegou no prédio.

O sorriso dele era de presunção quando Peabody pigarreou para limpar a garganta, ligou o gravador e recitou a longa lista de direitos e obrigações legais de Zero.

— Ahn... O senhor compreendeu perfeitamente todos os seus direitos, deveres e obrigações, sr. Gant?

— Claro. Ela lhe deu algum esporro?

— Não é minha culpa a tenente querer ir para casa cedo e o senhor nos atrasar. Mas vamos ao ponto: recebemos informações de que substâncias ilegais são compradas e vendidas regularmente nas instalações que pertencem a... Puxa, desculpe... Antes de passar para essa parte eu preciso esperar pelo seu advogado. Foi mal.

— Não esquenta! — Ele se recostou na cadeira com toda a calma do mundo, obviamente um homem com a situação sob controle, e a mandou prosseguir.

— Detetive, por que não me conta tudo informalmente e nos economiza um tempão?

— Hummm. Tudo bem. Um indivíduo deu queixa, alegando que as drogas ilegais que ele trazia no bolso tinham sido compradas do senhor, por ele mesmo.

— Como assim? Ele reclamou que eu cobrei caro demais? Se eu realmente vendi essas supostas drogas acima do preço de mercado, por que foi reclamar com os tiras? Não era melhor ele ter se dirigido ao Procon?

Peabody acompanhou o risinho que ele exibiu, mas fez com que o dela parecesse forçado.

— O problema é que esse indivíduo feriu seriamente uma pessoa enquanto estava sob a influência de uma droga ilegal comprada do senhor.

Zero ergueu os olhos para o teto, em sinal de irritação e impaciência.

— Quer dizer que o mané ficou doidão e agora está insinuando que o culpado de ele ser um babaca é o cara que lhe vendeu o bagulho? Que mundo é esse, meu Deus?

— Puxa, o senhor resumiu bem o caso!

— Não estou dizendo que eu tinha alguma droga para vender, para início de conversa. O caso é que um cara não pode sair por aí queimando o filme do vendedor, entende?

— Mas o sr. Lawrence alegou que...

— Por que você acha que eu conheço esse tal de Lawrence? Não faço ideia de quem se trata. Você sabe quantas pessoas eu encontro todos os dias?

— Bem, todos o conhecem por Tubbs, mas...

— Tubbs? *Tubbs* foi fazer queixa de mim para a galera da narcóticos? Aquele gordo filho da puta!

E ve voltou depois de percorrer metade do prédio, e espalhou pistas tão confusas que o advogado iria procurá-las por vários andares durante, pelo menos, vinte minutos. Em vez de entrar direto na sala de interrogatório, resolveu assistir à cena pela sala de Observação, ao lado. A primeira coisa que ouviu foi o xingamento de Zero, que deu um pulo da cadeira.

Isso a fez sorrir.

Peabody pareceu alarmada e sem graça, reparou Eve. Um bom toque de artista — o toque certo.

— Por favor, sr. Gant...

— Quero falar com esse canalha. Quero que ele olhe para mim cara a cara.

— Puxa, não podemos conseguir esse encontro no momento, mas...

— Aquele saco de merda se meteu em algum tipo de apuro?

— Bem, poderíamos dizer que sim. Isto é... Na verdade, ele... ahn...

— Ótimo. Pode avisar a ele que é melhor nunca mais me procurar. — Zero cutucou Peabody com a ponta do dedo indicador, fazendo com que seus anéis tilintassem loucamente com sua raiva. — Não quero nunca mais vê-lo, nem os amiguinhos dele, aqueles babacas com ternos caros. Nunca mais quero nenhum desses caras na minha boate. Tubbs vai responder a um processo por posse e uso de drogas, certo?

— Para ser franca, ele não carregava nenhuma droga ilegal no momento do incidente. Estamos aguardando o resultado do teste toxicológico, para podermos caracterizar uso.

— Se Tubbs tentar me foder, eu acabo com ele! — Seguro em seu mundo, Zero se recostou na cadeira e cruzou os braços. — Digamos que eu confesse que repassei para ele uma pequena porção de droga recreativa... para uso pessoal, não para revenda. Vou pegar a multa de sempre e serei obrigado a prestar serviços comunitários, certo?

— Essa realmente é a regra, senhor.

— Por que você não pede a Piers para vir até aqui? Eu já tratei várias vezes com Piers.

— Oh, acho que o detetive Piers está de folga hoje.

— Peça para ele cuidar do meu caso. Ele sabe direitinho como cuidar dos detalhes.

— Certamente que sim!

— O babaca me procurou na boate e *pediu* que eu lhe arrumasse algumas drogas recreativas. Aquele gordo safado só compra quantidades ínfimas, entende? Geralmente prefere *Push*, isso nem compensa o trabalho e o tempo que me toma. Mesmo assim, resolvi lhe quebrar esse galho, já que ele e os colegas do escritório são clientes regulares. Só um favor para um velho cliente, entende? Ele me pediu o pacote de festa, e eu tive de me virar para conseguir os bagulhos para ele, como uma espécie de favor. Tudo a preço de custo, sem lucrar nada! Não esqueça que isso é determinante para minha multa ser baixa — lembrou ele.

— Sim, senhor.

— Eu até lhe preparei um pacotinho customizado, só para ele.

— Customizado?

— Presente de Natal. Não cobrei nada, nem exigi favores em troca. Eu é que devia processá-lo, sabia? Deveria jogar um processo em cima desse rato idiota, por ele me fazer perder tempo e me provocar todo esse desgaste emocional. Aliás, vou perguntar ao meu advogado se isso é juridicamente viável.

— Pode perguntar ao seu advogado, sr. Gant, mas vai ser muito difícil processar o sr. Lawrence, porque ele está morto.

— Como assim, morto?

— Pelo visto, o bagulho customizado não funcionou muito bem com ele. — O jeito atormentado e inseguro de Peabody desapareceu, e em seu lugar entrou a tira dura e fria como uma pedra. — Ele morreu e matou um pedestre desavisado ao cair na calçada, em cima do pobre homem.

— Que porra de história é essa?

— Tem mais um detalhe... Eu trabalho na Divisão de Homicídios, e não na de Drogas Ilegais, e estou lhe dando ordem de prisão neste exato momento. Martin Gant, você está sendo preso pelo assassinato de Max Lawrence e Leo Jacobs; por tráfico de substâncias proibidas; e também por ser o dono e o principal administrador de um estabelecimento de entretenimento que distribui drogas ilegais.

Ela se virou no instante em que Eve entrou na sala.

— Tudo resolvido aqui? — perguntou a tenente, com ar alegre. — Trouxe dois guardas para acompanhar nosso convidado até a sala de ocorrências, onde ele será fichado. Mais uma coisa: seu advogado está andando a esmo pelo prédio, mais perdido que cego em tiroteio. Vou providenciar para que ele venha conversar com o senhor.

— Quero os números dos distintivos de vocês duas!

Eve o agarrou por um dos braços e Peabody pelo outro, e as duas o colocaram em pé.

— Só na sua próxima vida — disse Eve, entregando-o aos guardas e acompanhando tudo quando eles o levaram porta afora.

— Bom trabalho, detetive.

— Acho que eu tive sorte, muita sorte. Também acho que ele dá propinas para o pessoal da Divisão de Drogas Ilegais.

— Sim, vamos levar um papo sério com Piers. Depois de redigirmos o relatório.

— Mas Zero não poderá ser acusado de assassinato. Você mesma disse isso.

— Pois é, e não será. — Enquanto caminhavam, Eve balançou a cabeça. — Talvez assassinato em segundo grau. Tomara. Com certeza vai passar algum tempo na cadeia. Vai cumprir pena e terá sua licença cassada. As multas e as custas do processo vão lhe comer uma boa grana. E ele terá de pagar. Isso é o máximo que vamos conseguir.

— O melhor que *eles* vão conseguir — corrigiu Peabody. — Tubbs e Jacobs.

Quando elas passaram pela sala de ocorrências, o policial Troy Trueheart saiu pela porta. Era alto, musculoso, bonito como um adolescente e tinha uma leve sombra no rosto bem-barbeado.

— Olá, tenente. Apareceu uma mulher aqui procurando pela senhora.

— De que se trata?

— Ela disse que era assunto pessoal. — Olhou em volta e franziu o cenho. — Não a estou vendo aqui, onde a deixei. Não creio que tenha ido embora. Trouxe-lhe um pouco de café há poucos minutos.

— Qual o nome dela?

— Lombard. Sra. Lombard.

— Tudo bem. Se você por acaso encontrá-la por aí, me avise.

— Dallas? Pode deixar que eu redijo o relatório. Gostaria de fazer isso — acrescentou Peabody. — Assim vou ter o gostinho de acompanhar o caso até o desfecho.

— Pode deixar que eu vou lembrar você disso quando exigirem sua presença no tribunal.

Eve atravessou a sala de ocorrências e seguiu até sua sala.

Era um espaço apertado onde mal cabia uma mesa, uma cadeira extra e uma minúscula janela do tamanho de um quadro. Ela não teve dificuldade em avistar a mulher sentada, à sua espera.

Ela estava acomodada na cadeira extra e bebia café de um copo descartável. Seus cabelos eram louro-avermelhados em um penteado que parecia uma tigela a partir da qual explodiam abundantes cachos. Sua pele era branca demais, exceto pelas bochechas cor-de-rosa e a tintura labial. Seus olhos tinham um forte tom de verde.

Cinquenta e poucos anos, avaliou Eve, absorvendo os detalhes completos num estalar de dedos. Corpo com ossos grandes em um vestido discreto verde com punhos e gola pretos. Sapatos negros de saltos altos e uma obrigatória bolsa preta gigantesca e pesada, colocada no chão ao lado dos pés, completavam a figura.

Ela soltou um grito de empolgação ao ver Eve. Quase derrubou o café, mas o colocou de lado, de forma apressada.

— *Aí está* você!

Pulou da cadeira, o rosado de seu rosto se acentuou e seus olhos ficaram mais brilhantes. Sua voz era meio aguda e fanhosa, e algo nela incomodou os nervos de Eve.

— Sra. Lombard? Não é permitido circular pelo prédio nem entrar nas salas dos oficiais desacompanhada — informou Eve.

— Ora, mas eu simplesmente queria ver o seu local de trabalho, minha jovem. Puxa, menina, *olhe só* para você! — Ela se aproximou num piscar de olhos, e teria dado um abraço apertado em Eve se a tenente não se esquivasse a tempo.

— Segure sua onda. Quem é a senhora e o que deseja?

Os olhos verdes e muito grandes da sra. Lombard se arregalaram e ficaram marejados de lágrimas quando ela respondeu:

— Ora, querida, você não me reconhece? Sou sua mãe!

Capítulo Dois

Uma onda gélida subiu pela barriga de Eve e se alojou em sua garganta. Ela mal conseguiu respirar, como se estivesse congelada. Os braços da mulher a abraçavam com força, naquele momento, e Eve não conseguiu impedi-la. Foi sufocada pelo seu carinho e por um nauseante cheiro de rosas. A voz chorosa, meio esganiçada e com um forte sotaque do Texas lhe golpeou a cabeça como um punho poderoso.

Em meio a tantas emoções, Eve conseguiu ouvir o toque do *tele-link* em sua mesa. Fez um esforço e distinguiu as vozes alteradas que vinham da sala de ocorrências. Ela não tinha fechado a porta ao entrar na sala. Por Deus, a porta estava aberta! Qualquer pessoa poderia aparecer ali e...

Tudo que Eve sentiu na cabeça foi o zumbido assustador de um vespeiro com milhares de insetos. Eles pareciam picá-la de forma implacável no peito, de dentro para fora, e trouxeram de volta o calor em rolos compressores que lhe sugavam a respiração, inundavam seu corpo e lhe escureciam a visão.

Não, você não é minha mãe. Você não é. Não, você não é!

Recordação Mortal

Aquela voz fina e distante era dela? Tão fraca, a voz de uma menininha. As palavras estavam realmente saindo da sua boca ou simplesmente lhe zuniam no cérebro como mil abelhas?

Eve ergueu as mãos e tentou se desvencilhar, com um pouco de dificuldade, dos braços rechonchudos que a apertavam com força.

— Por favor, me solte. Solte meu braço! — exclamou.

A tenente recuou um passo e quase saiu correndo, mas teve calma suficiente para dizer:

— Eu não conheço a senhora. — Olhou para o rosto diante dela, mas não conseguiu reconhecer as feições. Tudo havia se transformado num borrão de cores e formas. — Eu *não* a conheço!

— Eve, querida, eu sou a Trudy! Ora, veja só, estou chorando feito uma boba. — Fungou com força, pegou um imenso lenço cor-de-rosa e enxugou as lágrimas com delicadeza. — Sou uma tola sentimental, mesmo. Pensei que você fosse me reconhecer de cara, no instante em que pusesse os olhos em mim, como aconteceu comigo ao vê-la. Sei que já se passaram mais de vinte anos desde a última vez em que nos encontramos... — Exibiu um sorriso aguado. — Acho que ganhei algumas rugas desde aquela época.

— Eu não a conheço — repetiu Eve, com cuidado. — A senhora não é minha mãe.

Os cílios de Trudy se agitaram, nervosos. Havia algo estranho por trás daqueles olhos, mas Eve não conseguiu focar no que poderia ser.

— Meu bombom, você realmente não se lembra de mim? Eu, você e Bobby em nossa doce casinha em Summervale, ao norte de Lufkin?

Flashes de lembranças estáticas começaram a pipocar na cabeça de Eve, como se estivessem sendo desenterrados no fundo da sua mente. Mas ela ficou enjoada com a busca.

— Foi depois de...? — perguntou, desorientada.

— Você era uma coisinha linda, miúda como uma moeda. Sei que passou por momentos terríveis, não foi, minha belezinha? Pobre menina! Eu jurei que seria uma boa mãe, minha cabritinha, e levei você direto para minha casa.

— Lar adotivo. — Os lábios de Eve pareceram inchar e doeram um pouco quando as palavras saíram. — Depois de...

— Isso mesmo, você *lembrou*! — As mãos de Trudy voaram para as próprias bochechas, coradas de satisfação. — Juro por Deus que não se passou um único dia, em todos esses anos, em que eu não tivesse pensado em minha filhinha, tentando imaginar para onde ela poderia ter ido. E veja só que maravilha! Você virou uma policial famosa, morando em Nova York. Casada, ainda por cima! Mas vocês ainda não têm filhos, não é?

A sensação de enjoo tomou conta de Eve e o medo lhe arranhou a garganta.

— O que quer de mim?

— Como assim, o que eu quero? Colocar em dia as conversas com minha filhinha, é claro! — A voz era aguda, quase como uma música estridente. — Bobby veio comigo para Nova York. Seu irmão também se casou, sabia? Zana, sua esposa, é um amorzinho de pessoa. Viemos lá do Texas para conhecer a cidade e procurar nossa menininha. Precisamos de algo importante para marcar esse belo reencontro. Bobby vai levar nossa pequena família, todos nós, para jantar!

A mulher tornou a se sentar na cadeira e ajeitou a saia, enquanto analisava a expressão de Eve.

— Minha nossa, como você ficou comprida, hein? Continua fina como um palito, mas a magreza lhe cai bem. Só Deus sabe o quanto eu luto, o tempo todo, para me livrar dos quilinhos extras. Bobby, em compensação, tem o corpo forte como o do pai. Aliás, a aparência decente foi a única coisa que aquele vagabundo deixou para o filho. Para mim não deixou nada, é claro. Puxa, espere só até Bobby ter a chance de ver você!

— Como foi que a senhora me encontrou? — quis saber Eve, ainda em pé.

— Bem, foi pura sorte, uma cagada total... Ahn... desculpe o palavreado. Eu estava arrumando a cozinha, entende? Você certamente se lembra do quanto eu faço questão de manter a cozinha sempre imaculada. Liguei a TV para ter um pouco de companhia e havia uma reportagem sobre os médicos que morreram naquele escândalo de clonagem de pessoas. Um pecado contra Deus e a humanidade, se quer saber minha opinião. Pensei em trocar de canal, mas o assunto me pareceu tão *interessante*! Pois então... Meu queixo quase caiu no chão e rolou para debaixo da mesa quando você apareceu dando entrevista. E seu nome estava em destaque na tela. Tenente Eve Dallas, da Secretaria de Polícia e Segurança Pública de Nova York. Você foi uma verdadeira heroína, foi o que disseram. E acabou ferida em ação. Coitada da minha cabritinha. Mas, apesar do ferimento, você me parece ótima, filhinha. Bem de saúde e em boa forma.

Havia uma mulher sentada na cadeira para visitas diante da mesa de Eve. Cabelos ruivos, olhos verdes, lábios que exibiam um sorriso carinhoso e doce. Mas Eve enxergava apenas um monstro com presas compridas e garras afiadas. Um monstro que não precisava esperar pelo anoitecer, antes de atacar.

— A senhora vai ter de se retirar. Precisa ir embora daqui *agora mesmo*!

— Sei que você deve estar mais ocupada que polvo vestindo as calças, meu bem, e eu aqui jogando conversa fora. Simplesmente me diga em que lugar você gostaria de jantar e eu cuido de tudo. Pode deixar que Bobby fará as reservas.

— Não, nada disso. Eu me lembrei da senhora. — Pelo menos um pouco, refletiu Eve. Era melhor deixar as imagens turvas na mente. Era *necessário* que isso acontecesse. — Não estou interessada nesse jantar. Não quero me encontrar com vocês.

— Ora, mas que coisa feia de se dizer! — Sua voz registrava um pouco de decepção e mágoa, mas os olhos haviam se tornado muito duros. — Isso é jeito de me receber, por acaso? Eu a acolhi na minha casa. Fui uma verdadeira mãe para você!

— Não foi, não! — Quartos escuros, breu completo. Banhos com água gelada. *Faço questão de manter a cozinha sempre imaculada.*

Não recorde essas coisas agora, pensou Eve consigo mesma. Não se lembre de mais nada.

— Quero que se retire imediatamente, nesse instante! E vá sem fazer alarde. Não sou mais uma criança indefesa. É melhor a senhora ir embora bem quietinha, e sem olhar para trás.

— Mas, Eve, minha filhinha...

— Saia. Caia fora daqui. Agora! — De tão abalada, Eve fechou os punhos com os braços esticados ao lado do corpo, para não revelar os tremores. — Se não sair agora mesmo, vou jogá-la dentro da porra de uma cela! Dessa vez é a senhora que vai ficar presa, juro por Deus.

Trudy recolheu a bolsa e o casaco preto que havia pendurado no espaldar da cadeira.

— Que vergonha! — reagiu a visitante. Seus olhos estavam rasos d'água ao passar por Eve. E frios como gelo.

Eve correu para fechar a porta e trancá-la assim que a mulher saiu. Mas a sala ficara com um insuportável cheiro de rosas entranhado nas paredes. Seu estômago revirou e ela precisou se apoiar na mesa com as duas mãos, até a náusea diminuir um pouco.

— Tenente, a mulher que estava aqui... Tenente? A senhora está bem?

Eve balançou a cabeça para os lados ao ouvir a voz de Trueheart e acenou para que ele fosse embora. Lutando para readquirir o controle, endireitou o corpo. Precisava aguentar firme e se segurar com todas as forças, pelo menos até sair dali e ir para bem longe.

— Avise à detetive Peabody que surgiu um imprevisto e eu preciso ir para casa.

— Tenente, se houver algo que eu possa fazer...

— Acabei de lhe dizer o que deve ser feito, Trueheart. — Por não conseguir aguentar o ar de preocupação que viu no rosto do jovem policial, Eve se afastou da mesa, deixou para trás as mensagens do *tele-link* sem resposta e saiu, passando direto pela sala de ocorrências e ignorando as vozes que chamavam por ela.

Precisava sair dali, ir para a rua. Fugir. Sentiu o suor frio que lhe escorria pelas costas e entrou na primeira passarela aérea que descia. Poderia jurar que seus ossos chocalhavam uns contra os outros, e era como se a cartilagem dos seus joelhos estivesse se liquefazendo. Mesmo assim, foi em frente. Não parou nem mesmo quando ouviu Peabody chamando-a pelo nome.

— Espere, espere um instantinho aí, Dallas! Ei! Qual foi o problema? O que aconteceu?

— Preciso ir embora. Você terá de resolver o caso de Zero e lidar com o promotor. Também tem a questão dos parentes mais próximos das vítimas, que devem aparecer para saber detalhes sobre o ocorrido. Normalmente é isso que acontece. Você terá de lidar com eles também. Eu preciso ir embora.

— Espere! Meu santo Cristo, aconteceu alguma coisa com Roarke?

— Não.

— Espere um instante só, merda! — explodiu Peabody.

Em vez de parar, e sentindo o estômago revirar ainda mais, Eve entrou no primeiro banheiro que viu pelo caminho. Debruçou-se sobre o vaso sanitário e colocou tudo para fora — que escolha tinha? Sentiu na boca o gosto amargo de bile escorrendo junto com o medo, o pânico e as recordações, até se sentir vazia.

— Tudo bem, já estou melhor. — Eve tremia muito e seu rosto gotejava de suor. Mas não havia lágrimas. Ela não permitiria que lágrimas acrescentassem mais humilhação à cena.

— Pronto, pegue isso aqui. — Peabody lhe entregou lenços umedecidos. — Só tenho esses. Vou lhe trazer um pouco d'água.

— Não. — Eve recostou a cabeça na parede da cabine. — Não quero. Qualquer coisa que eu ingerir agora vai tornar a sair na mesma hora. Já estou melhor.

— Uma ova que está. Os defuntos que Morris recebe no necrotério têm aparência melhor que a sua.

— Eu simplesmente preciso ir para casa.

— Conte-me o que aconteceu.

— Preciso ir. Vou tirar o resto do dia de folga, tenho horas extras para usar. Você deve ficar aqui e encerrar o caso, está devidamente preparada para isso. — *Eu não estou*, refletiu, com ar sombrio. *Não estou mesmo!* — Se surgir algum contratempo... simplesmente empurre com a barriga até amanhã.

— Dane-se o caso. Escute, Dallas, vou levá-la para casa. Você não está em condições de dirigir e...

— Peabody, se você é realmente minha amiga, coloque-se de lado e me deixe ir embora. Vá fazer o seu trabalho — completou Eve, colocando-se em pé, ainda trêmula — e me deixe em paz.

Peabody a deixou ir, mas pegou o *tele-link* assim que chegou de volta à Divisão de Homicídios. Talvez ela não tivesse escolha, a não ser se colocar de lado, mas conhecia uma pessoa que não aceitaria isso.

De jeito nenhum.

O primeiro pensamento de Eve foi colocar o carro no piloto automático. Reconheceu, porém, que o melhor a fazer naquele momento era se manter no controle e se concentrar em dirigir a viatura por toda a cidade, até a parte norte de Manhattan.

Recordação Mortal

Era preferível aguentar o tráfego, os problemas do caminho, o tempo que iria levar e o péssimo humor de Nova York e de seus habitantes do que aturar seu próprio sofrimento.

Ir para casa, era esse seu objetivo principal. Ela ficaria bem assim que colocasse os pés em casa.

Seu estômago ardia e sua cabeça latejava, mas ela já ficara enjoada muitas vezes e também já se sentira infeliz antes; sobrevivera. Os primeiros oito anos de sua vida tinham sido uma longa jornada através do inferno, e os anos que se seguiram a esses não foram um piquenique na praia.

Ela havia enfrentado e superado os traumas.

Enfrentaria e superaria tudo novamente.

Não iria voltar ao velho inferno. Não se permitiria ser novamente uma *vítima* só por ter entrado em pânico ao ouvir uma voz do passado.

Suas mãos tremiam muito ao apertar o volante, e ela manteve os vidros das janelas abaixados para receber o vento frio e cruel, juntamente com os cheiros da cidade.

Cachorros-quentes de soja fumegavam numa carrocinha de lanches; Eve percebeu o arroto amargo de um maxiônibus e o fedor de um reciclador de lixo que certamente não passava por um ciclo de limpeza interna havia muito tempo. Aguentaria a fedentina de tudo aquilo, misturada com a carga pesada dos aromas diversos que permeavam o ar, vindos da massa humana que lotava as ruas e passarelas aéreas da cidade gigantesca.

Aguentaria os barulhos, os gritos intempestivos e as buzinas que pisoteavam as leis contra a poluição sonora. Sentiu a imensa onda de vozes que vinham de todas as direções, atravessando-a e inundando-a. Milhares delas se lançavam pelas ruas; os nova-iorquinos se acotovelavam pelas calçadas e os turistas olhavam para tudo boquiabertos, atrapalhando o tráfego. Pessoas apressadas faziam malabarismos com caixas de presentes, pacotes e sacolas de compras.

O Natal está chegando, não deixem as compras para a última hora.

Ela havia comprado um cachecol na rua, de um menino esperto do qual gostara muito. Padronagem xadrez em preto e verde, adequada para o marido da dra. Mira. O que a amiga teria a dizer sobre sua reação diante do medonho *flashback* daquela tarde?

Muita coisa, decerto. A psiquiatra formadora de perfis criminais certamente teria muito a dizer sobre o ocorrido, sempre com muita classe e expressando preocupação e solidariedade.

Mas Eve estava se lixando para significados ocultos.

Só queria ir para casa.

Seus olhos se embaçaram de lágrimas, numa mistura de desgaste e alívio, quando os portões da mansão se abriram à sua frente. Os gramados e jardins gigantescos se derramaram como um refúgio de paz e beleza em meio ao caos da cidade que Eve assumira como sua.

Roarke tinha tido a visão e o poder para criar esse refúgio para si mesmo. Para Eve, aquilo representava o santuário que ela nem percebeu que precisava tanto.

Parecia uma elegante fortaleza, mas era um lar. Simplesmente um lar, apesar do tamanho descomunal e da beleza marcante. Por trás das paredes e de toda aquela pedra e vidro, pulsava a vida que eles tinham construído juntos. As vidas deles e suas recordações se espalhavam pelos vastos aposentos.

Roarke oferecera um lar a Eve, ela precisava se lembrar sempre desse fato. Tinha de manter sempre em mente, também, que ninguém conseguiria arrancar isso dela; ninguém poderia arrastá-la de volta ao tempo em que não tinha nada e não era ninguém.

Ninguém poderia fazer isso com Eve, exceto ela mesma.

Mas sentia frio, muito frio, e uma dor de cabeça que lhe rachava o crânio como as garras de um demônio.

Arrastou-se para fora do carro quase à força, tentando não apoiar o peso do corpo no quadril que doía terrivelmente. Colocou um pé à frente do outro, devagar, até conseguir subir os degraus de pedra e entrar pela porta.

Mal registrou a presença de Summerset, o mordomo sargentão de Roarke, que surgiu subitamente, como se deslizasse pelo piso. Eve não se sentiu com energia para brigar com ele, e torceu para que lhe tivesse sobrado forças para enfrentar a longa escadaria.

— Não fale comigo! — pediu ela, agarrando o pilar do primeiro degrau na escada do saguão, mas o suor frio que lhe cobria a palma da mão tornava tudo escorregadio. Forçou-se a escalar um degrau de cada vez, lentamente.

O esforço a fez ficar ofegante. Seu peito estava tão apertado que alguém parecia tê-lo envolvido com uma faixa de aço. No quarto, ela despiu o casacão e o deixou no chão, arrastou as roupas atrás de si e seguiu para o banheiro.

— Jatos em força total, a trinta e oito graus! — ordenou ao sistema.

Nua, ela se colocou debaixo da ducha para sentir o calor forte sobre toda a pele. Exausta, deslizou lentamente até o chão do boxe, se encolheu em posição fetal e deixou que a força da energia térmica que a envolveu afastasse o frio que sentia nos ossos.

F oi ali que ele a encontrou, encolhida sobre as lajotas do boxe, com água lhe caindo no corpo e envolvendo-a num vapor denso que se mantinha no ar, como uma cortina de proteção.

Seu coração se destroçou ao vê-la daquele jeito.

Roarke pegou uma toalha e ordenou:

— Desligar jatos!

Em seguida, agachou-se para ajudá-la.

— Não! Pare com isso! — protestou Eve, dando tapas nele em defesa automática, mas sem forças. — Deixe-me em paz.

— Não nessa vida, meu amor. Pode parar! — Sua voz era firme e o sotaque irlandês surgiu, de leve. — Mais alguns minutos e seus ossos começariam a derreter. — Ele a pôs em pé e a colocou no colo quando ela tentou novamente se encolher. — Silêncio, não diga nada. Estou com você.

Ela fechou os olhos, em uma tentativa de deixá-lo de fora daquele momento, como ele sabia muito bem. Mesmo assim, carregou-a até o quarto e subiu com ela na plataforma onde estava instalada a cama gigantesca. Ali, ele a colocou sentada no colo e a secou lenta e carinhosamente, com uma toalha macia.

— Vou lhe trazer um roupão e um tranquilizante.

— Não quero!

— Eu não lhe perguntei o que você queria, certo? — Ergueu o rosto de Eve com os dedos e acariciou-lhe a covinha no queixo com o polegar. — Eve, olhe para mim. Olhe para mim agora! — Havia muito ressentimento nos olhos dela, tanto quanto fadiga, e isso quase o fez sorrir. — Você está cansada demais para brigar comigo, e nós dois sabemos disso. O que quer que tenha magoado você dessa forma... Vamos lá, conte tudo para mim e, juntos, veremos o que pode ser feito. — Roçou os lábios na testa dela e desceu para as bochechas devagar, até chegar aos lábios.

— Já resolvi tudo, nada mais precisa ser feito.

— Ora, mas isso vai nos poupar um bocado de tempo, não é verdade? — Ele a ajeitou na cama e foi buscar um robe quente e confortável.

Eve notou que Roarke tinha ficado com o terno todo molhado. Aquela porcaria de terno provavelmente tinha custado mais do que um alfaiate comum ganhava em dois anos de trabalho. E os ombros e as mangas do paletó estavam úmidos e amarrotados.

Recordação Mortal 41

Ela observou em silêncio enquanto ele despia o paletó e o colocava pendurado no encosto de uma poltrona, na saleta de estar da suíte.

Fez isso com a graça de um gato, pensou Eve, só que ele era muito mais perigoso. Provavelmente tinha acabado de participar de uma das suas centenas de reuniões semanais de negócios, onde fazia planos para comprar um distante sistema solar inteiro, talvez. Agora ele estava ali, procurando no closet por um robe. Era alto e esbelto, dono de um corpo com músculos elegantes e disciplinados; e um rosto de jovem deus irlandês que conseguiria seduzir qualquer mulher lançando sobre ela seus olhos celtas muito azuis.

Eve não o queria ali. Não queria ninguém ali.

— Quero ficar sozinha.

Ele ergueu uma sobrancelha e deixou a cabeça tombar de lado levemente, fazendo com que sua sedosa juba preta como a noite lhe caísse sobre o rosto.

— Para sofrer e se remoer? Seria mais vantajoso brigar comigo. Tome, vista isto aqui.

— Não quero brigar.

Ele pousou o robe ao lado dela e se agachou até seus olhos ficarem no mesmo nível.

— Se eu tiver oportunidade, quero pegar a pessoa que colocou esse olhar triste em seus olhos, minha querida Eve, e arrancar a pele do corpo dela até chegar aos ossos, uma camada de cada vez. Agora, vista seu robe.

— Ela não devia ter ligado para você. — Sua voz saiu mais aguda do que Eve pretendia, e ela tentou firmá-la mais antes de continuar, mas só conseguiu verter uma lágrima que piorou o sentimento de humilhação. — Peabody ligou para você, que eu sei. Ela devia ter deixado o problema para lá. Eu ficaria bem em pouco tempo. Tudo estava quase resolvido.

— Conversa fiada! Você não se deixa abater com facilidade. Sei muito bem disso, e Peabody também sabe. — Ele atravessou o quarto até o AutoChef e programou algo para acalmá-la. — Isso vai diminuir sua dor de cabeça e servirá para melhorar seu estômago. Não há medicamento pesado nenhum aqui — acrescentou, olhando para ela. — Prometo.

— Foi burrice. Permiti que uma coisa tola me desequilibrasse, mas foi burrice. — Ajeitou os cabelos com raiva. — Fui pega desprevenida, só isso. — Ao tentar se levantar da cama, sentiu as pernas bambas e frágeis. — Precisei passar em casa para me acalmar.

— Você acha que vou aceitar apenas essa explicação?

— Não. — Apesar de sentir vontade de rastejar de volta para a cama e se enfiar debaixo das cobertas, cobrindo-se até a cabeça por mais uma hora, pelo menos, Eve se sentou e olhou fixamente para Roarke quando ele voltou com o calmante. — Sei que não. Deixei Peabody com um tremendo abacaxi para descascar. Fiz com que ela atuasse como investigadora principal em um caso rápido, e ela se saiu muito bem. Na hora H, porém, abandonei-a à própria sorte. Isso é burrice. É irresponsabilidade.

— Por que fez isso?

Como suas opções eram tomar a droga do calmante ou Roarke lhe enfiar o troço goela abaixo, Eve bebeu tudo em três goles.

— Havia uma mulher à minha espera na sala, quando voltei à Central de Polícia. Eu não a reconheci, pelo menos a princípio. — Colocou o copo vazio de lado. — Assim que me viu, ela me disse que era minha mãe. Não era — acrescentou, depressa. — Realmente não era, e eu sabia disso, mas ouvi-la dizer uma coisa dessas me derrubou, porque ela deve ter mais ou menos a idade da minha mãe. Além do mais, percebi algo de familiar em seu rosto, e o golpe foi duro.

— Quem era ela? — Roarke pegou a mão de Eve e a apertou.

— O nome é Trudy Lombard. Depois deles... Quando eu recebi alta do hospital em Dallas, caí nas mãos do Estado. Não tinha identidade nem certidão de nascimento, não me lembrava de nada, estava traumatizada e tinha sofrido abuso sexual. Hoje em dia eu sei como as coisas funcionam, mas na época não tinha ideia do que estava ocorrendo ou do que poderia acontecer. Meu pai sempre me disse, desde novinha, que se um dia a polícia ou os assistentes sociais me pegassem iriam me colocar dentro de um buraco, trancada no escuro. Não fizeram nada disso, mas...

— Às vezes, os lugares onde eles colocam as crianças não são muito melhores.

— Pois é. — Roarke sabia dessas coisas, lembrou Eve. Compreendia muito bem. — Eu fiquei em um orfanato público durante algum tempo. Algumas semanas, talvez. Tudo é meio nebuloso na minha mente. Suponho que eles estavam procurando por meus pais ou tutores legais, tentando rastrear de onde eu tinha vindo e o que acontecera. Foi então que me mandaram para um lar adotivo. A ideia era me colocar de volta na sociedade. Eles me levaram para a casa dessa mulher, Trudy Lombard, em uma cidadezinha na região leste do Texas. Ela morava numa casa razoável e tinha um filho dois anos mais velho que eu.

— Ela feriu você.

Não era uma pergunta. Roarke pressentiu isso e certamente compreenderia.

— Ela nunca bateu em mim. Pelo menos, não do jeito que meu pai fazia. Ela nunca deixava marcas.

Roarke praguejou com uma fúria contida que se mostrou mais útil que o calmante e ajudou a dissolver a tensão de Eve.

— Pois é. Talvez seja mais fácil aguentar um soco direto do que pequenas e sutis torturas. As autoridades não sabiam o que fazer comigo. — Ela alisou os cabelos molhados novamente, mas suas mãos pareciam mais firmes. — Eu não lhes contava coisas concretas, não tinha nada a esclarecer. Eles provavelmente chegaram à conclusão de que eu ficaria melhor em uma casa onde não houvesse uma figura masculina de autoridade, por causa dos estupros que sofri.

Ele não disse nada, simplesmente puxou-a para perto de si e roçou os lábios sobre sua têmpora.

— Ela nunca gritava comigo, nunca me espancava para valer, me dava apenas tapas esparsos. Sempre cuidou para que eu parecesse limpa e usasse roupas decentes. Conheço essa patologia agora, mas não tinha nem nove anos na época. Quando ela me dizia que eu era uma menina muito suja e me obrigava a tomar banho gelado todas as manhãs e todas as noites, eu não compreendia. Ela sempre me pareceu muito triste e desapontada. Quando me trancava no escuro, explicava que aquilo era para eu aprender a me comportar. Todos os dias havia castigos. Quando eu não comia nada do que ela me servia, ou comia depressa demais, ou muito devagar, ela me obrigava a esfregar o chão da cozinha com uma escova de dente, ou algo desse tipo.

Faço questão de manter a cozinha sempre imaculada.

— Ela não precisava de empregados domésticos porque tinha a mim. Eu era sempre muito lerda, muito burra, muito ingrata, muito outra-coisa-qualquer. Ela me chamava de patética ou de "encarnação do Mal", e sempre dizia isso com uma voz suave e calma, acompanhada por um ar de desapontamento e surpresa. Eu era nada. Menos que nada.

— Essa mulher nunca deveria ter passado pela peneira dos assistentes sociais.

— Isso é comum. Coisas mais graves acontecem, e tive sorte de não ser pior. Eu tinha pesadelos o tempo todo, quase todas as noites, e ela... Oh, Deus, ela chegava e me dizia que eu nunca me

Recordação Mortal

tornaria uma menina forte e saudável se não tivesse uma boa noite de sono.

Como podia fazer isso com segurança, Eve estendeu o braço, segurou a mão de Roarke e deixou que ele lhe servisse de âncora enquanto fazia a dolorosa viagem ao passado.

— Ela apagava as luzes e fechava a porta a chave, me deixando trancada no escuro. Se eu chorasse seria pior. Eles me levariam de volta e me colocariam numa jaula para deficientes mentais. Segundo ela, era isso que faziam com as garotas que não se comportavam. Quanto ao Bobby, filho dela, Trudy também me usava como exemplo. Mandava que ele olhasse para mim, a fim de se lembrar sempre do que acontecia às crianças más, crianças que não tinham uma mãe de verdade para cuidar delas.

Roarke a acariciava agora, massageava-lhe as costas e alisava seus cabelos.

— Os assistentes sociais não faziam inspeções regulares nessa casa?

— Faziam, sim. — Eve enxugou uma lágrima furtiva. Chorar era inútil, lembrou. Tanto naquela época quanto agora. — Tudo lhes parecia sempre correto e limpo durante as inspeções. Casa arrumada, um belo quintal. Eu tinha quarto e roupas apropriadas. O que eu poderia lhes contar? Ela me dizia que eu representava o mal. Antes de ir para a casa de Trudy, eu acordara uma noite toda coberta de sangue, então eu só podia ser uma pessoa do mal, mesmo. Quando ela me contou que alguém me feriu e depois me jogou fora porque eu era lixo, eu acreditei.

— Eve... — Ele pegou as mãos dela e as levou aos lábios. Queria pegá-la no colo, aninhá-la num lugar macio, rodeada de coisas lindas. Teve vontade de embalá-la devagar até que todas as recordações horrendas fossem lavadas de sua alma. — Você não é lixo. Um milagre, é o que você é.

— Trudy Lombard era uma mulher cruel e sádica. Foi mais uma predadora na minha vida, hoje eu sei disso. — Eve precisava manter isso em mente, refletiu, respirando fundo. — Na época, porém, tudo que eu sabia é que era ela quem controlava a situação. Então eu fugi. Só que a cidade era muito pequena, não era Dallas, e eles me encontraram. Planejei com mais cuidado ao fugir pela segunda vez, e consegui chegar a Oklahoma. Dessa vez, quando me encontraram, lutei bravamente.

— Fez muito bem!

Ao perceber que ele disse isso com uma mistura de orgulho e raiva, ela não se conteve e riu.

— Deixei o nariz de uma das assistentes sociais sangrando. — Essa lembrança até que não era má, refletiu Eve. — Acabei internada numa instituição para delinquentes juvenis, mas isso era melhor do que ficar na casa dela. Deixei tudo no passado, Roarke, tinha superado esses traumas. De repente ela me aparece no trabalho, sentada na cadeira da minha sala, e eu me senti novamente apavorada.

Roarke desejou estar lá para dar um soco de tirar sangue do nariz de Trudy Lombard, para fazê-la provar do próprio remédio. Ela bem que merecia.

— Essa mulher nunca mais vai magoar você — prometeu ele.

Eve o olhou fixamente.

— Eu me desmontei. Fiquei destroçada. Agora me sinto tão calma que estou revoltada por ter me descontrolado. Foi o caso Icove.

— O quê?

Eve colocou a cabeça nas mãos e esfregou o rosto com força, antes de tornar a erguê-la.

— Quando lhe perguntei como conseguiu me encontrar, ela me disse que ouviu falar sobre um caso policial e viu, num noticiário, a entrevista que eu dei sobre os assassinatos Icove e a Operação Nascimento Silencioso.*

Roarke deu de ombros ao ouvir isso, por puro hábito, e comentou:

— Duvido que alguma pessoa em todo o universo conhecido não tenha ouvido sobre esse caso. Quer dizer que ela veio até aqui especificamente para encontrar você?

— Pois é, ela me explicou que quis retomar contato e saber como eu tinha me saído na vida. Queria promover uma espécie de reencontro feliz. — Eve já se recobrara e seu tom de voz era amargo e cético. Aquilo era música para os ouvidos de Roarke. — Trouxe o filho e a nora com ela, aparentemente. Eu a expulsei da minha sala. Pelo menos tive forças para isso. Ela me lançou o velho olhar de perplexidade e desapontamento, com uma pontinha de ódio.

— Você certamente vai querer que essa mulher vá embora e permaneça longe. Posso providenciar para que...

— Não, nada disso. — Eve o afastou com o braço e se levantou. — Não quero que você coloque a mão nessa história. Quero deixar tudo isso para trás, vou me esquecer dela. Qualquer alegria que Trudy achou que teria ao aparecer na minha vida depois de tanto tempo só para me levar de volta aos becos escuros das minhas recordações, onde ela reinava, não vai conseguir. Se Peabody não tivesse metido o bedelho eu iria me recuperar numa boa, antes de você voltar para casa, e não estaríamos tendo esta conversa.

Ele esperou por um longo minuto e também se levantou.

— Era assim que você pretendia lidar com o problema? Não me contando nada?

— Dessa vez, sim. Tudo acabou, já era! Foi um problema meu. Fui fraca e me deixei afetar. Agora voltei ao normal. Isso não tem

---

* Ver *Origem Mortal*. (N.T.)

nada a ver conosco e nem quero que tenha. Se quer me ajudar de verdade, deixe as coisas como estão até tudo se desvanecer.

Roarke ia protestar, mas pensou duas vezes e encolheu os ombros.

— Tudo bem, você é quem sabe.

Mas se aproximou dela e lhe massageou os ombros. Depois, enlaçou-a com os braços e sentiu seu corpo relaxar, colado ao dele.

Eve estava mais abalada do que ela mesma imaginava, reparou Roarke. Aparentemente, acreditava que a visitante a tinha localizado do outro lado do país e viera até Nova York só para relembrar o passado, sem um objetivo específico em mente.

Mas ele sabia que era só uma questão de tempo para esse objetivo vir à tona.

— Já está escurecendo — murmurou Roarke. — Acender luzes de Natal! — ordenou.

Eve apoiou a cabeça no ombro dele e, juntos, observaram o imenso pinheiro junto da janela e as milhares de luzes coloridas e piscantes que se acenderam sobre ele.

— Você, sempre exagerado! — comentou ela, baixinho.

— Nunca é exagero quando se trata de Natal, principalmente para pessoas como nós, que passaram por natais tão pobres ao longo da vida. Além do mais, está se tornando uma tradição em nosso casamento, certo? Uma árvore de Natal dentro do quarto.

— Aposto que você já providenciou árvores iluminadas para todos os cômodos da casa.

Ele sorriu e confirmou com a cabeça.

— Acertou em cheio. Sou um escravo do sentimento. — Ele a beijou docemente e a apertou com força em seus braços, mais uma vez. — O que me diz de curtirmos uma refeição tranquila aqui no quarto mesmo? Nada de trabalho para nenhum de nós, hoje. Vamos assistir a um bom filme, beber um pouco de vinho e fazer amor.

Eve o abraçou com força. Precisava da sensação de um lar e ali estava ele.

— Digo que aceito, sim, obrigada.

Assim que Eve dormiu, ele a deixou por alguns minutos e foi para o escritório particular. Caminhando com cuidado sobre o piso de lajotas, colocou a mão sobre o sensor palmar.

— Roarke — anunciou-se ao sistema de reconhecimento de voz. — Ligar o sistema.

Quando o console zumbiu de leve e se acendeu, ele usou o *tele-link* interno para chamar Summerset.

— Se uma pessoa chamada Trudy Lombard aparecer aqui em casa à procura de Eve, quero ser informado imediatamente, não importa onde eu esteja.

— É claro. A tenente está bem?

— Está sim, obrigado por perguntar. — Desligou e ordenou uma busca. Levaria algum tempo até localizar com precisão o lugar onde Trudy Lombard estava hospedada em Nova York. De qualquer modo, sempre era melhor saber a posição exata dos adversários.

Roarke não tinha dúvidas de que, dentro em breve, descobriria o que aquela mulher desejava — embora, no fundo, já soubesse.

Capítulo Três

Tudo normal, avaliou Eve no instante em que prendia o coldre no cinto. Ela se sentia absolutamente normal de novo. Talvez aqueles psicólogos chatos que viviam dizendo que é importante expressar os sentimentos e colocar tudo para fora tivessem razão.

Por Deus, era melhor que estivessem errados, refletiu. Se as pessoas se permitissem isso, ela iria acabar soterrada por corpos mutilados.

De qualquer modo, sentia-se firme e estável, a ponto de olhar sem emoção pela janela, para o tempo terrível que fazia lá fora.

— Qual é o nome exato dessa porcaria? — perguntou Roarke, surgindo ao lado dela. — Não é neve, nem chuva, nem granizo. Deve ser...

— Merda — garantiu Eve. — Merda fria e molhada.

— Isso mesmo! — concordou ele, massageando a coluna dela com muita suavidade, de cima a baixo, com os nós dos dedos. — A palavra exata. Talvez isso mantenha as pessoas dentro de casa, o que lhe proporcionará um dia tranquilo no trabalho.

— O problema é que as pessoas se matam dentro de casa, também — lembrou ela. — Especialmente quando ficam de saco cheio ao olhar pela janela e ver toda essa merda cinzenta. — Como aquelas eram palavras típicas da mulher que ele adorava, Roarke lhe deu uma palmadinha amigável no ombro.

— Muito bem, hora de você ir para o trabalho, querida. Vou participar de algumas reuniões de negócios on-line, via *tele-link*, aqui em casa por mais uma hora, antes de sair e enfrentar esse tempo. — Roarke a virou de frente para ele, ajeitou a lapela da jaqueta dela e a beijou de forma rápida e enérgica. — Cuide-se bem.

Eve pegou o casacão e, quando o vestiu, sentiu algo pesar no bolso.

— Ah, eu peguei isso aqui para Dennis Mira, o marido da doutora. Só uma lembrancinha pelo Natal, sabe como é...

— É a cara dele — elogiou Roarke ao olhar para o cachecol que ela segurava, e seus olhos pareceram sorrir ao fitá-la. — Você é uma compradora esperta.

— Eu não "comprei" nada. Simplesmente peguei um objeto para oferecer a ele. Será que existe algum jeito de embrulhar esse troço?

Com um sorriso leve, Roarke estendeu a mão.

— Vou convocar os elfos. Eles irão colocar o presente ao lado do bule de chá antigo que você adquiriu para Mira. Algo que também não foi comprado, é claro; você simplesmente o "encontrou" numa loja.

— Seria ótimo, espertinho. A gente se vê mais tarde.

— Tenente! Você não se esqueceu na nossa festa de Natal, certo?

Eve se virou subitamente.

— Festa de Natal? Isso não vai ser hoje à noite, vai? Ou é hoje? Não, claro que não é!

Aquilo era mesquinho, admitiu Roarke, mas ele adorou ver a rápida expressão de pânico que se instalou no rosto dela ao tentar lembrar em que dia do mês eles estavam.

— A festa é amanhã — informou ele. — Portanto, se você precisa "encontrar" ou "apanhar" mais alguma coisa para ser dada de presente, deve fazer isso hoje.

— Claro. Certo. Tudo bem. — Merda, pensou Eve, ao descer a escada. Será que faltava mais alguém? Por que, de repente, havia tantas pessoas para as quais algo precisava ser "escolhido"? Será que teria de começar a preparar uma *lista de presentes*?

Se ela chegasse a esse ponto lamentável, o melhor a fazer era se mudar dali e começar a vida do zero em outro lugar.

É claro que Eve poderia deixar essa incumbência para Roarke. Ele *curtia* escolher coisas para dar às pessoas. Era um homem que fazia *compras*, algo que Eve evitava a todo custo. Por outro lado, se ela acabara tendo tantas pessoas em sua vida, lhe parecia razoável gastar meio minutinho escolhendo um presente para elas, pessoalmente. Afinal, aquela era uma das "regras" da vida em sociedade.

As relações humanas eram cheias de regras e isso era bom, conforme Eve já tinha aprendido. O lado ruim era ela ter de seguir todas.

Uma das regras que lhe agradava, em se tratando de seus relacionamentos pessoais, era esbofetear verbalmente Summerset a cada vez que ela saía de casa. Ele estava no saguão — é claro que estava! — quando Eve saiu. O esqueleto de terno preto.

— É melhor que minha viatura esteja exatamente onde eu a deixei ontem, Nancy.

Os lábios do mordomo formaram uma linha fina de desaprovação pelo deboche.

— A senhora encontrará o objeto que chama de viatura onde o deixou, envergonhando a frente desta casa. Solicito-lhe que qualquer ajuste ou acréscimo na sua lista pessoal de convidados para a reunião de amanhã me seja comunicado até duas horas da tarde de hoje.

— Ah, é? Então, confirme tudo com meu secretário pessoal. Estarei ligeiramente ocupada servindo e protegendo nossa cidade, e não poderei ficar preparando listas por aí.

Eve saiu e bufou baixinho. Lista? Será que ela era obrigada a preparar uma lista de convidados também? O que havia de errado em simplesmente esbarrar com uma pessoa e convidá-la para aparecer em sua casa?

Ela encurvou o corpo ao sentir a chuva gelada muito penetrante e se enfiou no carro. O aquecimento já estava ligado. Obra de Summerset, provavelmente, e isso teria de entrar na lista de motivos para não estrangulá-lo durante o sono.

Pelo menos essa era uma lista bem curta.

Seguiu de carro pela alameda, acionou o *tele-link* e ligou para Roarke.

— Já está com saudades de mim? — perguntou ele

— Cada segundo longe de você é um inferno pessoal. Escute, eu tenho de preparar uma lista de convidados para esse lance de amanhã?

— Quer fazer isso?

— Não, na verdade não quero porra nenhuma com listas, mas é que...

— Tudo já foi providenciado, Eve.

— OK, que bom, então. Ótimo. — Um pensamento lhe passou pela cabeça. — Provavelmente eu já tenho um traje completo para usar, inclusive roupa de baixo. Tudo já foi escolhido, acertei?

— Um traje que demonstra um gosto impecável, mas a roupa de baixo é opcional.

Aquilo a fez rir.

— Viu como eu sou esperta? Até mais tarde.

Peabody já estava em sua mesa quando Eve entrou na Central. Isso lhe colocou nos ombros uma dose extra de culpa. Ela atravessou a sala de ocorrências e esperou até Peabody erguer os olhos da papelada que organizava.

— Você se importaria de vir até minha sala por um minuto?

— Claro. — Peabody piscou, surpresa. — Já estou indo.

Assentindo com a cabeça, Eve entrou na sua sala e programou dois cafés — um deles fraco e muito açucarado, para Peabody. Isso lhe rendeu outra piscadela de surpresa, quando Peabody entrou.

— Feche a porta, por favor.

— Claro. Ahn... Já terminei o relatório sobre... Obrigada — completou, quando Eve lhe entregou o café. — ... O relatório sobre Zero. O promotor pegou pesado, pediu assassinato em segundo grau e apresentou mais duas denúncias ao Ministério Público, alegando que ele usou a venda das drogas ilegais como arma do crime, além de...

— Sente-se.

— Puxa, vou ser transferida para Long Island ou algo do tipo?

— Não. — Eve se sentou e aguardou enquanto Peabody se acomodava na cadeira, muito desconfiada. Em seguida, falou: — Desculpe-me por deixá-la na mão ontem, por não fazer meu trabalho e ainda jogar o pepino todo em cima das suas costas.

— Mas o caso já estava praticamente encerrado e você estava passando mal.

— Não estava encerrado por completo, e, se eu estava passando mal, isso era um problema meu que eu não enfrentei, deixando-a sozinha. E você ligou para Roarke.

Eve esperou por um instante, e Peabody tentou parecer ocupada, olhando para a parede vazia enquanto tomava o café.

— Eu ia lhe arrancar o couro por isso — continuou Eve, quando Peabody abriu a boca. — Mas reconheço que é o tipo de coisa que uma parceira faz pela outra.

— Você estava num estado péssimo, e eu não sabia mais o que *fazer*. Ficou tudo bem agora?

— Tudo ótimo. — Eve olhou para o próprio café por alguns instantes. Parceria profissional era outra daquelas coisas cheias de regras. — Encontrei uma mulher me esperando aqui na sala quando cheguei à Central, ontem à tarde. Uma pessoa que eu conheci muito tempo atrás. Isso foi uma surpresa. Um choque gigantesco. Ela foi minha primeira mãe adotiva... Aliás, "mãe" é uma péssima escolha de palavra, neste caso. Foi um momento bastante duro da minha vida, e vê-la aparecer assim do nada, na minha frente, depois de todos esses anos, foi muito... Eu não consegui enfrentar...

Essa não era a expressão correta, pensou Eve. Sempre era possível enfrentar as coisas.

— Eu não consegui lidar com ela — corrigiu. — Simplesmente coloquei-a para correr daqui. Você cuidou do caso que investigávamos praticamente sozinha, Peabody. E fez um excelente trabalho.

— O que ela queria?

— Não sei, nem quero saber. Expulsei-a daqui e pronto. Essa porta está fechada. Se ela tentar me importunar novamente, não me pegará de surpresa. E eu *saberei* como lidar com ela.

Levantando-se da cadeira, Eve foi até a janela e a abriu. Um vento frio carregado de umidade invadiu a sala quando ela se debruçou no peitoril e desgrudou da parede externa do prédio um saco de evidências que colara ali. Lá dentro havia quatro barras de chocolate fechadas.

— Você escondeu barras de chocolate num saco preso do lado de fora da janela? — perguntou Peabody, com uma mistura de admiração e perplexidade.

— Isso mesmo — confirmou Eve. Acabara de desistir do melhor esconderijo que inventara para escapar do nefando ladrão de chocolates. Tirou o lacre do saco plástico e ofereceu uma barra à Peabody, que continuava muda e atônita. — As duas que sobrarem irão para um novo esconderijo assim que você sair e eu trancar a porta.

— Tudo bem. Vou guardar logo o presente no bolso antes de lhe contar que não conseguiremos condenar Zero por homicídio.

— Eu já imaginava.

Como não era de se descuidar quando o assunto era chocolate, Peabody guardou a barra no bolso, mesmo assim.

— O promotor me disse que não conseguiria antes mesmo de entrarmos para fazer um acordo com a defesa. Ele queria *muito* ver Zero atrás das grades, mais até do que nós. O safado já lhe escorregou pelos dedos diversas vezes e o promotor demonstrou uma óbvia obsessão por agarrá-lo.

— Gosto de promotores determinados na busca de seus objetivos — comentou Eve, inclinando-se sobre a mesa.

— Pois é, isso sempre ajuda — concordou Peabody. — Tentamos ameaçar Zero com duas sentenças de prisão perpétua, que seriam cumpridas numa colônia penal fora do planeta; também insinuamos que havia testemunhas oculares dos seus crimes.

Peabody deu uma batidinha no bolso, para se assegurar de que o chocolate ainda estava lá, e continuou:

— Conseguimos um mandado de busca e apreensão e recolhemos algumas drogas ilegais no clube e no apartamento de Zero. Coisa pequena, na verdade. A alegação de que o material era apenas para consumo próprio poderia ser verdadeira, mas continuamos vasculhando. Quando chegamos ao fim da linha, Zero e seu advogado aceitaram cumplicidade como um presente dos céus. Ele vai pegar de cinco a dez anos e não vai cumprir nem metade da pena, mas...

— Conseguiram colocá-lo atrás das grades, e isso foi uma vitória. Ele perderá a licença da boate, terá de pagar muitas multas e honorários, e seu negócio vai falir. Portanto, você pode ficar com o chocolate.

— Que bom! — Como a barra em seu bolso quase gritava, chamando por ela, Peabody cedeu, pegou-a e abriu uma ponta ínfima da embalagem, suficiente só para dar uma mordida. — Foi muito empolgante acompanhar o processo todo — contou ela, com a boca cheia. — Foi uma pena você perder a festa.

— Eu também senti muito. Obrigada por me substituir tão bem.

— De nada. Escute, pode guardar seu chocolate no mesmo esconderijo. Ele ficará a salvo lá. — Quando Eve apertou os olhos, analisando-a com cautela, Peabody completou, mais que depressa: — Não estou insinuando que o chocolate não estaria a salvo de mim em outro esconderijo, entende? Juro que nunca roubei chocolate ou qualquer tipo de doce desta sala.

Eve manteve o olhar firme, como o de uma tira interrogando um suspeito.

— E você estaria disposta a se submeter a uma passagem rápida pelo detector de mentiras?

— Que foi isso? — exclamou Peabody, colocando a mão em concha no ouvido. — Você ouviu? Alguém chamou por mim na sala de ocorrências. Estão acontecendo crimes terríveis neste exato momento, enquanto estamos de patuscadas por aqui. Preciso ir!

Estreitando os olhos mais uma vez, Eve foi até a porta, fechou-a e passou a chave. Patuscada? Que porra de palavra era aquela? Certamente indicava culpa de quem a usava.

Balançou o saco plástico na mão, tentando achar um novo esconderijo para seu tesouro.

Entre a reunião com a equipe de consultores de uma das suas fábricas e o almoço com investidores que marcara em sua sala de refeição para executivos, o *tele-link* tocou. Era sua assistente.

— Sim, Caro. — As sobrancelhas de Roarke se uniram, denotando estranheza, ao reparar que ela havia acionado a tecla de privacidade.

— A pessoa que você mencionou hoje de manhã está lá embaixo no saguão e pediu alguns minutos do seu tempo.

Roarke apostaria meio milhão de dólares como ela o procuraria antes do meio-dia. Naquele momento, seria capaz de dobrar a aposta, tudo ou nada, na opção de que ela mostraria suas cartas antes de ele ter a chance de expulsá-la.

— A pessoa está sozinha?

— Aparentemente, sim.

— Mantenha-a esperando lá embaixo por mais uns dez minutos, e depois providencie alguém para acompanhá-la até minha sala. Mas não faça isso pessoalmente, Caro. Envie uma assistente, de preferência uma novata. Depois, deixe-a sentada à espera mais um pouco na recepção aqui em cima, até eu dar sinal verde.

— Pode deixar que eu cuidarei do caso. Quer que ligue para sua sala alguns minutos depois de ela entrar?

— Não. — Ele sorriu, mas não foi um sorriso agradável. — Vou me livrar dela pessoalmente.

Roarke mal podia esperar por esse momento.

Depois de verificar o relógio, ele se levantou e caminhou até a parede de vidro que se abria de sua sala para os pináculos e torres da cidade. Estava apenas garoando agora, notou, mas o céu continuava sombrio, cinza e inerte; a chuva miúda sujava as ruas, caindo lentamente daquele céu medonho.

Tanto ele quanto Eve sabiam muito bem como era ter sido tratado como merda no passado. A vida não lhes dera nada de mão beijada, e não lhes fornecera nem mesmo um cacife básico para lidar com os obstáculos. Ambos, porém, cada um ao seu modo, haviam transformado os reveses em vitórias. Blefando, especulando e, pelo menos no caso dele, trapaceando para alcançar o grande prêmio, ao fim de cada dia.

Recordação Mortal

Só que sempre havia uma nova partida. Existiam sempre outros jogadores dispostos a brigar usando as mesmas armas sujas para conseguir sua parte no lucro. Ou, de preferência, levar tudo.

Ora, seja objetivo, censurou a si mesmo. Ele já não precisava planejar nada. Era mais capaz do que nunca de fazer coisas terríveis por simples instinto.

Não tinha condições de voltar atrás no tempo para espancar o pai canalha dela até transformá-lo numa polpa vermelha, trêmula e ensanguentada. Também não poderia fazer com que os mortos sofressem, como Eve ainda sofria. Naquele momento, porém, o destino deixara em sua porta uma pálida representante do passado, na qual poderia descarregar sua frustração.

Uma substituta viva. Rechonchuda, rosada e pronta para ser escalpelada.

Trudy Lombard não imaginava a surpresa desagradável que a aguardava.

Ele sabia que a última coisa que passaria pela cabeça daquela mulher, depois de sair dali, seria rastejar novamente para junto de Eve.

Roarke se virou e analisou sua sala suntuosa. Ele a fizera daquele jeito. Precisava daquilo. Sabia exatamente no que Trudy iria reparar assim que entrasse, vinda da manhã cinzenta e chuvosa. Ela veria poder e riqueza, espaços amplos e luxo. Certamente iria farejar o dinheiro. E, se não fosse totalmente burra, já tinha uma vaga ideia do que iria enfrentar.

Uma ideia muito incompleta, diga-se de passagem, refletiu Roarke. Porque, apesar de ele exercer apenas atividades legalizadas, no momento, isso não significava que tornava público tudo o que havia em seus muitos bolsos.

Mantinha arquivos contábeis secretos em seu escritório pessoal, em casa, atualizados trimestralmente. Eve tinha acesso a todos eles, caso tivesse interesse em vasculhá-los. O que não acontecia, lembrou ele, com um sorriso nos lábios. Ela pegava mais leve do que antes, na hora de questionar a procedência de todo aquele dinheiro. Mesmo assim, Roarke ainda representava, para Eve, motivo para leves embaraços.

Bem que ele gostaria de saber os nomes dos deuses que lhe lançaram um olhar de generosidade, no dia em que a conheceu. Se pudesse colocar tudo o que tinha na vida, o que havia feito e o que havia conquistado num dos pratos de uma balança gigantesca, a dádiva que era a presença de Eve em sua vida, no outro lado da balança, seria mais pesada.

Enquanto esperava o tempo passar, Roarke enfiou a mão no bolso e passou os dedos no botão cinza que sempre carregava, o mesmo que caíra do paletó cinza horroroso que Eve usava no dia em que se conheceram.*

Pensando em Eve, perguntou a si mesmo quanto tempo se passaria antes de sua mente desanuviar e ela cair na real. Quanto tempo mais levaria para que percebesse o porquê de esse fantasma do passado ter surgido de forma tão inesperada.

Quando isso acontecesse, refletiu, fechando a mão com o botão, Eve ficaria profundamente revoltada.

Avaliando que já havia passado tempo suficiente para a visitante esperar, voltou à mesa, sentou-se e chamou a assistente.

— Caro, pode mandá-la entrar.

— Sim, senhor.

Enquanto esperava aqueles minutos derradeiros, tentou conter os sentimentos conflituosos que o atacavam por dentro. Que o faziam sentir uma sede intensa de sangue e ossos quebrados.

A mulher era o que Roarke esperava, com base nas pesquisas que fizera. Para algumas pessoas, poderia ser descrita como uma

---

* Ver *Nudez Mortal.* (N.T.)

mulher bonita — grande, com ossos fortes, um penteado cuidadoso, o rosto maquiado com esmero e bom gosto.

Vestia um conjunto roxo com botões dourados muito brilhantes e saia que ia até o joelho. Sapatos de saltos altos bonitos e de boa qualidade. Seu perfume era marcante, e todo o ambiente recendeu a rosas quando ela entrou.

Roarke se levantou. Embora mantivesse a posição de poder, atrás da mesa, abriu um sorriso educado e lhe estendeu a mão.

— Sra. Lombard. — Pele macia, percebeu, quando a mão dela entrou em contato com a dele. Um jeito fino e suave, mas Roarke não a classificaria como fraca.

— Agradeço muitíssimo o senhor me dedicar alguns minutos do seu tempo, pois imagino que tenha uma agenda muito cheia.

— Não me agradeça por isso. Estou sempre interessado em conhecer as antigas... ligações de minha esposa. Obrigado, Caro.

Sabia que o tom quase ríspido que usou iria indicar à assistente que refrescos, café ou água não deveriam ser oferecidos. Caro simplesmente assentiu com a cabeça, saiu da sala e fechou a porta.

— Por favor, sente-se — ofereceu Roarke.

— Obrigada. Muito obrigada mesmo. — Sua voz parecia empolgada e seus olhos cintilaram. — Não tinha certeza se a pequenina Eve... Desculpe, eu sempre penso nela desse jeito... Se Eve mencionou que eu fui visitá-la.

— A senhora achou que ela não faria isso?

— Pois é, veja só... Eu me sinto *péssima*, simplesmente arrasada pela forma como conduzi nossa conversa de ontem. — Apertou o peito com a mão.

Suas unhas eram longas e muito bem-cuidadas, pintadas em um tom forte de vermelho. Havia um anel largo em sua mão direita, com uma imensa ametista incrustada.

Os brincos combinavam, observou Roarke, e formavam um conjunto harmonioso, embora pouco criativo.

— E como foi que a senhora conduziu a conversa? — quis saber ele.

— De forma desajeitada, confesso. Percebo agora que deveria ter me comunicado com Evinha, em vez de aparecer sem avisar. Acabei me impondo sem querer, um hábito típico meu. Sou muito impulsiva, entende? Especialmente quando me deixo dominar pelos sentimentos. Eve sofreu dores terríveis quando era menina, e me ver surgir em sua frente de forma tão súbita, sem esperar por isso, deve tê-la levado de volta àquela época, pobrezinha. Eu a deixei muito abalada.

Nesse instante levou a mãos aos lábios, de forma estudada, e seus olhos ficaram rasos d'água.

— O senhor não faz ideia de como era aquela pobre menina quando foi morar comigo. Parecia um pequeno fantasma caminhando pela casa. Era tão magra que mal fazia sombra, e tinha um olhar assustadiço.

— É, imagino que sim.

— Eu me culpo por não ter pensado nisso antes. Agora percebo que me ver novamente sem estar preparada a fez recordar os dias terríveis que teve de enfrentar, antes de ser acolhida com segurança em minha casa.

— Então, suponho que a senhora tenha vindo me procurar para que eu lhe transmita seu pedido de desculpas. Farei isso com alegria. Embora eu creia que tenha avaliado de forma exagerada o impacto que sua visita provocou em minha esposa.

Ele se recostou, balançou a cadeira de um lado para o outro, muito à vontade, e completou:

— Creio que Eve ficou um pouco irritada pela visita inesperada, mas abalada? Eu não usaria essa palavra. Portanto, pode ficar tranquila, sra. Lombard. Espero que aproveite sua permanência em Nova York, ainda que breve, antes de voltar para casa.

Aquilo era uma dispensa direta, embora simpática. Um homem ocupado demais que simplesmente espanava com os dedos um fiapo que lhe ficara agarrado no paletó.

Roarke viu que ela percebeu exatamente isso, e notou o instante em que um brilho de ódio rápido como a língua de uma serpente lhe cintilou nos olhos.

Foi então que surgiu a víbora debaixo da roupa conservadora e do sotaque meloso e arrastado.

— Oh! Ora, mas eu *não posso* simplesmente voltar para o Texas sem ver minha pequenina Eve mais uma vez; sem tentar consertar as coisas pessoalmente, até ter certeza de que ficou tudo bem entre nós.

— Eu lhe asseguro que ela está ótima.

— E quanto a Bobby? Meu filho Bobby está aflito para revê-la. Ele era como um irmão para Eve.

— É mesmo? Estranho ela nunca ter sequer mencionado o nome dele.

O sorriso da visitante se tornou indulgente e um pouco manhoso.

— Sabe o que é? Desconfio que ela alimentava uma paixonite pelo meu Bobby. Certamente não comentou nada para não deixar o senhor com ciúmes.

A gargalhada de Roarke foi imediata, longa e alta.

— Por favor! — reagiu ele, satisfeito. — Escute, se desejar, pode deixar seu nome e endereço com minha assistente pessoal. Caso a tenente queira entrar em contato com a senhora, ela certamente o fará. Se não for esse o caso...

— Não, não, isso não me serve. Nem um pouco! — Trudy empertigou-se na cadeira e seu tom ríspido parecia uma chicotada. — Tomei conta daquela menina por mais de seis meses. Levei-a para casa por pura bondade do meu coração mole. Acredite em mim: quando ela chegou, não era uma garota fácil de aguentar. Creio que eu mereço mais que isso.

— Ah, sim? E o que a senhora acha que merece?

— Muito bem. — Ela se remexeu de leve na cadeira, num movimento que Roarke reconheceu como atitude de barganha. — Se o senhor acha que o encontro de sua esposa comigo e com meu filho não é a coisa certa a fazer, e como sei perfeitamente que estou conversando com um homem de negócios, creio que mereço uma compensação. Não só pelo tempo e pelo trabalho que tive com a menina, quando todos a rejeitaram e ninguém estava disposto a lhe oferecer um lar, mas também pela inconveniência e pelas despesas que tive para vir até aqui só para ver como ela está passando.

— Entendo. E a senhora já formulou uma ideia de quanto seria essa compensação?

— Ora, agora o senhor me pegou de surpresa, confesso. — Seus dedos ajeitaram os cabelos de leve, vermelho sobre vermelho. — Não sei como é possível colocar uma etiqueta de preço no que alguém oferece a uma criança, nem o quanto me custará tornar a me afastar dela, agora.

— Tenho certeza de que a senhora conseguirá chegar a um valor.

Foi a fúria que provocou o súbito rubor no rosto da visitante, não a vergonha. Roarke simplesmente manteve no rosto o ar de interesse distante.

— Creio que um homem na sua posição pode se dar ao luxo de ser generoso com uma mulher como eu. Se não fosse por mim, aquela menina provavelmente estaria atrás das grades agora, em vez de colocar pessoas lá. O mais doloroso é que Eve nem mesmo *falou* comigo direito, quando fui vê-la ontem!

Trudy afastou os olhos, piscando muito depressa ao sentir uma nova torrente de lágrimas. Roarke percebeu que ela era capaz de submeter o choro à sua vontade.

Recordação Mortal 65

— Creio que já passamos dos limites. — Ele permitiu que um tom de impaciência lhe surgisse na voz. — Qual é o seu preço?

— Acho que dois milhões não seria uma quantia fora de propósito.

— E por esses dois milhões... Acredito que sejam dólares, certo?

— Claro! — Uma leve irritação tomou o lugar das lágrimas. — Para que eu iria querer moeda estrangeira?

— Por esse valor a senhora e o seu Bobby concordam em, alegremente, voltar para onde vieram e deixar minha esposa em paz?

— Eve não quer nos ver, certo? — Ela ergueu as mãos, em sinal de defesa. — Se é assim, não seremos vistos.

— E se eu julgar o valor dessa compensação muito elevado?

— Para um homem com suas posses, não creio que o senhor julgue o valor elevado. No entanto, sinto-me forçada a mencionar a possibilidade de que eu, profundamente aborrecida com tal inesperado desfecho, vá desabafar sobre a situação com alguém. Talvez um repórter.

Roarke se recostou na cadeira novamente, em total descontração.

— E isso me deixaria preocupado porque o resultado seria...?

— Sendo como sou, uma mulher sentimental demais, mantenho arquivos completos sobre todas as crianças das quais tomei conta. Tenho histórias, detalhes, entende? Alguns deles podem ser difíceis de enfrentar, diria que são até mesmo embaraçosos para o senhor e para a sua Eve. O senhor sabia, por exemplo, que ela passou por relacionamentos sexuais repetidas vezes, antes de completar nove anos?

— Estupro, no seu entender, é o mesmo que relacionamento sexual? — Seu tom permaneceu suave e fluido como seda, embora seu sangue fervilhasse. — Como a senhora é pouco esclarecida, sra. Lombard!

— Não importa o nome que o senhor dê ao que aconteceu, creio que algumas pessoas concordarão que uma mulher com um passado desses não é o tipo de pessoa adequada para exercer as funções de tenente da polícia. Eu mesma tenho minhas dúvidas a respeito — acrescentou. — Talvez seja meu dever cívico conversar com a imprensa, e também com todos os superiores dela na polícia.

— No entanto, dois milhões de dólares têm um peso maior que seu dever cívico, certo?

— Só quero o que é meu por direito. O senhor sabia que Eve estava coberta de sangue quando foi encontrada? Ela, ou outra pessoa, lavou a maior parte dele, mas foram feitos testes. — Os olhos de Trudy pareciam mais brilhantes, naquele momento, tão corajosos e afiados quanto suas unhas longas e vermelhas. — Nem todo o sangue que havia ali era dela.

"Eve costumava ter pesadelos", continuou Trudy. "Parecia estar esfaqueando alguém nesses sonhos maus. Eu me pergunto o que as pessoas achariam disso, caso eu me aborrecesse e divulgasse tais fatos. Aposto que me pagariam um bom dinheiro por uma história suculenta como essa, considerando quem ela é hoje em dia, e também com quem está casada."

— Talvez alguém lhe pagasse, sim — concordou Roarke. — Certas pessoas adoram chafurdar na lama da dor e do sofrimento alheios.

— Portanto, não considero a compensação que mencionei cara demais. Pegarei o dinheiro e voltarei para o Texas. Eve não precisará sequer pensar em mim novamente, apesar de tudo o que fiz por ela.

— A frase está errada. É o que a senhora fez *com* ela, não *por* ela. O que a senhora está demorando a captar, sra. Lombard, é que já estou lhe oferecendo uma compensação fabulosa neste exato momento.

Recordação Mortal 67

— É melhor o senhor pensar duas vezes antes de negar...

— Estou lhe recompensando — interrompeu ele — simplesmente por me segurar aqui na cadeira e me impedir de levantar, ir até onde a senhora está e torcer seu pescoço com violência agora mesmo, usando somente minha mãos.

Ela emitiu uma exclamação de susto e perguntou:

— O senhor está me ameaçando?

— Na verdade, não — continuou Roarke, mantendo a suavidade na voz. — Estou apenas lhe explicando o quanto a senhora já está sendo recompensada por eu deixá-la ir embora ilesa. Estou lhe comunicando o que *não vai* lhe acontecer, e pode acreditar: está sendo muito custoso, para mim, não meter a mão na sua cara como pagamento por tudo o que a senhora fez com minha esposa no tempo em que ela era indefesa.

Roarke se levantou lentamente da cadeira. Dessa vez não houve exclamações de susto, nem nada teatral da parte dela. Trudy simplesmente ficou paralisada de terror, e toda a cor lhe desapareceu do rosto. Finalmente ela percebeu o que estava realmente por baixo da casca de sofisticação, estilo e boas maneiras que o dinheiro proporcionara ao homem diante dela.

Nem mesmo uma víbora saberia como se defender disso.

Com os olhos fixos nos de Trudy, Roarke deu a volta na mesa e se apoiou confortavelmente no móvel. Tão perto da visitante que percebeu sua respiração ofegante.

— A senhora sabe o que eu poderia fazer com um simples estalar de dedos? — Ele estalou os dedos das duas mãos com força. — Eu poderia matá-la aqui e agora, sem pestanejar. Depois, convocaria tantas pessoas quantas julgasse adequadas, e elas jurariam que a senhora deixou esta sala em perfeito estado de saúde. Alteraria todos os discos e câmeras de segurança para provar isso à polícia. Eles nunca encontrariam o seu cadáver, ou o pouco que restasse dele, quando eu acabasse de tratá-la do meu jeito.

Portanto, considere a manutenção da sua vida, que presumo lhe seja muito cara, a sua grande compensação.

— O senhor deve ser louco! — exclamou ela, encolhendo-se na cadeira. — Só pode ser completamente insano.

— Considere essa possibilidade, caso algum dia pense em voltar para barganhar comigo. Caso planeje encher os bolsos falando das torturas e dos pesadelos de uma criança... Ou se pretende tentar entrar em contato com minha esposa novamente, lembre-se de tudo que eu lhe disse e tenha medo. Tenha muito medo! — repetiu, inclinando-se de leve na direção dela. — Porque roubar de mim mesmo o prazer de arrancar pedaços do seu corpo lentamente, um membro de cada vez, me irrita bastante. E eu não gosto de me sentir irritado.

Ele deu um passo vigoroso na direção dela, que se atrapalhou toda para se colocar em pé e quase correu para a saída.

— Mais uma coisa! — advertiu Roarke. — Repasse essa mensagem ao seu filho, caso ele se sinta inclinado a testar minha paciência.

Quando Trudy chegou à porta, caminhando de costas e apalpando para sentir a fechadura, Roarke completou, com o mesmo tom suave:

— Não existe lugar algum neste planeta, ou fora dele, onde a senhora possa se esconder de mim, caso torne a magoar minha esposa. Não existe buraco algum onde eu não consiga alcançá-la.

— Ele esperou mais um segundo, sorriu e ordenou: — Caia fora!

Ela fugiu correndo, e Roarke ouviu um grito agudo de pavor, uma espécie de guincho abafado acompanhando o som de passos que se afastaram, céleres. Enfiou as mãos nos bolsos e pegou, com uma delas, o botão do velho casaco de Eve, enquanto voltava para a janela, a fim de analisar o cinza escuro e úmido do céu de dezembro.

— Roarke?

— Sim, Caro — respondeu ele sem se virar, quando sua assistente entrou na sala.

— Quer que eu peça aos seguranças que confirmem a saída da sra. Lombard?

— Não será necessário.

— Ela parecia estar com muita pressa.

— Sim, enfrentou uma súbita mudança de planos. — Ele viu a sombra do seu reflexo sorrir de leve. Virando-se, olhou para o relógio de pulso. — Ora, já está na hora do almoço, certo? Vou subir para receber nossos convidados. Estou com um apetite de leão.

— Posso imaginar — murmurou Caro.

— Ah, mais uma coisa, Caro — alertou Roarke, seguindo na direção do elevador privativo. — Por favor, notifique à segurança de que nem a sra. Lombard nem o filho dela, cuja foto vou lhes fornecer, deverão ter acesso a este prédio.

— Vou cuidar disso imediatamente.

— Mais uma coisa: eles estão hospedados no West Side Hotel, junto da Décima Avenida. Quero ser informado quando eles fizerem *check out*.

— Vou providenciar isso.

— Você é um tesouro, Caro — disse ele, olhando para trás quando as portas do elevador se abriram.

A assistente refletiu consigo mesma, ao ver as portas se fechando, que em momentos como aquele era aconselhável dar graças a Deus por ele pensar assim.

Capítulo Quatro

Para manter a cabeça ocupada, Eve se concentrou na papelada e no acompanhamento dos casos recentes. Lidar com trabalho burocrático lhe proporcionava um benefício adicional: conseguiu deixar sua mesa razoavelmente limpa de trabalho antes que as festas de fim de ano a atacassem, sugando-lhe todo o tempo vago.

Estava bastante adiantada quando Peabody entrou em sua sala.

— O exame toxicológico de Tubbs deu positivo. Havia traços de *Zeus* e várias outras substâncias danosas. A outra vítima estava com o sangue limpo. Os corpos, ou o que sobrou deles, serão liberados amanhã para os parentes.

— Bom trabalho.

— Dallas?

— Humm. Vou enviar os recibos do nosso esquadrão para o departamento financeiro. Pelo menos a maioria deles — disse ela, com um olhar de desdém. — Baxter gastou demais, precisamos ter uma conversinha.

— Dallas?

Eve ergueu os olhos e viu o rosto aflito da parceira.

— Preciso ir ao tribunal. Vou testemunhar no julgamento de Celina.*

— Mas já lhes repassamos todas as nossas declarações — reagiu Eve, levantando-se.

— Só que a promotoria me convocou em separado, lembra? Fui convocada como uma das vítimas.

— Eu sei, mas... Pensei que isso ainda fosse levar mais uma ou duas semanas, ainda mais com as festas de fim de ano e...

— O processo está caminhando bem depressa. Preciso ir lá.

— Quando?

— Agora mesmo. Prometo não demorar muito, mas... Você poderia ir comigo? — pediu Peabody, e viu que Eve já pegava o casacão.

— Você achou que eu não fosse?

Soltando um suspiro de alívio, Peabody fechou os olhos.

— Obrigada. Obrigada de verdade. McNab ficou de me encontrar lá. Ele está fazendo trabalho de rua, mas vai tentar chegar antes de... Obrigada.

No caminho, Eve parou diante de uma das máquinas automáticas de lanches.

— Pegue uma garrafa de água para você — sugeriu a Peabody. — E algo que tenha um estimulante para mim.

— Boa ideia. Minha garganta está seca, apesar de eu me sentir bem preparada — garantiu Peabody, digitando seu código e escolhendo as bebidas. — O pessoal da promotoria fez várias simulações comigo. Além do mais, não será a primeira vez que eu testemunho num julgamento.

---

* Ver *Visão Mortal*. (N.T.)

— Mas é a primeira vez que você vai subir lá como vítima. É diferente. Você sabe o quanto é diferente.

Peabody entregou uma lata de Pepsi a Eve e tomou longos goles da água, enquanto caminhavam.

— Não foi Celina quem me atacou. Não sei por que estou tão assustada.

— Ela foi parte de tudo. Tinha conhecimento prévio do que iria acontecer e não fez nada para evitar. Não é à toa que foi acusada de cumplicidade, Peabody. Vamos até lá e você relata como tudo aconteceu; não deixe que a defesa a abale. Depois, simplesmente dê adeus ao caso e volte para casa.

Era possível dar adeus ao caso, pensou Eve, mas a marca nunca desaparecia por completo. Peabody se lembraria de cada momento daquele ataque. Iria se lembrar da dor e do medo. A justiça seria conquistada, mas nem mesmo a sensação de justiça feita podia apagar as recordações.

Ela saiu pelas portas principais do prédio. Por mais que o dia estivesse uma bosta, a curta caminhada até o tribunal ajudaria Peabody a se acalmar.

— Você é uma tira — lembrou-lhe Eve. — Sofreu um duro golpe em pleno cumprimento do dever. Isso é importante para os jurados. Você é mulher. — Eve enfiou as mãos nos bolsos, para protegê-las da chuva fria. — Não importa se esse detalhe deve pesar ou não, mas é igualmente importante para os jurados. O fato de um filho da mãe maluco e gigantesco, que já havia matado e mutilado várias mulheres, ter agredido você de forma brutal... Bem, certamente também vai pesar no júri.

— Ele está trancafiado e isolado. — Isso era um alívio imenso. — É maluco demais para estar presente no tribunal. Certamente será enviado para uma instituição para doentes mentais, setor de pacientes violentos, até morrer ou se matar.

— Seu trabalho aqui é garantir que Celina não escape. Precisa ajudar o promotor a provar que ela teve responsabilidade.

— Eles vão pegá-la de jeito por causa do assassinato de Annalisa Sommers, que ela mesma perpetrou. Sua pena vai aumentar por causa disso. Talvez seja o bastante.

— Será o bastante para você?

— Estou trabalhando internamente para que seja — disse Peabody, olhando para a frente sem piscar e tomando mais alguns goles de água.

— Então você está se saindo melhor do que eu, em casos assim. Você conseguiu escapar com vida, outras não conseguiram. Ela simplesmente observou tudo. Cada uma das mortes, a partir do momento em que Celina se ligou psiquicamente a John Blue, foi culpa dela. Cada minuto que você passou no hospital e na recuperação foi culpa dela. Cada momento mau ou difícil que você enfrentou por causa do que aconteceu foi culpa dela. Só sei que desejo muito que essa mulher pague pelo que fez.

Ao subir a escada da frente do tribunal, Peabody engoliu em seco e anunciou:

— Minhas mãos estão tremendo.

— Aguente firme. — Foi tudo que Eve disse.

Depois de passarem pela vistoria de segurança, Eve poderia ter ido direto para a sala do julgamento, usando seu distintivo para abrir caminho. Em vez disso, porém, esperou ao lado de Peabody até Cher Reo, assistente da promotoria, aparecer.

— Teremos um curto recesso — anunciou Reo. — Você vai depor em seguida, Peabody.

— Como está correndo o julgamento? — quis saber Eve.

— Ela conseguiu bons advogados — disse Reo, olhando para as portas duplas atrás de si. Era linda e loura, com olhos azuis muito expressivos e um leve sotaque sulista. Também era dura como titânio. — Os dois lados estão explorando a mediunidade da acusada, mas com abordagens diferentes. Os advogados de defesa estão alegando que as imagens que Celina recebeu mentalmente, dos assassinatos e dos atos de violência, resultaram em trauma profundo e diminuíram sua capacidade de agir com sanidade. Eles arranjaram especialistas para alegar exatamente isso, sob juramento. Como resultado dessas declarações, estão tentando colocar toda a responsabilidade em cima de Blue. Ele é louco, invadiu a mente dela e assim por diante.

— Isso é uma tremenda baboseira.

— Claro que sim. — Reo afofou os cabelos. — Do nosso lado, temos o fato de que Celina estava recolhida em segurança, dentro de casa, enquanto observava Blue torturar, mutilar e matar, e isso lhe deu a brilhante ideia de fazer o mesmo, usando o *modus operandi* do assassino para acabar com a noiva do ex-amante. Sob o disfarce de estar trabalhando para a polícia, ela se absteve de agir enquanto mulheres eram assassinadas e uma oficial da Polícia de Nova York era ferida com gravidade. Por sinal, uma oficial que foi condecorada, reagiu de forma corajosa ao revés que enfrentou e se envolveu diretamente no encerramento do caso.

Reo colocou a mão sobre o braço de Peabody de forma solidária e o apertou com carinho, num gesto que Eve reconheceu como um sinal de apoio direto de mulher para mulher.

— Você quer repassar tudo mais uma vez? — ofereceu a Peabody. — Ainda temos alguns minutos.

— Talvez. Tudo bem, vamos lá. — Peabody se virou para Eve. Seus olhos brilhavam demais e seu sorriso era tenso. — Pode entrar, Dallas. Vou repassar o depoimento mais uma vez com Reo, e depois pode ser que eu vomite lá atrás, rapidinho. Prefiro fazer isso sozinha.

Eve esperou até Reo levar Peabody para uma das salas de reunião, antes de pegar o comunicador para tentar localizar McNab.

Recordação Mortal

— Cadê você?

— Estou a caminho do tribunal. — O bonito rosto do detetive e o longo rabo de cavalo que ele usava surgiram na tela. Faltam só três quarteirões. Estou indo a pé. Quem foi o maluco que soltou todas essas pessoas na rua ao mesmo tempo?

— O julgamento foi interrompido para um rápido intervalo, mas a sessão está prestes a ser retomada. Ainda faltam alguns minutos. Estarei em uma das fileiras de trás. Vou guardar um lugar para você.

Eve desligou, entrou na sala e se sentou, como fizera inúmeras vezes ao longo da carreira. Observou o antigo salão e analisou os bancos compridos, a galeria, os repórteres e o bando de curiosos que sempre aparecia. Às vezes — ela preferia pensar que na *maioria* das vezes — a justiça era feita ali.

Eve desejava apenas justiça para Peabody.

Tinham lançado o arrastão para o campo processual, onde os peixes seriam pegos, presos e indiciados. Agora a bola estava no campo dos advogados, do juiz e dos doze cidadãos que compunham o júri.

Ela os analisou com atenção quando eles voltaram para retomar a sessão.

Alguns minutos depois Celina Sanchez entrou no salão, acompanhada por sua equipe de advogados.

Os olhares dela e de Eve se encontraram por um instante e se mantiveram fixos um no outro, numa espécie de ligação ancestral entre predador e presa. Tudo lhe veio à lembrança: os corpos, o sangue, a perda e a crueldade.

Foi por amor, explicara Celina, no fim de tudo. Tudo o que ela fez tinha sido por amor.

Essa, refletiu Eve, era a maior balela que poderia existir.

Celina se sentou no lugar reservado à ré, de frente para o público. Seus cabelos exuberantes estavam domados, presos num coque alto, muito bem-arrumado e com ar de dignidade. Em vez das cores berrantes usuais, ela escolhera um terninho cinza bastante sério.

Tudo aquilo era só cena, notou Eve, sabendo perfeitamente o que havia dentro da acusada. A não ser que os jurados fossem muito burros, eles também perceberiam.

Reo chegou perto de Eve e se inclinou de leve, dizendo:

— Peabody vai ficar bem. Foi bom você ter vindo. — Virou-se, caminhou alguns metros e se sentou à mesa da promotoria.

Quando o responsável pela sessão anunciou a entrada do juiz e todos se levantaram, McNab entrou correndo pelas portas. Seu rosto estava vermelho de frio e cansaço, mas o tom era alguns graus mais discreto que a camisa marrom-arroxeada que usava por baixo do paletó em padrão zigue-zague de azul e cinza, tão forte e agitado que provocava dor nos olhos. Com botas de amorteci-mento a ar na mesma cor marrom-arroxeada, ele se colocou ao lado de Eve, que avisou, aos sussurros:

— Peabody não quis que eu ficasse junto dela lá atrás; preci-sava de alguns minutos sozinha. Pensávamos que essa sessão só iria acontecer na segunda-feira. Droga!

— Ela sabe se virar numa boa.

Eve achou que não valia a pena comentar com McNab que o estômago dela estava quase dando um nó, de tanta ansiedade. Também não serviria de nada contar que sabia exatamente o que se passava na cabeça dele quando eles se acomodaram no banco e o promotor chamou Peabody.

McNab viu a si mesmo correndo pela escada abaixo, com o coração na boca, ouvindo-se dizer, a plenos pulmões: "Oficial abatida!" no comunicador, enquanto descia, de dois em dois, os degraus da escada do prédio, a fim de acudi-la.

Eve não estava no local e não tinha assistido à cena, mas dava para rever tudo naquele momento. Não esteve lá para ver Peabody com várias fraturas, o corpo ensanguentado, encolhida no chão. Mas conseguia imaginar.

Queria que todos os jurados vissem o mesmo.

Conforme orientada, Peabody informou seu nome completo, posto e o número de distintivo. O promotor foi rápido e direto com ela — uma boa estratégia, na opinião de Eve. Ele a tratou como uma tira. Revisitou os depoimentos dados anteriormente e, em seguida, ele e o chefe dos advogados de defesa executaram uma pequena dança jurídica.

Depois de pedir a Peabody que se transportasse até a noite do ataque, ela começou com firmeza e objetividade. Informou a hora em que as coisas aconteceram, o desenrolar passo a passo, descreveu o momento em que entrou em contato com seu parceiro de coabitação, o detetive Ian McNab, assim que saiu da estação do metrô e começou a caminhar de volta para casa. Nesse momento sua voz falhou; os jurados perceberam e olharam atentamente para ela. Viram a luta de uma mulher para escapar da morte e a batalha de uma tira para sobreviver.

— Consegui disparar minha arma — informou ela.

— A senhorita estava gravemente ferida, depois de se atracar numa briga de vida ou morte com um homem muito mais forte e corpulento, e mesmo assim conseguiu alcançar a arma?

— Sim, senhor. E dei uma rajada nele. Eu tinha sido jogada para o alto. Eu me lembro de ser lançada pelo ar como um pedaço de papel, mas consegui atirar nele. Depois caí no chão e não recordo de mais nada até acordar no hospital.

— Tenho aqui uma lista dos ferimentos que a senhorita sofreu, detetive. Com permissão da corte, gostaria de recitá-los, para a avaliação dos jurados.

Quando a lista começou, McNab agarrou a mão de Eve com força.

Ela o deixou segurar suas mãos durante toda a leitura, e depois pelas confirmações médicas, objeções e mais perguntas. Não disse nada quando a defesa lançou-se ao interrogatório cruzado, e a mão de McNab continuava apertando a de Eve cada vez com mais força, envolvendo-a como se fossem arames.

Peabody parecia trêmula, então, e a defesa se aproveitou dessa fraqueza. Mas essa tática era um equívoco, pensou Eve. Aproveitar-se da vítima, a única sobrevivente de uma série de assassinatos repugnantes, era sempre um erro.

— Segundo seu próprio testemunho, detetive, bem como as declarações e testemunhos das pessoas que presenciaram o ataque, John Joseph Blue agiu sozinho quando a atacou.

— Correto.

— A srta. Sanchez não se encontrava no local quando a senhorita foi ferida.

— Não, senhor. Pelo menos, não fisicamente.

— Segundo um depoimento anterior, a srta. Sanchez nunca se encontrou, nem falou, nem teve nenhum tipo de contato com John Joseph Blue, o homem que a atacou.

— Essa informação não é precisa. Ela teve contato com John Blue diversas vezes. Psiquicamente.

— Gostaria, neste momento, de qualificar a palavra *contato*. A srta. Sanchez já tinha observado, com a ajuda de seus poderes paranormais, os violentos assassinatos cometidos por esse tal de John Joseph Blue, os quais ele confessou. Não é verdade que a srta. Sanchez se apresentou de forma voluntária para se oferecer como consultora e assistente na investigação da qual a senhorita participava?

— Não, senhor, não é verdade.

— Detetive, tenho em minhas mãos vários relatórios que afirmam, de forma clara, que a srta. Sanchez ofereceu sua ajuda aos oficiais que investigavam os crimes, sem cobrar nenhum tipo de honorário, e sua assistência foi aceita. Na verdade, ela foi uma peça primordial na identificação de Blue e ajudou a promover, por fim, a sua captura.

Enquanto ele falava, Peabody pegou o copo d'água sobre o púlpito e bebeu vários goles, lentamente. Sua voz estava firme de novo ao continuar. Voz de tira.

— Não, senhor, ela não forneceu à equipe investigativa, nem ao Departamento de Polícia ou às vitimas qualquer tipo de assistência. Na verdade, atrapalhou muito a investigação ao manter ocultas informações fundamentais sobre o caso, que guardou para si a fim de matar Annalisa Sommers, que era seu objetivo principal.

— Meritíssimo, essa última informação é pura especulação da depoente, e foi emitida num momento de exaltação incontida. Peço que ela seja retirada por completo da transcrição.

— Protesto! — O promotor saltou da cadeira como se tivesse sido impulsionado por uma mola. — Essa testemunha é uma oficial de polícia muito bem-treinada, e trabalhou como peça-chave para a equipe de investigação.

A dança continuou, mas Eve reparou que Peabody estava mais relaxada. Tinha encontrado seu ritmo.

— Você tem dois segundos para largar minha mão, antes que eu use a outra para lhe dar um soco na cara — avisou Eve, com voz suave.

— Há? Opa, desculpe. — McNab a libertou de sua garra e soltou um riso nervoso. — Ela está indo bem, você não acha?

— Ótima.

Vinha mais coisa pela frente e houve novos questionamentos dos dois advogados. Quando desceu da tribuna, Peabody estava um pouco pálida, mas Eve curtiu quando ela virou a cabeça e encarou Celina.

Sua parceira iria lembrar esse momento, decidiu Eve. Iria lembrar que se manteve firme e olhou para a assassina.

— Essa é minha garota! — exclamou McNab no instante em que se viu fora da sala do tribunal. Seus braços envolveram Peabody com força. — She-Body, você arrasou!

— Fiquei arrasada, isso sim, mas acho que deu tudo certo. Nossa, estou contente por ter acabado. — Massageou a barriga de leve e exibiu um sorriso genuíno. — Obrigada por ficar e me dar força — agradeceu a Eve.

— De nada. — Eve olhou para o relógio de pulso. — Seu turno se encerra daqui a duas horas. Tire o resto do tempo de folga.

— Não é preciso, estou ótima, eu...

— Pelo menos parou de tremer, ou não se percebe — elogiou Eve, avistando Nadine, a mais famosa repórter do Canal 75, que se aproximava clicando o piso do tribunal com suas botas de salto altíssimo, a câmera correndo atrás dela.

— Ali está a figura-chave. Como correram as coisas, Peabody? — quis saber Nadine.

— Numa boa. Acho que foi tudo bem.

— Está pronta para me dar uma entrevista exclusiva?

Eve pensou em impedir isso, mas se conteve. Provavelmente seria bom para Peabody dar sua opinião sobre o que tinha acontecido com ela. E Nadine era confiável.

— Acho que sim — concordou Peabody. — Eu topo.

— O tempo está horroroso lá fora, mas se gravarmos a entrevista nos degraus do tribunal teremos um belo impacto. Desista de sua garota por um minuto, McNab.

— Desistir nunca, mas posso emprestá-la.

— Mal posso esperar por amanhã, Dallas — comentou Nadine, quando o grupo seguiu para a escadaria. — Bem que eu poderia lhe fazer algumas perguntas também. Pelo menos uma declaração curta e objetiva do tipo "a justiça venceu", ou algo assim.

— Não, Nadine, esse momento é só dela. Tire o resto do dia de folga — tornou a sugerir a Peabody, olhando para o céu ameaçador e se preparando para descer os degraus.

Ao chegar à calçada, virou-se e olhou para cima. Nadine tinha razão, a cena era impactante — Peabody, úmida sob a garoa, nos degraus do tribunal. Aquilo era algo que Peabody certamente gostaria de mostrar à sua família, para que eles vissem como ela se mostrava firme como uma rocha ao falar do seu trabalho e da justiça.

Como a própria Eve adorava esses momentos, observou a cena mais um pouco. Virou-se para a calçada a tempo de ver o empurrão, o roubo de uma bolsa e a corrida do ladrão.

— Minha bolsa, minha bolsa!

— Ai, merda! — resmungou Eve, expelindo o ar com força e saindo em perseguição do bandidinho de rua.

Largando tudo e descendo a escadaria com uma rapidez alarmante e um sério risco de quebrar o pescoço ao cair dos saltos altos, Nadine berrou na direção da câmera:

— Vá atrás. Cole na tenente e filme a perseguição.

Quando Peabody e McNab a ultrapassaram a toda, na escadaria, Nadine só faltou dançar de emoção e berrou mais uma vez para a câmera:

— Não vá me perder esse lance, pelo amor de Deus.

O ladrão tinha mais de um metro e oitenta, avaliou Eve, e quase noventa quilos de músculos. A maior parte do seu corpo eram as pernas, e ele as usava com muita agilidade. Derrubava as pessoas em seu caminho como pinos de boliche, deixando todos estatelados no chão, a fim de atrasá-la.

As pontas do casacão de Eve drapejavam às suas costas, o couro parecendo flutuar ao sabor do vento.

Ela não desperdiçou fôlego mandando-o parar, nem se identificou como policial. Os olhos dele haviam se fixado nos dela por um instante, como os de Celina. Imediatamente, a identificaram como caçadora.

O fugitivo agarrou uma carrocinha de lanches, com vendedor e tudo, e a empurrou sobre a calçada. Salsichas de soja deslizaram sobre o chão, latas de refrigerante se espatifaram e explodiram.

Eve, com habilidade, passou por cima de um pedestre que o infrator em fuga empurrou para cima dela e desviou de mais outro. Avaliando a distância entre ela e o contraventor fujão, Eve tomou um impulso poderoso e se lançou no ar. Agarrou-o pelas pernas e o derrubou. Ambos deslizaram pela calçada molhada e só pararam além do meio-fio, poucos metros à frente de um maxiônibus que parou de repente para não atropelá-los, os freios guinchando como uma mulher histérica.

O quadril de Eve, ainda em processo de cura, reclamou dos solavancos como um bebê.

O ladrão conseguiu lhe atingir no instante em que ela se distraiu tentando evitar ser esmagada pelas rodas do ônibus, que derrapavam no asfalto. Eve sentiu o gosto de sangue quando o cotovelo do larápio atingiu-lhe o maxilar.

— Isso foi muita burrice! — anunciou ela, prendendo os braços dele atrás das costas com algemas, numa velocidade espantosa. — Burrice total! Agora, além de furto, você vai ser acusado de agressão a uma tira.

— Ei, você não me avisou que era tira! Como é que eu podia adivinhar? Além do mais, durante a perseguição você me atirou na frente de um ônibus em movimento. Isso é brutalidade policial! — reclamou ele, debatendo-se muito enquanto buscava por alguém solidário, na multidão que se formara. — Eu estava cuidando da minha vida e você tentou me matar!

— Cuidando da sua vida? — Eve virou a cabeça e cuspiu sangue. Pelo menos o maxilar latejando de dor serviu para afastar sua mente do quadril.

Ela o revistou e pegou a bolsa grande e mais três menores, além de várias carteiras.

— Puxa, que carregamento caprichado! — comentou.

Ele se sentou na calçada, deu de ombros e filosofou:

— Festas de fim de ano. As pessoas vão para a rua mesmo que o clima esteja insuportável. Por favor, não me esculache com esse papo de agressão, OK? Numa boa, me dê um refresco. Agi por reflexo.

— Seus reflexos estão ótimos — disse Eve, massageando o maxilar.

— E você é veloz pra cacete, sou obrigado a reconhecer.

Eve ajeitava os cabelos molhados quando Peabody e McNab chegaram.

— Dispersem essa multidão, sim? — pediu ela. — Depois, peçam uma patrulhinha para rebocar esse babaca, por várias acusações de roubo. Já que estamos tão perto do Natal, vou aliviar você da agressão.

— Obrigado.

— Agora vamos... Ei, tire essa câmera da minha cara! — explodiu Eve.

— Seus lábios estão sangrando, tenente — avisou McNab já recolhendo as bolsas e carteiras.

— Não foi nada! — Eve passou a mão na boca para limpar o sangue. — Mordi a porra da minha língua na queda.

— A patrulhinha está a caminho, senhora — relatou Peabody. — Gostei de ver sua corrida de obstáculos entre os pedestres.

Eve se agachou para trocar mais algumas palavrinhas com o ladrão.

— Se você tivesse corrido na direção oposta já estaríamos diante do prédio da Central, protegidos dessa chuvinha irritante.

— Não sou tão burro assim, dona.

— Mas foi um tremendo mané ao praticar um roubo na porta do tribunal.

— Não consegui me segurar — explicou ele, lançando um olhar pesaroso. — A mulher balançava a porra da bolsa longe do braço, enquanto tagarelava com a amiga. Ela praticamente *me entregou* a bolsa.

— Ah, então tá. Explique isso quando chegar à delegacia.

— Tenente Dallas? — Nadine, ligeiramente ofegante, finalmente chegou. Trazia pelo braço uma mulher com olhos castanhos arregalados.

— Esta é Leeanne Petrie, tenente, cuja propriedade roubada você acaba de recuperar.

— Madame, não sei como lhe agradecer. — A mulher sorriu.

— Para começar, não me chame de madame. Precisamos que a senhora vá à Central, sra. Petrie, para apresentar queixa e assinar o formulário de devolução da sua bolsa.

— Puxa, nunca passei por nada tão emocionante na vida. Esse homem me derrubou na calçada! Sou de uma cidadezinha chamada White Springs, ao sul de Wichita, no Kansas. Nunca experimentei algo tão empolgante!

Eve não resistiu e repetiu a famosa frase do filme *O mágico de Oz*:

— Não estamos mais no Kansas.

F azendo valer sua patente mais elevada, Eve ordenou que Peabody fosse para casa e assumiu o caso. Lidar com as formalidades da acusação do roubo a mantiveram presa na Central até o fim do turno. A temperatura despencou ao escurecer, e a garoa incessante se transformou numa chuva de granizo misturada com neve. As ruas ainda mais escorregadias fizeram da sua volta para casa uma maratona de contrariedades.

Presa no tráfego pesado, Eve sorveu um pouco de água gelada para aliviar sua língua dolorida e deixou a mente vagar solta. Estava a alguns quarteirões de casa quando sua mente chegou a Trudy Lombard. E a ficha caiu.

— Não era eu. Jesus, aquilo não teve nada a ver comigo. Por que teria? Droga, merda, maldição!

Ligou a sirene e colocou a viatura em modo vertical, subitamente. Xingando a si mesma e aos nós do tráfego que tornavam suas manobras bruscas quase suicidas, acionou o *tele-link* do painel.

— Roarke já chegou? — perguntou, com rispidez, quando Summerset apareceu na tela. — Transfira essa ligação para ele.

— Ele acaba de entrar pelos portões da propriedade, mas ainda não entrou em casa. Se for alguma emergência...

— Avise que chegarei em dez minutos e preciso falar com ele urgentemente. Se uma mulher chamada Trudy Lombard ligar ou aparecer por aí, não comunique sua chegada a ele. Entendeu bem? *Não a leve* até Roarke!

Eve desligou, agarrou o volante com força e acelerou a viatura tão subitamente que tirou fino de dois ou três para-choques.

Filha da mãe! De que mais ela poderia estar atrás, a não ser dinheiro? Pilhas e mais pilhas dele? E quem, no universo conhecido, era o dono das pilhas de dinheiro mais altas?

Mas Trudy não iria conseguir. Se Roarke tivesse a *longínqua ideia* de pagar para que ela sumisse, Eve jurou que arrancaria a pele dele pessoalmente.

Abaixou os *flaps* do carro para aterrissar e entrou a toda velocidade pelos portões. Roarke abriu a porta pessoalmente quando ela parou diante da casa.

— Estou sendo preso? — gritou ele, balançando o dedo no ar junto do ouvido. — Desligue a sirene, tenente.

Eve fez isso, saltou do carro e bateu a porta com força.

— Sou uma anta! Uma imbecil completa!

— Se continuar a se referir desse modo à mulher que eu amo, não vai ganhar um drinque.

— O alvo era você, e não eu. Nunca fui eu! Se eu não tivesse permitido que ela virasse minha cabeça do avesso, perceberia isso logo de cara. Estou falando de Trudy Lombard.

— Tudo bem. O que foi isso? — Ele passou o dedo de leve sobre a marca roxa no maxilar de Eve.

— Nada. — A raiva tinha acabado com todos os vestígios da dor. — Você ouviu o que eu disse? Eu a conheço, manjo a figura. Ela não faz nada sem um objetivo. Talvez pudesse me procurar para tirar alguma vantagem para si mesma, mas certamente não se daria todo esse trabalho e toda essa despesa só para vir aqui me importunar. O foco é você, Roarke!

— Você precisa se acalmar, querida. Vamos para a sala de estar. — Ele a pegou pelo braço. — Acendi a lareira e tomaremos um pouco de vinho

— Quer *parar*, por favor? — reagiu ela, dando um tapa na mão dele, mas Roarke simplesmente mudou a mão de lugar para ajudá-la a despir o casacão molhado.

— Tire alguns minutos para recuperar o fôlego — aconselhou ele. — Pode ser que você não queira um drinque, mas eu quero. Esse tempo está deplorável.

Eve respirou fundo e passou as mãos no rosto, tentando restaurar o equilíbrio.

— Eu não consegui raciocinar, esse é que foi o problema. Não pensei direito, simplesmente reagi. Devia ter sacado logo de cara.

Recordação Mortal

Trudy certamente achou que poderia aparecer de repente para me ver e brincar de reencontro familiar. Deve ter imaginado que eu não me lembraria direito do quanto foi tenebroso morar em sua companhia. Assim, poderia bancar a mãe adotiva saudosa, um anjo de misericórdia, sei lá, e preparar o terreno de tal modo que, ao me implorar alguma grana alta, eu imediatamente pediria a você para dar o dinheiro a ela.

— Ela subestimou você. Tome. — Roarke entregou a Eve um cálice de vinho.

— Mas devia ter um plano B. — Eve tomou o vinho e caminhou de um lado para outro diante da lareira crepitante. — Alguém como Trudy *sempre* tem um plano B. No caso de eu não me mostrar receptiva, ela certamente já pensou em arrumar um jeito de ir direto à fonte. Vai procurar você. Primeiro tentará ser simpática, talvez lhe contar uma historinha qualquer sobre um momento de má sorte em sua vida. Em seguida vai se mover para o campo das ameaças, caso não consiga sacudir a árvore do dinheiro. Aposto que vai pedir uma boa grana. Pretende voltar para pegar mais no futuro, é claro, mas agora já conta com uma bela bolada...

Levou algum tempo para analisar o rosto de Roarke e completar:

— E nada disso é novidade para você.

— Como já percebeu, você mesma teria chegado a essa conclusão logo de cara se não tivesse ficado tão perturbada. — Ele baixou a cabeça de leve a roçou os lábios pelo maxilar dela. — Venha, vamos nos sentar perto da lareira.

— Espere, espere um pouco. — Eve o agarrou pela manga da camisa. — Você não a enxotou, nem mesmo foi procurá-la, certo?

— Eu não tive nem tenho intenção de procurá-la. A não ser que ela continue a assediar e importunar você. Por acaso sabia que ela serviu de mãe adotiva para onze crianças, ao longo dos anos? Eu me pergunto quantas dessas ela atormentou, como fez com você.

— Você a investigou? Ora, mas é claro que a investigou! — Ela se virou para o outro lado. — Puxa, estou mesmo com o raciocínio lento dessa vez.

— Tudo já foi resolvido, Eve. Tire isso da cabeça.

— Foi resolvido de que modo? — Ela se manteve de costas para ele e tomou mais um gole de vinho, lentamente.

— Trudy Lombard veio ao meu escritório hoje de manhã. Tornei bem claro para ela que seria melhor para todos os envolvidos se ela voltasse para o Texas e não tentasse mais entrar em contato com você.

— Você conversou com Trudy? — Eve estreitou os olhos com força, tentando fugir das sensações de raiva e desamparo que a inundavam. — Você sabia quem ela era, o que era, e mesmo assim permitiu que entrasse em sua sala?

— Pessoas muito piores já pisaram lá dentro. O que esperava que eu fizesse?

— Esperava que deixasse isso por minha conta. Esperava que você entendesse que isso é um problema meu, e *sou eu* quem deve lidar com ele.

— Esse não é um problema apenas seu, é *nosso*... Na verdade, *era* nosso. E era para *nós* lidarmos com ele. Agora, isso foi feito.

— Não quero você lidando com meus assuntos, resolvendo meus problemas, nem se metendo nos meus negócios. — Girou o corpo e, antes de ambos perceberem o que pretendia fazer, atirou o cálice longe. Vinho e cristal se espalharam e espatifaram. — Isso era um assunto pessoal *meu*.

— Você não tem mais assuntos pessoais, da mesma forma que eu também não tenho.

Recordação Mortal

— Não preciso ser protegida, *não aceito* isso. Nem quero que ninguém *zele* por mim.

— Ah, entendi. — A voz dele ficou mais suave, sempre um sinal perigoso. — Quer dizer que é perfeitamente aceitável que eu cuide dos detalhes chatos e insignificantes, digamos assim. "Será que existe algum jeito de embrulhar esse troço?", por exemplo. Nas coisas que realmente importam, porém, eu devo manter o bedelho longe? É isso?

— Não é a mesma coisa. Sou uma esposa de merda, já entendi essa parte. — A garganta dela se fechava e sua voz ficou mais pesada com as palavras que lutavam para ser ditas. — Não me lembro de fazer as coisas. Aliás, não sei fazê-las e estou pouco me lixando para aprender. Só que...

— Você não é uma esposa de merda, e sou eu quem deve julgar. Mas é uma mulher extremamente difícil, Eve, disso você pode ter certeza. Ela me procurou, tentou me arrancar algum dinheiro, mas não tornará a fazer isso. Tenho todo o direito de proteger você e meus próprios interesses. Portanto, se quiser ter um dos seus chiliques por causa de mim, trate de fazer isso quando estiver sozinha.

— Não saia enquanto eu estiver falando! — Os dedos dela formigaram de vontade de pegar algo precioso para atirar contra Roarke, quando ele fez menção de sair da sala. Mas essa seria uma reação muito feminina e tola. — Não caia fora assim, na maior calma do mundo, menosprezando meus sentimentos.

Ele parou no mesmo instante e se voltou, com os olhos flamejando de raiva.

— Querida Eve, se os seus sentimentos não fossem tão importantes para mim, não estaríamos tendo esse papo, para início de conversa. Se e quando eu me afasto de você, faço isso unicamente para não tomar a alternativa mais fácil que, no momento, seria a de bater com sua cabeça contra algum objeto duro até um pouco de bom senso penetrar nela.

— Quando é que você pretendia me contar isso?

— Não sei. Havia bons motivos para contar e outros tantos para não contar, e eu ainda estava analisando os dois pratos da balança. Ela magoou você, e não admito isso. Simples assim! Pelo amor de Deus, Eve, quando eu descobri tudo a respeito de minha mãe e minha cabeça entrou em parafuso, foi você que quase bateu com um martelo nela. Você não zelou por mim naquele momento, não enfrentou tudo por minha causa?*

— Não é a mesma coisa. — O estômago dela ardia, e a acidez que sentia por dentro lhe subiu para as palavras. — O que conseguiu de tudo aquilo, Roarke? O que surgiu na sua vida, a não ser um monte de gente que amou e aceitou você? Pessoas decentes, por Deus! E o que exigiram em troca de tudo isso? Porra nenhuma. Reconheço que você teve uma vida difícil, seu pai matou sua mãe. Mas o que mais descobriu? Que sua mãe amava muito você. Era uma garota bastante jovem e inocente, mas amou você até o fim. Não foi o mesmo comigo. Ninguém nunca me amou. Nada nem ninguém no meu passado foi decente, inocente ou bom.

A voz de Eve ficou um pouco mais aguda, mas ela avançou na direção dele e desabafou o resto:

— Tudo bem que levou porradas violentas que tiraram você do prumo e arrancaram seu chão. Mas, quando caiu, despencou em cima do quê? Um monte de ouro. Mas isso não é novidade para ninguém, em se tratando de quem é, certo?

Ele não tentou impedi-la quando ela disparou e saiu da sala. Nem foi atrás quando ela subiu a escada depressa. Naquele instante, não conseguiu encontrar um único motivo para fazer isso.

---

* Ver *Retrato Mortal.* (N.T.)

Capítulo Cinco

A academia de ginástica completa que havia na mansão era o local óbvio para Roarke fazer evaporar a raiva e o estresse; no momento, tinha muito das duas coisas. Seu ombro continuava fraco por conta dos ferimentos que sofrera algumas semanas antes, ao ajudar a esposa furiosa a fazer seu trabalho.*

Pelo visto, era aceitável ele arriscar a porcaria da sua vida por ela, mas não — segundo os ensinamentos do Livro de Eve — se livrar da porra de uma chantagista.

Dane-se tudo aquilo, pensou. Ele não iria esquentar a cabeça por causa de algo assim.

Era hora, decidiu, de punir o corpo até deixá-lo novamente em forma.

Roarke escolheu os pesos, em vez das máquinas holográficas, e programou uma sessão brutal de exercícios e repetições.

---

* Ver *Origem Mortal.* (N.T.)

A solução de Eve, caso ela tivesse resolvido descer para a academia em vez de subir para o escritório, seria ativar um dos androides de luta. E se atracaria com ele até derrubá-lo.

Cada um resolvia do seu jeito.

Como conhecia bem sua mulher, sabia que ela estava andando de um lado para outro em seu espaço pessoal, chutando os móveis que estivessem à sua frente, enquanto xingava o marido. Pois ela teria de superar tudo e lidar com isso sozinha. Nunca, em toda a sua vida, refletiu Roarke, resfolegando no banco enquanto erguia os halteres, ele tinha conhecido uma mulher tão racional que tomasse, de forma tão rápida e *impensada*, o caminho do comportamento irracional.

Que porra de atitude Eve esperava dele? Que pedisse para ela vir correndo, a fim de dar um peteleco na mosca texana ridícula que havia pousado em seu pescoço?

Se era assim, certamente tinha se casado com o homem errado. Uma pena, para ela.

E se não queria ser protegida quando mais precisava, nem embalada quando estava cega de dor e estresse, que se danasse também, certo?

Roarke continuou a pesada sessão de musculação com força redobrada, sentindo uma espécie de satisfação sombria na ardência dos músculos, na dor nos ferimentos ainda não curados por completo e no suor que pingava sem parar.

E ve estava exatamente onde ele imaginou que estivesse, fazendo precisamente o que ele adivinhou. Parou de andar de um lado para outro, em seu escritório, para dar três chutes na mesa de trabalho.

O quadril que ela machucara travando uma batalha mortífera lado a lado com Roarke protestou.

Recordação Mortal

— Porra, cacete, que merda! — reclamou ela. — Será que ele não consegue ficar de fora em nada da minha vida?

Galhard, o gato gordo, entrou no aposento e parou sob o portal da cozinha, preparando-se para curtir o show.

— Está vendo isto aqui? — perguntou ela ao gato, apontando para a arma no coldre. — Sabe por que eles me deram isso? Porque eu sei cuidar muito bem de mim mesma. Não preciso de nenhum *homem* correndo em meu socorro para me livrar dos apuros.

O gato virou a cabeça meio de lado e piscou os olhos bicolores. Em seguida, ergueu uma das patas e começou a lambê-la com ar plácido.

— Pois é! Provavelmente você está do lado dele. — Com ar distraído, massageou o quadril que reclamava. — Isso é típico dos machos de todas as espécies. Por acaso eu pareço uma *donzela* assustada, do tipo que passa mal e desmaia à toa?

Tudo bem, talvez tenha parecido, admitiu, voltando a caminhar pelo aposento. Mas só por alguns minutos. De qualquer modo, ele a conhecia muito bem, certo? Sabia que ela iria se recompor rapidamente.

Da mesma forma que sabia que Trudy Lombard iria procurá-lo, farejando o ar.

— E por acaso ele comentou alguma coisa comigo? — Jogou as mãos para cima. — Pelo menos comentou: "Sabe de uma coisa, Eve? É bem capaz de essa megera sádica do seu passado aparecer para me fazer uma visitinha." Nada disso, nem sequer tocou no assunto. O foco todo é a porra do dinheiro, essa é a verdade. É isso que eu mereço, por me ligar a um sujeito que é dono do planeta quase inteiro e boa parte dos seus satélites. Que diabo eu poderia esperar?

Depois de descarregar em acessos de raiva boa parte da energia acumulada, ela se jogou na poltrona reclinável e ficou de cara amarrada, sem conseguir pensar direito.

E descobriu que não pensava direito havia mais de uma hora, cega e furiosa. Mas começava a raciocinar naquele momento.

O dinheiro era dele. Roarke tinha todo o direito de se defender de predadores e golpistas, já que ela nem pensara em defendê-lo disso.

Sentando-se, colocou a cabeça nas mãos. Não pensou em defendê-lo porque estava muito ocupada chafurdando na lama da autocomiseração, choramingando, passando mal e — droga! — quase desmaiando.

Para piorar, tinha atacado a única pessoa no mundo que a compreendia por completo, a pessoa que conhecia muito bem tudo que ela mantinha preso no peito. Atacara Roarke justamente por causa disso, percebeu. A dra. Mira certamente lhe daria uma bela estrelinha dourada por chegar a essa triste conclusão.

Tudo bem, ela reconhecia: era uma megera insensível. Por outro lado, ela nunca escondeu dele que era daquele jeito, antes mesmo do casamento. Roarke sabia a fria em que estava se metendo, droga. Eve não iria lhe pedir desculpas por isso.

Mesmo assim ficou sentada, tamborilando com os dedos nos joelhos, e reviu mentalmente a cena na sala de jantar. Fechou os olhos, sentiu o estômago despencar e se retorcer.

— Meu Deus, o que foi que eu fiz?

Roarke enxugou o suor que lhe escorria pela testa e pegou mais uma garrafa de água. Pensou em programar uma nova sessão de exercícios, ou talvez dar uma corrida longa e bem puxada. Ainda não tinha exorcizado de si mesmo toda aquela loucura, e nem começara a trabalhar o ressentimento.

Tomou um gole longo do líquido e debateu consigo mesmo se o melhor não seria descarregar na água da piscina toda a energia ainda represada dentro dele. Foi quando ela entrou.

Recordação Mortal

Roarke se empertigou. Quase deu para sentir a coluna se colocar em estado de alerta, uma vértebra de cada vez.

— Se você quiser se exercitar, terá de esperar — avisou ele. — Ainda não acabei e não faço questão nenhuma de companhia.

Ela teve vontade de dar palpite, avisando que ele estava se punindo demais, fisicamente. Que seu corpo ainda não estava curado por completo dos ferimentos de algumas semanas antes. Mas Roarke certamente lhe quebraria o pescoço como se fosse um graveto. Merecidamente.

— Só preciso de um minuto para dizer que sinto muito. Peço desculpas. Não entendo de onde veio tudo aquilo, não sabia que havia tanta coisa má dentro de mim. Sinto vergonha. — Sua voz faltou, mas ela já tinha acabado a frase e não quis encerrá-la com lágrimas. Respirando fundo, completou: — Sua família... Fiquei feliz por você ter encontrado seus parentes, juro que fiquei. Perceber que sou mesquinha o bastante para sentir ciúmes e ressentimentos por causa disso, ou sei lá o nome que se dá, me deixou enojada comigo mesma. Espero que, daqui a algum tempo, você consiga me perdoar. Isso é tudo.

Quando ela se virou e tocou na maçaneta, ele se xingou baixinho.

— Espere! Espere só um minuto. — Roarke pegou uma toalha e a esfregou com força no rosto e nos cabelos. — Você me deu uma rasteira. Sabe fazer isso como ninguém. Agora eu preciso refletir e perguntar a mim mesmo o que sentiria se a nossa situação familiar fosse inversa. Não sei responder, mas não me surpreenderia se encontrasse dentro de mim uma sementinha de ciúme.

— Foi feio e terrível tudo o que eu disse. O pior foi ter conseguido falar tantos absurdos. Gostaria de não ter feito isso. Por Deus, Roarke, daria tudo para não ter dito o que disse.

— Nós dois dizemos coisas, de vez em quando, das quais nos arrependemos depois. Devemos esquecer isso. — Ele largou a toalha no banco. — Quanto ao resto...

— Eu estava errada.

As sobrancelhas dele se ergueram de espanto.

— O Natal chegou mais cedo do que eu esperava? Se não foi isso, o dia de hoje deveria ser declarado feriado nacional.

— Sei muito bem quando me comporto como uma idiota. Reconheço quando fui tão burra a ponto de ter vontade de dar umas boas porradas em mim mesma.

— Essa parte você pode deixar comigo.

— Ela veio atrás do seu dinheiro — replicou Eve, sem rir da brincadeira. — Você a expulsou na hora. Simples assim. Tornei tudo complicado e senti que a coisa era comigo, quando não era. Nunca foi.

— Essa não é a verdade por inteiro. Eu peguei pesado ao lidar com ela, mais que o necessário, porque, para mim, tinha tudo a ver com você.

Os olhos de Eve pinicaram com lágrimas que não queria que escorressem, e sua garganta ardeu.

— Odeio isso... Odeio quando... Não, fique longe — disse ela, quando ele deu um passo à frente. — Preciso descobrir a melhor forma de lidar com o problema e colocar tudo para fora. Detesto não ter sido *eu* a acabar com ela. Não cheguei nem perto de conseguir fazer isso. E por não ter sido capaz, despejei a raiva toda em cima de você.

Sorveu o ar com força e disse o resto num fôlego só:

— Porque eu sabia que poderia agir assim. No meio da minha estupidez, sabia que você iria me perdoar por isso. Você não agiu pelas minhas costas, não traiu minha confiança, nem fez nada das coisas que eu tentei me convencer que tinha feito. Simplesmente agiu como precisava ter agido.

— Não me dê tanto crédito — disse Roarke, se sentando no banco. — Para ser franco, gostaria muito de ter matado aquela mulher. Acho que curtiria o momento. Mas sei que você não

Recordação Mortal 97

aceitaria uma atitude dessas numa boa. Então, me conformei e simplesmente expliquei a ela, de forma bem convincente, do que seria capaz de fazer, caso ela tornasse a colocar seus dedos nojentos em nós.

— Eu adoraria ter assistido a essa cena. Quanto ela achou que eu valia?

— Isso importa?

— Eu gostaria de saber.

— Dois milhões. Uma soma ínfima, considerando as coisas, mas ela não nos conhece, certo? — Os olhos de Roarke, num tom impossivelmente belo de azul, olhos que viam tudo que Eve era, permaneceram fixos nos dela. — Trudy Lombard não sabia que não receberia nem um vintém de mim. Ao mesmo tempo, sequer desconfiava que não existe soma alta o bastante para o que você representa em minha vida. É apenas dinheiro, Eve, mas o fato é que não existe preço para o que nós temos.

Ela foi até onde ele estava, sentou em seu colo de frente e o enlaçou com os braços e as pernas.

— Ah... — murmurou ele. — Agora sim!

— O que é um vintém? — Eve virou o rosto para Roarke e pressionou a boca sobre a garganta dele.

— Um o quê? — Ele soltou uma gargalhada abafada. — A vigésima parte de algumas moedas antigas, como a libra irlandesa.

— E como se diz "desculpe" em celta?

— Ahn... *ta bron orm* — respondeu ele. — Eu também sinto muito — acrescentou, depois de ela dizer a frase com a língua presa.

— Roarke? Ela ainda está em Nova York? — Ao ver que ele ficou calado, Eve jogou o corpo para trás, de leve, e o fitou longamente. — Você sabe onde ela está. Isso é do seu feitio. Eu é que fui burra. Não me faça parecer idiota depois de tudo.

— Até eu sair do escritório agora de manhã, ela ainda não tinha feito *check out* do hotel onde se hospedou, com o filho e a nora.

— Muito bem, então amanhã eu vou... Não, amanhã não, porque é o lance do Natal; não me esqueci dele e pretendo fazer o que for... necessário.

"Fazer o necessário" para organizar o grande lance seria uma espécie de penitência por sua idiotice épica.

— Só que alguém vai ter de me explicar como levar a cabo essa operação. — Emoldurou as bochechas dele com as mãos e completou, depressa: — Por favor, alguém que não seja Summerset.

— Não há operação nenhuma para levar a cabo, e o "lance" se chama festa.

— Você sabe cuidar de tudo, coordenar os troços, aprovar os detalhes, tagarelar com o fornecedor de comidas e bebidas, esse tipo de coisa.

— Nunca tagarelo com ninguém, nem mesmo com o responsável pelo bufê, mas se isso a faz se sentir melhor, você poderá ajudar a supervisionar a decoração do salão de festas.

— Precisarei preparar uma lista?

— Várias. Isso ajudará a suavizar sua culpa?

— Será um começo. No domingo, se Trudy Lombard ainda estiver em Nova York, vou procurá-la.

— Para quê? — Dessa vez foi ele quem emoldurou o rosto dela entre as mãos. — Qual a razão para você se sujeitar a isso, ou lhe dar uma abertura para que ela possa magoá-la mais uma vez?

— Quero deixar bem claro que ela não conseguirá mais fazer isso. É preciso enfrentar o problema cara a cara. Será muito embaraçoso eu ser obrigada a magoar você, caso repita o que fez, mas é uma questão de autoestima. Odeio ser covarde, e a verdade é que eu enfiei minha cabeça na areia, dessa vez.

— Quem faz isso é o avestruz.

— Pois é, não quero ser um. Portanto, faremos tudo que já havíamos planejado para amanhã, porque essa mulher não merece ser colocada em nenhuma lista de preocupações. Se ainda estiver por aqui no domingo, eu lidarei com ela.

— *Nós* lidaremos.

Eve hesitou por um segundo, mas logo concordou com a cabeça.

— Tudo bem. *Nós* lidaremos. — Ela apertou os lábios contra os dele. — Você está todo suado.

— Usei minha raiva de forma construtiva, em vez de chutar as mesas.

— Cale a boca, senão vou me sentir menos culpada e não me oferecerei para esfregar suas costas no banho.

— Meus lábios estão selados — murmurou ele, pressionando-os sobre a garganta dela.

— E só farei isso depois que foder com você até seu cérebro escorrer pelas orelhas — informou ela, agarrando a camiseta regata que ele vestia e despindo-a por cima de sua cabeça.

— Longe de mim determinar a forma como alguém deve mitigar sua culpa. Você se sente muito culpada?

— Você está prestes a descobrir — replicou Eve, mordendo-lhe o ombro não ferido com força e depois arrastando ambos para fora do banco, caindo sobre o tatame.

— Aaai! — reclamou Roarke. — Estou vendo que a culpa não a torna mais gentil.

— Nem um pouco, só me torna mais ousada. — Ela se sentou sobre a barriga dele com as pernas abertas e plantou as mãos em seu peito. — E um pouco cruel também. Já chutei minha mesa e agora...

Abaixou a cabeça, esfregando os seios sobre o peito encharcado de suor dele, as unhas lhe arranhando a pele de leve enquanto desciam lentamente na direção do elástico do seu short até, por fim, liberar seu pênis.

Então, sua boca o envolveu como se fosse um torno.

— Oh, muito bom, então — gemeu ele, enterrando os dedos no tatame. — Sirva-se à vontade.

Sua mente vagou, sua visão se tornou rubra e a pulsação acelerou. Ela usou os dentes, com certa dose de crueldade, e arrancou o fôlego dele. Os músculos que Roarke havia retesado tanto e untado com o exercício começaram a estremecer, sem controle. Um segundo antes do mundo dele explodir de prazer, Eve o libertou e passou a trabalhar com a língua em sua barriga.

Ele tentou rolar para o lado de cima, mas ela usou as próprias pernas como tesouras, transferiu o peso para o outro lado e o prendeu no chão mais uma vez. Os olhos dela pareciam mais dourados do que nunca, cheios de arrogância.

— Estou começando a me sentir um pouco melhor — anunciou Eve.

— Ótimo — reagiu Roarke, quase sem fôlego. — Conte comigo para o que eu puder ajudar.

— Quero sua boca. — Ela o beijou com força usando os dentes, a língua e os lábios, até que o sangue dele pareceu rugir através do seu corpo como mil tambores.

— Adoro sua boca. — A dela trabalhava de forma selvagem contra a dele. — Quero que você me incendeie com ela. — Eve arrancou a própria blusa. Dessa vez, quando os seus seios nus roçaram no peito de Roarke, foi pele contra pele.

Por fim, ela deixou que ele a colocasse por baixo e ergueu as costas em arco na direção dele, permitindo que sua boca quente e voraz pudesse saborear-lhe os seios. A barriga de Eve se apertou e se retorceu, num misto de necessidade e prazer. Sua respiração já estava entrecortada quando Roarke lhe arriou as calças.

Recordação Mortal

As mãos dele, pensou ela, num sobressalto, eram tão hábeis quanto a boca. Os nós em sua barriga se apertaram ainda mais, cada vez mais, até se desfazerem subitamente.

Os dedos de Eve se enterraram nos cabelos dele, puxando-lhe a juba de seda preta e guiando-o lentamente para baixo, cada vez mais para baixo, até o ponto em que suas necessidades urgentes novamente floresciam até que, subitamente, ela se sentiu tão madura que bastou uma lambida generosa para fazer sua cabeça flutuar, num orgasmo descontrolado.

E ele estava com ela, acompanhando cada ofego e cada gemido, no mesmo ritmo.

Naquele momento, Eve estremecia ainda mais e um calor forte se irradiava de sua pele. Ela estava molhada, totalmente solta, e era dele. Quando Roarke a prendeu com mais determinação e olhou para o seu rosto, ela lhe agarrou os cabelos mais uma vez.

— Com força — exigiu. — Com força e depressa. Faça com que eu grite — Puxou a boca dele na direção da dela no instante em que ele a penetrou com violência.

Roarke a bombeou em estocadas selvagens, como um animal em fúria, e Eve acompanhou a cavalgada dele com entusiasmo. Os quadris dela se erguiam e recuavam, exigindo cada vez mais, enquanto seus lábios abafavam o grito.

Foi então que ambos se largaram no abismo e foram mais além, num novo gozo explosivo.

Pouco depois, Eve já conseguira recuperar o fôlego quase por completo e imaginou que talvez, um dia, poderia recuperar o uso pleno das pernas entorpecidas.

— Lembre-se de que a culpa foi minha.

— Hein? — murmurou ele.

— Foi culpa minha. Eu fui o motivo de você colocar os bofes para fora de tanto prazer.

— Sim, a culpa foi toda sua. — Ele rolou, saindo de cima dela, e ficou deitado de costas, respirando pesado. — Foi um sufoco.

Eve não conseguiu prender o riso e enlaçou os dedos com os dele.

— Eu ainda estou de botas?

— Está. Por falar nisso, é uma imagem instigante e curiosa, especialmente porque suas calças estão do avesso, enganchadas nas botas. Desculpe, acho que eu me apressei um pouco.

Ela se apoiou nos cotovelos para analisar a cena.

— É. Acho que vou aproveitar para arrancar as roupas todas de vez e, talvez, dar um mergulho.

— Lembre-se de que você prometeu lavar minhas costas.

— O estranho é que não me sinto mais culpada — disse Eve, olhando em volta.

— E no entanto eu continuo aqui, magoado e com os sentimentos arrasados. — Abriu um olho só, muito brilhante e azul.

Ela sorriu e se levantou para descalçar as botas. Quando Roarke se sentou ao lado dela, Eve se virou até os dois ficarem de frente um para o outro, completamente nus, com as testas unidas.

— Posso esfregar suas costas, mas isso terá de ficar como crédito em meu nome, para a próxima vez em que eu me comportar como uma completa imbecil.

— Combinado — concordou ele, dando um tapa no joelho dela para, em seguida, se levantar e lhe estender a mão.

Em um pequeno quarto de hotel na Décima Avenida, Trudy Lombard analisava o próprio reflexo no espelho. Ele achou que a tinha apavorado, e talvez isso tivesse realmente acontecido, de certo modo. Mas certamente não significava que ela iria

Ela *merecia* uma compensação por aturar aquela pequena vadia em sua casa durante quase seis meses. Foram seis meses convivendo com uma menina imunda debaixo do seu teto. Alimentando-a e vestindo-a.

O poderoso Roarke iria pagar caro pela forma como havia tratado Trudy Lombard, disso não restava dúvida. No fim, a coisa iria lhe sair muito mais cara do que dois milhões de dólares.

Despira o terninho e vestira uma camisola. A preparação era muito importante, lembrou a si mesma, ingerindo um analgésico com uma bela taça do vinho francês que tanto apreciava.

Não havia razão para suportar a dor, refletiu. Nem um pouco. Apesar de, no fundo, não se importar com um pouco de dor, porque ela aguçava os sentidos.

Respirou fundo e bem devagar várias vezes, enquanto pegava o pé de meia que tinha enchido com fichas de crédito. Balançou-o com força e atingiu o próprio rosto com a arma improvisada, entre o maxilar e a maçã do rosto. A dor explodiu com força e uma sensação de náusea surgiu em sua barriga, mas ela cerrou os dentes e tornou a se agredir uma segunda vez.

Zonza, deixou-se deslizar para o chão. Aquilo doía mais do que havia planejado, mas dava para suportar. Ela seria capaz de aguentar muita coisa mais.

Quando suas mãos pararam de tremer, ela pegou o porrete improvisado e o lançou com força contra o próprio quadril. Mordeu o lábio até sair sangue e bateu com a arma mais duas vezes, com toda a força, na própria coxa.

Aquilo ainda não era o suficiente, pensou, enquanto algumas lágrimas lhe escorriam pelo rosto, despejadas por olhos que brilhavam com determinação, numa espécie de prazer sombrio. Não estava nem perto de ser o bastante, refletiu, sentindo a dor forte que a fazia estremecer por dentro. Cada novo golpe representava mais dinheiro no banco.

Com um choro de lamento, Trudy balançou o porrete mais uma vez e bateu com ele na própria barriga com violência, e depois novamente. No terceiro golpe, seu estômago se revoltou. Ela vomitou no vaso sanitário, deixou-se rolar no chão. E desmaiou na mesma hora.

Havia mais coisas por trás daquilo que Eve imaginava, ela mesma admitiu. A casa estava cheia de pessoas e androides; naquele momento era difícil identificar quem era quem. Parecia que uma floresta inteira tinha sido arrancada e depois replantada no salão de festas, e mais um alqueire de árvores ornamentais se estendia pelo terraço. Sem falar nos quilômetros de guirlandas natalinas, milhares de balões coloridos e luzinhas brancas em número tão grande que certamente dariam para iluminar todo o estado. Tudo isso estava pendurado, prestes a ser pendurado ou à espera dos resultados de discussões acaloradas sobre o lugar mais adequado.

Havia escadas abertas, lonas, mesas e cadeiras, além de muitas velas e tecidos. O sujeito que cuidava da instalação do palco onde a orquestra — ou banda de rock, Eve não sabia qual das duas — ia se apresentar discutia com o cara responsável pelos quilômetros de guirlandas.

Ela torceu para que a briga acabasse em troca de socos. Isso, pelo menos, era um território que dominava.

Pelo visto, Roarke levara ao pé da letra a história de Eve supervisionar a decoração do salão de festas.

O que será que ele tinha na cabeça?

Toda hora aparecia alguém para lhe perguntar o que ela achava, o que queria que fosse feito, se preferia isto, aquilo, ou aquilo outro.

Recordação Mortal 105

Um dos sujeitos da equipe chegou a fugir, chorando, na terceira vez que ela disse que tanto fazia.

Na verdade o que Eve disse é que estava cagando e andando solenemente, mas era a mesma coisa, não era?

Sentiu uma dor de cabeça de estresse circulando o alto da cabeça, pronta para agarrar-lhe o cérebro com suas garras e tentar destruí-lo.

Queria se deitar para descansar um pouco. Melhor que isso: torceu para que o comunicador apitasse e fosse a Emergência informando que tinha havido um homicídio triplo e sua atenção era exigida de imediato.

— Já curtiu o suficiente? — sussurrou Roarke, em seu ouvido.

Eve estava num estado tal que pulou como uma coelha assustada ao ouvir a voz dele.

— Estou ótima. Numa boa. — Mas acabou se entregando ao virar para ele e agarrá-lo pela camisa, com força. — Por onde você *andou*?

— Ora, estava tagarelando com o responsável pelo bufê, é claro. As trufas estão espetaculares.

— Aquelas de chocolate? — perguntou ela, com um brilho nos olhos.

— Não. Na verdade, falava dos deliciosos fungos comestíveis que os porcos encontram com o faro debaixo da terra. — Acariciou de leve os cabelos em desalinho de Eve, enquanto analisava o salão. — Mas também teremos trufas de chocolate. Pode ir, aproveite para fugir daqui — sugeriu ele, apertando de leve o ombro dela. — Eu assumo o comando.

Eve quase saiu correndo, antes que ele mudasse de ideia. Todos os instintos lhe diziam que ela devia partir pela porta em disparada, em busca da sanidade perdida. O problema é que não era apenas uma questão de orgulho; foi também o cuidado com o casamento que a manteve no lugar, impassível.

— Qual é, você me acha burra, por acaso? — reagiu. — Já coordenei operações muito maiores do que esta, e havia vidas em jogo. Pode deixar que eu cuido de tudo. Ei, vocês!

Roarke apreciou quando ela atravessou o salão com seu velho jeito de tira arrogante.

— Chamei por vocês! — Eve se enfiou entre o Cara da Guirlanda e o Construtor do Palco antes que o sangue começasse a espirrar. — Calados, os dois! — ordenou, quando eles começaram a reclamar. — Primeiro você, com esse troço brilhante: pendure isso logo no lugar certo.

— Mas eu...

— Você apresentou um plano, que foi aprovado. Siga o planejado e não me encha o saco, senão vou enfiar essa guirlanda no seu rabo pessoalmente, e sem vaselina. Quanto a você! — Cutucou o peito do outro sujeito com o dedo indicador. — Fique fora do caminho dele, senão eu guardarei um pouco da guirlanda prateada para enfiar na sua bunda também. Vamos lá, agora você aí, garota alta e loura carregando essas flores vermelhas...!

— São poinsétias — explicou a jovem, com um sotaque de Nova Jersey tão carregado que Eve seria capaz de caminhar por ele até o estado natal da moça. — Era para recebermos quinhentas delas, mas só chegaram quatrocentas e noventa e seis, e eu...

— Vai servir. Acabe de fazer o arranjo natalino com as... Como é mesmo o nome dessa flor?

— Poinsétia, mas...

— Isso mesmo, exato. Se precisar das quatro que faltaram, vá pegar na fábrica. Se não der, vire-se com as que chegaram. Agora você aí, instalando as lâmpadas!

Roarke balançou o corpo para a frente e para trás, fascinado, observando Eve esculhambar os membros das várias equipes. Alguns se mostraram muito abalados, mas ele tinha de reconhecer que o ritmo do trabalho se acelerou de forma considerável.

Recordação Mortal 107

— Pronto! — Ela voltou para onde ele estava e cruzou os braços. — Tudo resolvido. Algum outro problema?

— Tirando o fato de que você me deixou excitado, nenhum. Depois de ter ameaçado toda essa gente com a ira divina, acho que você merece um pequeno descanso. — Colocou um dos braços sobre os ombros dela. — Venha comigo. Vou lhe conseguir uma trufa.

— De chocolate?

— Naturalmente.

Horas mais tarde, ou pelo menos foi o que lhe pareceu, Eve saiu do banheiro. Tinha dado tudo de si para passar com perfeição a tintura labial e a gosma nos olhos. Sobre a cama, à sua espera, estava o que parecia um painel de pano retangular em tons de ouro velho. Ela percebeu que aquilo iria se tornar um vestido, caso o pusesse no corpo.

Pelo menos o modelo não era cheio de frescuras, decidiu, acariciando o tecido. Havia sandálias altas no mesmo tom, se é que se poderia chamar de sandália duas tiras estreitas e cintilantes presas a uma sola com saltos altíssimos. Olhou para a cômoda e viu que Roarke tinha pensado em tudo. Uma caixa de joias estava aberta e os diamantes — nada brilhava com a mesma intensidade de diamantes verdadeiros, reconheceu, embora aqueles tivessem cor de champanhe — formavam um círculo sobre o veludo. Uma caixa menor, ao lado, exibia um par de brincos; numa terceira havia um largo bracelete.

Pegou o painel de tecido dourado, analisou-o e concluiu que era um daqueles modelos que bastava enfiar pela cabeça. Depois de fazer isso, pegou as sandálias, mas não as calçou. Só enfiaria os pés dentro daqueles troços desconfortáveis na hora que os convidados chegassem. Em seguida, pôs-se a examinar os acessórios na cômoda.

O bracelete era grande demais, reparou. Iria ficar tão largo no pulso que ela acabaria perdendo-o em algum momento da noite. Se alguém o encontrasse e guardasse no bolso, teria dinheiro suficiente para comprar uma bela ilha particular no Pacífico Sul.

— Você colocou a peça de forma errada — informou Roarke, ao entrar no quarto. — Deixe que eu lhe mostro. — Aproximou-se dela, elegantérrimo em uma roupa formal preta. Prendeu o tal bracelete em três voltas em torno do braço de Eve, alguns centímetros acima do cotovelo e explicou: — Isso é para lhe dar um ar de guerreira, que lhe cai muito bem.

Recuou um passo e elogiou:

— Você parece uma chama viva. Uma labareda alta e dourada numa noite fria.

Quando ele olhava para ela daquele jeito, tudo parecia derreter dentro de Eve. Foi por isso que ela se virou para se admirar com cuidado, no espelho. O vestido parecia uma coluna reta, elegante e fluida que lhe descia da parte superior dos seios até os tornozelos.

— Será que esse vestido vai ficar no lugar?

— Vai, sim, mas só até os convidados se retirarem. — Ele se inclinou e roçou os lábios sobre o ombro nu dela. Em seguida, enlaçou-a pela cintura com os dois braços e analisou a imagem refletida no espelho de corpo inteiro. — Nosso segundo Natal juntos — lembrou. — Já conseguimos guardar um bocado de objetos na caixinha de recordações que Mavis e Leonardo nos deram no ano passado.

— É mesmo. — Eve sorriu para o reflexo dele e foi obrigada a admitir que os dois pareciam tremendamente atraentes, juntos.

— Guardamos muitas coisas, sim. Tomara que a situação permaneça calma esse ano, para aproveitarmos melhor a data, em vez de andar de um lado para outro correndo atrás de um Papai Noel demente.*

— Torço por isso. — O *tele-link* do quarto deu dois rápidos toques. — Nossos primeiros convidados estão chegando. E as sandálias?

— Ah, sim, já sei. — Eve se agachou para enfiar uma delas e estreitou os olhos ao reparar no brilho faiscante das tiras. — Ai, santo Cristo, não me diga que esses troços miúdos cintilando nelas são diamantes!

— Tudo bem, se você não quer que eu diga, não digo. Agite-se, tenente. Os anfitriões não devem se atrasar muito.

Diamantes nos sapatos, pensou Eve. Ele era um homem louco.

U m homem louco que sabia organizar uma tremenda festa, verdade seja dita. Menos de uma hora depois, o salão de festas estava lotado de gente bonita. As luzes piscavam como os reflexos do vinho, e a música enchia o ambiente. As mesas estavam muito bem-servidas, com mais do que trufas farejadas por porcos. Havia canapés sofisticados, patês, musses, iguarias brilhantes vindas do mundo todo e muitas coisas mais.

Os garçons estavam tão elegantes quanto o champanhe que serviam em bandejas de prata. Eve não se deu ao trabalho de contar as poinsétias, mas o arranjo feito com elas lhe pareceu perfeito. Na verdade, tudo estava incrível, especialmente os pinheiros, de onde gotejavam muitas luzes e mais cores. A floresta que ela vira à tarde havia se transformado numa terra de fantasias.

Sim, aquele homem louco sabia organizar uma festa como ninguém.

---

* Ver *Natal Mortal*. (N.T.)

— Isso aqui está totalmente mais que demais! — elogiou Mavis Freestone, chamando a atenção de todos com sua barriga pontuda, extremamente grávida. A barriga protuberante encostou em Eve antes de ela ter chance de se desviar. — Ninguém monta um evento glamouroso desse tipo tão bem quanto vocês!

Os cabelos de Mavis estavam prateados e lhe desciam em várias camadas compridas e cintilantes. Usava um vestido vermelho tão justo no corpo que Eve se espantou com o fato da imensa melancia, que era a sua barriga, não explodir. Numa concessão especial ao seu estado interessante, suas botas prateadas tinham saltos não muito altos, em forma de árvore de Natal.

Suas sobrancelhas exibiam o formato de estrelas curvas e prateadas. Eve não se atreveu a perguntar como ela conseguira aquele efeito.

— Você está absolutamente radiante — disse Roarke, tomando Mavis pela mão e sorrindo para o homem gigantesco ao seu lado, vestido de vermelho e prata. — Ambos estão, na verdade.

— Começou a contagem regressiva — informou Leonardo, afagando as costas de Mavis com sua mão imensa.

— Chegamos ao ponto que os médicos chamam de "gravidez a termo". Olha só, o que é aquilo ali? Posso pegar um? — Recolheu três canapés de uma bandeja que passava e os jogou na boca rapidamente, um depois do outro, como se fossem jujubas. — Estamos na fase, sabe como é, de fazer sexo noite e dia. Orgasmos ajudam a colocar a gestante em trabalho de parto — explicou. — Meu ursinho de pelúcia sabe como provocar orgasmos — derreteu-se.

O rosto de Leonardo, largo e em tom de cobre, ficou vermelho como um tomate.

— Vocês já estão preparados para as aulas, certo? — perguntou ele.

Eve não aguentava conversar sobre aquele assunto. Não conseguia sequer pensar nas aulas sobre parto a que ela e Roarke, na condição de auxiliares do nascimento, teriam de assistir.

— Olhem, Peabody chegou — alertou Eve. — Acho que ela está com uma trufa na mão.

— Trufa? De chocolate? Onde? A gente se vê mais tarde, Dallas.

— Garota esperta — murmurou Roarke. — Escapou da sua melhor amiga com uma isca irresistível: comida. Os Miras também acabam de chegar — completou.

Antes de Eve ter chance de replicar, ele já a empurrava na direção da psiquiatra e seu marido.

Aquilo ia ser tenso, pensou Eve. A relação entre ela e Mira andava estranha desde que as duas haviam batido de frente poucas semanas atrás, ferindo as suscetibilidades uma da outra por conta do caso Icove.

Ambas tentavam manter a aparência de normalidade, mas ainda havia algumas reverberações. Eve conseguiu sentir isso quando Mira olhou em torno e grudou os olhos nela.

— Estávamos presos — explicou Mira, beijando Roarke no rosto e sorrindo para Eve.

— Espero que não literalmente — replicou Roarke, apertando a mão de Dennis.

— Eu me esqueci de onde tinha colocado minha gravata — disse Dennis, dando tapinhas no peito. A gravata era vermelha, estampada com pequenas árvores de Natal verdes.

— Na verdade, eu a tinha escondido — confessou Mira, olhando de lado para o marido. — Mas ele a encontrou.

— Gosto dela — elogiou a tenente. Algo em Dennis Mira, com seus olhos sonhadores e os cabelos em desalinho tocavam num ponto sensível do coração de Eve. — É muito festiva.

— Olhe só para você! — maravilhou-se Dennis, tomando Eve com as duas mãos e dando um passo atrás, arqueando as sobrancelhas cheias. — Glamourosa!

— Foi ideia dele — explicou Eve, balançando a cabeça na direção de Roarke. — Vou me livrar das sandálias na primeira oportunidade.

— Você está maravilhosa. Aliás, os dois estão. Tudo aqui está surpreendente e belo. — Mira, linda como sempre em um vestido azul-noite, analisou o salão de festas de um lado a outro. Fizera algo novo no cabelo, reparou Eve. Pequenos pontos cintilantes sobressaíam entre as ondulações de fios pretos muito pesados.

— Vamos tomar um drinque — propôs Roarke e, como num passe de mágica, um garçom se materializou ao lado. Pegando um cálice de champanhe para Mira, perguntou: — Quer champanhe, Dennis? Ou permite que eu lhe ofereça algo mais forte?

— Mais forte? Não poderia recusar isso.

— Venha comigo. Tenho algo especial em mente. Até logo, caras damas.

Ele tinha feito aquilo de propósito, percebeu Eve, e seu pescoço ficou tenso. Conversar abobrinhas já era péssimo por si só, e ela dispunha de uma porção limitada de assuntos leves. No departamento de papos sociais, então, seu estoque estava na reserva. Resolveu cair no clichê.

— E então, já está tudo pronto para o Natal?

— Quase tudo. E você?

— Não sei, acho que está. Escute, doutora, a comida foi toda...

— Na verdade, comprei uma coisinha para você, Eve. Não trouxe porque pensei em convidá-la para passar em minha casa amanhã, se você conseguir arranjar um tempinho. Só para tomarmos um café.

— Eu...

— Quero muito que voltemos a ser amigas. — Os olhos de Mira, discretamente azuis, ficaram rasos d'água. Sinto falta da sua amizade. Sinto muita falta.

— Não há razão para isso. Somos amigas. — Ou algo mais complicado, pensou Eve. Um sentimento quase maternal, por parte da médica, se misturava com a amizade. — Preciso resolver uma coisa amanhã quando acordar, doutora, mas depois eu... Talvez queira conversar sobre o assunto. Acho que preciso falar disso. Mas só depois.

— Deve ser algo sério. — Mira colocou a mão no braço de Eve e a tensão entre elas desapareceu. — Ficarei em casa o dia todo.

Capítulo Seis

Na manhã seguinte, um domingo, Eve acordou mais bem-disposta do que teria imaginado. Seus pés doíam um pouco, pois ela não tinha encontrado o momento certo para se livrar das sandálias. Por outro lado, considerando-se que só conseguira ir para a cama quase às quatro da manhã, ela se sentia ótima.

Não saberia dizer se isso era devido ao fato de ter tido dois raros dias de folga seguidos. Se bem que preparar uma bela recepção, oferecer uma festa perfeita para os amigos e depois se recuperar dela não caracterizava exatamente uma folga, na sua concepção. Pelo menos, porém, tinha servido para manter afastada da sua cabeça a missão daquele dia.

De qualquer modo, ela sempre se sentia muito melhor com roupas normais e um bom par de botas.

Encontrou Roarke em seu escritório, com os pés descansando sobre a mesa enquanto falava para um *headset*.

— Isso vai servir perfeitamente. — Ergueu a mão, sinalizando que já estava acabando de falar. — Vou ficar no aguardo, então. Sim, sim, certamente que sim. Muito obrigado.

Recordação Mortal

Retirando o *headset*, sorriu para ela.

— Bom-dia, tenente. Você me parece descansada.

— Claro, são quase onze da manhã.

— Exato. Imagino que muitos dos nossos convidados de ontem ainda estejam na cama; isso é sinal de que a festa foi um sucesso.

— Despejar Peabody e McNab em uma das suas limusines, para que Mavis e Leonardo pudessem arrastá-los até o apartamento deles provavelmente foi outro sinal de sucesso. O que você estava resolvendo? Geralmente não usa o *headset* quando trabalha na mesa.

— Foi um papo rápido com Papai Noel.

— Você não pirou por completo comprando mais uma montanha de presentes, certo?

O sorriso de Roarke permaneceu suave e descontraído quando comentou:

— Quer dizer que, pelo visto, você e Mira voltaram às boas.

É claro que ele tinha pirado de vez comprando mais uma montanha de presentes, reparou Eve, ao notar que o marido não respondera à pergunta direta. Mas não valia a pena brigar por causa disso.

— Pois é, estamos numa boa. Ela até chegou a me convidar para dar uma passada em sua casa hoje, e estou pensando em ir. — Enfiou as mãos nos bolsos e deu de ombros. — Talvez conversar com Mira sobre tudo o que aconteceu me faça esquecer o assunto. Por falar nisso, você não precisa me acompanhar até o hotel. Se é que eles continuam lá.

— Até uma hora atrás, estavam, e não demonstraram nenhuma indicação de que farão *check out*. Vou até lá com você.

— Olha, por mim está tudo bem se você preferir...

— Eu vou — repetiu, tirando os pés da mesa e se levantando.

— Depois, se você quiser conversar com Mira sozinha, eu a deixo lá. Mais tarde volto para pegá-la e poderemos almoçar em algum lugar interessante. Ou, então, mando alguém buscá-la de carro. Você já está pronta?

Não valia a pena brigar por causa daquilo também, decidiu ela. Era melhor guardar todas as energias para o encontro cara a cara que teria com Trudy.

— Estou pronta, sim. — Eve se aproximou e o abraçou com força. — Estou fazendo isso agora para o caso de ficar perturbada, ou puta com alguma coisa, e me esquecer de lhe agradecer mais tarde.

— Agradecimento devidamente recebido.

O lugar não era exatamente um pulgueiro, decidiu Eve, analisando a fachada do hotel. Porém, numa cidade cheia de hotéis cinco diamantes, aquele ali talvez recebesse uma avaliação de meio quilate. Não tinha nem estacionamento, e Roarke foi obrigado a pagar uma quantia obscena por uma vaga num estacionamento particular a um quarteirão dali, no lado leste. Por outro lado, seu carrão valia mais que o prédio inteiro onde o hotel ficava, e onde também estava instalada uma lojinha de suvenires chamada *Lembranças da Décima Avenida*.

Não havia porteiro no estabelecimento, e uma alcova apertada com um balcão em frente fora instalada no lugar que não merecia o nome de saguão. Atrás dele estava uma tela de segurança e um funcionário androide fabricado para parecer um homem de quarenta e poucos anos com calvície avançada.

Vestia uma camisa branca muito gasta e tinha no rosto uma expressão de tédio, tanto quanto um robô conseguiria expressar.

— Os senhores estão chegando? Trouxeram bagagem?

— Não estamos chegando, nem temos bagagem. Tente isto — disse Eve, exibindo o distintivo.

Recordação Mortal

— Fizeram alguma queixa? — A expressão de tédio se transformou em resignação. — Ninguém reclamou de nada comigo. Todas as nossas autorizações estão em ordem.

— Preciso falar com uma de suas hóspedes, Trudy Lombard.

— Oh. — Ele se virou para a lista de registro de hóspedes, na tela. — A sra. Lombard colocou na porta, ontem, o aviso de "Favor não Incomodar". Ainda não o retirou.

Eve manteve os olhos fixos nele e deu uma batidinha no distintivo.

— Muito bem. Ela está no quarto 415. Quer que eu ligue avisando que a senhora deseja vê-la?

— Creio que conseguiremos encontrar o quarto 415 por nossa conta.

Eve olhou para o único elevador com uma leve desconfiança, mas seus pés ainda estavam doloridos por causa das sandálias incrustadas com diamantes.

— O sistema de ativação do sistema por voz está quebrado — avisou o androide. — Vocês terão de apertar o botão do quarto andar.

Eve entrou, apertou o quatro e perguntou:

— Se a situação fugir do controle, pode entrar em ação para nos tirar daqui, combinado?

— Não se preocupe — tranquilizou Roarke, pegando na mão de Eve. — Basta olhar para ela do mesmo jeito que você olhou para o androide e tudo se resolverá.

— E como foi que eu olhei para o androide?

— Como se ele não fosse nada. — Ele ergueu as mãos unidas e beijou a dela enquanto o elevador subia, rangendo como se sofresse dores. O androide não percebeu o quanto Eve estava abalada, refletiu Roarke, e duvidava muito que Trudy conseguisse perceber. Mas os nervos da tenente estavam ali, quase à flor da pele. — Se quiser, podemos fazer algumas compras, depois que você visitar Mira.

— Compras? Você pirou?

— Estou falando sério. Podemos passear pela Quinta Avenida para apreciar a decoração das vitrines e seguir até o Rockefeller Center para ver as pessoas patinando. Pareceremos verdadeiros nova-iorquinos.

Eve pensou em argumentar que nenhum nova-iorquino que gozasse de plena sanidade mental iria sequer chegar perto da Quinta Avenida num fim de semana tão próximo do Natal, muito menos passear. Só que, de repente, aquilo lhe pareceu um bom programa.

— Tudo bem, por que não?

O elevador guinchou ao parar no quarto andar e abriu as portas. O corredor era estreito, mas limpo. Um carrinho de limpeza estava parado diante do quarto 412; uma loura curvilínea com uns vinte e poucos anos batia de leve na porta do 415.

— Vamos lá, Mama Tru. — A voz da mulher era macia como algodão. Ao bater na porta mais uma vez, trocou o peso do corpo de um pé para o outro, parecendo nervosa. Calçava tênis baixos de lona no mesmo azul suave dos jeans. — Estamos preocupados com você. Vamos lá, abra logo essa porta. Bobby vai nos levar para um almoço bem legal.

Mirou para trás com seus olhos azul-claros, no mesmo tom da calça e dos tênis, e exibiu para Eve e Roarke um olhar embaraçado.

— Bom-dia. Se bem que a essa hora já deve ser boa-tarde, espero.

— Ela não atende?

— Humm... Não. — A mulher piscou duas vezes ao encarar Eve. — É minha sogra. Ela não estava se sentindo muito bem ontem. Desculpem, o barulho está incomodando vocês?

— Sou a tenente Eve Dallas. Provavelmente sua sogra comentou a meu respeito.

— Você é Eve! — Ela bateu com as mãos no próprio peito, muito empolgada, e seu rosto se acendeu de alegria. — Você é Eve. Puxa, fico tão feliz por você ter aparecido. Isso vai fazer com que ela se sinta muito melhor. Estou superfeliz por conhecer você. Meu nome é Zana. Zana Lombard, esposa de Bobby. Nossa, eu nem me arrumei direito agora de manhã, quando acordei. — Passou os dedos pelos cabelos, que lhe desciam pelos ombros em ondas suaves e brilhantes. — Você é igualzinha ao que aparece na TV. Mama Tru me mostrou sua entrevista várias vezes. Estava tão distraída que não a reconheci de imediato. Minha nossa, nós somos mais ou menos como irmãs, não é?

— Na verdade, não. — Zana fez menção de tocar em Eve e lhe dar um abraço, mas a tenente escapou dando um passo para o lado e bateu na porta três vezes com muita força, usando a lateral dos punhos. — Lombard, aqui é Dallas. Abra a porta!

Zana mordeu o lábio inferior e torceu nos dedos a corrente de prata que trazia no pescoço.

— Acho melhor eu chamar Bobby. Nosso quarto fica no fim do corredor. Vou até lá buscá-lo.

— Por que não espera alguns instantes? — sugeriu Roarke, puxando-a para o lado pelo braço, com muita delicadeza. — Sou o marido da tenente.

— Oh, meu Deus, minha nossa, é claro que é! Reconheço você, claro que sim! É que eu fiquei meio confusa e perplexa. Estou um pouco preocupada de que algo possa estar errado. Sei que Mama Tru foi ver Eve... isto é, a tenente, mas não nos contou coisa alguma sobre o reencontro. Só sei que estava muito chateada. Quando foi ontem... — Ela juntou e torceu as mãos. — Não sei o que está acontecendo. Odeio ver as pessoas chateadas.

— Então é melhor dar uma longa volta por aí — disse-lhe Eve. Balançou a cabeça para Roarke e fez sinal para a camareira que observava tudo pela porta aberta do quarto 412. — Abra esta porta — ordenou, exibindo o distintivo.

— Não posso fazer uma coisa dessas sem autorização da gerência.

— Está vendo isso aqui? — Eve balançou o distintivo no ar. — Esta é a sua autorização. Ou você abre a porta ou eu a arrombo. Pode escolher.

— Tá certo, já entendi. — A camareira se aproximou, contrariada, pegando a chave mestra no fundo do bolso. — Tem gente que gosta de dormir até mais tarde aos domingos, sabia? Curtem dormir o dia todo.

Quando a porta foi destrancada e entreaberta, Eve afastou a empregada para o lado.

— Vá para o outro lado do corredor — ordenou, e bateu mais duas vezes na porta, avisando: — Vou entrar.

Trudy Lombard não estava dormindo. Não naquela posição; não esparramada no chão com a camisola erguida até os quadris e a cabeça presa numa poça de sangue coagulado.

Era estranho não sentir nada, percebeu Eve ao pegar a filmadora e prendê-la na lapela, num movimento automático. Era muito esquisito não sentir absolutamente nada.

Ligou a filmadora e começou a gravar.

— Aqui fala a tenente Eve Dallas — disse, e Zana pôs-se a pular ao lado dela, perguntando:

— O que é isso? O que...

Suas palavras pareciam um gorgolejo, e o primeiro guincho surgiu antes de Eve ter a chance de empurrá-la para o lado. No mesmo segundo a camareira se juntou às duas, emitindo uma espécie de grito histérico.

— Fiquem quietas, calem a boca! Roarke!

Recordação Mortal

— Que maravilha. Senhoras...

Ele amparou Zana antes de ela se estatelar no chão. A camareira correu pelo corredor como uma gazela assustada, rumo às escadas. Várias portas se abriram aqui e ali, por todo o andar.

— Polícia! — anunciou Eve, virando-se e erguendo o distintivo à vista de todos. — Voltem para os seus quartos, por favor. — Apertou a parte alta do nariz e lamentou: — Não trouxe o meu kit de serviço.

— Tenho um no carro — avisou Roarke, colocando Zana sobre o carpete. — Pareceu-me uma decisão sábia estocar alguns em vários carros, já que esse tipo de coisa nos acontece com assustadora frequência.

— Preciso que você vá pegá-lo. Desculpe. Deixe-a no chão mesmo. — Pegou o comunicador para dar o alarme.

— O que houve? O que está acontecendo?

— Senhor, preciso que volte para o seu quarto. Isto aqui é...

Eve não o teria reconhecido. Como poderia? Ele não passava de uma curta centelha em sua vida, mais de vinte anos atrás. Mas percebeu, pela forma como ele empalideceu ao ver a mulher desmaiada no chão, que aquele homem era Bobby Lombard, que acabara de sair do quarto no fim do corredor.

Ela fechou a porta do quarto 415 e esperou por ele.

— Zana! Meu Deus, Zana!

— Ela desmaiou, apenas isso. Logo vai ficar bem.

Bobby já estava de joelhos, apertando a mão de Zana e dando tapinhas nela, do jeito que as pessoas fazem quando se sentem impotentes.

Ele era corpulento, como os jogadores de futebol americano costumam ser, avaliou Eve. Forte, de compleição sólida. Seus cabelos eram cor de palha e tinham um corte militar, bem curto. Gotículas de água estavam presas aos fios e Eve sentiu cheiro de sabonete de hotel. Ele não tinha acabado de abotoar a camisa, que estava para fora da calça.

Eve teve outro lampejo de memória. Bobby levava comida para ela, escondido da mãe. Eve tinha se esquecido completamente disso, do mesmo modo que o apagara das lembranças. Mas recordava agora que ele lhe repassava sanduíches e biscoitos, levando tudo para o seu quarto quando ela estava sendo punida.

Aquele menino era o orgulho e a alegria da mãe, e tinha escapado de muitos castigos.

Ele e Eve não eram amigos. Não, certamente não eram amigos. Mas Bobby nunca fora mau ou indelicado com ela.

Foi por isso que ela se agachou e colocou a mão no ombro dele.

— Bobby...

— O quê? Quem é... — Seu rosto era vigoroso e quadrado; seus olhos tinham a cor de um jeans velho, depois de incontáveis lavagens. Eve percebeu que ele a reconheceu, em meio à perplexidade.

— Meu Deus, você é Eve, não é? Mama vai ficar empolgadíssima. Zana, vamos lá, meu amor. Sabe o que é, nós bebemos muito ontem à noite, e talvez ela tenha apagado. Zana, meu amor?

— Bobby...

As portas do elevador se abriram e o androide que cuidava da recepção surgiu, apressado.

— O que aconteceu? — quis saber ele. — Quem...?

— Calado! — ordenou Eve. — Nem um pio! Bobby, olhe para mim. Sua mãe foi achada ali dentro. Ela está morta.

— O quê? Não, claro que não! Por Deus Todo-Poderoso, ela está apenas indisposta, com pena de si mesma, basicamente. Está trancada aí dentro do quarto desde sexta-feira à noite.

— Bobby, sua mãe está morta. Preciso que você leve sua esposa daqui e volte para o quarto até que eu vá lá conversar com vocês.

Recordação Mortal

— Não. — Sua esposa começou a gemer, ainda caída, mas ele olhava fixamente para Eve e sua respiração ficou entrecortada. — Não, não! Sei que você está muito chateada com ela. Sei que provavelmente não ficou satisfeita por minha mãe ter vindo. Tentei explicar a ela que isso poderia acontecer. Mas isso não é razão para você dizer uma coisa dessas.

— Bobby? — Com a mão ao lado da cabeça, Zana tentou se sentar. — Bobby, eu devo ter desmaiado e... Oh, meu Deus. Minha nossa! Mama Tru! Bobby... — Ela se lançou sobre ele, abraçando-o com força, sem conseguir falar mais nada por causa dos soluços.

— Leve-a para o quarto, Bobby. Você sabe que eu trabalho na polícia, não sabe? Pois então... Pode deixar que eu vou cuidar de tudo. Desculpe, mas preciso que vocês voltem para o seu quarto e esperem por mim lá dentro.

— O que aconteceu? — Lágrimas lhe surgiram nos olhos. — Ela ficou doente? Não compreendo. Quero ver Mama.

Eve se levantou. Às vezes, não havia outro jeito.

— Vire-a de costas — pediu, acenando com a cabeça para Zana. — Ela não precisa ver a cena novamente.

Quando Bobby atendeu ao pedido de Eve, apertando o rosto de Zana contra o ombro, Eve abriu a porta o suficiente apenas para ele ver o que precisava.

— Há sangue ali. Muito sangue. — Sua voz engasgou e ele se levantou com a esposa no colo. — Foi você? Foi você que fez isso com ela?

— Não. Eu simplesmente vim até aqui para conversarmos. Agora, vou fazer meu trabalho e descobrir o que aconteceu e quem fez isso com ela. Preciso que você vá para o quarto e espere por mim.

— Nós nunca deveríamos ter vindo aqui, eu disse isso a ela. — Começou a soluçar com força, acompanhando a mulher, um amparando o outro enquanto voltavam para o quarto.

— Parece que ela devia ter ouvido você — disse Eve, baixinho, na direção dele.

Olhou para o elevador quando ouviu a cabine parar e as portas se abrirem. Um dos dois guardas que atenderam ao chamado lhe pareceu familiar, e ela o cumprimentou com a cabeça.

— Bilkey, certo?

— Isso mesmo, senhora. O que está acontecendo?

— Nada de bom para ela. — Eve esticou o queixo na direção do quarto, com a porta aberta. — Preciso que você se coloque aqui, de guarda. Meu kit de serviço está a caminho. Eu estava aqui em meu horário de folga e... — Ela detestava dizer "meu marido" quando estava trabalhando. Mas não havia como escapar disso. — Meu, ahn, marido foi até o carro para pegá-lo. Minha parceira já foi chamada. O filho e a nora da vítima estão hospedados no fim do corredor, quarto 420. Quero que eles permaneçam lá dentro. Você poderá interrogar as primeiras pessoas aqui do andar quando eu...

Parou de falar ao ouvir o elevador parar novamente no andar.

— Aí está meu kit de serviço — anunciou, ao ver Roarke. — Pode começar a bater nas portas. O nome da vítima é Trudy Lombard, do Texas.

Ela pegou o kit das mãos de Roarke e o abriu para procurar a lata de Seal-It, o spray selante.

— Puxa, você foi e voltou depressa — disse ela, achando a lata do spray. Cobriu as mãos e as botas com cuidado. — Vou dizer uma coisa só para constar: você não precisa ficar aqui para ver isso.

— Só para constar, devo dizer que vou ficar, sim. Você quer ajuda? — Olhou para a lata do spray com cara de nojo.

— É melhor não, pelo menos não lá dentro. Mas se algum hóspede aparecer aqui no corredor, pode fazer cara de tira mau e mandá-lo voltar para dentro do quarto.

— Puxa, isso é um velho sonho de infância meu.

Recordação Mortal

Ouvir isso fez Eve lançar um sorriso leve, antes de entrar.

O quarto era dos mais simples, sem nenhum atrativo. Cores pálidas, sem imaginação, algumas reproduções de quadros em molduras baratas nas paredes cor de tofu. Havia uma quitinete minúscula com um AutoChef cheio de comida, um frigobar e uma pia pouco maior que uma noz. Uma tela de entretenimento pequena fora instalada em frente à cama; os lençóis estavam em desordem e uma colcha pavorosa fora largada no chão aos pés da cama, espalhando folhas verdes e flores vermelhas pelo piso.

O carpete era verde, fino, e exibia várias manchas de queimado, certamente feitas por cigarros. Estava ensopado de sangue.

Havia uma única janela com cortinas verdes bem fechadas, e o banheiro estreito contava com um balcão bege lotado de cremes e loções para rosto e corpo, remédios, produtos para os cabelos. As toalhas estavam no chão. Eve contou uma de banho, duas de rosto e uma de mão.

Sobre a cômoda, pouco mais que uma caixa de papelão com um espelho em cima, estava uma latinha com uma vela aromática de viagem, um recipiente para discos, um par de brincos de pérolas falsas, um relógio de boa qualidade e um colar de pérolas que talvez fossem genuínas.

Eve analisou tudo, filmou o ambiente e foi até o corpo largado entre a cama e uma cadeira vermelha desbotada.

O rosto estava voltado para cima com olhos vidrados, do jeito que ficam depois que a morte passa por eles. O sangue descera e coagulara nos cabelos e na pele da têmpora, escorrendo livremente a partir do ponto onde fora dado o golpe mortal, na parte de trás da cabeça.

Ela usava anéis — um trio de alianças de prata na mão esquerda e uma pedra azul sobre um anel de prata trabalhada na mão direita. A camisola era de algodão de boa qualidade, branca como a neve, pelo menos nos locais que não estavam manchados de sangue.

A roupa fora repuxada até o topo das coxas, e expunha imensas marcas roxas nas duas pernas. O lado esquerdo do rosto tinha uma marca de pancada tão grande que deixara a pele em torno do olho escurecida.

Para fim de registro, Eve pegou o Identi-pad e verificou a identidade da morta.

— A vítima foi identificada como Trudy Lombard, sexo feminino, caucasiana, cinquenta e oito anos. Foi descoberta pela investigadora principal do caso, tenente Eve Dallas, neste local. O corpo exibe marcas roxas nas duas pernas e ferimentos no rosto.

Aquilo era estranho, pensou Eve, mas continuou.

— A *causa mortis* parece ter sido fratura de crânio provocada por múltiplos golpes na parte de trás da cabeça. Não foi encontrada nenhuma arma perto do corpo. — Eve verificou os medidores. — A hora da morte foi determinada em uma e trinta da madrugada deste domingo.

Uma parte dela sentiu-se aliviada por essa informação. Tanto ela quanto Roarke estavam em casa a essa hora, em companhia de duzentas pessoas.

— O exame visual dos ferimentos indica o uso de clássico instrumento rombudo e sem corte. Não há evidência de ataque sexual. A vítima usava anéis e há joias à vista, sobre a cômoda. Ataque com finalidade de roubo é pouco provável. Também não há sinais de luta, nem feridas defensivas. O quarto está em ordem e os lençóis indicam que a cama foi usada — murmurou, agachando-se mais uma vez para examinar a colcha largada no chão. — Por que ela veio parar aqui?

Levantando-se novamente, foi até a janela e abriu as cortinas. A vidraça estava levantada.

— A janela está aberta e a escada de emergência fica ao lado do quarto. É possível que o criminoso tenha usado essa rota para entrar no quarto.

Recordação Mortal 127

Eve se virou novamente para trás e analisou o ambiente com calma.

— Mas ela não estava correndo na direção da porta. Quando alguém entra sorrateiramente pela janela e você consegue sair da cama, foge para a porta, tentando escapar, ou talvez para o banheiro. Ela não fez isso. Estava de frente para a janela quando caiu. Talvez o assassino tivesse uma arma, acordou-a e mandou que ela saísse da cama. Pode ser que quisesse apenas obter um ganho rápido. Mas, se foi assim, por que não levou o relógio de excelente qualidade? O invasor a espancou muito, uma atividade que ninguém demonstrou ter ouvido ou, pelo menos, não denunciou. Depois disso, ele a atingiu na cabeça e foi embora? Não, isso não encaixa. Não foi assim que aconteceu.

Balançou a cabeça ao examinar Trudy mais uma vez.

— As marcas roxas no rosto e no corpo foram feitas antes de uma e meia da manhã. Várias horas antes, pela aparência dos ferimentos. O legista confirmará isso. No que você estava metida, Trudy? O que pretendia?

Eve ouviu a voz de Peabody, ou pelo menos o ritmo de sua fala no corredor, e percebeu o *boing* abafado dos tênis com amortecimento a ar.

— A detetive Delia Peabody acaba de se apresentar. Está com o gravador ligado, Peabody?

— Sim, senhora.

— Vá conferir o closet e tente achar o *tele-link* de bolso dela. Também quero ouvir todas as ligações do *tele-link* do quarto.

— Fui! — Antes disso, porém, chegou perto do corpo. — Golpe na parte de trás da cabeça com instrumento rombudo. Imagem clássica. — Os olhos dela se ergueram para Eve. — Qual foi a hora da morte?

— Pouco depois de uma e meia da manhã.

Eve notou o ar de alívio na parceira quando ela perguntou, já se dirigindo para o closet:

— Houve ataque sexual?

— Não vi evidências disso.

— Ela foi roubada?

— É possível que o assassino estivesse atrás de algo específico, pois não demonstrou interesse nas joias nem no relógio caro.

— Nem em dinheiro — acrescentou Peabody, segurando uma bolsa grande. — A carteira dela está aqui. Há dois cartões de crédito, um de débito e algum dinheiro. Nenhum *tele-link* pessoal, nem tablet. Também vi duas sacolas grandes de compras no closet.

— Continue procurando.

Eve foi até o banheiro. Os técnicos do laboratório logo passariam um pente-fino no quarto, investigando centímetro por centímetro. Mas Eve conseguia ver muita coisa sem precisar da magia dos peritos.

A tenente adquirira, infelizmente, um profundo conhecimento de produtos para cabelo, bostas para passar na cara e gosmas para esfregar no corpo todo. A temível e apavorante Trina, consultora de beleza, sempre arrumava um jeito de torturar Eve com tudo aquilo, em intervalos de poucas semanas entre uma sessão e outra.

Trudy, pelo que Eve percebeu, não economizava nos produtos de beleza. Nem em quantidade nem em qualidade. Pela estimativa de Eve, havia mais de dois mil dólares em cosméticos amontoados no balcão do banheiro.

As toalhas ainda estavam úmidas, notou. E a pequena toalha de mão estava encharcada. Olhou para a banheira com atenção. Apostava que os peritos iriam encontrar traços de gel de banho no ralo e produtos para o rosto em uma das toalhas.

Mas, então, onde estavam a toalha de banho e a toalha de mão que faltavam? Deveria haver duas de cada.

Ela tinha tomado banho, disso não havia dúvida. Eve se lembrou de como Trudy costumava dizer que adorava "ficar de molho" na banheira. Quando alguém a perturbava durante esse momento, era bom ter uma boa desculpa, senão o castigo era ficar trancado num quarto escuro.

A vítima fora espancada em algum momento do dia anterior, ou talvez na sexta-feira à noite, calculou Eve. Decidiu se enfiar na toca, tomou longos banhos de banheira e ingeriu tranquilizantes. Trudy adorava tranquilizantes, lembrou Eve.

Eles ajudam a acalmar meus nervos.

Por que não chamou Bobby e Zana para cuidar dela? Ser paparicada era outra das coisas favoritas de Trudy.

O mínimo que você poderia fazer é me trazer uma bebida gelada.

Já que tem casa e comida de graça, exijo que me sirva canecas de café e pedaços de bolo.

Você é a coisinha mais preguiçosa que eu já vi na vida. Mova essa bunda magra e venha limpar isso aqui!

Eve soltou o ar devagar e se acalmou. Se Trudy tinha sofrido tudo aquilo em silêncio, havia uma razão para isso.

— Dallas?

— Sim?

— Não achei *tele-link* nenhum — avisou Peabody, parada na porta do banheiro. — Encontrei um monte de dinheiro na mochila. E várias joias em bolsinhas de pano escondidas nos bolsos das roupas. Houve duas ligações entre ela e o filho ou a nora, feitas pelo interfone do hotel. E vi uma garrafa de água e analgésicos sobre a mesinha de cabeceira.

— Sim, também vi. Vamos verificar na cozinha, para ver se descobrimos a hora em que ela pegou comida pela última vez.

— Ninguém invade um quarto e mata uma pessoa para roubar um *tele-link*.

— Depende do que havia no *tele-link*, certo? — Eve foi até o AutoChef e avaliou o histórico do aparelho.

— Ela tomou canja ontem à noite, às oito e pouco. E um *wrap* de comida chinesa por volta de meia-noite. Ao longo do dia, muito café a intervalos regulares, até sete da noite. — Abriu o frigobar. — Vinho caro, com um cálice e meio sobrando na garrafa. Leite, suco, ambos pela metade, e um pudim gelado de chocolate sem lactose, quase no fim.

Olhou para a pia e completou:

— Ela não deixou nenhuma tigela ou colher sem lavar.

— Era limpa e organizada? — quis saber Peabody.

— Na verdade era muito preguiçosa, mas talvez estivesse com tanto tédio que lavou tudo sozinha.

Eve ouviu chegar a equipe de investigação da cena do crime, mas ainda se deteve por mais um minuto.

— A porta estava fechada por dentro. — Com duas voltas, lembrou, revendo mentalmente o instante em que a camareira usara a chave mestra. — O assassino escapou pela janela, e provavelmente também entrou por ela. Hotéis turísticos baratos como este não costumam ter paredes à prova de som. A pergunta que não quer calar é: por que ela não gritou até colocar o prédio abaixo?

Eve saiu do quarto e viu os peritos acompanhados por Morris, o chefe da equipe do Instituto Médico Legal.

Lembrou-se da roupa que ele usara na festa da véspera, em sua casa, uma espécie de sobretudo em azul com brilho discreto. Seus cabelos compridos e muito escuros estavam para trás, em uma trança elaborada. Tinha entornado todas e ficara de pileque a ponto de, em determinado momento da festa, ter subido no palco para tocar sax.

Os talentos dele, conforme Eve descobrira, não eram limitados a decifrar os segredos dos mortos.

Naquele momento, ele vestia uma calça comum com blusa de moletom, e os cabelos estavam presos num rabo de cavalo comprido e brilhante. Seus olhos, amendoados e estranhamente atraentes, passearam pelo corredor até pousarem em Eve.

— Será que não lhe passou pela cabeça tirar um domingo de folga, só para variar? — quis saber ele.

— Planejava fazer isso. — Ela o puxou de lado. — Desculpe convocar sua equipe tão cedo, ainda mais sabendo que você foi dormir tão tarde.

— Muito tarde. Para ser franco, tinha acabado de chegar em casa quando recebi o chamado. Já estava na cama. Só que não era a minha — acrescentou, com um sorriso lento e maroto.

— Ah, que bom. O lance é o seguinte: eu conhecia a vítima.

— Sinto muito. — O rosto dele ficou sério. — Meus pêsames, Dallas.

— Eu disse que a conhecia, não que gostava dela. Na verdade, muito pelo contrário. Preciso que você confirme a hora exata da morte. Quero ter certeza de que o resultado do seu equipamento de precisão bate com o meu. Também preciso saber, com a maior exatidão possível, a hora exata em que ela sofreu os outros ferimentos que você vai encontrar.

— Claro. Posso perguntar...

— Tenente, desculpe interromper — pediu Bilkey, chegando junto de Eve. O filho da vítima está muito agitado.

— Diga-lhe que vou conversar com ele daqui a cinco minutos.

— Tudo bem. Até agora não consegui nada interrogando os hóspedes do hotel. Para sua informação, dois quartos deste andar foram desocupados na manhã de hoje. A pessoa que reservou o quarto ao lado do 415 não apareceu. Entrou em contato com a recepção às dezoito horas da noite passada para cancelar a reserva. Já peguei o nome dela, caso a senhora precise. Devo recolher os arquivos das câmeras de segurança do saguão?

— Sim, bem lembrado. Bom trabalho, Bilkey.

— Isso faz parte das minhas funções.

Eve se virou novamente para Morris e continuou:

— Não vou entrar em mais detalhes agora, quero apenas a confirmação da hora exata da morte. O filho e a nora da vítima estão instalados num quarto no fim do corredor, e preciso lidar com eles. Posso completar todas as informações que faltam depois que você apresentar seu relatório. Agradeceria muito se você pudesse cuidar do caso pessoalmente.

— Então, é o que farei.

Assentindo com a cabeça, Eve fez um sinal quase imperceptível para Peabody.

— Isso vai ser complicado — comentou, caminhando pelo corredor.

— Quer que eu separe um do outro, Dallas?

— Não, pelo menos por enquanto. Vamos ver como a coisa rola.

Eve se preparou, respirou fundo e bateu na porta.

Capítulo Sete

Era esquisito, avaliou Eve, ela se lembrar tão pouco de Bobby. Afinal, ele tinha sido a primeira criança com mais ou menos a sua idade que ela conhecera na vida.

Tinham vivido na mesma casa durante vários meses, e Eve passara por várias experiências inéditas durante esse período. Fora a primeira vez que ela morou numa casa, ou que permaneceu em um mesmo lugar noite após noite, com uma cama só para si. Fora também a primeira vez em que teve contato com outra criança.

A primeira vez na vida em que não havia sido espancada nem estuprada regularmente.

Eve, observando-o naquele momento, se lembrava apenas vagamente de como ele fora — os cabelos louros cortados à escovinha e o rosto largo, quase rechonchudo.

Bobby tinha sido um menino tímido, e Eve, uma menina aterrorizada. Pensando bem, não era nem um pouco estranho o fato de eles não terem construído uma ligação forte.

E então ali estavam, frente a frente, num quarto comum de hotel, com a morte e a dor enchendo o ar.

— Sinto muito, Bobby. Lamento profundamente pelo que aconteceu.

— Eu não sei o que aconteceu. — Seus olhos pareciam desolados e ele agarrou com mais força a mão de Zana, que estava sentada na cama, ao seu lado. — Ninguém quer nos contar nada. Minha mãe... minha mãe...

— Você sabe o motivo de ela ter vindo para Nova York?

— Claro! — Quando Zana soltou um gemido agudo, Bobby soltou a mão dela, colocou o braço sobre seu ombro e a puxou mais para perto de si, de forma protetora. — Ela queria ver você. Não tirávamos férias há muito tempo e ela estava empolgada por vir a Nova York. Nunca tínhamos vindo aqui. A expectativa de ver você e fazer compras natalinas a empolgou muito e... Oh, Deus. — Ele deixou a cabeça pender sobre o ombro da esposa e, em seguida, levou as mãos ao rosto. — Como é que algo assim pode ter acontecido? Quem seria capaz de fazer uma coisa dessas?

— Vocês conhecem alguém que a estava importunando? Ou que a tenha ameaçado?

— Não. Não. Não.

— Bem... — Zana mordeu o lábio inferior e apertou os dois lábios com força, formando um traço fino.

— Você pensou em alguém? — quis saber Eve.

— Eu, bem, é que aconteceu uma briga com a sra. Dillman, nossa vizinha. — Esfregou os olhos para enxugar as lágrimas. — O neto da sra. Dillman vive invadindo nosso quintal com o cachorro que achou na rua, e continua fazendo isso, apesar das reclamações. Mama Tru e a sra. Dillman andaram trocando desaforos por causa disso. A sra. Dillman disse que gostaria de dar uns tabefes na cara de Mama Tru, para ela deixar de ser desagradável.

— Zana. — Bobby esfregou os próprios olhos e avisou: — Não foi isso que Eve quis dizer.

— Não. Ah, acho que não. Desculpem, me desculpem. Estava só tentando ajudar.

— O que vocês fizeram aqui em Nova York, depois que chegaram? — quis saber Eve. — Que lugares visitaram?

Zana olhou para Bobby, obviamente na esperança de que ele tomasse a iniciativa para responder, mas ele manteve o rosto nas mãos.

— Ahn... Bem, nós chegamos na quarta-feira e circulamos um pouco pela cidade. Fizemos algumas compras e fomos assistir ao show do Radio City Music Hall. Bobby comprou os ingressos de um sujeito que nos ofereceu na rua. Foram caríssimos.

Ingressos comprados de cambistas geralmente eram caros, pensou Eve.

— O espetáculo foi maravilhoso. Eu nunca tinha visto nada parecido. Mama Tru reclamou que os lugares que compramos não eram bons, mas eu achei tudo ótimo. Depois, fomos a um restaurante italiano. Foi incrível. Voltamos cedo para o hotel porque estávamos muito cansados da viagem.

Começou a massagear as costas de Bobby para cima e para baixo com uma das mãos enquanto falava. Sua aliança de casamento brilhava pouco sob a luz fraca do quarto.

— Na manhã seguinte, tomamos café numa lanchonete. Mama Tru anunciou que iria se encontrar com você e preferia ir sozinha na primeira vez. Bobby e eu resolvemos visitar o Empire State Building sem ela, porque Mama Tru disse que não queria enfrentar as filas para subir até o alto do prédio e...

— Já entendi. Vocês fizeram coisas comuns de turistas — interrompeu Eve, antes que ela começasse a se perder nos detalhes. — Encontraram alguém conhecido?

— Não. Eu até imaginei que fôssemos encontrar, porque minha impressão, ao ver a quantidade enorme de gente na cidade, é que não tinha sobrado mais ninguém no mundo lá fora, pois todos estavam em Nova York.

— Por quanto tempo Trudy ficou longe de vocês, sozinha?

— Naquele dia? Humm... — Zana tornou a morder o lábio inferior e franziu o cenho com força, tentando raciocinar. — Acho que não sei dizer ao certo, porque Bobby e eu só voltamos para o hotel às quatro da tarde e ela já tinha voltado. Estava um pouco chateada.

Zana olhou para Bobby novamente, pegou-lhe uma das mãos e apertou-a, com carinho.

— Acho que as coisas com você não correram tão bem quanto ela esperava, e Mama Tru ficou aborrecida e irritada por não estarmos no hotel na hora em que ela voltou.

— Para ser franco, ela estava quase soltando fogo pela ventas, de tanta raiva — completou Bobby, finalmente erguendo a cabeça. — Pode dizer com todas as letras, Zana. Mama ficou furiosa porque você a enxotou de sua sala, Eve, e a situação piorou ainda mais quando ela viu que não estávamos aqui para consolá-la. Às vezes, minha mãe era uma pessoa um pouco difícil.

— Ficou com os sentimentos feridos, só isso — explicou Zana, tentando suavizar a situação e esfregando a mão na coxa. — Você consertou as coisas, como sempre — completou, olhando para o marido. — Bobby a levou para dar uma volta e lhe comprou um lindo par de brincos. Depois, fomos ao centro e jantamos num restaurante sofisticado. Mama ficou ótima depois disso.

— Ela saiu sozinha no dia seguinte, não foi? — disse Eve, para incentivá-los, e Bobby pareceu intrigado.

— Isso mesmo. Ela voltou a procurar você? Eu disse a Mama para esquecer esse assunto, pelo menos por enquanto. No dia seguinte, ela não tomou café da manhã conosco, disse que ia tirar o dia para descansar e depois sairia para conhecer mais lojas, como uma espécie de terapia. Fazer compras sempre a deixava feliz. Quando voltou, tínhamos reservado uma mesa num restaurante, mas ela avisou que não queria mais sair naquela noite. Estava muito cansada e disse que pediria alguma coisa para comer no quarto mesmo. Ela não me pareceu estar em seu estado normal.

— Como assim?

— Não sei, exatamente. Permaneceu no quarto. Quando não atendeu ao *tele-link* interno, liguei para o seu aparelho pessoal, mas ela atendeu com o vídeo bloqueado. Disse que estava na banheira, eu não a vi. Aliás, não tornei a vê-la depois de sexta de manhã.

— E no sábado?

— Ela ligou para nosso quarto mais ou menos às nove horas, eu acho. Zana, foi você que atendeu e conversou com ela.

— Isso mesmo. Mama tinha bloqueado o vídeo novamente, agora me lembro. Disse que devíamos seguir com nossa programação sem contar com sua companhia, porque ela queria ficar sozinha. Na verdade, ela me pareceu de mau humor, e tentei convencê-la a sair conosco. Resolvemos dar uma volta num desses lindos bondes aéreos da cidade, e já tínhamos até comprado ingressos para ela, mas Mama disse que não queria ir, e talvez saísse sozinha para passear. Comentou que estava se sentindo um pouco indisposta. Deu para perceber que ela continuava chateada, não é, Bobby? Eu até comentei com você, lembra? "Sua mãe está muito irritada, dá para sentir pela voz." Resolvemos deixá-la em paz e saímos. Ao voltarmos, quando anoiteceu... É melhor você contar, Bobby.

— Mama não quis atender a porta. Eu já estava começando a ficar irritado também. Ela me disse que estava ótima, mas queria ficar no quarto sozinha, assistindo a alguma coisa no telão. Saímos então para jantar, só nós dois.

— Curtimos um jantar excelente, tomamos champanhe e... — Lançou um olhar significativo para Bobby, de um jeito que fez Eve perceber que havia rolado algum tipo de celebração na volta ao hotel. — Nós, ahn... Dormimos até um pouco mais tarde, hoje de manhã. Tentamos ligar para o quarto dela e também para o *tele-link* pessoal, mas Mama não quis atender. Quando Bobby entrou no banheiro para tomar uma ducha, resolvi: "Vou lá bater na porta sem parar, até ela abrir. Vou fazer com que ela..."

Parou de falar, tapou a boca com a mão e completou:

— E pensar que durante todo esse tempo... Todo aquele tempo...

— Vocês viram ou ouviram algo estranho ontem à noite?

— Aqui é muito barulhento — lamentou Bobby —, mesmo com as janelas fechadas. E também tínhamos tomado uma garrafa de champanhe. Colocamos um pouco de música para tocar quando voltamos para o quarto e não desligamos mais o som. Ele ainda estava ligado quando acordamos, agora de manhã. Também... Fizemos amor quando chegamos ontem à noite, e novamente agora de manhã.

Seu rosto ficou ruborizado, mas ele continuou:

— Para ser franco, eu estava muito chateado com minha mãe. Ela forçou a maior barra para virmos até aqui. Não quis entrar em contato com você pelo *tele-link*, para lhe avisar que vínhamos, por mais que eu tenha insistido. Depois, resolveu se enfiar no quarto sem sair mais da toca. De mau humor porque você não quis representar o papel que Mama tinha determinado, em seus planos. Pelo menos é o que eu penso. Não quis estragar a viagem de Zana por causa disso.

— Oh, amorzinho.

— Pensei assim: "Tudo bem, se ela resolveu se enfurnar no quarto, pode ficar lá até segunda-feira, se quiser, mas eu vou visitar a cidade com minha mulher." Ah, que inferno, que inferno!

Recordação Mortal

— repetiu, enlaçando Zana com o braço. — Não sei por que alguém iria querer machucá-la desse jeito. Não compreendo. Ela foi... Por acaso ela sofreu...

Eve reconheceu o tom de voz e percebeu o olhar de desespero típico dos sobreviventes.

— Não, ela não foi estuprada. Havia alguma coisa de valor com ela?

— Mama não trouxe nenhuma das suas joias mais valiosas — respondeu Zana, fungando alto. — Disse que isso seria procurar problemas, embora adorasse usá-las.

— Percebi que vocês deixaram a janela do quarto fechada e trancada.

— É por causa do barulho, que é infernal — disse Bobby, com ar distraído ao olhar para trás. — Para piorar, tem uma escada de incêndio bem ao lado da janela, então é melhor manter... Foi assim que eles entraram no quarto dela? Pela janela? Eu avisei para Mama se certificar de que a janela estava bem fechada e trancada. Eu avisei!

— Ainda não determinamos o meio usado para invadir o quarto. Vou cuidar do caso, Bobby. Farei tudo que estiver ao meu alcance. Se você precisar falar comigo, pode me procurar na Central. O mesmo para você, Zana.

— E agora? O que devemos fazer?

— Esperar, e deixar que eu faça meu trabalho. Preciso que vocês permaneçam em Nova York por, pelo menos, mais alguns dias.

— Tudo bem, ficaremos. Preciso apenas ligar para meu sócio para contar a ele... ahn... o que aconteceu.

— Em que você trabalha?

— Numa imobiliária. Vendo imóveis. Eve? Devo acompanhar minha mãe, quando eles a levarem daqui? Eu não devia estar com ela agora?

Isso não adiantaria de nada, no momento, pensou Eve. Ele e sua dor quase palpável só serviriam para atrapalhar a investigação.

— Fique aqui, Bobby. Por que não tira algum tempo para descansar? Não há nada que você possa fazer. Outras pessoas estão cuidando de sua mãe nesse momento. Pode deixar que eu aviso quando aparecer alguma novidade.

Ele se levantou do sofá e perguntou:

— Eu poderia ter feito alguma coisa? Se tivesse pedido ao gerente para abrir a porta ontem à noite ou hoje de manhã, eu conseguiria ter evitado o que aconteceu?

Pelo menos com relação a isso, pensou Eve, poderia fazer uma única coisa para tranquilizá-lo.

— Não, Bobby, não teria feito diferença.

Quando Eve e Peabody saíram do quarto, a tenente respirou fundo e perguntou:

— Quais as suas impressões?

— Ele me parece um cara decente. Muito chocado, no momento. Ela também. Um vai segurar as pontas do outro. Você quer que eu os investigue?

— Quero. — Eve passou as mãos pelo rosto. — Vamos seguir os procedimentos ao pé da letra. — Viu quando a maca do necrotério saiu do quarto, carregando o cadáver num saco de plástico preto. Morris apareceu logo atrás.

— Uma e vinte e oito da manhã foi a hora exata da morte — informou ele. — O exame feito no local do ataque mostra que a *causa mortis* foi um ferimento na cabeça, causado por um dos nossos velhos conhecidos: o instrumento rombudo. Nada no quarto foi usado para dar o golpe fatal. Os outros ferimentos corporais são mais antigos. Aconteceram vinte e quatro horas antes da morte, ou mais. Vou ter a indicação precisa quando tornar a examiná-la, na casa dos mortos. — Os olhos dele permaneceram fixos nos de Eve. — Era isso que você já imaginava?

Recordação Mortal

— Sim, exatamente.

— Eu aviso quando souber de mais alguma novidade, Dallas.

— Obrigada. — Eve voltou à cena do crime e fez sinal para um dos técnicos da perícia. — Estou procurando, especificamente, por um *tele-link* portátil ou qualquer outro aparelho pessoal de comunicação.

— Até agora não achamos nada.

— Avise-me assim que isso ocorrer. — Seguiu até a janela, olhou para Peabody por sobre o ombro e avisou: — Vamos descer pela escada de incêndio.

— Ai, caraca!

Eve abaixou a cabeça para passar pela janela e pisou de leve na estreita plataforma de evacuação. Odiava lugares elevados quase ao nível de fobia, e esperou alguns instantes até o estômago parar de reclamar. Para dar ao próprio organismo um tempo para o devido ajuste, concentrou-se na plataforma.

— Aqui tem sangue — disse ela, se agachando. — Uma bela trilha de respingos ao longo da plataforma. — Largou a haste de apoio e esticou o pescoço na direção dos degraus abaixo. — E a trilha continua.

— Seria a rota de fuga lógica — comentou Peabody. — Vou mandar que os peritos peguem amostras, para vermos se esse sangue é da vítima.

— Isso mesmo. — Eve esticou o corpo e analisou o acesso do local aos outros quartos do mesmo andar.

Era perigoso, decidiu, pois havia um espaço grande entre a escada de incêndio da coluna de quartos onde ela estava e a seguinte, vários metros além. Mas não seria impossível pular de uma para a outra, se o assassino fosse atlético ou tivesse colhões de aço. Um bom impulso daria conta do recado. Eve, por exemplo, certamente preferiria alcançar a outra escada na base do salto do que seguir grudada na parede, centímetro por centímetro, colada na minúscula saliência do prédio. Esse achado mostrava que o assassino poderia ter vindo de fora ou ser alguém do hotel.

A lógica dizia que o mais provável era entrar e sair pela rota de emergência. Era só descer, correr e se livrar da arma do crime em qualquer lugar longe dali.

Olhou para baixo, ficou zonza e respirou entre dentes ao sentir a cabeça flutuar. As pessoas passeavam despreocupadas pela calçada lá embaixo. Quatro andares, pensou. Ela não queria fazer um estrago tão grande quanto Tubbs com sua roupa de Papai Noel, despencando dali e matando um pedestre inocente.

Nesse instante ela se agachou e examinou um respingo de fezes de pombo.

— Está vendo essa merda lançada por um desses ratos voadores, Peabody?

— Sim. Ela formou um padrão lindo: abstrato e, ao mesmo tempo, irresistivelmente urbano.

— Parece que a ponta foi esmagada, como se alguém tivesse pisado nela com a lateral da sola do sapato. — Ela enfiou a cabeça novamente dentro do quarto e gritou: — Ei, vocês aí! Temos sangue e cocô de pombo aqui fora. Quero que esse material seja recolhido para análise.

— O trabalho desagradável sempre sobra para a gente — comentou um dos peritos.

— Marque o local exato, Peabody — ordenou Eve, lançando-se devagar pela escadaria em zigue-zague. — Quero uma busca completa pelos recicladores de lixo do hotel e qualquer reciclador público num raio de quatro quarteirões. Talvez tenhamos sorte, já que é domingo.

— Sorte? Tente explicar esse conceito para a galera que vai apalpar os dejetos e refugos.

— Esta escada de emergência faz com que todos os quartos neste setor do prédio tenham acesso aos outros. Precisamos dar uma olhada cuidadosa nos registros de hóspedes.

Recordação Mortal

— Não há câmeras de segurança nos corredores nem nas escadas — argumentou Peabody. — Se foi obra de algum hóspede ou empregado, por que não sair pela porta do quarto ao terminar o trabalho?

— Boa pergunta, por que não? Talvez a pessoa não soubesse que não havia câmeras. — As botas de Eve batiam com força no metal dos degraus, enquanto ela descia, e seu estômago lhe pareceu menos agitado. — Talvez o assassino preferisse precauções extras, para não ser visto pelo sr. e pela sra. Turista, que poderiam estar circulando pelas partes comuns, acabando de voltar da balada.

Ao chegar à plataforma do primeiro andar, Eve soltou uma trava e o último lance de escadas desceu sozinho, fazendo uma barulhada e se largando pendurado a um metro do chão. Sentindo-se mais segura, ela apoiou os dois pés no último degrau, tomou um bom impulso e pulou na calçada.

Peabody se lançou logo atrás dela.

— Tem mais duas coisinhas — disse Eve, quando elas começaram a rodear o prédio. — Trudy Lombard procurou Roarke em seu escritório, para tentar ordenhar alguma grana dele.

— O quê? *O quê?*

— Essa informação precisa aparecer no relatório preliminar. É bom colocar tudo em pratos limpos o mais rápido possível, Peabody. Roarke a recebeu e lhe deu um belo pé na bunda. Fim da história, mas isso deve ficar muito claro logo de cara. Algum tempo depois disso, e várias horas antes de ser eliminada, ela se meteu em alguma encrenca. É fácil, para Roarke e para mim, determinarmos o local onde estávamos na hora da morte da vítima, e também vai ser fácil rastrear cada um dos nossos passos entre o momento em que ela saiu do escritório dele e a hora da morte.

— Mas ninguém vai achar que o assassino é um de vocês dois.

— *Eu* desconfiaria de mim mesma, se não tivesse um álibi sólido — retrucou Eve. — Além do mais, dar umas porradas na cara dela não seria tão inesperado, vindo de uma pessoa como eu.

— E quanto a matá-la?

— Talvez a pessoa que a espancou não seja a mesma que a matou — argumentou Eve, balançando a cabeça para os lados. — Pode ser que ela estivesse trabalhando com alguém para arrancar uma grana fácil de Roarke. Quando o plano deu errado, o cúmplice se voltou contra a vítima. Essa é uma possibilidade que merece ser investigada.

— Tem razão.

— O lance é o seguinte... — Ela se virou para Peabody e fez uma espécie de declaração. — Estivemos com a casa cheia de empregados extras, decoradores, promotores e só Deus sabe mais quem. Esse povo ficou saracoteando pela casa ontem, sábado, o dia todo. Quando Roarke contrata empregados de fora, mesmo que seja para um único evento, mantém todas as câmeras da casa ligadas o tempo inteiro. Você vai entrar em contato com Feeney. Peça que ele recolha nossos discos de segurança, examine os equipamentos e confirme que eu e Roarke estivemos em casa, ontem, o dia todo.

— Pode deixar que eu cuido disso. Mas repito: Ninguém vai desconfiar de vocês. — Ela ergueu a mão antes de Eve ter a chance de interromper. — Nem você desconfiaria, Dallas, depois de analisar o caso por cinco minutos. Um soco na cara pode até ser, você não está acima disso. E daí? Foi preciso mais que um soco para deixar a cara dela toda arrebentada. Mais que um punho, e disso você *está* acima. Trudy tentou arrancar dinheiro de Roarke? Caraca, é preciso ser muito burra para isso. Ele deve ter se livrado dela como... bem, como as pessoas raspam o cocô de um rato voador, quando ele gruda no sapato. Algo assim nem é considerado numa investigação. Pode confiar no que eu digo, sou uma detetive.

— Já faz algum tempo desde a última vez que você encaixou essa informação dentro de uma conversa.

— Estou mais madura e seletiva. — Ao virarem a esquina, Peabody enfiou as mãos nos bolsos. — Mas Roarke terá de ser interrogado, como você sabe.

— Pois é, sei disso. — Ela viu Roarke encostado à sua viatura, com muita descontração, trabalhando no tablet. Aliás, de onde tinha surgido aquela viatura?

Ele ergueu os olhos quando a viu. Suas sobrancelhas se levantaram rapidamente e ele guardou o tablet.

— Vocês estão passeando em torno do prédio?

— Nunca se sabe onde o trabalho de um tira vai levá-lo.

— Estou percebendo. Olá, Peabody. Já se recuperou de ontem à noite?

— Mais ou menos. Foi uma tremenda festa.

— Por favor, Peabody, me espere um instantinho que eu já vou — pediu Eve.

— Claro. Vou conversar com algumas pessoas e recolher os registros dos hóspedes.

Quando se viu sozinha com Roarke, Eve deu um chute no pneu do carro, de leve, e perguntou:

— De onde surgiu essa viatura?

— Um simples truque de mágica — disse Roarke, sem se abalar. — Imagino que você prefira continuar o dia com o seu carro.

— Prefiro mesmo.

— Entrei em contato com Mira para contar o que aconteceu, e já avisei que você vai se atrasar um pouco.

— Mira? Ah, sim, claro, certo. — Ela passou as mãos pelos cabelos. — Eu já tinha esquecido. Obrigada. Quanto eu lhe devo pelo serviço?

— Vamos negociar o preço mais tarde.

— Então vou aproveitar para pedir mais um favor. Preciso que você vá até a Central para prestar um depoimento oficial, relatando sua conversa com a vítima na sexta-feira, em seu escritório.

— Estou na sua curta lista de suspeitos, tenente? — Algo chamuscou em seu olhar.

— Não comece! Não é nada disso. — Ela inspirou fundo e expirou lentamente. — Se outro investigador pegasse esse caso, nós dois estaríamos na lista de suspeitos, até tudo ser esclarecido. Nós dois tínhamos motivos para agredi-la, e alguém extrapolou ao fazer isso. Estamos fora com relação à suspeita de assassinato. Não dá para uma pessoa matar alguém no centro da cidade ao mesmo tempo em que participa de uma festa em outro bairro; uma festa onde havia até a presença do chefe de polícia. Mesmo assim, nós dois temos ligações, conhecemos pessoas e teríamos os recursos para contratar alguém e mandá-lo cometer o crime.

— Mas somos espertos o bastante para não planejar algo que seria tão óbvio, previsível e malfeito.

— Pode ser, mas tem vezes em que o óbvio, o previsível e o malfeito são propositais. Além do mais, alguém arrebentou a cara dela mais cedo. Precisamos cobrir esse espaço de tempo, também.

— Quer dizer que você não acha que eu seria capaz de matá-la, mas quanto a espancá-la...?

— Pode parar! — Eve cutucou o peito dele com o indicador. — Ficar me agredindo com essa atitude de indignado não vai ajudar em nada.

— E com qual atitude você preferia que eu a agredisse? Tenho várias opções disponíveis.

— Porra, Roarke!

— Tudo bem, tudo bem. — Ele abanou a mão, como se pedisse desculpas. — É que eu fico puto por me imaginar sendo interrogado por minha própria esposa num caso de agressão.

— Pois então alegre-se. Não vou ser eu. Quem vai lidar com isso é Peabody.

— Ora, isso não vai ser delicioso? — Roarke a agarrou pelos braços e a virou de frente para ele, até ambos ficarem cara a cara, olho no olho, o sapato dele colado na bota dela. — Quero que você me diga, aqui e agora, se você acha que eu coloquei as mãos nela.

— Não acho. — Não houve hesitação. — Não é seu estilo, e, se você pirou a ponto de sair do seu feitio, já teria me contado. Mas bater nas pessoas é meu estilo, e vou relatar a visita dela à minha sala na Central.

Ele praguejou e reclamou:

— Aquela vaca nos traz tantos problemas morta quanto viva. Não me olhe com essa cara. Não vou acender nenhuma vela pela memória dela. Você certamente fará isso, ao seu modo. Porque, para o bem ou para o mal, ela se tornou uma das suas vítimas que esperam justiça, e você buscará a justiça porque não conseguirá agir de outra forma.

Ele continuou a segurar os braços de Eve, mas passou as mãos com carinho, para cima e para baixo.

— Vou lá com você agora para resolver isso.

— Um jeito podre de passar o domingo.

— Não será o primeiro nem o último — disse ele, abrindo a porta do carro.

N a Central, Peabody já reservara uma das salas de interrogatório. Seus movimentos eram um pouco instáveis e seus olhos permaneceram no chão.

— Relaxe — aconselhou Roarke. — Creio que a situação tradicional é o suspeito estar nervoso, e não a investigadora.

— Isso é esquisito, mas não passa de formalidade. — Peabody ergueu os olhos. — Embora seja péssimo. Uma formalidade terrível.

— Tenho esperança de que tudo acontecerá de forma rápida e indolor para nós dois.

— Você está pronto?

— Vá em frente.

Ela precisou limpar a garganta, mas recitou os dados para o gravador.

— Sr. Roarke, compreendemos que o senhor se apresentou de forma voluntária e agradecemos sua colaboração com a investigação.

— Farei tudo o que for possível... — Ele desviou o olhar para o grande espelho, para mostrar que sabia muito bem que Eve os observava do outro lado — ... para ajudar o departamento.

— O senhor conhecia Trudy Lombard?

— Não exatamente. Eu a vi apenas uma vez na vida, quando ela solicitou um encontro comigo, em meu escritório, na última sexta-feira.

— Por que motivo o senhor concordou em recebê-la?

— Curiosidade. Sabia perfeitamente que minha esposa ficou sob os cuidados dela durante alguns meses, muitos anos atrás.

— A sra. Lombard foi mãe adotiva da tenente Dallas durante cinco meses e meio, em 2036.

— Acredito que sim.

— O senhor tinha conhecimento de que a sra. Lombard havia entrado em contato com a tenente em sua sala, aqui na Central de Polícia, na última quinta-feira?

— Sim, sabia disso.

— Como o senhor descreveria a reação da tenente diante de tal contato?

— Minha esposa considerou isso um assunto pessoal dela. — Quando Peabody abriu a boca e tornou a fechar, ele encolheu os ombros. — Minha esposa não tinha desejo de retomar o relacionamento com a citada senhora. Suas recordações da época em que morou em companhia dela eram desagradáveis, e creio que ela preferia deixar tudo no passado.

Recordação Mortal

— Mesmo assim, o senhor concordou em se encontrar com a sra. Lombard em seu escritório, na parte central da cidade?

— Como disse, estava curioso. — Seus olhos se colocaram no espelho novamente e ele teve certeza que se encontraram com os de Eve. — Eu imaginava o que ela poderia querer de mim.

— E o que queria?

— Dinheiro, naturalmente. Sua abordagem inicial foi tentar angariar minha simpatia, para fazer com que eu a ajudasse a suavizar a reação da tenente. Alegou que minha esposa avaliava de forma equivocada os próprios sentimentos com relação a ela, bem como suas recordações dessa época da sua vida.

Ele parou de falar por um instante, olhou para Peabody e quase sorriu, antes de completar:

— Como a tenente raramente se engana nesses assuntos, como a senhorita deve saber, detetive, não considerei os argumentos da mulher plausíveis, nem lhe fui simpático. Sugeri que ela deixasse as coisas do jeito que estavam.

— Mas ela quis que o senhor lhe desse dinheiro?

— Sim. Dois milhões de dólares foi a sua sugestão. Ela voltaria para o Texas e nunca mais apareceria, em troca dessa quantia. Pareceu-me insatisfeita quando eu lhe informei que não tinha a mínima intenção de lhe pagar qualquer quantia, por mais irrisória que fosse.

— Trudy ameaçou o senhor de alguma forma?

— Essa mulher não representava ameaça de nenhum tipo, para mim nem para os meus. Era apenas uma pessoa irritante. Uma espécie de parasita, poderíamos dizer, que esperava sugar um pouco de sangue com o que foi um período difícil na infância de minha esposa.

— O senhor considera chantagem a exigência de dinheiro feita por ela?

Aquela era uma pergunta perigosa, pensou Roarke.

— Talvez ela imaginasse que eu iria enxergar seu pedido como chantagem, não tenho como afirmar ao certo. De minha parte, considerei a exigência simplesmente ridícula, nada que eu ou a tenente pudéssemos considerar importante.

— Mas isso não o deixou zangado? Alguém aparece em sua sala e tenta lhe arrancar um bom dinheiro? Isso me deixaria furiosa.

Ele sorriu para Peabody e desejou poder lhe dizer que ela estava se saindo muito bem.

— Para ser franco, detetive, imaginei que a sra. Lombard tentaria aplicar esse golpe em mim. Pareceu-me o motivo mais lógico para ela entrar em contato com a tenente, depois de tantos anos. — Roarke se recostou na cadeira e continuou: — Zangado? Não, pelo contrário. Senti certa satisfação com o encontro, pois tive a oportunidade de tornar bem claro, de forma inequívoca, que não haveria pagamento. Nem agora nem nunca.

— E como foi que o senhor deixou sua posição tão clara?

— Simplesmente lhe dizendo isso, com todas as letras. Conversamos em minha sala por não mais de dez minutos, momento em que mandei que ela se retirasse e seguisse seu caminho. Depois, solicitei à minha assistente que informasse aos homens da segurança que eu queria ser informado se ela realmente havia se retirado do prédio. Ah, existe um registro gravado da entrada dela no prédio, e também na minha sala. São medidas simples de segurança, é claro. Tomei a iniciativa de entrar em contato com o capitão Feeney, da Divisão de Detecção Eletrônica, e solicitei que ele recolhesse os discos pessoalmente, para poder anexá-los aos arquivos do caso. Penso que isso seria o melhor a fazer.

— Ótimo. — Peabody arregalou os olhos. — Excelente. Ahn... O senhor teve mais algum contato com a sra. Lombard depois que ela deixou sua sala na sexta-feira?

— Nenhum. A tenente e eu passamos a noite em casa, na sexta-feira. Oferecemos uma grande festa de fim de ano em nossa casa,

Recordação Mortal

no sábado. Ficamos o dia inteiro ocupadíssimos com os preparativos. Também tenho gravações do sistema de segurança de minha casa para esse período. Tomei essa precaução por termos numerosos empregados estranhos em nosso lar. O capitão Feeney também poderá requisitar essas gravações, se desejar. Quanto à noite de sábado, estávamos entre mais de duzentos e cinquenta amigos, conhecidos, colegas e sócios, das oito da noite até três da manhã. Ficarei feliz em lhe fornecer a lista de convidados.

— Agradecemos muitíssimo. O senhor teve contato físico com a sra. Lombard em algum momento?

A voz de Roarke permaneceu neutra, mas ele permitiu que uma leve expressão de nojo transparecesse em seu rosto.

— Cumprimentei-a com um aperto de mão, quando ela chegou. Isso foi mais que suficiente.

— O senhor poderia me dizer por que estava no West Side Hotel nesta manhã, em companhia da tenente?

— Decidimos que seria mais satisfatório se a tenente conversasse com a sra. Lombard frente a frente, a fim de lhe informar que ela, minha esposa, não desejava mais nenhum tipo de contato no futuro, e que nenhum de nós pretendia lhe pagar por isso.

— Obrigada — agradeceu Peabody, assentindo com a cabeça. Mais uma vez, agradecemos muito pela sua colaboração nessa questão. Fim da entrevista.

Peabody expeliu o ar com força, fez o corpo ficar mole de alívio, num efeito cômico, e exclamou:

— Graças a Deus acabamos.

— Como nos saímos? — perguntou Roarke, dando uma palmadinha na mão de Peabody.

— A tenente vai nos informar, pode crer, mas quer minha opinião? Você foi acessível, articulado e me deu muitos detalhes. Seu álibi cobre até suas gônadas e... Opa, desculpe.

— Não tem problema. Gosto de saber que essa parte da minha anatomia está protegida. — Olhou na direção da porta que se abriu. — Mas receio que sua expressão nos fará encarar uns golpes de cassetete. Por mim tudo bem, vou acabar curtindo.

— Por que você não me comunicou que já tinha entrado em contato com Feeney? — quis saber Eve.

— Acabo de comunicar.

— Mas poderia, pelo menos... Ah, deixa pra lá. Peabody, vamos dar início às pesquisas que combinamos, e faça uma análise rápida dos outros hóspedes do hotel. Vou para lá em um minuto.

— A gente se vê mais tarde — disse Peabody a Roarke, quando saiu.

— Eu vou...

— Demorar um pouco mais por aqui. — Foi Roarke quem completou a frase de Eve. — Pode deixar que eu encontro o caminho de casa sozinho.

— Foi bom você prestar os esclarecimentos. E ótimo já estarmos com isso resolvido e fora do caminho. Peabody poderia ter forçado um pouco mais a barra, mas conseguiu muitos detalhes, e é isso que conta.

— Tudo bem então. E sobre aquilo que você está me devendo? Já tenho um preço.

Eve apertou os lábios como se refletisse profundamente e, por fim, disse:

— Provavelmente temos alguns cassetetes lá em casa, no porão ou em algum outro lugar.

— Essa é a minha garota! — exclamou ele, rindo. — Não se esqueça de passar na casa de Mira, quando acabar aqui.

— Não sei quanto tempo ainda vou...

— Não importa. Vá conversar com Mira e depois venha para casa.

Recordação Mortal

— E para onde mais eu poderia ir?

— Quanto aos presentes, não se preocupe. Eles estão no porta-malas da viatura.

— Aquele é um porta-malas para assuntos oficiais do governo, espertinho.

— Certo. — Ele agarrou os braços dela, puxou-a a e beijou-a com força e desejo. — Estarei à sua espera.

Ele certamente estaria, pensou Eve. Sempre havia algo de bom esperando por ela em casa, e esse era o seu milagre.

Na sua mesa, diante de uma caneca gigantesca de café bem preto, Eve analisava os dados oficiais de Bobby Lombard. Bobby, e não Robert, reparou. Ele era dois anos mais velho que Eve. Seu nascimento fora resultado de um relacionamento em caráter de coabitação que se dissolveu quando o menino tinha dois anos. O pai dele, conforme Eve descobriu por pesquisas cruzadas, era um tal de John Gruber, que se casara em 2046 e residia atualmente em Toronto.

Bobby havia se formado em administração de empresas e conseguira emprego na Imobiliária Plain Deal desde a formatura até dezoito meses atrás, quando se tornou sócio de Densil K. Easton e fundou a L & E Corretores de Imóveis, sediada em Copper Cove, no Texas. Um ano depois se casou com Zana Kline.

Nunca teve ficha criminal.

Zana estava com vinte e oito anos. Nascera em Houston. Na sua certidão de nascimento não constava o nome do pai. Aparentemente, fora criada apenas pela mãe, que morrera em um acidente de carro quando Zana tinha vinte e quatro anos. Ela também cursara faculdade de administração, possuía licença para trabalhar como contadora e fora contratada pela L & E Corretores de Imóveis logo após a formatura.

Isso significava que a jovem tinha ido trabalhar em Copper Cove e acabara se casando com o chefe, refletiu Eve.

Também não tinha ficha criminal, não se casara nem morara com ninguém antes de Bobby.

Pelos dados oficiais, pareciam ser exatamente o que aparentavam: um casal simples e comum que enfrentava uma onda de péssima sorte.

Por fim, Eve pesquisou o passado de Trudy Lombard.

Passou por alto pelas informações que já conhecia e ergueu as sobrancelhas, de espanto, ao ver seu histórico de empregos.

Trudy trabalhara como assistente na área de saúde e como recepcionista em uma fábrica. Tinha se candidatado ao cargo de mãe profissional logo depois do nascimento do seu filho, e continuara trabalhando em meio expediente, tendo o cuidado de manter os rendimentos abaixo do mínimo, para ficar isenta de impostos e não perder a ajuda que recebia do governo para cuidar de crianças.

Também fora balconista de loja, percebeu Eve, em três lugares diferentes. Trabalhara para mais duas empresas como coletora de dados, fazendo pesquisas estatísticas. Também tinha sido coordenadora doméstica. Que diabo seria isso? Seja o que fosse, esse emprego também não tinha durado muito tempo.

Ela havia morado em quatro cidades diferentes, todas no Texas, durante seis anos.

Vivendo de pequenos golpes, pensou Eve. Era isso que o padrão mostrava. Engane alguém, arranque o que conseguir da vítima e siga em frente.

Trudy tinha se oferecido para trabalhar como mãe adotiva em vários locais, se submetera a testes e fora sempre aprovada para a função. Com o tempo, havia se apresentado para o cargo de mãe adotiva profissional em tempo integral. Cada centavo contava para o orçamento, percebeu a tenente. Quase tudo acontecera na região em torno de Austin, acompanhou Eve, durante mais de um ano antes de ela se mudar mais uma vez para outra cidade, onde se inscreveu para o programa local de acolhimento de órfãos e crianças afastadas dos pais. Foi sempre aprovada.

Quatorze meses em Beaumont e, em seguida, mais uma mudança de ares; novo formulário preenchido no Serviço de Proteção à Infância. Novamente aprovada.

— Você adorava conhecer novos lugares e belas cidade, não é mesmo, Trudy? Humm... Me engana que eu gosto, sua megera em pele de ovelha. Foi nesse momento que eu apareci em sua vida, não foi? Olhem, vejam só... surpresa, surpresa! Você desarmou o circo mais uma vez menos de três meses depois de eu fugir da sua casa. Mais formulários preenchidos em outras cidades, mais aprovações, e você foi palmeando o gigantesco estado do Texas, embolsando dinheiro pelas crianças que acolhia em sua casa até Bobby se formar na faculdade, momento em que abriu mão da bela carreira de mãe adotiva profissional.

Eve se recostou na cadeira e analisou o quadro.

É, isso poderia dar certo; é um jogo lícito e lucrativo. Sua licença era aprovada para atuação em qualquer cidade dentro do estado. Bastava trocar de lugar de vez em quando, acolher novas crianças e embolsar mais grana. O Serviço de Proteção à Infância é grande demais, exige muito trabalho, recebe poucos recursos oficiais e está sempre precisando de gente. Aposto que eles adoravam ter uma mulher experiente como você, uma mãe profissional disposta a ficar com algumas das muitas crianças sem pais.

Trudy havia se acomodado em um lugar depois que encerrou a carreira de mãe adotiva profissional e abandonou o belo negócio de lar adotivo. Mas se manteve perto do filho, refletiu Eve. Passou por vários empregos temporários depois disso, mas não ganhava muito dinheiro neles. Pelo menos, não o bastante para uma mulher que gostava de fazer compras e tinha joias valiosas que, pelas informações colhidas, deixava em casa sempre que viajava para longe.

Interessante, avaliou a tenente, muito interessante. Eve seria capaz de apostar um pacote de bom café, café de verdade e de alta qualidade, como ela não tinha sido a única criança que Trudy Lombard havia traumatizado.

Capítulo Oito

Eve preferia que Roarke não a tivesse feito se sentir na obrigação de passar pela casa dos Miras. Estava cansada, ainda havia muito trabalho em sua mesa, muitas deduções e pistas a ser rastreadas.

Naquele momento, porém, ela era obrigada a *fazer* essa visita. Sentar-se, beber alguma coisa, jogar conversa fora. Trocar presentes. Essa última atividade sempre a fazia se sentir idiota, Eve não sabia exatamente por quê. As pessoas tinham uma aparente necessidade imperiosa de dar e receber tralhas que poderiam sair e comprar para si mesmas.

E ali estava ela, parada diante da bela casa, num belo bairro. Havia uma imensa guirlanda natalina pendurada na porta, feita com folhas de azevinho. Eve tinha aprendido até mesmo a reconhecer folhas de azevinheiro, depois de sua experiência com os profissionais que fizeram os arranjos da festa. Também viu velas decorativas nas janelas e pequenas chamas brilhando, em contraste com a escuridão. Através de uma das vidraças, percebeu o cintilar exuberante de uma árvore de Natal.

Deveria haver presentes espalhados debaixo da árvore, provavelmente muitos, já que Mira tinha vários netos. Eve também aprendera, com o tempo, que só um presente não era o bastante para um marido dar para a mulher como presente de Natal, e vice-versa. Portanto, dar meia dúzia deles para uma só criança não era espantoso.

Por acaso, ela sabia que Peabody comprara três presentes — três, imaginem! — para o bebê de Mavis, e a criança só faria sua estreia no mundo dali a mais de um mês.

Por falar nisso, que diabos alguém poderia comprar de presente para um feto? E por que mais ninguém, além dela, achava isso meio bizarro e horripilante?

Roarke tinha enviado um navio de carga cheio de presentes para seus parentes na Irlanda.

Enquanto isso ela estava ali, parada, adiando o momento de tocar a campainha da casa da médica. Quase congelando no frio e no escuro, enrolando.

Segurou os pacotes com uma das mãos e, finalmente, apertou a campainha.

Foi Mira quem abriu a porta, segundos depois, com roupas de ficar em casa: suéter macio, calça de moletom enfeitada e pés descalços.

— Que bom que você veio!

Antes de Eve ter chance de falar, foi puxada para dentro e sentiu-se envolver pelo ar quente com cheiro de pinheiro e amora. Ao fundo, uma canção enchia o ar, uma canção suave, melodiosa e natalina. Muitas velas cintilavam em toda parte.

— Desculpe ter chegado tão tarde.

— Isso não importa. Venha para a sala de estar, deixe-me pegar seu casaco.

— Trouxe algumas coisas, objetos que peguei por aí.

— Obrigada. Sente-se e fique à vontade, vou lhe trazer um pouco de vinho.

— Não quero atrapalhar...

— Por favor, sente-se.

Eve pousou os pacotes na mesinha lateral ao lado do sofá, junto de uma tigela prateada cheia de pinhas e frutas vermelhas.

Estava certa quanto à montanha de presentes. Havia pelo menos cem embrulhos ao pé da árvore. Quantos deles para cada membro da família?, questionou consigo mesma. Por falar nisso, quantas pessoas havia na família dos Miras? Eles eram uma espécie de horda. Mais de vinte, com certeza, portanto...

Eve se levantou do sofá quando Dennis Mira entrou na sala.

— Sente-se, sente-se, minha menina. Charlie me disse que você tinha acabado de chegar. Vim até aqui só para vê-la. A festa em sua casa ontem à noite foi fabulosa!

Ele vestia um cardigã. Algo no jeito meio desmazelado da roupa, com um dos botões pendurados por um fio e quase caindo, transformou o coração de Eve numa gelatina de ternura.

Dennis sorriu abertamente e, ao ver que Eve continuava em pé, foi até junto de onde ela estava e apontou com o queixo, sorrindo com ar sonhador, para a árvore de Natal.

— Charlie não aceita árvores artificiais. Todo ano eu sugiro comprarmos algo semelhante a madeira de verdade, e todo ano ela diz não. Confesso que fico feliz por isso.

Pegou Eve de surpresa ao colocar o braço com força sobre seu ombro, envolvendo-a num aperto carinhoso e completando:

— As coisas nunca parecem tão más, difíceis ou tristes quando temos uma árvore de Natal montada na sala. Tantos presentes debaixo dela, tanta expectativa. Acho que isso é um jeito de dizer que ainda existe luz e esperança no mundo, e as pessoas têm muita sorte por terem uma família com quem compartilhar isso.

Eve ficou com a garganta apertada ao ouvir aquelas palavras. De repente, se viu fazendo algo que jamais se imaginou capaz de fazer. Mesmo no instante em que se movia, não parecia *acreditar* que estava prestes a fazer.

Ela se virou, encostou o rosto no ombro dele e chorou.

Ele não se mostrou nem um pouco surpreso e a acariciou de volta, dando-lhe palmadinhas nas costas, de leve.

— Tudo bem, está tudo certo, querida. Você teve um dia difícil.

Eve tentou engolir um soluço, respirou fundo e recuou, envergonhada.

— Desculpe. Minha nossa, sinto muitíssimo. Não sei o que deu em mim, eu... Preciso ir embora.

Mas ele a agarrou pela mão. Apesar de ter uma aparência frágil e doce, sua mão tinha a força do ferro.

— Sente-se aí quietinha. Tenho um lenço aqui comigo. Eu acho. — Começou a apalpar os bolsos, enfiando as mãos dentro deles com uma expressão vaga e atônita.

Isso tranquilizou Eve mais que qualquer calmante. Ela riu e esfregou o rosto para secar as lágrimas.

— Tudo bem, estou ótima. Sinto de verdade, mas agora eu realmente preciso ir...

— Tome um pouco de vinho — ofereceu Mira, atravessando a sala com uma bandeja na mão.

Como era óbvio que a médica havia testemunhado a explosão de choro, o embaraço de Eve aumentou.

— Estou um pouco fora do centro, apenas isso — explicou Eve.

— Não é de admirar. — Mira colocou a bandeja sobre a mesa e pegou um dos cálices. — Sente-se e relaxe um pouco. Eu gostaria de abrir meu presente, se estiver tudo bem para você.

— Oh... Sim, claro. Ahn... — Pegou o presente de Dennis e o entregou a ele, informando: — Encontrei isso por acaso na rua e achei que o senhor poderia curtir.

Ele sorriu como um menino de dez anos que acabou de encontrar uma bicicleta vermelha debaixo da árvore de Natal. E o brilho em seus olhos não diminuiu quando abriu o embrulho e pegou o cachecol.

— Olhe só para isso, Charlie! Este cachecol poderá me manter aquecido quando eu for dar minhas caminhadas.

— E tem a sua cara — concordou Mira. — E, oh, olhe só para isso! — exclamou a médica, erguendo o bule antigo. — É lindo! Violetas — murmurou, passando o dedo pelas minúsculas flores pintadas à mão em torno da peça de porcelana. — Awww, eu *amo* violetas.

A médica quase arrulhou de satisfação diante da peça, notou Eve, do mesmo jeito que algumas mulheres costumam fazer diante de bebês miúdos que babam.

— Eu sei que gosta de tomar chá, então...

— Amei. Adorei de verdade. — Mira se levantou do sofá, correu na direção de Eve e a beijou nas duas bochechas. — Obrigada.

— De nada.

— Acho que vou dar uma volta agora mesmo, só para estrear meu presente — anunciou Dennis, levantando-se. Foi até Eve mais uma vez, inclinou-se na direção dela e segurou-lhe o queixo.
— Você é uma boa menina e uma mulher muito inteligente. Converse um pouco com Charlie.

— Eu não pretendia enxotá-lo daqui — avisou Eve, assim que Dennis saiu da sala.

— Você não fez nada disso. Dennis é muito astuto, apesar de parecer um professor distraído. Sabia que precisávamos de um tempo para uma conversa a sós. Você não quer abrir seu presente?
— Pegou uma caixa na bandeja e a entregou a Eve.

— Puxa, que embrulho lindo! — Eve geralmente não sabia a coisa certa a dizer em ocasiões como aquela, mas a reação lhe pareceu apropriada diante da linda caixa embalada em papel prateado e dourado, com um imenso laço vermelho em cima.

Ao abri-lo, Eve não conseguiu descobrir o que era aquilo exatamente. Pareceu-lhe apenas algo redondo ornamentado com arabescos e delicadas pedras que brilhavam muito. Como o objeto vinha preso num cordão, sua primeira impressão é de que era uma espécie de pingente de pescoço, embora o disco fosse maior que a palma de sua mão.

— Relaxe — apressou-se Mira —, não é uma joia nem nada desse tipo. Ninguém consegue competir com Roarke nesse departamento. É uma espécie de vitral que recolhe e espalha os raios de sol, algo para pendurar na janela. Acho que ficaria muito bonito na janela de sua sala.

— É lindo! — repetiu Eve e, examinando mais de perto, percebeu alguns caracteres em meio aos arabescos. — Isso é celta? Parece muito com a inscrição que eu tenho em minha aliança de casamento.

— Acertou. A única diferença é que minha filha me contou que o símbolo na sua aliança é para proteção. Este, e as pedras que o acompanham, servem para promover paz de espírito. Ele foi abençoado pela minha filha. Espero que você não se incomode por isso.

— Diga a ela que fiquei honrada e agradeço muito. Vou pendurá-lo na janela do meu escritório. Quem sabe funciona?

— Você não tem dado muito tempo a si mesma para descansar, não é? — Roarke tinha contado a Mira sobre a trabalheira ao longo da tarde.

— Não sei. — Eve analisou o disco e esfregou o polegar sobre ele. — Acho que andei sentindo pena de mim mesma, pelo menos no momento em que Dennis colocou o braço sobre meu ombro. Quando me vi ali parada ao lado dele, olhando para a árvore de Natal, absorvendo seu jeito calmo, sentindo o cheirinho delicioso

Recordação Mortal

da casa e apreciando as luzes, pensei se, lá no fundo do meu passado, eu já tinha tido uma vez, uma única vez, alguém como ele em minha vida. Uma vezinha, pelo menos. Simplesmente não houve ninguém. Nunca.

— Não, não houve, você não teve uma figura paterna, mas a vergonha e culpa disso estão nas costas do sistema, não nas suas.

Eve ergueu os olhos e se acalmou um pouco.

— Seja como for, foi desse jeito que as coisas aconteceram. Agora, Trudy Lombard está morta e não deveria estar. Tive que assistir ao meu marido ser interrogado pela minha parceira. E preciso estar preparada para responder a possíveis questões pessoais e registrar coisas sobre o meu passado, se isso for importante para a investigação. Terei de recordar com detalhes como era viver com ela, porque conhecê-la a fundo me ajudará a conhecer seu assassino. E terei de fazer tudo isso mesmo sabendo que, poucos dias atrás, se me perguntasse, eu mal conseguiria me lembrar do nome dela. Tudo bem, consigo enfrentar isso — garantiu Eve, com ar firme e determinado. — Sou boa na arte de superar traumas ou empurrá-los para longe da mente. Só que *odeio* quando eles pulam na minha frente e me chutam a cara. Porque a verdade é que a vítima não representa nada nem ninguém para a mulher que sou hoje em dia.

— Mas é claro que representa! — contrapôs Mira. — Todas as pessoas que passaram por sua vida tiveram um papel na sua formação. — A voz de Mira era suave como a música que se infiltrava pelo ar, mas implacável como ferro. — Você realmente superou as pessoas como ela. E não teve nenhum Dennis Mira para cuidar de você, que Deus o proteja sempre. Também não teve contato com a simplicidade comovente de um lar e uma família. Enfrentou obstáculos, dores e horrores. Superou tudo e todos. Essa é sua dádiva, Eve, e também seu fardo.

— Eu desmoronei por completo quando a vi sentada na minha sala, naquele dia. Simplesmente me esfarelei como um biscoito.

— Mas logo recolheu seus pedaços e seguiu em frente.

Eve lançou a cabeça para trás, como se olhasse para o teto. Roarke tinha razão, mais uma vez. Ela realmente precisava passar ali para desabafar em voz alta, junto a alguém em quem confiasse.

— Ela me deixou aterrorizada, enjoada de tanto horror. Foi como se, pelo simples fato de estar ali diante de mim, ela conseguisse me arrastar para aqueles momentos tenebrosos do passado. Na verdade, Trudy nem se preocupou comigo. Se eu não estivesse casada com Roarke, ela nem se lembraria da minha existência. Por que será que isso me incomoda tanto? — Fechou os olhos.

— Porque é duro não ser importante para alguém, mesmo quando esse alguém é uma pessoa de quem você não gosta.

— Sim, acho que sim. Ela jamais teria vindo até aqui, lá do Texas. Não há muito para arrancar de uma tira, a não ser que essa tira seja casada com alguém que tem bilhões na conta bancária. — Abriu os olhos e lançou para Mira um olhar de curiosidade. — Ele tem bilhões de dólares. A senhora alguma vez pensa a respeito disso?

— Você pensa?

— Às vezes penso, em momentos como este, mas a verdade é que não consigo ter a percepção de tanto dinheiro. Não dá nem para imaginar quantos zeros existem nessa fortuna, porque meu cérebro fica zonzo. E também não sei qual é o número que está antes dos zeros, porque com tantos zeros depois, o valor será absurdamente alto, de qualquer jeito. Ela tentou extorquir dinheiro dele.

— Sim, Roarke me contou por alto. Tenho certeza de que ele lidou com o problema de forma apropriada. Você teria preferido que ele pagasse o valor que ela pediu?

— Não. — Seus olhos exibiram raiva. — Nem um centavo dos bilhões que ele tem. Trudy costumava me dizer que eu não tinha mãe nem pai porque era tão burra que eles me jogaram no lixo, já que eu não valia o trabalho que eu lhes dava.

Mira ergueu o cálice, tomou um gole e deu alguns segundos a si mesma, esperando que sua própria raiva se dissipasse.

— Essa mulher jamais poderia ter passado pelos testes do Serviço de Proteção à Infância. Você sabe disso.

— Ela era esperta. Analisando agora, em perspectiva, vejo que ela era inteligente, como uma pessoa tem de ser para aplicar com sucesso alguns contos do vigário, pequenos golpes e fraudes. Trudy brincou com o sistema, compreendeu perfeitamente suas falhas e fraquezas. Não sei dizer com certeza, a psiquiatra aqui é a senhora, mas me parece que ela acreditava nas histórias que contava. É preciso acreditar nelas para vivê-las com perfeição e fazer com que os outros enxerguem o que é preciso ser visto.

— É bem possível — concordou Mira. — Só assim para viver essa mentira durante tanto tempo.

— Ela deve ter convencido a si mesma de que devia receber o dinheiro e que tinha conseguido cada centavo por puro merecimento. Devia acreditar piamente que havia trabalhado muito e se sacrificado, que tinha me oferecido um lar por puro senso de humanidade. Agora, puxa vida, que tal me pagar uma graninha em nome dos bons velhos tempos? No fundo, era uma jogadora — disse Eve, quase para si mesma. — Uma jogadora esperta que talvez tenha levado o jogo longe demais com alguém. Não sei dizer.

— Você poderia repassar o caso para outra investigadora. Na verdade, pode ser que alguém lhe peça para fazer isso.

— Não aceitarei repassar, já decidi. Vou usar os recursos que tiver e pedir favores a quem for preciso, mas vou acompanhar a história até o fim. Para mim, é necessário virar essa página.

— Concordo. Isso a surpreende? — perguntou Mira, ao ver que Eve a encarou longamente. — Essa mulher fez com que você se sentisse indefesa e inútil, burra e vazia. É claro que você sabe muito bem que não é nada disso, mas é preciso *sentir*, provar e fazer o que for necessário para participar ativamente na resolução desse crime. Vou dizer exatamente isso ao comandante Whitney.

— Obrigada, isso pesará na decisão dele.

Assim que entrou pela porta de casa, Eve notou que Summerset surgiu no saguão quase flutuando, como um corvo agourento, o gordo Galahad aos seus pés. Eve percebeu pelos olhos do mordomo, duas bilhas pretas, que ele estava a fim de implicar com ela.

— Confesso minha surpresa — disse ele, no que provavelmente achava ser um tom neutro. — A senhora esteve fora de casa por várias horas e voltou, me atrevo a dizer, vestida de forma quase impecável, sem nenhuma peça de roupa rasgada nem ensanguentada. Uma façanha admirável!

— Eu também confesso minha surpresa pelo fato de ninguém ter aparecido aqui para transformar sua cara num purê de sangue simplesmente pela sua feiura incômoda. Mas o dia ainda não acabou para nenhum de nós — completou, esperançosa.

Despiu o casacão e o colocou sobre o pilar do primeiro degrau da escada, só porque podia fazer isso, e subiu correndo. A rápida e costumeira troca de desaforos com o mordomo a fez se sentir um pouco melhor. Ao menos foi o bastante para arrancar de sua cabeça a imagem do rosto devastado de Bobby, nem que fosse por enquanto.

Foi direto para o escritório pessoal. Resolveu montar um quadro com os dados do crime imediatamente, e também criar uma base de arquivos secundária, para o imprevisto de Whitney resolver vetá-la da investigação do caso, junto com Mira. Mesmo

Recordação Mortal 167

que fosse oficialmente obrigada a se retirar do caso, Eve pretendia estar pronta para acompanhar a investigação no tempo livre.

Ligou o *tele-link* e entrou em contato com Morris.

— Vou passar aí amanhã cedinho — avisou ao legista. — Terei alguma surpresa?

— A pancada na cabeça deu conta do recado, e ocorreu trinta horas depois dos outros ferimentos. Apesar de estes serem relativamente menores, em comparação com os grandes golpes na cabeça, minha opinião é que foram todos provocados pela mesma arma.

— Já descobriu que arma foi essa?

— Encontrei fibras de tecido nas feridas da cabeça. Vou enviá-las para nosso amigo Dick Cabeção, no laboratório. Uma sacola de pano com algum peso dentro é meu palpite preliminar. O exame toxicológico foi positivo para medicamentos legais, vendidos sem receita, analgésicos de poder médio. A vítima ingeriu um comprimido desses menos de uma hora antes da morte, acompanhado de um Chablis de excelente safra.

— Sim, achei a garrafa do vinho no quarto, e analgésicos na mesinha de cabeceira.

— Ela tomou sopa no jantar. Canja de galinha, segundo os exames. Curtiu um miojo de soja às oito da noite, e um belo wrap de carne quase à meia-noite. Para terminar, deu de presente a si mesma uma musse de chocolate gelado acompanhado de vinho, à guisa de ceia. Na hora da morte estava bem alta, por causa do vinho e dos comprimidos.

— Certo, muito obrigada, Morris. Voltaremos a nos falar de manhã.

— Dallas, talvez você esteja interessada no fato de que ela se submeteu a vários procedimentos de escultura estética corporal ao longo dos últimos dez ou doze anos. Além de ações no rosto e em algumas áreas específicas do corpo. Puxadas e esticadas básicas, entende? Nada de grandes proporções, mas um trabalho conside-rável e de muito boa qualidade, por sinal.

— É sempre bom conhecer os hábitos dos mortos. Obrigada.

Ela desligou, recostou-se na cadeira e olhou para o teto.

Quer dizer que Trudy tinha levado alguns tabefes feios em algum momento de sexta-feira, depois de visitar Roarke. Não contou nada disso para o filho nem para a nora, segundo as declarações preliminares, nem prestou queixa da agressão às autoridades. Sua reação ao espancamento, pelo visto, fora se entocar, tendo como companhia apenas vinho, analgésicos e comidas leves.

E deixou a janela do quarto aberta ou abriu a porta pessoal-mente para o seu assassino.

Ora, mas por que faria isso para alguém que a tinha surrado na véspera? Onde estava seu medo e sua raiva? Onde estava seu instinto de sobrevivência?

Uma mulher que conseguira enganar o Serviço de Proteção à Infância durante mais de uma década certamente possuía ins-tintos de sobrevivência muito desenvolvidos.

Mesmo que estivesse com alguma dor ou mágoa, por que se encolheria sozinha num quarto de hotel depois de ser agredida por alguém que poderia voltar mais tarde para completar o ser-viço? Especialmente quando havia familiares seus logo adiante, no fim do corredor?

A não ser que as pessoas no fim do corredor fossem as mesmas que a tivessem agredido. Era possível. Mas, se foi assim, por que ficar ali, onde eles poderiam tornar a surrá-la novamente, com facilidade de acesso?

Olhou para trás ao sentir que Roarke entrava, vindo do escri-tório vizinho ao dela.

— Se você levasse uma surra, certamente não iria querer envolver os tiras nisso, acertei? — começou ela.

— Certamente que não.

— Sei, eu entendi essa parte. E por que não contou tudo ao seu filho?

— Porque não tenho filho nenhum, no momento, a quem pudesse relatar o fato, querida. — Ele encostou o quadril na quina da mesa, muito à vontade. — E creio que meu orgulho me impediria de fazer isso.

— Isso é raciocínio masculino. Pense como uma mulher.

— Isso é difícil para mim — lamentou ele, com um sorriso. — Por que não tenta você mesma?

— Se eu fosse raciocinar como essa mulher, certamente iria choramingar e reclamar o mais rápido possível para qualquer desavisado que me escutasse. Mas ela não fez isso, o que me deixa duas possibilidades.

— A primeira é que ela não precisa contar nada ao filho porque ele é exatamente a pessoa que a usou como saco de pancada.

— Sim, essa é a primeira — concordou Eve —, mas isso não se encaixa nas recordações que tenho do relacionamento deles. Se a harmonia existente entre mãe e filho azedou desde aquela época, por que ela permaneceria aqui no hotel, ao alcance de um segundo ataque dele?

Roarke pegou a pequena estátua de uma deusa que havia sobre a mesa de Eve, um símbolo de maternidade, e refletiu. Brincou um pouco com o objeto, distraído, e disse:

— Nós dois sabemos que relacionamentos, em geral, são áreas espinhosas. É possível que ele tenha adquirido o hábito de espancá-la regularmente. Ela se acostumou com isso e nem considerou a hipótese de contar a ninguém sobre o que aconteceu, nem fugir dele.

— E também temos a nora. Não vi marcas roxas nela, nem outro sinal típico de violência doméstica. Um cara que surra a mãe tem muita chance de também distribuir porradas na mocinha frágil com quem se casou. Nada disso se encaixa direito na história, a meu ver.

— Tirando essa possibilidade da sua lista, o que sobra de importante e viável nela? — quis saber Roarke, recolocando a estátua da deusa sobre a mesa.

— Ela não queria que ninguém soubesse da surra. Não se tratava de orgulho nem planejamento, estava mais para precaução. Tinha arquitetado um plano pessoal. — E estava adorando colocar o plano em prática, pensou Eve.

— Mas isso não explica o fato de ela ter bebido tanto vinho, tomado um monte de analgésicos e quase ter apagado, com o porre.

Eve procurou uma foto recente de papel, em close, do rosto de Trudy. Colocou-a no alto da pilha e a analisou longamente.

— Ela não demonstra medo nesta foto. Se receava algum ataque, poderia ter usado o filho como escudo, trancado a porta e a janela do quarto, ou ter fugido. Não fez nenhuma dessas três coisas. Por que será que ela não estava com medo?

— Há pessoas que curtem sentir dor.

— Pois é, ainda tem isso. — Eve balançou a cabeça para os lados. — Mas ela gostava de ser paparicada. "Prepare-me um banho, faça um lanche para mim." Tinha usado a banheira e o relatório preliminar do legista diz que havia algum sangue na pia do banheiro e no ralo. Portanto, ela foi se lavar depois de levar a surra.

Havia toalhas faltando, lembrou Eve a si mesma, e anotou mentalmente esse detalhe.

— Mas Trudy virou as costas para o assassino e o golpe fatal veio de trás. Ela não tinha medo dele — afirmou Eve.

— Portanto, foi alguém que conhecia e em quem confiava; isso foi um erro, como vemos agora.

— Aí é que está: a pessoa geralmente não confia em alguém que arrebentou sua cara na véspera. — Amor, talvez. Eve conhecia alguns tipos de pessoas que aceitavam essa espécie de amor e até gostavam. Confiança, porém, era algo diferente. — Morris acha que a mesma arma foi usada nos dois ataques, mas algo me diz que foram mãos diferentes, em momentos diferentes. Você tem a gravação da entrada dela no seu prédio, não tem?

— Uma cópia, sim. Feeney ficou com a original.

— Quero assisti-la.

— Imaginei que quisesse — disse ele, pegando um disco no bolso.

Eve o colocou para rodar e ordenou ao telão para avançar a gravação até o ponto que lhe interessava.

— Note o ar de quem foi ali para fechar um negócio, querida — comentou com Eve, no instante em que Trudy entrava no prédio das Indústrias Roarke, no centro da cidade. Trudy atravessou o suntuoso e extenso piso de mármore, passou sem olhar pelas paredes com animações, os rios de flores, os laguinhos que murmuravam águas agitadas e cintilantes, e seguiu direto até o balcão de informações, onde alguém a ligaria com os escritórios.

O terninho que vestia, reparou Eve, estava no closet do quarto de hotel, pendurado com capricho. Os sapatos também estavam devidamente guardados lá. Trudy não vestia essa roupa no momento em que foi massacrada.

— Ela havia feito uma bela pesquisa sobre o lugar — refletiu Eve. — Nada de circular a esmo nem de olhar em torno para se localizar melhor.

— Ela força a barra na recepção, está vendo? "Não, eu não marquei hora, mas ele certamente aceitará me receber" e assim por diante. Parece confiante e amigável, como se pertencesse ao lugar. É muito boa nisso.

— E conseguiu ser recebida, afinal.

— Eles repassaram o chamado dela e ligaram para Caro, minha assistente, que passou a requisição de visita para mim. Fiz com que todos os envolvidos esperassem um pouco. Também sou bom nessas coisas. Ela não gostou muito de ser obrigada a esperar, como dá para ver pelo seu rosto contrariado. Mesmo assim, sentou-se em uma das áreas de espera do saguão. A não ser que você queira apreciá-la impaciente, batucando com os polegares nas mãos por mais alguns minutos, pode avançar a gravação.

Foi o que Eve fez, mas diminuiu o ritmo e colocou a gravação na velocidade normal ao ver uma jovem se aproximando de Trudy.

— Caro, que conhece todos os truques, enviou uma de suas assistentes lá embaixo para acompanhá-la até um dos elevadores. A moça deu várias voltas pelo prédio com Trudy, passeando pelas áreas externas e tomando as passarelas aéreas até alcançar o meu andar. Foi uma bela caminhada e, quando ela chegou... Bem, certamente aguentaria esperar um pouco mais. Afinal, sou um homem ocupadíssimo, certo?

— Ela ficou impressionada — comentou Eve. — Quem não ficaria? Todo esse espaço, vidros gigantescos, muitas obras de arte, pessoas aos pés do chefe a um estalar de dedos. Bom trabalho.

— Aqui vemos Caro finalmente indo até onde ela estava, a fim de acompanhá-la até minha sala. E aqui está Caro saindo lá de dentro, fechando as portas para termos nosso pequeno papo pessoal.

Eve avançou a gravação um pouco mais e reparou que haviam se passado exatamente doze minutos até Trudy abrir a porta novamente e sair correndo dali, quase em desespero.

Agora havia medo em sua expressão, reparou Eve, além de selvageria, revolta e uma pressa ao caminhar que era quase um trote.

— Ela ficou um pouco chateada — disse Roarke, com um sorriso largo e generoso.

Eve não disse nada, simplesmente observou o momento em que Trudy foi acompanhada até o térreo, de onde saiu quase correndo do prédio.

— Ela saiu de minha sala tão ilesa e intocada quanto tinha entrado, como você pode observar — garantiu Roarke.

— Não teve medo do seu assassino — disse Eve, olhando fixamente para Roarke. — Mas se cagou de medo de você.

— Eu nem coloquei a mão nela — defendeu-se ele, com as palmas das mãos para fora.

— Você não precisa fazer isso — replicou Eve. — Mas certamente foi bem objetivo e claro. E tem uma gravação da cena que rolou dentro de sua sala, certo? É claro que tem.

— Qual seu interesse em saber disso? — perguntou ele, erguendo os ombros.

— Você não ofereceu essa gravação a Feeney, para usarmos na investigação.

— É particular.

— E se eu forçar a barra para consegui-la? — perguntou Eve, respirando com cautela.

— Nesse caso eu a fornecerei, e você decidirá se o que ela mostra é importante para a resolução do caso. Não disse nada a Trudy que me cause vergonha, mas é a sua privacidade que está em jogo. A nossa, por sinal, e temos todo o direito de preservá-la.

— Mas se tiver algum peso para a investigação...

— Não tem! Porra, Eve. Aceite a minha palavra e vamos em frente. Por acaso você acha que eu mandei matá-la, pelo amor de Deus?

— Não. Mas sei que seria capaz. Também sei que uma parte de você adoraria fazer isso.

— Pois está enganada. — Ele espalmou as mãos sobre a mesa e se inclinou para a frente até os olhos dele e os dela ficarem no mesmo nível. Os dele estavam frios como o ar do Ártico. — Se eu a quisesse morta, teria dado a mim mesmo a satisfação de fazer isso pessoalmente. Esse é o homem com quem você se casou, e nunca fingi ser diferente. Cabe a você lidar com essa realidade.

Ele empinou o corpo, virou-se e se dirigiu para a porta.

— Roarke!

Quando ele olhou para trás, Eve estava com os dedos pressionados contra os olhos. Essa imagem apertou o coração dele, embora a raiva e o orgulho lhe queimassem a garganta.

— Sei perfeitamente com quem eu me casei — disse ela, baixando as mãos. Seus olhos pareceram mais escuros, mas estavam limpos e sem lágrimas. — Você tem razão. É claro que teria feito isso pessoalmente. O fato de que seria capaz de fazer uma coisa dessas por mim... O fato de não ter feito, mais uma vez por minha causa, é uma tremenda sacudida que me traz à realidade.

— Eu amo você além de toda a razão. Essa também é uma tremenda sacudida na minha vida, saiba disso.

— Ela me mantinha apavorada, do mesmo jeito que um cão fica apavorado ao se ver diante da bota que o chuta repetidas vezes. Mas não se trata de um medo humano comum. É mais primitivo, mais primal, mais absoluto. Não sei como descrever.

— Acabou de fazê-lo muito bem.

— Ela brincava com isso, usava essa arma, me mantinha presa ao medo profundo dela, até que não me restava mais nada, a cada instante, a não ser a expectativa de aquele dia acabar e alcançarmos o seguinte. Ela fazia isso sem precisar me chutar com bota nenhuma. Conseguia essa façanha simplesmente distorcendo e massacrando tudo que havia dentro de mim até não sobrar mais nada; até eu sentir que seria capaz de acabar com a própria vida só para escapar daquele inferno.

— Só que, em vez disso, você fugiu. Saiu de lá e fez mais da vida do que qualquer pessoa poderia imaginar.

— Toda essa história me faz lembrar bem demais do que era não ser e não ter nada mais na vida, exceto medo. — O fato de sentir a respiração entrecortada fez Eve perceber que as recordações ainda estavam muito próximas da superfície. — Preciso acompanhar isso até o fim, Roarke. Tenho de encerrar o caso sendo o que sou hoje. Mas não conseguirei fazer isso se você estiver longe de mim.

— Eu nunca me afasto muito — disse ele, voltando para pegar a mão dela e apertá-la com força.

— Ajude-me. Por favor. Você vai me ajudar?

— Do que você precisa?

— Assistir à gravação do que aconteceu na sua sala. — Eve a apertou a mão dele com força. — Não desconfio de você, mas preciso entrar na cabeça de Trudy. Preciso descobrir o que ela pensou naquela hora, o que sentiu ao sair dali. Poucas horas depois desse momento ela foi espancada. Para onde ela foi? Quem procurou? Ver como Trudy reagiu poderá me ajudar a entender o que aconteceu logo depois.

— Muito bem, então, mas essa gravação não será anexada ao processo. Quero a sua palavra de que isso não acontecerá.

— Eu lhe dou minha palavra.

Ele saiu e foi até sua sala. Ao voltar, entregou-lhe um disco novo e informou:

— Vídeo e áudio em alta definição.

Concordando com a cabeça, ela ligou o computador. Viu e assistiu a tudo.

Eva conhecia bem as reações de Roarke por dentro e por fora. Mesmo assim, o rosto dele e seu tom de voz, mais até que suas palavras, fizeram sua barriga estremecer.

Quando a gravação terminou, ela tirou o disco e o devolveu.

— Foi uma sorte ela não ter se borrado nas calças. Isso teria estragado sua poltrona e seu lindo tapete.

— Teria valido a pena, só para eu ver a cena.

Eve se levantou e começou a andar pela sala de um lado para outro, pensando em voz alta.

— Trudy devia estar trabalhando em cumplicidade com alguém. Mas se essa pessoa era Bobby...? Confesso que não vi nada nele que tenha me causado suspeitas. É preciso ser um tipo especial de pessoa para espancar a própria mãe. Ele não me parece um homem desse tipo. Deve ter sido mais alguém.

— Ela era uma mulher atraente, de certo modo. Um amante, talvez?

— Seria o mais lógico, e amantes são famosos por usarem punhos e armas um contra o outro. Tudo bem, ela pode ter ficado apavorada de verdade; talvez tenha desistido do plano, resolvido voltar para casa, no Texas, e isso o deixou puto. Trudy tinha um trabalho a fazer, um papel a cumprir, e não conseguiu levar a coisa até o fim. Ele resolveu lhe dar umas bordoadas para lembrá-la do que estava em jogo ali. Quando voltou a vê-la depois disso, ela continuava chorosa, reclamando muito e quase bêbada. *Quero voltar para casa. Não quero mais ficar aqui, não quero mais seguir com o plano.* Ele ficou ainda mais puto dessa vez e a matou.

— Parece-me lógico.

Pois é... Lógico, pensou Eve, mas balançou a cabeça para os lados.

— Essa versão não me agrada. Trudy não costuma desistir das coisas tão depressa. Mais um detalhe: você a assustou e ele a machucou fisicamente. Talvez ela tenha se sentido entre dois fogos, o medo e a dor, mas não fugiria de nenhum dos dois. E por que ele iria matá-la? — perguntou Eve, erguendo as mãos. — O melhor a fazer era esperar que ela se acalmasse. Com ela morta, a pessoa saiu da história sem vantagem nenhuma.

— Pode ter perdido o controle.

Eve trouxe de volta à cabeça a cena do crime e o corpo.

Recordação Mortal 177

— Ele não perdeu o controle, não. Foram três golpes deliberados. Se tivesse perdido o controle, se estivesse bêbado, drogado ou com tanta raiva que se sentisse capaz de acabar com a raça dela, ele certamente tiraria o couro dela com uma surra ainda maior, arrebentaria sua cara e pegaria pesado, mas não fez isso. Simplesmente golpeou, com frieza, a parte de trás da cabeça de Trudy e a deixou morta no quarto.

Eve girou os ombros, para massageá-los, e declarou:

— Vou montar um quadro com todos os fatos. Preciso colocar as ideias em ordem.

— Tudo bem, então, mas coma alguma coisa antes disso.

Capítulo Nove

Eve comeu tudo, senão Roarke iria perturbá-la até que ela o fizesse. O ato mecânico de colocar comida na boca lhe deu mais tempo para pensar. Tomou um cálice de vinho e o balançou de vez em quando na mão, tomando goles esparsos ao longo de toda a refeição. Goles curtos, como se fossem comprimidos ingeridos contra a vontade.

Deixou o telão ligado com os dados rolando, sendo processados lentamente. Viu mais informações sobre os atores do drama conhecidos até o momento. A própria Trudy, Bobby, Zana e o sócio de Bobby, Densil K. Easton.

As finanças de todos lhe pareceram sólidas, mas nada de espetacular. Easton fora colega de faculdade de Bobby, tinham se formado juntos. Era casado e tinha um filho.

Em seu registro policial, apenas uma censura por conduta desordeira no último ano de faculdade, mas nenhuma ficha criminal.

Mesmo assim era um bom candidato, no caso de Trudy ter um parceiro de plano ou um amante. Quem conheceria melhor as minúcias e detalhes pessoais e profissionais de Trudy que o sócio de seu filho?

Vir do Texas para Nova York era fácil. Bastava dizer à mulher que ele precisava fazer uma curta viagem de negócios. Problema resolvido.

O assassino certamente era alguém atento aos detalhes. Tinha se lembrado de carregar consigo o *tele-link* de Trudy, e também a arma do crime. Ou então usara algum objeto do quarto na agressão e teve o cuidado de levá-lo embora.

Uma pessoa de temperamento forte e determinação suficiente para esmagar o cérebro de uma mulher com alguns golpes fatais. Mas não havia sinais de fúria.

Em vez disso, propósito.

E que propósito seria esse?

— Por que não verbaliza tudo que está pensando? — sugeriu Roarke, batendo de leve com seu cálice no dela. — Talvez ajude.

— Estou andando em círculos. Preciso examinar o corpo mais uma vez. Depois, devo conversar com Bobby, a esposa, e investigar o sócio de Bobby, Densil Easton. E falta avaliar a probabilidade de a vítima ter amantes ou amigos chegados. Os peritos não acharam quase nada no local. Há muitas impressões digitais da vítima, do filho, da nora, da camareira. Também foram encontradas impressões deixadas por hóspedes anteriores, todos já de volta às suas cidades e com álibis sólidos para a hora do crime. Não foram descobertas impressões digitais na plataforma, nem na escada externa de emergência. Só gotas de sangue e merda de pombo pisada.

— Que imagem linda.

— Também acharam sangue no ralo do banheiro, mas aposto que é da vítima.

— Isso mostra que o assassino não limpou a cena do crime, mas limpou tudo o que tocou ou tinha passado spray selante nas mãos. Pode-se dizer que foi preparado.

— Ou isso ou é alguém que sabe aproveitar uma boa oportunidade. — Depois de alguns instantes, Eve afirmou: — Eu não sinto nada.

— Não sente o quê?

— O que costumo sentir. Todos têm receio de eu não ser objetiva o bastante para investigar o crime, por conhecer a vítima, mas o problema não é esse. Eu não sinto... ligação nenhuma com ela. Geralmente eu formo algum tipo de ligação. No entanto, apesar de conhecê-la, não sinto nada. Por exemplo: ajudei a raspar da calçada os restos de dois homens, poucos dias atrás.

Max Lawrence Tubbs, fantasiado de Papai Noel; Leo Jacobs, pedestre sem sorte, marido e pai.

— Nem as mães de ambos teriam reconhecido os filhos — continuou Eve. — Eu nunca os tinha visto mais gordos, mas senti, não sei, pena e um pouco de raiva. Um tira deve deixar as emoções de lado, porque pena e raiva não ajudam as vítimas nem a investigação. Mas podem ajudar, se a investigadora usar esses sentimentos como impulso para ir em frente. Não é o caso, agora. Não tenho sentimentos, e não posso tirar forças nem me apoiar no que não existe.

— E por que deveria tê-los?

— Porque... — Eve ergueu os olhos, mas não sabia completar a frase.

— Por ela estar morta? A morte de uma pessoa a torna, automaticamente, digna de pena ou raiva? Por quê? Trudy agiu como ave de rapina ao lidar com uma criança inocente e traumatizada. Em cima de quantos mais ela pode ter tripudiado, Eve? Já pensou nisso?

— Já. — Sua garganta ardeu de raiva, mas era a raiva de Roarke que ela sentia, percebeu. Não a dela própria. — Já pensei nisso. Também já refleti que, pelo fato de não conseguir sentir nada, deveria repassar o caso para outra pessoa investigar. Só que também não posso fazer isso, porque, se eu tirar o corpo fora agora, estarei dando as costas a tudo que me fez ser o que sou hoje.

— Então, use algo diferente como incentivo, dessa vez. — Roarke estendeu o braço e afagou de leve as costas da mão de Eve — Sua curiosidade, por exemplo. Quem, por quê, como? Você quer essas respostas, não quer?

— Quero. — Ela olhou mais uma vez para os telões. — Sim, quero saber tudo isso.

— Então, permita que essa motivação seja o bastante dessa vez. Pelo menos dessa vez.

— É, acho que vou ter de agir desse modo.

Foi com isso na cabeça que Eve acabou de montar o quadro de acompanhamento, reviu suas anotações, preparou listas e verificou dados. Quando o *tele-link* sobre a mesa da sala tocou, olhou para o visor e para Roarke, dizendo:

— É Bobby.

Atendeu prontamente.

— Dallas falando.

— Ahn... Desculpe. Sinto muito ligar para sua casa, ainda mais tarde da noite. Quem está falando é Bobby Lombard.

— Sim, eu sei, não se preocupe com o horário. Houve algum problema?

Além de sua mãe ter morrido e você estar tão abatido e pálido que parece um fantasma, pensou Eve.

— Queria saber se nós podemos ir embora. Para outro hotel, entende? — Sua mão apareceu na tela passando pelos cabelos bastante claros e curtos, com um jeito desesperado. — É duro, bastante duro ficar aqui, quase ao lado do quarto em que minha mãe... Está difícil.

— Você já encontrou outro hotel?

— Ahn... Não. Tentei alguns lugares, mas os quartos estão todos reservados por causa do Natal. Zana me disse que somos obrigados a ficar aqui. Eu nem tinha pensado nisso, mas resolvi perguntar mesmo assim.

— Aguente um instante. — Eve colocou o *tele-link* em modo de espera e se virou para Roarke. — Você viu o lugar onde eles estão. Será que não tem um hotel com acomodações do mesmo padrão e que estejam vagas por alguns dias?

— Sempre dá para arrumar alguma coisa.

— Obrigada. — Eve tornou a ligar a imagem e o som. — Escute, Bobby, posso arranjar um novo local até amanhã, mas vocês terão de aguentar essa noite aí mesmo. Prometo que terei outro quarto de hotel para vocês, logo de manhã cedo.

— É muita gentileza sua. Desculpe a amolação. Não estou raciocinando com clareza, no momento.

— Vocês conseguem aguentar aí até amanhã?

— Claro, daremos um jeito. — Ele passou a mão sobre os olhos. — Não sei exatamente o que devemos fazer, agora.

— Simplesmente fiquem aí. Minha parceira e eu apareceremos amanhã cedo, lá pelas oito da manhã. Precisamos de mais algumas informações, mas logo depois vocês poderão ir para outro hotel.

— Tudo bem. Que ótimo. Obrigado. Você já pode me contar se descobriram mais alguma coisa sobre... Já acharam alguma pista?

— Conversaremos de manhã, Bobby.

— Sim. — Ele emitiu um longo suspiro. — De manhã. Obrigado. Desculpe.

— Não foi nada.

Quando Eve desligou, Roarke chegou por trás da cadeira e colocou as mãos nos ombros dela.

— Você tem compaixão suficiente para continuar no caso — declarou, baixinho.

Recordação Mortal

E ve achou que teria algum sonho mau. Tinha quase certeza de que pesadelos a perseguiriam a noite toda. Mas só viu sombras, e nenhuma delas assumiu formas discerníveis. Em dois momentos acordou com o corpo duro e tenso, pronta para a batalha que não aconteceu. De manhã, cansada e irritada, tentou combater a fadiga com uma ducha quase escaldante e café forte.

Por fim, pegou o distintivo e guardou a arma no coldre de ombro. Faria o que tinha de fazer, disse a si mesma. E se houvesse algum lugar vazio dentro dela, simplesmente o preencheria com trabalho.

Roarke entrou, já completamente vestido para encarar mais um dia cheio. Seus olhos profundamente azuis estavam alertas, muito ligados e despertos. Ao vê-lo, Eve se lembrou de que, no passado, sua vida se resumia em trabalho e lugares vazios.

Agora, tinha Roarke.

— Pensei que hoje fosse o famoso dia de São Nunca — brincou ela, tomando um gole generoso da segunda caneca de café —, já que quando levantei não vi você sentado aqui na saleta de estar, analisando o mercado financeiro.

— Fiz isso em meu escritório. Portanto, o dia de São Nunca não é hoje, se isso lhe serve de conforto. — Ele lhe entregou uma pequena agenda eletrônica. — Também atuei em algumas pendências aqui de casa. Hotel Big Apple, em um quarto de nível médio. Deve servir para eles.

— Obrigada. — Ela guardou o pequeno aparelho no bolso e reparou que ele estava com a cabeça meio de lado, analisando-a.

— Você não me parece descansada — sentenciou ele.

— Se eu fosse uma garota, um comentário desse tipo iria me deixar puta. Provavelmente.

— Sorte para nós dois, querida. — Dessa vez Roarke sorriu abertamente, aproximou-se e tocou os lábios dela com os dele.

Deixou o rosto colado ao de Eve por alguns instantes e o afagou de leve, murmurando: — Falta um dia para o Natal.

— Eu sei, já que o quarto está com um cheiro forte de floresta devido à gigantesca árvore que você rebocou aqui para dentro, nem sei como.

— Mas você bem que curtiu pendurar as bugigangas nos galhos, confesse — rebateu ele, olhando por sobre os ombros para a árvore ornamentada.

— É, foi bom. Mas curti muito mais trepar com você debaixo dela, até derreter seus miolos.

— Sim, a cereja que deu o toque final ao momento. — Roarke afastou o corpo, ainda segurando-a pelos braços, e alisou as marcas escuras sob seus olhos. — Não gosto de ver olheiras em seu rosto.

— Elas pertencem à dona, garotão. Você aceitou o pacote completo.

— Quero um encontro a dois, tenente, já que nossos planos para domingo foram abortados.

— Eu achava que encontros românticos ficassem fora da vida dos casais depois do "eu aceito". Não é isso que está escrito no Livro de Regras do Casamento?

— É porque não reparou nas letras miúdas do contrato. Véspera de Natal é em família, salvo em caso de emergências. Eu e você na sala de estar. Abriremos nossos presentes, beberemos muito champanhe e faremos brindes especiais antes de tentarmos derreter os miolos um do outro fazendo amor repetidas vezes.

— Teremos cookies?

— Sem dúvida.

— Então estou dentro. Agora, preciso ir — avisou Eve, colocando a caneca de café na mão dele. — Peabody vai se encontrar comigo daqui a pouco na cena do crime. — Nesse momento,

Recordação Mortal

agarrou-o pelos cabelos, puxou-o com força para baixo e lhe deu um beijo quente e barulhento. — A gente se vê.

Roarke era muito melhor do que duchas escaldantes e café forte para colocá-la em estado de alerta total. E não havia nada melhor para marcar sua saída.

Desceu a escada correndo, pegou o casacão pendurado no pilar do primeiro degrau da escada e lançou na direção de Summerset um sorriso largo e generoso, cheio de dentes, ao caminhar em direção à porta.

— Descobri o presente de Natal ideal para lhe dar — anunciou ela. — Um cabo de vassoura estalando de novo para você enfiar no rabo e manter essa postura dura de soldadinho de chumbo. O espeto que você usa há mais de duas décadas já deve estar meio baleado.

Saiu com o carro, mas manteve o sorriso estampado no rosto por um bom tempo. Tinha de admitir para si mesma: apesar da noite de sono ter sido uma merda, não se sentia tão mal.

Peabody caminhava de um lado para o outro na calçada do hotel quando Eve estacionou a viatura. Seu jeito duro de pisar, refletiu Eve, só podia ter um de três motivos: Peabody tentava queimar algumas calorias extras movimentando-se com vigor; estava com muito frio, algo improvável, pois usava um cachecol de lã enrolado no pescoço; a terceira opção era ela estar revoltada com alguma coisa.

Bastou uma olhada de sua parceira para Eve marcar, mentalmente, a opção três.

— O que aconteceu? — quis saber Eve.

— Como assim?

— Tem um bicho estranho tentando estrangular você. Devo chamar o serviço de desinfecção?

— É um cachecol de lã. Minha avó o teceu, enviou e ordenou que eu o abrisse só hoje de manhã. Foi o que fiz.

Eve apertou os lábios e analisou com mais atenção o padrão em zigue-zagues verdes e vermelhos.

— Que festivo! — elogiou.

— Pelo menos é quente, bonito e estamos entrando na estação do "frio pra cacete", certo?

— Segundo eu soube na última vez que conferi o calendário, estamos, sim. E quanto ao outro bicho que está entrando na sua bunda, quer que eu chame o exterminador de pragas ou você está curtindo a sensação?

— Ele é um tremendo imbecil, sabia? Um total e completo babaca. O que estou fazendo, dividindo o mesmo teto com um retardado?

— Não me pergunte. Sério — pediu Eve, erguendo a mão. — Não me pergunte.

— Por acaso é culpa minha que estejamos com a grana apertada? Não, não é — respondeu Peabody, erguendo o polegar e balançando-o diante de Eve. — É minha culpa que sua família de idiotas more numa cidade idiota da Escócia? Não creio que *eu* seja culpada disso. Qual é o problema de termos passado o Dia de Ação de Graças com a minha família? — O cachecol, que mais parecia uma cobra colorida, ergueu-se e drapejou ao vento quando Peabody lançou as mãos para o ar. — Pelo menos eles têm o bom senso de morar nos Estados Unidos, certo? Você não acha?

— Não sei — disse Eve, com cautela, observando os olhos de Peabody, que giravam de raiva. — O que eu sei, com certeza, é que existe um monte de gente em sua família.

— Pois é, e todos moram neste país. Eu comentei, como quem não quer nada, que nós bem que podíamos ir para a casa dos meus pais no Natal. Afinal de contas, é nosso primeiro Natal como um casal de verdade. Só que, pela atitude dele, também será o último.

Recordação Mortal

Aquele cérebro de cocô. E você, está olhando para mim por quê? — quis saber de um homem que olhou para ela assustado, ao passar pela calçada. — Isso mesmo, não pare e continue andando, seu cara de bunda.

— O cara de bunda é um pedestre inocente, Peabody. Aliás, um dos caras de bunda que nós juramos proteger e servir, lembra?

— Todos os homens são bundões. Pelo menos os que nasceram da barriga de uma mulher. Ele me chamou de *egoísta*! Disse que eu não estava disposta a compartilhar as coisas com ele. Porra, isso é papo furado! Por acaso ele não usa meus brincos? Por acaso ele não...

— Se ele usa alguma peça de roupa sua eu não quero saber. Sério mesmo, numa boa, não quero conhecer detalhes a respeito de nada disso. Além do mais, estamos em cima da hora, Peabody.

— Pois bem, eu não sou egoísta nem estou sendo obtusa. E se for tão importante para ele comer a porra das castanhas cozidas na Escócia, ele que vá sozinho. Eu nem conheço aquela gente.

Lágrimas surgiram em seus olhos e o estômago de Eve entrou em estado de alerta.

— Não, não, não. Nada disso! É proibido chorar durante o trabalho. Muito menos na calçada em frente ao local que é a cena do crime.

— São parentes dele, é a família dele. E tem a tal da prima Sheila, aquela de quem ele vive falando, lembra? Eu é que não tenho condições de ir lá. Ainda me faltam quase três quilos para perder e não terminei o regime para cuidar da pele que, teoricamente, vai fazer com que meus poros encolham. Atualmente eles estão com a circunferência das crateras da lua. Para piorar, depois de pagarmos pelo voo, vamos ficar na maior pendura, durangos por mais de um mês. Devíamos ficar aqui mesmo. Por que não podemos simplesmente ficar em casa?

— Não sei. Não sei. Talvez porque vocês passaram o último feriadão com seus pais, e...

— Mas ele *já conhecia* meus pais, entende?

Eve notou que as lágrimas continuavam ali, prontas para serem derramadas a qualquer momento. Com o calor emitido pelos olhos castanhos de Peabody, era um espanto elas não evaporarem dentro do olho mesmo.

— Ele conheceu meus pais antes de ir visitá-los em sua casa, não foi? A coisa não rolou assim, no escuro. Além do mais, minha família é completamente diferente.

Eve sabia que era um erro perguntar, mas as palavras lhe pularam da boca.

— Como é que você sabe?

— Porque eles são minha família. Não é que eu me recuse a conhecer a família dele, entende? Com o tempo, isso iria acabar acontecendo de forma natural. O problema é que eu vou ter que me despencar até um país estrangeiro para comer... sei lá... Miúdos de carneiro ou algo do tipo. É nojento!

— Ah, tá bom! Aposto que o "tofu surpresa" foi um tremendo sucesso no jantar de McNab, no Dia de Ação de Graças.

— Ei, você está do lado de quem, afinal de contas? — Os olhos enlouquecidos de Peabody se tornaram flechas letais.

— Do lado de ninguém. Sou neutra. Eu sou a própria... qual é o nome mesmo?... Sou a própria Suíça! Agora, podemos trabalhar?

— Ele dormiu no sofá esta noite — informou Peabody, com voz trêmula. — E já tinha saído quando eu me levantei de manhã.

— Qual é o turno dele, hoje? — perguntou Eve, com um longo suspiro.

— Entrou às oito da manhã, mesmo turno que o meu.

Eve pegou o comunicador e ligou para a DDE.

— Não faça isso! — Peabody ensaiou a dança do pânico ali mesmo, na calçada. — Não quero que McNab saiba que estou preocupada com ele.

— Cale a boca! Aqui é tenente Dallas, sargento. Por acaso o detetive McNab apareceu para trabalhar hoje? — Ao ouvir uma resposta afirmativa, Eve concordou com a cabeça. — Obrigada, é só isso. — Desligou. — Viu só? Ele está trabalhando. O que nós também deveríamos estar fazendo.

— Safado, sem vergonha! — As lágrimas, que tinham quase secado, tornaram a se avolumar. Seus lábios se apertaram até ficarem com a espessura de um bisturi. — Acordou e foi direto trabalhar.

— Jesus Cristo, meu bom Jesus! Minha cabeça. Minha cabeça! — Eve escondeu o rosto entre as mãos abertas. — Tudo bem, tudo bem. Pensei em fazer isso mais tarde, mas agora também serve. — Enfiou a mão no bolso e pegou um pacotinho embrulhado. — Tome seu presente agora.

— Meu presente de Natal? Que máximo! Só que eu agora não estou no clima certo para...

— Abra essa porra, senão vou matar você aqui na calçada, agora mesmo!

— Sim, senhora! Já estou abrindo. — Ela rasgou o papel e o enfiou, todo amarrotado, no bolso. Em seguida, abriu a tampa da caixa. — É uma chave de carro.

— Acertou. É a chave do carro que estará à espera de vocês no aeroporto do país estrangeiro. O transporte aéreo foi providenciado para duas pessoas, num dos jatos transcontinentais de Roarke. Ida e volta. Feliz Natal para vocês, cacete! Façam o que quiserem com essa chave.

— Puxa, eu... Vocês... Um dos jatinhos executivos de Roarke? De graça? — As bochechas de Peabody ficaram mais vermelhas que uma rosa no verão. — E também um... um... Veículo à nossa espera quando chegarmos lá? Isso é tão... Tão absurdamente mag!

— Ótimo. Podemos trabalhar, agora?

— Dallas!

— Não, não, nada de abraços. Sem abraços, não! Ah, merda — resmungou quando Peabody a enlaçou com os braços e apertou com força. — Viemos aqui a trabalho e estamos em público. Me larga, Peabody, senão eu juro que vou derrubar você no chão, e vai levar tanta porrada que os quilos extras dos quais quer se livrar vão parar em Trenton.

A resposta de Peabody foram gemidos e sons abafados e incoerentes, no ombro de Eve.

— Mais uma coisa: se cair algum muco ou meleca no meu casacão novo eu vou estrangular você com esse cachecol ziguezaguento, depois das porradas.

— Não posso acreditar, não consigo! — Fungando muito, Peabody deu um passo para trás. — Isso é ultra, superultra. Obrigada. Puxa, cara. Nossa, muito obrigada!

— Sim, sim, tá bom.

— Acho que agora eu vou ter de ir até a Escócia — disse Peabody, olhando ainda embevecida para a caixinha em sua mão. — Quer dizer, a principal desculpa que eu tinha para... ahn, isto é... O *motivo* que havia para eu recusar a viagem desapareceu e... Nossa!

— Tudo bem, deixa pra lá. — Eve se lembrou de que estava se sentindo muito bem até então, mas agora uma dor de cabeça de pura frustração se insinuava, circulando em torno da parte alta de sua cabeça. — Sabe de uma coisa, Peabody? Quem sabe a gente poderia, quem sabe, tirar alguns minutinhos extras para investigar um assassinato? Se possível agora, pode ser? Será que você consegue encaixar essa atividade na sua agenda lotada de hoje?

— Sim, posso dar um jeito. Já estou bem. Obrigada, Dallas. Sério mesmo. Muito obrigadíssima. Nossa, agora eu preciso ir à Escócia. Preciso mesmo ir.

— Peabody — disse Eve, com ar sombrio ao entrar no prédio.

— O relógio está correndo!

— Tudo bem, meu chilique acabou. Só mais um minutinho.

O mesmo androide cuidava da recepção. Eve nem se deu ao trabalho de exibir o distintivo e começou a subir a escada, enquanto Peabody murmurava palavras soltas para si mesma. Algo a ver com fazer as malas, uma suéter vermelha e três quilos extras na barriga.

Ignorando-a, Eve conferiu o lacre da polícia na cena do crime, viu que estava intacto e continuou pelo corredor.

— Depois que eles saírem do quarto e forem para outro hotel, quero peritos aqui, ouviu, Peabody? Varredura completa — acrescentou. — Precisamos cobrir todas as possibilidades.

Eve bateu e, segundos depois, Bobby abriu a porta. Estava muito abatido, como se o luto tivesse entalhado rugas novas e emaciado seu rosto. Cheirava a sabonete. Eve reparou que a porta do banheiro continuava aberta e, através dela, viu que o espelho sobre a pia estava embaçado.

Ouviu vozes indistintas vindas do telão ligado, onde uma repórter transmitia ao vivo as notícias matinais.

— Entre. Ahn... Pode entrar. Pensei que fosse Zana, que tivesse saído sem levar a chave.

— Ela não está aqui?

— Saiu para comprar café, roscas e outras coisas. Pensei que fosse ela, chegando de volta. Fizemos as malas ontem à noite mesmo — explicou, quando Eve olhou para as duas malas grandes colocadas ao lado da porta. — Queríamos estar prontos para ir embora. Não dá mais para ficar neste hotel.

— Por que não nos sentamos um pouco, Bobby? Podemos resolver algumas das questões pendentes antes de Zana voltar.

— Mas ela já devia estar aqui. O recado dizia que ela iria levar vinte minutos, no máximo.

— Recado?

— Ahn... — Ele olhou em torno do quarto e passou uma das mãos, com ar distraído, sobre o cabelo. — Ela deixou uma mensagem gravada no despertador. Costuma fazer isso. Disse que acordou cedo e resolveu dar uma passadinha na delicatéssen que funciona a alguns quarteirões daqui. Foi comprar café e algumas coisinhas para oferecer a vocês, quando chegassem. Não gosto de saber que Zana está lá fora, sozinha. Ainda mais depois do que aconteceu com Mama.

— Provavelmente ela está demorando por causa da fila na delicatéssen, só isso. Ela disse o nome da loja?

— Não me lembro. — Foi até a mesinha de cabeceira, pegou o pequeno despertador de viagem e apertou o play.

Bom-dia, amor. Hora de acordar! Suas roupas para hoje estão na gaveta de cima da cômoda, lembra? Acordei mais cedo e me levantei, mas não quis despertar você, pois sei que sua noite de sono foi péssima. Vou dar uma saidinha para comprar café, rosquinhas, biscoitos dinamarqueses ou algo assim. Não me parece certo receber sua amiga sem ter nada a oferecer. Eu deveria ter estocado comida no AutoChef antes. Desculpe, amor. Volto em vinte minutos, vou rapidinho até a delicatéssen que fica a dois quarteirões daqui, descendo a rua. Ou subindo, não sei ao certo, ainda não entendi essa cidade. O nome é Deli Delish. Pode deixar que seu café estará prontinho quando você sair do chuveiro. Amo você.

Reparando a hora em que a mensagem tinha sido gravada, Eve lançou um olhar significativo para Peabody.

— Que tal se eu for à delicatéssen para me encontrar com ela? — ofereceu Peabody. — Poderei lhe dar uma mãozinha para trazer as compras.

— Sente-se, Bobby — sugeriu Eve, apontando a poltrona. — Tenho algumas perguntas para lhe fazer.

— Certo. — Olhou para a porta assim que Peabody saiu. — Talvez seja bobagem eu estar tão preocupado, mas é que ela nunca esteve em Nova York. Provavelmente pegou a rua errada quando vinha para cá, ou algo assim, e teve de dar a volta no quarteirão.

— Peabody vai encontrá-la. Bobby, há quanto tempo você conhece seu sócio?

— D.K.? Desde a faculdade.

— Então vocês são amigos próximos?

— Sim, claro. Fui padrinho no casamento dele, e ele foi meu padrinho quando eu me casei. Por quê?

— Ele conhecia bem a sua mãe, certo?

— Pois é, tive de contar. Liguei ontem e contei a ele tudo o que aconteceu. — Quando seus lábios tremeram, Bobby tentou firmá-los. — D. K. está me dando cobertura na firma. Ofereceu-se para vir até aqui, caso eu precisasse, mas não quero que ele faça isso. O Natal está chegando e ele tem família. — Bobby colocou o rosto nas mãos. — Não há nada que ele pudesse fazer, mesmo. Não há nada a fazer.

— Que tipo de relacionamento ele tinha com sua mãe?

— Do tipo cuidadoso. — Quando ergueu a cabeça, quase exibiu um sorriso. — Eram como óleo e água, entende?

— Mais ou menos. Porque não me explica melhor?

— Pois é... D.K. gosta muito de correr riscos. Eu nunca teria conseguido abrir meu próprio negócio se ele não tivesse me dado a maior força. Mama era meio crítica com relação às pessoas. Achava que nossa sociedade não iria dar certo, mas a companhia está indo de vento em popa.

— Eles não se davam bem?

— Na maior parte das vezes, D.K. e Marita se mantinham longe de Mama. Marita é a esposa dele.

— Tem mais alguém com quem sua mãe não se dava muito bem?

— Bem, Mama não era exatamente uma pessoa simpática com as pessoas, se entende o que eu quero dizer.

— E quanto às pessoas com quem ela se dava bem, gente próxima dela?

— Eu e Zana. Mama costumava dizer que não precisava de mais ninguém na vida, a não ser eu, mas abriu espaço para Zana. Mama me criou sozinha, sabe como é? Foi bastante duro. Teve de abrir mão de muita coisa para si mesma, a fim de garantir que tivéssemos uma casa boa. Eu vinha em primeiro lugar. Ela sempre dizia que eu vinha em primeiro lugar na sua vida.

— Sei que isso é duro, mas... E quanto a questões de patrimônio? A casa era própria, certo?

— Sim, e fica num bom lugar. Não dá para ter um filho que trabalha no ramo imobiliário sem residir numa boa propriedade. Ela estava bem-instalada. Trabalhou pesado a vida toda e cuidava muito bem do dinheiro que ganhava. Tinha um estilo de vida frugal.

— Você vai herdar tudo, certo?

— Acho que sim — disse, com o rosto sem expressão. — Nunca conversamos a respeito disso.

— Como era a relação dela com Zana?

— Boa. No início o relacionamento foi meio espinhoso. Minha mãe... Eu era tudo que Mama tinha na vida, e ela não gostou muito de Zana, a princípio. Você sabe como as mães são... — Percebendo que havia sido deselegante, enrubesceu. — Desculpe, foi uma idiotice eu dizer isso.

— Tudo bem. Ela colocou objeções ao seu casamento com Zana?

— Não era nada com Zana, especificamente, ela era só contra o casamento em si. Mas Zana a conquistou aos poucos. Elas se dão... isto é, se davam muito bem.

— Bobby, você tem conhecimento de que sua mãe foi visitar meu marido na sexta-feira à tarde?

— Seu marido? Para quê?

— Queria dinheiro. Muito dinheiro.

Ele simplesmente olhou para Eve e abanou a cabeça para os lados.

— Deve haver algum engano.

Eve reparou que ele não se mostrou chocado, apenas atônito.

— Você sabe com quem eu sou casada?

— Sim, claro. Vimos um monte de reportagens sobre seu trabalho nos noticiários, depois do escândalo das pessoas clonadas. Eu nem acreditei que fosse você, bem ali na minha frente, no telão. Para ser franco, nem mesmo a reconheci, a princípio. Afinal, já faz muito tempo. Mas Mama viu que era você logo de cara. Ela...

— Bobby, sua mãe veio até Nova York por uma razão específica. Queria entrar em contato comigo novamente por eu ser casada com um homem que tem muito dinheiro. Ela queria um pouco dessa grana.

— Isso não é verdade. — O rosto dele permaneceu sem expressão, a voz lenta e cautelosa. — Eu não acredito.

— É verdade, sim. E é bem provável que ela tenha um sócio nesse plano. Talvez esse sócio a tenha matado ao ver que ela não conseguiu dinheiro nenhum. Aposto que você adoraria colocar a mão em dois milhões de dólares, Bobby.

— Dois milhões de... Você acha que eu fiz isso com mama? — Ele se levantou, meio tonto e instável. — Acha que eu seria capaz de machucar minha própria mãe? Por dois milhões de dólares?

— Suas mãos se colocaram dos dois lados da cabeça, fechadas com força. — Esse papo é completamente insano. Não sei como é que você pode ter coragem de falar uma coisa dessas. Alguém invadiu o quarto pela janela e matou Mama. Deixou-a caída no chão e se mandou. Você acha que eu faria uma coisa dessas com alguém do meu próprio sangue? Minha própria mãe?

Eve permaneceu onde estava e manteve o tom direto e ríspido.

— Não acho que alguém tenha invadido o quarto, Bobby. A pessoa simplesmente foi recebida. Sua mãe conhecia essa pessoa. Tem mais uma coisa: ela foi atacada e sofreu outros ferimentos muitas horas antes da sua morte.

— De que você está falando?

— Os ferimentos no rosto dela e as marcas roxas em todo o seu corpo foram provocados em algum momento da noite de sexta-feira. Ferimentos sobre os quais você parece não ter conhecimento.

— Não tenho mesmo. Não pode ser! — As palavras lhe saíam da boca aos trancos e barrancos, meio misturadas. — Ela teria me contado se tivesse sido ferida. Teria me dito se tivesse sido atacada. Pelo amor de Deus, isso tudo é loucura.

— Pois saiba que alguém a feriu muito. Isso aconteceu várias horas depois de Trudy sair do escritório do meu marido, local onde tentou arrancar dele dois milhões de dólares. Só que saiu de mãos abanando. É isso que me faz crer que ela estava trabalhando com alguém, e esse alguém ficou tremendamente revoltado. Sua mãe foi até o escritório de Roarke e pediu dois milhões de dólares para voltar para casa, no Texas, e me deixar em paz. Está tudo gravado, Bobby.

Não havia mais cor no rosto dele.

— Talvez... Talvez ela quisesse apenas um pedido de empréstimo. Pode ser que tenha querido me ajudar nos negócios. Zana e eu estamos pensando em começar a construir uma família. Talvez Mama... Não estou entendendo nada disso. Do jeito que você fala, faz parecer que ela era... era...

— Estou apenas lhe informando os fatos, Bobby. — De forma cruel, pensou Eve, mas essa crueldade poderia retirá-lo da lista de suspeitos. — Estou lhe perguntando em quem ela confiava, com quem ela teria armado um plano desses. Até agora os únicos plausíveis são você e sua esposa.

— Eu e Zana? Você acha que um de nós dois poderia tê-la matado? Seríamos capazes de deixá-la sangrando num quarto de hotel? Por causa de dinheiro? Um dinheiro que ela nem conseguiu receber? Ou por qualquer outro motivo? — perguntou, e deixou-se afundar na beira da cama. — Por que você está fazendo isso comigo?

— Porque alguém a deixou sangrando no chão de um quarto de hotel, Bobby. E eu acho que o motivo foi dinheiro.

— Talvez seu marido seja o autor do crime. — A cabeça dele se ergueu subitamente e seus olhos exibiram ferocidade. — Talvez tenha assassinado minha mãe.

— E você acha que eu estaria conversando aqui com você se houvesse uma chance disso, por mínima que fosse? Se eu não estivesse absolutamente certa, se os álibis dele não fossem sólidos como rocha, o que acha que eu iria fazer? Janela arrombada, plataforma da escada de incêndio como escape; um intruso desconhecido, uma invasão grosseira e malfeita. Sinto muito pela sua perda, Bobby, mas fatos são fatos. Olhe para mim!

Eve esperou até que ele olhasse fixamente para ela.

— Eu poderia fazer diferente, Bobby. Sou uma tira, tenho alta patente e sou respeitada profissionalmente. Poderia fechar a porta desse caso e ninguém questionaria nada. Mas o que vou fazer é encontrar quem matou sua mãe e a deixou caída naquele quarto. Disso você pode ter certeza.

— Por quê? Por que se importaria com ela? Você fugiu lá de casa. Caiu fora quando ela estava fazendo tudo de bom por sua vida. Você...

— Não foi bem assim e você sabe disso, Bobby. — Ela manteve a voz baixa e firme. — Você acompanhou tudo. Estava lá.

Ele baixou os olhos.

— Ela passava por um momento difícil, apenas isso. Já era difícil criar um filho sem poder contar com mais ninguém, tentando fechar as contas no fim do mês.

— Pode ser. Mas vou lhe contar o porquê de eu estar fazendo isso, Bobby. Estou fazendo isso por mim, e talvez por você também. Pelo menino que me levava comida às escondidas. Mas vou logo avisando: se descobrir que foi você que a matou, vou trancá-lo numa cela por muito tempo.

Ele empinou o corpo e limpou a garganta. Seu rosto e sua voz ficaram firmes.

— Eu não matei minha mãe. Nunca na vida sequer ergui a mão contra ela. Nunca na vida! Se ela veio até aqui em busca de dinheiro, estava errada, muito errada, mas certamente fez isso por mim. Gostaria que Mama tivesse me contado. Alguém deve tê-la forçado a fazer isso. Alguém a ameaçou, ou a mim, ou...

— Quem?

— Não sei. — Sua voz falhou e se fragmentou. — Não sei.

— Quem sabia que vocês estavam vindo para Nova York?

— D.K., Marita, as pessoas que trabalham para nós, alguns clientes. Puxa, sei lá... Os vizinhos. Não escondemos a viagem de ninguém, pelo amor de Deus.

— Faça uma lista de todas as pessoas que você consiga lembrar. Trabalharemos a partir daí. — No instante em que Eve se ergueu, a porta se abriu.

Peabody entrou quase arrastando Zana pelo braço. A jovem estava muito pálida e trêmula.

— Zana, meu amor! — Bobby pulou da cama como que impulsionado por molas, voou para o lado da esposa e a tomou nos braços com força. — O que aconteceu?

— Não sei. Um homem. Não sei. — Soluçando muito, abraçou o pescoço do marido com força. — Oh, Bobby!

— Eu a encontrei no quarteirão que fica a leste daqui — informou Peabody, olhando para Eve. — Ela parecia perdida e muito abalada. Contou que um sujeito a agarrou e a forçou a entrar em um prédio.

— Meu Deus, Zana. Ele machucou você?

— Tinha uma faca e disse que iria enfiá-la em mim se eu gritasse ou tentasse fugir. Fiquei apavorada e disse que ele podia levar minha bolsa, se quisesse. Pedi que ele a levasse. Não sei explicar, não creio que... Oh, Bobby, ele me disse que matou Mama.

Eve forçou passagem em meio a uma nova explosão de lágrimas e puxou Zana para longe de Bobby.

— Sente-se aí e pare de chorar. Você não foi ferida.

— Acho que ele... — Com a mão trêmula, colocou a mão na base das costas.

— Tire o casaco — ordenou Eve, ao notar o buraco na roupa vermelha e o rasgão no suéter que Zana usava por baixo. Havia alguns pontos de sangue. — Ferimento superficial — garantiu Eve, arrancando-lhe a suéter para examinar melhor o corte não muito profundo.

— Ele *esfaqueou* você? — Horrorizado, Bobby deu um tapa na mão de Eve para poder examinar o local pessoalmente.

— Foi só um arranhão — disse Eve.

— Eu não me sinto muito bem.

Quando os olhos de Zana ameaçaram apagar, girando para cima, Eve a agarrou com força e sacudiu-a.

— Não vá desmaiar agora! Você vai se sentar e me contar direitinho tudo o que aconteceu. — Colocou Zana numa cadeira e baixou a cabeça dela, posicionando-a entre as pernas. As argolinhas em suas orelhas balançaram como pequenos sinos.

— Respire fundo. Peabody!

— Estou vindo! — Já preparada, Peabody saiu do banheiro com um pano umedecido. — Foi só um arranhão — garantiu a Bobby, com gentileza. — Um líquido antisséptico poderia ajudar.

— Eu tenho no meu *nécessaire* de viagem, que já está dentro da mala. — A voz de Zana era fraca e instável. — É uma bolsinha dentro da mala grande. Por Deus, não podemos ir logo para casa? Não dá para simplesmente irmos embora daqui?

— Você vai ter de me dar uma declaração. Oficial e gravada — avisou Eve, mostrando a filmadora para Zana. — Você se levantou e saiu para comprar café, não foi?

— Estou meio enjoada.

— Não está não! — disse Eve, com brutalidade. — Você saiu do hotel. E depois?

— Eu... Queria lhes oferecer alguma coisa quando vocês chegassem. Bobby também não comeu quase nada desde que... Pensei em dar uma saidinha e trazer algumas coisas antes de ele acordar. Não dormimos quase nada a noite passada.

— Muito bem. Então, você desceu.

— Sim, desci e cumprimentei o rapaz da recepção. Sei que é um android, mas lhe desejei bom-dia, mesmo assim. Saí do prédio e vi que o dia estava agradável, apesar de frio. Comecei a abotoar meu casaco enquanto caminhava. De repente ele apareceu do nada. Colocou o braço em torno de mim com uma rapidez impressionante, e eu senti a ponta da faca nas minhas costas. Disse no meu ouvido que se eu gritasse ele iria enfiar a faca em mim. Mandou que eu continuasse a andar olhando para baixo. Quis que eu andasse olhando para meus pés e continuasse caminhando. Fiquei apavorada. Posso tomar um pouco d'água?

— Eu pego! — Peabody correu até a pequena cozinha do quarto.

— Ele andava depressa demais e tive medo de tropeçar, porque ele poderia me matar ali mesmo. — Os olhos dela ficaram vidrados mais uma vez.

— Mantenha o foco. Concentre-se! — ralhou Eve. — O que você fez?

— Nada. — Zana estremeceu e abraçou a si mesma. — Eu disse "Pode levar minha bolsa", mas ele não me respondeu nada. Tive medo de levantar os olhos. Pensei em fugir correndo, mas ele era forte e fiquei com muito medo. De repente, ele abriu uma porta. Era um bar, me pareceu. Estava muito escuro e não havia ninguém lá dentro, mas percebi pelo cheiro que era um bar, entende? Obrigada.

Zana segurou o copo d'água com as duas mãos, mas mesmo assim um pouco do líquido pulou pela borda quando ela o aproximou dos lábios.

— Nossa, não consigo parar de tremer. Pensei que ele fosse me estuprar e me matar, e eu não conseguiria fazer nada para impedi-lo. Mas ele me mandou sentar numa cadeira e manter as mãos sobre a mesa. Eu obedeci. Disse que queria o dinheiro, e eu ofereci novamente a minha bolsa. "Pode levar." Ele me disse que queria os dois milhões de dólares, senão faria comigo o mesmo que fez com Trudy. A diferença é que retalharia minha cara toda, para que ninguém conseguisse sequer me reconhecer quando ele acabasse comigo.

As lágrimas lhe escorreram pelo rosto e fizeram brilhar suas pestanas.

— Eu disse: "Foi você que matou Mama Tru? Você realmente a matou?" Ele confirmou que sim, e que faria muito pior comigo e com Bobby, se não lhe entregássemos o dinheiro. Dois milhões de dólares. Nós não temos dois milhões de dólares, Bobby. Eu argumentei exatamente isso, por Deus, onde poderíamos conseguir tanta grana?, e ele disse: "Pergunte àquela tira." Nesse momento, me entregou um número de conta. Obrigou-me a repetir o número sem parar, várias vezes, e avisou que, se eu estragasse as coisas ou me esquecesse do número, ele iria me caçar e enfiaria a faca na minha bunda. Foi essa a expressão que usou. 505748711094463... 505748711094463... 505...

— Tudo bem, já gravamos. Continue.

— Ele me disse para permanecer sentada ali. "Fique aqui, sua vadiazinha" foram as palavras que usou. — Ela enxugou as bochechas molhadas e completou: — "Fique aqui imóvel por quinze minutos. Se sair antes disso, vou matá-la." E me largou lá. Fiquei ali imóvel, no escuro. Morri de medo de me levantar, e também tive medo que ele voltasse. Fiquei parada até mais ou menos completar o tempo que ele mandara. Não sabia em que rua estava quando saí lá de dentro, me vi completamente transtornada. A rua era muito barulhenta. Comecei a correr, mas minhas pernas não me obedeciam, e eu não conseguia encontrar o caminho de volta. Foi quando a detetive apareceu e me ajudou. Deixei a bolsa lá. Devo ter me esquecido de pegá-la. Ou talvez ele a tenha levado. E não comprei o café.

Ela se dissolveu em uma nova torrente de lágrimas. Eve esperou mais um minuto para ela se acalmar um pouco e tornou a insistir.

— Como era a aparência dele, Zana?

— Não sei. Sério, não saberia descrevê-lo muito bem. Mal olhei para ele. Sei que usava um chapéu, uma espécie de gorro de esquiador, e óculos escuros. Era alto. Eu acho. Vestia jeans preto e botas pretas. Fiquei olhando o tempo todo para baixo, conforme ele mandou, e reparei em suas botas. Elas tinham cadarços e estavam muito gastas na parte da frente. Fiquei olhando o tempo todo para as botas. Ele tinha pés grandes.

— Como assim, grandes?

— Maiores que os de Bobby. Um pouco maiores, eu acho.

Recordação Mortal

— Qual a cor da pele dele?

— Não deu para ver. Era branco, eu acho. E usava luvas pretas. Mas eu acho que ele era branco. Só consegui dar uma olhada de relance, e quando ele me levou para dentro do bar estava muito escuro. Ele ficou atrás de mim o tempo todo e estava escuro.

— Tinha barba, cicatrizes, marcas de nascença, tatuagens?

— Não vi nada disso.

— E quanto à voz dele? Reparou se tinha algum sotaque?

— Ele falava muito baixo, quase pela garganta. Não sei dizer ao certo. — Olhou com ar de lástima para Bobby e completou: — Fiquei tão apavorada!

Eve pressionou mais um pouco, mas os detalhes começaram a se tornar indistintos.

— Vou levar vocês para um novo hotel e colocar um guarda uniformizado na porta, vinte e quatro horas. Se lembrarem de mais algum detalhe, mesmo que não pareça importante, quero que entrem em contato comigo.

— Não compreendo. Não estou entendendo nada disso. Por que ele iria querer matar Mama Tru? Por que achou que poderíamos lhe dar tanto dinheiro assim?

Eve ergueu a cabeça e olhou para Bobby. Por fim, fez sinal para Peabody, para que ela providenciasse tudo, o hotel e o guarda, antes de completar:

— Bobby vai lhe contar tudo que nós sabemos.

Capítulo Dez

Para agilizar a transferência do casal, Eve acompanhou pessoalmente Bobby e Zana até o novo hotel. Determinou que dois guardas fossem investigar o hotel para onde Zana disse ter sido levada e, em seguida, ampliassem a área de buscas para um raio de quatro quarteirões a partir do hotel em que ocorreu o crime. Em vez de averiguar o quarto vago ela mesma, deixou a tarefa para Peabody e os peritos, e foi até o necrotério.

Conforme pedira a Morris, Trudy já estava sobre uma das mesas de trabalho, à sua espera.

Nada, pensou Eve, olhando para o corpo. Continuava sem sentir coisa alguma. Nada de pena, nem sinal de raiva.

— O que pode me contar? — quis saber Eve.

— Os ferimentos no corpo e no rosto foram sofridos de vinte e quatro a trinta e seis horas antes dos golpes na cabeça. Falaremos desses ferimentos daqui a pouco. — Morris entregou a Eve um par de micro-óculos e apontou. — Dê uma olhada aqui.

Ela foi até a mesa de mármore, onde ele estava, e se inclinou para analisar os golpes fatais.

Recordação Mortal

— Há sulcos paralelos aqui. Além de padrões em círculos e semicírculos.

— Bom olho. Agora, deixe-me ampliar um pouco mais para você. — Ele colocou a imagem do setor do crânio no telão, ampliada.

Eve tirou os micro-óculos e os prendeu no alto da cabeça.

— Você me disse que encontrou fibras de pano no golpe da cabeça.

— Sim, estou esperando a confirmação do laboratório.

— Acho que essas marcas podem ser de... fichas de crédito? Um saco de pano abarrotado delas? Uma arma antiga e confiável. Temos essas ranhuras, possivelmente das bordas, acompanhadas por formas circulares. Sim, poderiam ser fichas de crédito, certamente. Muitas delas, pois seria necessário um peso absurdo para lhe esmagar o crânio.

Eve tornou a colocar os micro-óculos e reexaminou os ferimentos. — Três golpes, talvez. O primeiro na base do crânio; ambos estavam em pé, mas a vítima estava de costas para o agressor. Caiu no chão, o segundo golpe veio de cima e dá para notar que houve mais força e mais velocidade. E o terceiro...

Ela recuou um passo, largando de lado os micro-óculos.

— Um... — disse Eve, juntando as duas mãos e balançando-as da direita para baixo. — Dois... — Dessa vez, juntou as mãos acima da cabeça e baixou-as como quem empunha um machado. — E três... — Balançou mais uma vez os braços, ainda com as mãos unidas, vindo pela esquerda.

Concordou com a cabeça e continuou:

— Isso se encaixa com o padrão dos respingos. Se a arma foi feita de pano, uma sacola, uma meia, uma pequena bolsa, dava para fazer exatamente essas marcas. Não houve ferimentos defensivos, o que significa que a vítima não tentou lutar nem se defender. Foi pega de surpresa. Por trás, o que mostra que não temia o agressor.

Se o assassino tinha outra arma... uma faca ou uma pistola de ator-doar que a obrigasse a se virar, por que não a usou? Seria um assas-sinato mais silencioso. Com a vítima caída no chão logo depois do primeiro golpe, não teria tempo de gritar.

— Seria mais simples e direto — concordou Morris, baixando seus micro-óculos. — Vamos voltar atrás para rever nosso pro-grama prévio.

Com os dedos selados, clicou em alguns ícones do seu tablet de diagnóstico. Usava os cabelos escuros e compridos em uma trança curvada em forma de coque na nuca. Seu terno era num tom severo e conservador de azul-marinho, mas essa impressão se dissolvia por causa das riscas de giz finíssimas em vermelho vivo.

— Aqui está o ferimento facial. Vamos ampliá-lo um pouco.

— O padrão de sulcos é similar. A arma foi a mesma.

— Acontece o mesmo no abdômen, no torso, nas coxas e no quadril esquerdo. Mas há algo que achei interessante, aqui. Torne a examinar, bem de perto, o ferimento facial.

— Eu diria que o agressor estava muito perto dela. — Eve parou de falar, intrigada. — Pela maneira e pelo ângulo com que o roxo se formou, parece ter sido um golpe de baixo para cima. — Ela se virou para Morris, balançou a mão na direção do rosto dele e o viu piscar e recuar a cabeça alguns centímetros no instante em que o punho dela parou a milímetros da sua pele.

— É melhor usarmos o programa, não acha? — perguntou ele.

— Eu não iria atingir você — garantiu Eve, sem conseguir prender o riso.

— Por via das dúvidas... — Ele se moveu na direção do monitor com cautela, mantendo-o entre eles. Abriu o programa e mostrou duas figuras. — Aqui estão os ângulos e os movimentos do agressor; o programa montou essas imagens para recriar os ferimentos que vemos. O do rosto indica um golpe com a mão esquerda, de baixo para cima, como você sugeriu. Esquisito, isso.

Eve franziu o cenho ao olhar para a tela.

— Ninguém atinge outra pessoa desse jeito — comentou. — Se um golpe de esquerda viesse na direção dela por esse lado, o agressor o teria desviado para pegá-la aqui. — Eve balançou os dedos diante da maçã do rosto. Por outro lado, se o golpe veio de baixo para cima, deveria tê-la acertado mais embaixo. Talvez o golpe tenha sido dado com a mão direita, e ele... não.

Ela se virou da tela e analisou novamente o corpo.

— Usando o punho talvez dê para conseguir marcas roxas como essa — continuou. — Mas com um saco de pano é necessário girá-lo e, mesmo que seja bem de perto, é preciso dar um impulso forte.

As sobrancelhas de Eve se juntaram, em estranheza, e seus olhos se apertaram. Só então ela ergueu o rosto e olhou para Morris.

— Ora, meu santo Cristo. Ela agrediu a si mesma? — exclamou Eve.

— Rodei o programa de probabilidades para confirmar isso e obtive noventa e tantos por cento de certeza. Dê só uma olhada. — Morris abriu uma nova tela. — Golpe duplo, com mão direita pegando a maior parte do peso e lançando um cruzado no próprio rosto.

— Que megera doente! — disse Eve, quase sussurrando.

— E muito motivada, por sinal. Pelos ângulos dos ataques, todos os outros ferimentos, com exceção dos que atingiram a cabeça, podem ter sido feitos de forma voluntária. A probabilidade disso chega a 99,8% quando incluímos os ferimentos faciais como autoinfligidos.

Eve precisava agora apagar as teorias prévias e criar novas, tendo como base a autoagressão.

— Não há feridas defensivas, nem sinal de ela ter lutado ou ter sido imobilizada.

Com a mente funcionando a toda velocidade, Eve colocou novamente os micro-óculos e voltou para examinar cada centímetro do corpo.

— E quanto às marcas roxas nos joelhos e nos cotovelos?

— São consistentes com uma queda, cujo momento confere com o dos ferimentos na cabeça.

— OK, muito bem. Quando alguém dá porradas no seu rosto desse jeito e depois volta para uma nova rodada de agressões, você corre ou cai, mas ergue as mãos para evitar os golpes. Portanto, deveríamos ter marcas roxas pelo menos nos antebraços. Mas essas marcas não existem porque ela espancou a si mesma da primeira vez. Há alguma coisa sob as unhas dela?

— Agora que você tocou nesse ponto... — Morris sorriu —, descobri algumas fibras debaixo do dedo indicador e do dedo anular da mão direita, e também sob a unha do indicador da mão esquerda.

— Devem ser as mesmas fibras encontradas no ferimento da cabeça. — Eve fechou o punho da mão direita. — Ela enterrou as unhas no pano para conseguir reunir coragem. Que mulher louca!

— Dallas, você disse que a conhecia. Por que ela faria isso consigo mesma?

Eve tirou os micro-óculos e os colocou de lado. Tinha finalmente encontrado a raiva que tanto buscava, e o sentimento lhe penetrou o corpo até os ossos. — Para poder dizer depois que alguém a agrediu. Eu, ou talvez Roarke. Talvez procurasse os repórteres para exibir os ferimentos. — Pôs-se a caminhar de um lado para outro. — Não, nada disso, não dá para conseguir montanhas de dinheiro desse jeito. Um pouco de atenção talvez, e alguma grana, mas não um pote de ouro. Trata-se de chantagem.

Ela achou que podia voltar a nos procurar. "Entreguem-me uma boa quantia, senão vou tornar isso público. Pretendo mostrar a todas as pessoas o quanto vocês me machucaram." Só que o tiro saiu pela culatra. A pessoa que trabalhava com ela, seja quem for, decidiu que Trudy não era mais necessária. Ou então foi ela que ficou mais gananciosa e tentou deixar o cúmplice de fora do seu grande plano.

— É preciso muita coragem e cara de pau para tentar chantagear uma tira como você, ou um homem como Roarke. — Morris olhou novamente para o corpo. — E é preciso ser muito insano para fazer isso consigo mesma por dinheiro.

— Mas ela obteve uma reação, não foi? — perguntou Eve, baixinho. — Uma reação extrema.

Peabody resolveu tomar um caminho diferente. Dallas iria fritá-la viva se soubesse disso, mas ela não pretendia demorar muito. Além do mais, os peritos não haviam encontrado nada nos aposentos que tinham ficado vagos, pelo menos até agora.

Ela nem sabia ao certo se encontraria McNab no trabalho. Talvez estivesse em alguma missão externa, já que nem tinha se dado ao trabalho de lhe deixar um recado ao sair.

Os homens eram todos um porre, reconheceu, perguntando a si mesma o porquê de se dar ao trabalho de se manter ao lado de um deles. Ela estava indo tão bem levando a sua vida de solteira. Estava tranquila, e nem tinha saído por aí em busca de um cara como Ian McNab.

Quem faria uma coisa dessas?

Agora ela morava com aquele homem, e o aluguel estava em nome dos dois. Haviam até comprado uma cama nova — muito cara e elegante, com colchão de gel. O pior é que a cama era *deles*, e não apenas *dela*, certo? Puxa, ela não tinha pensado nisso até aquele momento.

Mas também não precisaria estar refletindo sobre o assunto se ele não tivesse se comportado como um babaca completo.

Tecnicamente, fora ele que tinha caído fora. Portanto, agora era ele quem deveria fazer o primeiro movimento. Peabody hesitou. Quase desistiu e deu meia-volta em plena passarela aérea. Mas a caixinha que Dallas lhe dera estava quase queimando o seu bolso, e a possibilidade de ela ter parte da culpa naquela história estava lhe queimando o estômago.

Que nada, provavelmente aquilo era só uma leve indigestão. Ela não devia ter comido aquele cachorro-quente de rua na carrocinha da esquina.

Entrou na DDE com o queixo empinado. Ali estava McNab, em seu cubículo. Como seria capaz de passar sem ser notado quando, mesmo através das divisórias em vidro jateado, dava para perceber os contornos de suas calças verdes fluorescentes e a camisa amarelo-cheguei?

Peabody bufou, entrou pisando firme e o cutucou com força no ombro duas vezes.

— Preciso falar com você — anunciou.

— Tô ocupado! — Os olhos dele, verdes e frios, pousaram nela por um rápido instante, mas se afastaram novamente e se viraram para o monitor.

A nuca de Peabody ardeu de raiva diante do descarte.

— Cinco minutos — insistiu ela, falando entre dentes. — É particular.

Ele se afastou da estação de trabalho, muito contrariado, e se virou tão depressa que seu comprido rabo de cavalo voou pelo ar. Com um leve erguer de ombro, indicou que ela deveria segui-lo, e saiu na frente a passos largos em suas cintilantes botinas amarelas com solado amortecido a ar.

Cores fortes que iam do vermelho de raiva ao rosado do embaraço surgiram nas bochechas de Peabody, mas ela o seguiu, ziguezagueando pelos corredores da DDE. O fato de ninguém parar de trabalhar para cumprimentá-la, nem lhe dar um simples aceno rápido, era a prova de que McNab não tinha guardado a briga ocorrida entre eles para si mesmo.

Tudo bem, ela também não escondeu de ninguém. E daí?

Ele abriu a porta de uma pequena sala de café onde duas pessoas da Divisão conversavam, usando os incompreensíveis termos típicos dos *geeks* eletrônicos. McNab ergueu o polegar, apontando-o para a porta e anunciando:

— Preciso usar esta sala por cinco minutos.

Os colegas de McNab levaram para fora o papo e os dois refrigerantes de cereja que tomavam. Um deles (uma mulher) fez uma pausa e olhou para trás, lançando na direção de Peabody um olhar de compreensão e solidariedade.

É claro que esse olhar de cumplicidade só poderia ter vindo de uma mulher, refletiu Peabody.

McNab se serviu de um refrigerante de limão, provavelmente para combinar com a roupa, pensou Peabody, com raiva. Foi fechar a porta quando o viu encostado no balcão, muito descontraído.

— Estou superocupado, seja rápida — informou ele.

— Ah, sim, serei bem rápida. Saiba que não é o único que está cheio de coisas para fazer. Se você não tivesse escapado sorrateiramente do apartamento hoje de manhã, poderíamos ter enfrentado alguns dos nossos problemas antes do trabalho.

— Eu não "escapei sorrateiramente". — Ele tomou um gole comprido, lentamente, olhando-a pela borda da lata. — Não é culpa minha que você tenha o sono mais pesado que o de um cadáver. Além do mais, não estava a fim de aturar seu jeito cheio de marra, nem bater de frente com você logo cedo.

— Cheia de marra, *eu*? — A voz de Peabody saiu num guincho tão agudo que, se ela mesma tivesse percebido, certamente morreria de vergonha. — Foi *você* quem me chamou de egoísta. Foi *você* quem disse que eu não me importo.

— Sei muito bem o que eu disse. Portanto, se isso vai ser apenas um repeteco...

Peabody ficou firme diante da porta. Pela primeira vez ficou feliz por ser mais pesada que ele.

— Se você tentar passar por esta porta antes de eu acabar de falar, vai cair sentado nessa bunda magra.

— Desembucha logo, então! — Agora a raiva também cintilava nos olhos dele. — Provavelmente vai ser mais do que você falou comigo durante essa semana toda.

— Como assim?

— Você está sempre ocupada. — Pousou a lata no balcão com força e um filete de líquido verde lhe apareceu, borbulhando, sobre o lábio superior. — Está sempre com um monte de coisas para agitar. Sempre que eu tento conversar você me dispensa dizendo "Mais tarde a gente fala sobre isso". Se está pensando em me dar um chute na bunda, deveria ter a decência, pelo menos, de esperar até depois do Natal. Isso não iria matá-la, sabia?

— O quê? O quê? Dar um chute na sua bunda? Você perdeu os poucos neurônios que tinha?

— Você anda me evitando. Chega tarde e sai cedo todo santo dia.

— Porque estou fazendo compras de Natal, seu retardado. — Jogou os braços para cima e sua voz, ainda mais aguda, virou quase um grito. — Tenho malhado muito na academia. E tenho visitado Mavis e Leonardo, nossos vizinhos, porque... Ahn, não posso contar. Mas se estivesse evitando você é porque a única tecla em que você coloca o dedo sem parar, ultimamente, é esse lance de irmos à Escócia.

— Claro, porque só faltam alguns dias para o...

— Eu sei, eu sei. — Ela bateu com as mãos na cabeça e fechou os punhos com força.

— Tive a ideia de arrumar um trabalho extra, a fim de ajudar a bancar nossa viagem. Eu só quero... Ei, você não está pensando em me dar um chute na bunda?

— Não, mas era isso que eu devia fazer. Devia dispensar você com um bom chute no rabo, para vê-lo cair no chão com essa cabeça pontuda, e me livrar de tanta aporrinhação. — Largou as mãos ao lado do corpo e suspirou. — Talvez eu estivesse evitando você justamente por não querer tocar nesse assunto de irmos à Escócia.

— Mas você sempre comentou que adoraria ir lá um dia!

— Sei muito bem o que disse, mas é porque imaginei que isso nunca iria acontecer. Agora você está me cobrando isso e estou nervosa. Não, nervosa não é a palavra certa: estou aterrorizada.

— Por quê?

— Por conhecer sua família toda de uma vez. Por ser a garota que você resolveu levar para passar o Natal com sua família, cacete!

— Caraca, Peabody, e quem mais você acha que eu poderia levar para casa no Natal?

— Eu, seu idiotinha! O problema é que quando você leva alguém para apresentar à família no Natal é porque a coisa é importante. É um lance *sério*. Todo mundo vai ficar me avaliando, me fazendo um monte de perguntas, e eu ainda não consegui perder a porcaria dos três quilos que preciso porque estou nervosa com essa história e como demais. Foi por isso que achei que seria melhor ficarmos em casa até eu não precisar mais me preocupar com o peso, até sei lá quando.

Ele olhou com cara de pasmo para ela, exibindo o mesmo ar atônito que os homens sempre mostraram para as mulheres, ao longo dos séculos.

— Mas você me levou para conhecer sua família no Dia de Ação de Graças! — argumentou ele.

— Isso é diferente. *Muito* diferente — garantiu ela, antes de ele ter chance de contestar. — Você já tinha conhecido meus pais antes disso, e eles são partidários da Família Livre. Costumam receber e alimentar qualquer mané que apareça lá em casa no Dia de Ação de Graças. O meu caso é outra história, porque estou gorda e eles certamente vão me odiar.

— Dee! — McNab só chamava Peabody de Dee quando se sentia especialmente comovido ou particularmente exasperado. No caso, ali, pelo tom de sua voz, parecia haver um pouco das duas coisas. — Realmente é importante e sério levar alguém para conhecer a família no Natal. Você é a primeira garota que vai comigo.

— Oh, meu Deus, isso torna tudo ainda pior. Talvez melhor, sei lá. — Ela engoliu em seco e apertou a barriga com a mão. — Acho que estou enjoada.

— Eles não vão odiar você. Vão amá-la, porque eu a amo. Eu amo você, She-Body. — Ele lançou para ela aquele sorriso especial que a fazia pensar em cãezinhos carinhosos. — Por favor, venha até minha casa comigo. Estou há um tempão esperando ansioso, pois quero exibir você para todo mundo.

— Uau. Puxa vida. — Lágrimas sentimentais lhe arderam nos olhos e ela pulou em cima dele. As mãos dele apertaram o traseiro dela com força.

— Preciso trancar a porta — murmurou ele, mordendo o lóbulo da orelha dela com muito entusiasmo.

— Todo mundo vai sacar o que nós estamos fazendo.

— Adoro ser motivo de inveja. Hummm, estava com saudades de você. Deixe-me ao menos...

— Espere, espere! — Ela o empurrou com força e enfiou a mão no bolso. — Eu me esqueci de uma coisa, caraca! Este é o presente de Natal de Eve e Roarke para nós dois.

Recordação Mortal

— Prefiro receber um presente seu, nesse momento.

— Pelo menos olhe. Você precisa olhar. Eles vão bancar nossa viagem — disse ela, abrindo a caixa e exibindo para ele a chave e os cartões de embarque. — Jatinho particular, um carrão ao chegar lá, pacote completo.

Como as mãos dele tinham largado sua bunda, Peabody percebeu que ele estava tão atônito quanto ela ficara.

— Puta merda! — foi a reação dele.

— Só precisamos fazer as malas — disse ela, com um sorriso aguado. — Você não precisa arrumar trabalho extra, a não ser que queira. Desculpe ter sido tão esquisita desde o início. Eu também amo você.

Ela o enlaçou com os braços e seus lábios se juntaram com avidez. Depois, recuou novamente, ergueu as sobrancelhas para cima e para baixo com ar moleque e avisou:

— Pode deixar que eu tranco a porta.

M inutos depois de Eve colocar os pés em sua sala para coordenar os próximos passos da investigação, Peabody entrou, quase correndo.

— Já estou com o relatório prévio dos peritos no quarto que os Lombards acabaram de deixar vago. Não foi encontrado nada — disse Peabody, falando muito depressa. — Os guardas encontraram e vasculharam o bar para onde ela foi levada, que fica a um quarteirão a oeste do hotel e mais dois ao sul. A porta do estabelecimento estava arrombada. A bolsa de Zana ainda estava no chão. Mandei uma equipe completa para lá.

— Vejo que você andou muito ocupada — disse Eve. — Como conseguiu encaixar uma rodada de sexo em sua agenda?

— Sexo? Não sei do que você está falando. Aposto que está louca por um pouco de café. — Ela voou até o AutoChef, mas voltou correndo. — Como soube que eu transei? Tem algum radar de sexo, agora?

— Sua blusa está abotoada torta e você está com uma marca de chupão no pescoço.

— Droga! — Peabody cobriu a lateral do pescoço com a mão.

— Está muito forte, essa marca? Por que não tem um espelho aqui na sua sala?

— Deixe-me ver... Será que é porque é uma sala de trabalho? Você é uma vergonha, mesmo! Vá se recompor em algum lugar, antes que o comandante... — O *tele-link* interno tocou. — Tarde demais. Recue um pouco, ou saia da sala. Dê dois passos para trás para ficar fora do campo de visão da tela. Jesus Cristo!

A cabeça de Peabody pendeu para a frente, de vergonha, quando ela se afastou, meio de lado, mas um sorriso lhe surgiu nos lábios.

— Fizemos as pazes, Dallas.

— Calada! Dallas falando!

— O comandante Whitney gostaria de vê-la em seu gabinete, tenente. Imediatamente.

— Estou indo. — Eve desligou. — Me informe os fatos mais importantes, mas faça isso rápido.

— Já vou, preciso só...

— Os mais importantes, detetive. Prepare o relatório completo depois.

— Sim, senhora. Os peritos não encontraram evidência de nenhum tipo nos aposentos vagos, após a saída de Bobby e Zana. Não há nada que os ligue ao assassinato que estamos investigando. A bolsa de Zana Lombard foi localizada pelos guardas de busca dentro de um bar chamado Hidey Hole, na Nona Avenida, entre as ruas 39 e 40. Os policiais entraram nas dependências ao perceber que o sistema de segurança estava desligado e a porta, destrancada. Já lacraram o prédio e os peritos estão a caminho.

Recordação Mortal

— Quero os nomes do dono do bar e do prédio.

— Pretendia obter essas informações depois de atualizá-la sobre os últimos achados.

— Então faça isso agora mesmo. Descubra os nomes. Quero os dados e também seu relatório completo em trinta minutos.

Eve deixou uma nuvem de raiva carregá-la para fora da sala minúscula e manteve-a junto de si ao atravessar a sala de ocorrências, até o elevador, quando, por fim, não precisou mais usar os cotovelos para preservar um mínimo de espaço pessoal.

Ainda bem, pensou. Com a raiva que carregava, era bem capaz de quebrar as costelas de alguém.

Só então desligou o ar de fúria e se recompôs. Decidiu exibir a Whitney apenas controle e profissionalismo. Usaria essas duas armas e tudo o mais que fosse necessário para manter o caso.

O comandante já estava à espera dela, sentado na cadeira atrás da mesa imensa. Seu rosto largo e escuro não mostrava o que se passava em sua cabeça, do mesmo modo que Eve. Seus cabelos eram grisalhos, cada vez com mais fios brancos. Havia rugas entalhadas em seu rosto, em volta dos olhos e da boca, marcadas pelo tempo e também, Eve tinha certeza disso, pelo fardo representado pelo comando.

— Tenente, você se autonomeou investigadora principal em um caso de homicídio que já está no segundo dia, e meu gabinete não foi informado disso até este momento.

— Senhor, essa investigação caiu em minhas mãos ontem pela manhã. Era domingo, senhor, e nós dois estávamos fora do horário de trabalho.

Ele reconheceu esse fato com um mero balançar da cabeça, mas retrucou:

— E você, mesmo estando fora do horário de trabalho, assumiu o comando do caso, utilizou pessoas e equipamentos do

Departamento de Polícia e negligenciou seu dever de informar tudo isso ao seu superior.

— Sim, senhor, fiz tudo isso. — Não adiantava tapar o sol com a peneira. — Creio que as circunstâncias em que o crime ocorreu garantem a validade dos meus atos. No momento, estou plenamente preparada para relatar essas citadas circunstâncias, e também responder por minhas ações.

— Num estilo "antes tarde do que nunca"? — perguntou ele, erguendo a mão.

— Não, senhor. Em estilo "havia necessidade imediata de proteger a cena do crime e recolher evidências". Com todo o respeito, comandante.

— Você conhecia a vítima, certo?

— Afirmativo, senhor. Mas não a vi nem tive contato com ela por mais de vinte anos, até dois dias antes de sua morte, quando ela me procurou em minha sala, aqui na Central.

— Isso é relacionamento pessoal com a vítima, Dallas.

— Não creio, senhor. Tive contato com ela durante um curtíssimo espaço de tempo, quando ainda era criança. Portanto...

— Você esteve sob o cuidado dela por vários meses quando era criança — corrigiu ele.

Ah, que se dane, pensou Eve, reagindo:

— O termo "cuidado" é inexato, por ser inexistente. Ela não cuidou de mim em momento algum, senhor. Eu poderia muito bem passar ao lado dela, pela rua, sem a reconhecer. Não teria havido nenhum tipo de contato posterior entre nós depois da sua visita à minha sala, na última quinta-feira, se ela não tivesse procurado meu marido no dia seguinte, no escritório da empresa, para tentar arrancar dele dois milhões de dólares.

— E você acha que esse não é um caso de relacionamento pessoal? — perguntou ele, erguendo as sobrancelhas.

— Ele a expulsou de lá. O capitão Feeney está com todos os discos de segurança dos escritórios de meu marido. Roarke, em pessoa, solicitou ao capitão que recolhesse todo o material, a fim de nos auxiliar na investigação. Ela saiu do prédio intocada e ilesa, do mesmo jeito que entrou.

— Sente-se, Dallas.

— Prefiro permanecer em pé, senhor. No domingo de manhã, fui ao hotel onde a vítima estava hospedada, pois julguei importante conversar com ela e deixar bem claro que ela não conseguiria chantagear nem extorquir dinheiro de Roarke, nem de mim. Queria lhe comunicar pessoalmente que nenhum de nós dois estava preocupado com suas ameaças de procurar a mídia ou as autoridades com cópias que ela alegava ter de meus registros lacrados. Foi nesse momento que...

— Realmente havia tais cópias?

— É bem possível. Nada foi achado na cena do crime, embora uma caixa vazia para guardar discos tenha sido encontrada. É alta a probabilidade de que a pessoa que a matou esteja com esses discos.

— A dra. Mira conversou comigo. Na verdade, veio me ver pessoalmente hoje de manhã, como você também deveria ter feito.

— Sim, senhor.

— Ela acredita que você é plenamente capaz de lidar com essa investigação, e alegou que também é do seu interesse fazer isso. — A cadeira estalou quando ele ajeitou o peso do corpo. — Conversei ainda com o chefe dos legistas, e não estou completamente no escuro quanto aos detalhes. Antes de receber seu relatório oficial, gostaria de saber o motivo de você não ter me procurado. Seja direta, Dallas.

— Senti que estaria numa posição de barganha melhor se continuasse a atuar como investigadora principal ao longo do caso. Desse modo, minha objetividade não seria questionada.

Depois de permanecer calado por longos instantes, o comandante sentenciou:

— Você devia ter me procurado. Apresente-me um relatório oral.

Ele a deixara abalada, e Eve lutou para não se atrapalhar e relatar com precisão tudo o que tinha acontecido, desde o primeiro contato com a vítima até os dados mais recentes, que Peabody acabara de lhe repassar.

— Ela feriu a si mesma com o intuito de reforçar seu plano de chantagem? — perguntou o comandante. — É essa a sua teoria?

— Sim, devido às descobertas e evidências encontradas pelo legista.

— Quer dizer que o sócio ou comparsa dela a matou, raptou a nora e continuou, por meio dela, a exigir dinheiro de vocês, usando a mesma ameaça de expor ao público seus registros de infância lacrados. É isso?

— Não creio que o assassino tivesse conhecimento de que tanto Roarke quanto eu estávamos em companhia do secretário de segurança pública e também do senhor, o chefe da polícia, no momento em que o crime foi cometido. É possível que implicar um de nós, ou ambos, seja parte do plano do assassino, senhor.

— Foi uma festa excelente, por sinal. — Ele sorriu de leve. — A conta numerada está sendo rastreada?

— Capitão Feeney está cuidando disso. Com sua permissão, comandante, gostaria que Roarke trabalhasse como assistente nessa pesquisa.

— Estou surpreso por ele já não estar fazendo isso.

— Até agora não consegui colocá-lo a par dos últimos desdobramentos. Tive uma manhã movimentada, comandante.

— E vai piorar. Seria um erro manter oculta sua ligação com a vítima. Isso acabará vazando. É melhor que você mesmo divulgue o fato. Use Nadine.

Eve já tinha pensado em pedir isso à sua amiga repórter. Esperava ter um pouco mais de tempo para respirar, antes disso, mas o comandante tinha razão. Era melhor enfrentar o problema, soltar a fera e ir em frente.

— Vou entrar em contato com ela imediatamente — assegurou Eve.

— Converse também com o relações-públicas da polícia. E me mantenha informado.

— Sim, senhor.

— Dispensada, tenente.

Eve se virou para a porta, mas parou e tornou a se colocar de frente para Whitney.

— Comandante, peço desculpas por tê-lo deixado sem informações sobre os acontecimentos. Isso não tornará a acontecer.

— Não, certamente não ocorrerá.

Eve saiu da sala sem saber ao certo se essa última frase tinha sido uma espécie de tapinha amigável no seu ombro ou uma descompostura séria. Um pouco dos dois, decidiu, ao voltar para a Divisão de Homicídios.

Peabody pulou de sua mesa, na sala de ocorrências, no instante em que Eve entrou. Foi atrás da tenente, quase trotando, até sua sala.

— Recolhi todos os dados solicitados e já preparei meu relatório, tenente.

— Ótimo. Mas continuo sem café.

— Esse abominável descuido será corrigido imediatamente, senhora.

— Se pretende lamber minhas botas e se mostrar servil, detetive, tente ser um pouco mais sutil.

— Minha língua está tão para fora assim? Tudo bem, eu mereci a esculhambação. Não digo que não tenha valido a pena, mas reconheço que mereci. McNab e eu esclarecemos tudo e fizemos as pazes. Ele achou que eu iria abandoná-lo. É burro e idiota.

Isso foi dito com tanto afeto e num tom quase cantarolado que Eve cobriu o rosto com as mãos e disse:

— Se você pretende escapar de outro esporro, poupe-me dos detalhes.

— Desculpe. Aqui está o café, do jeitinho que a senhora gosta. Quer que eu lhe traga mais alguma guloseima da máquina automática, no corredor? É por minha conta.

Eve ergueu a cabeça, olhou meio de lado para Peabody e perguntou:

— Quanto tempo vocês dois ficaram transando naquela sala de café? Não, não, prefiro não saber! Arrume tudo e entre em contato com Nadine. Diga-lhe que eu preciso me encontrar com ela.

— Fui!

Quando Peabody saiu, Eve tentou achar Roarke em seu *telelink* pessoal. Passou a mão pelos cabelos ao ser transferida para a caixa de mensagens.

— Desculpe atrapalhar seu dia, mas surgiram algumas complicações. Volto a ligar assim que tiver chance.

Encolheu os ombros, silvou de raiva e ligou para o temível relações-públicas da polícia. Feito isso, entrou nos arquivos trazidos por Peabody e começava a analisá-los quando a parceira voltou.

— Marquei um encontro para você e Nadine num bar, tudo certinho. Só que ela prefere outra coisa. Na verdade, disse-me que tem um monte de coisas para conversar com você e quis marcar um almoço.

— Almoço? Por que ela não passa aqui, em vez disso?

— Ela tem alguma novidade, Dallas. Quer que você a encontre no restaurante Scentsational, ao meio-dia.

— Onde?!

— Nossa, o point da moda, famosérrimo. Nadine deve ter mexido alguns pauzinhos com seus contatos para conseguir mesa lá sem fazer reserva. Aqui está o endereço. Ela pediu que eu também fosse, então...

— Claro, claro! Por que não? Uma reunião só de garotas maravilhosas — zombou Eve.

Capítulo Onze

Embora o relatório dos técnicos do laboratório sobre a espelunca para onde Zana havia sido levada dissesse que a porta fora arrombada e o sistema de segurança tinha sido desativado, Eve foi pessoalmente até o local, para se encontrar com o proprietário.

Seu nome era Roy Chancey, e ele parecia tão revoltado por ter sido arrancado da cama antes do meio-dia quanto pelo arrombamento em si.

— Provavelmente foram os moleques da rua. Geralmente são eles os culpados. — Ele coçou a barriga avantajada, bocejou amplamente e lançou no ar uma bela amostra do seu hálito, que estava longe de parecer fresco.

— Não foram os moleques — garantiu Eve. — Quero saber do seu paradeiro entre as sete e as nove horas da manhã de hoje.

— Estava nanando na minha caminha. Porra, onde você queria que eu estivesse? Nunca fecho o bar antes das três da matina. Quando acabo de trancar tudo e mergulho nos lençóis já passa das quatro. Durmo de dia. Por mim tudo bem, porque nas ruas, durante o dia, só tem luz do sol e engarrafamentos.

— Você mora em cima do estabelecimento, certo?

— Na mosca! Tenho uma academia de dança no segundo andar e apartamentos próprios no terceiro e quarto andares.

— Sozinho? Você mora sozinho, Chancey?

— Na mosca! Escute... Por que motivo eu iria arrombar meu próprio estabelecimento?

— Boa pergunta. Conhece esta mulher? — Eve lhe entregou a cópia da carteira de identidade de Trudy.

Apreciou quando ele deu uma boa e cuidadosa olhada. Tiras e pessoas que trabalham em bares sabiam muito bem guardar a fisionomia das pessoas, pensou.

— Nadica. Essa é a mulher que foi trazida aqui para dentro?

— Nadica — imitou Eve. — Essa é a mulher que foi morta dois dias atrás.

— Ei, ei, ei! — Seus olhos um pouco remelentos finalmente mostraram sinal de vida. — Ninguém morreu aqui no meu bar, não. Alguns bebem demais e armam confusões de vez em quando, mas ninguém morre.

— E quanto a esta aqui? Você a conhece? — Eve exibiu a foto de Zana.

— Não. Meu Pai Eterno, ela também está morta? Qual é o lance, afinal?

— A que horas sua academia de dança abre as portas?

— Oito da manhã. Mas fica fechada às segundas, graças ao Pai, porque é uma barulheira dos infernos lá dentro.

— Ele não tem nada a ver com o que aconteceu — disse Peabody, quando elas saíram.

— Nadica. — Na rua, Eve analisou o prédio, a porta que dava para a rua, a calçada. — É facílimo arrombar essa espelunca. As trancas são uma bosta; o sistema de segurança é mais bosta ainda.

Exige pouquíssimos conhecimentos técnicos para ser desligado, e qualquer imbecil saberia fazê-lo.

Parou para observar os pedestres e o tráfego da rua.

— O risco para trazê-la aqui para dentro foi médio. Um cara comum caminhando a passos rápidos com uma mulher de cabeça baixa. Quem prestaria atenção? Se ela tivesse reunido alguma coragem e feito barulho, talvez puxado o braço ou resistido, isso poderia fazer com que ele perdesse o foco.

— Moça de cidade pequena em plena megalópole, sogra morta. — Peabody encolheu os ombros. — Não é surpresa ela ter ficado quietinha, especialmente com ele espetando-a com uma faca ou algo do tipo.

— Mas foi descuido, de qualquer modo. A coisa toda foi feita nas coxas desde o início. Cheia de improvisos e burrices. Porra, o objetivo do golpe era levar para casa dois milhões de dólares e, como você sabe muito bem, o poço era mais fundo e havia muito mais lá dentro que esses trocados.

— Você está saturada.

— Estou mesmo, e daí?

— Não, digo isso com relação ao dinheiro. É preciso ter muita grana para chamar dois milhões de "trocados".

— Não sou sem noção. — O insulto calou fundo. — O caso é que quando você quer dois milhões, às vezes fica com sede de mais dinheiro. O interesse aumenta muito e você resolve querer mais. Mas tudo isso são detalhes, meros detalhes. Tem de haver uma razão muito maior para ele ter eliminado Trudy.

— Briga de amantes, talvez? Lembrando ainda que nem sempre existe honra entre ladrões. Talvez ela tenha resolvido tirar o sócio da jogada.

— Isso pode ser. Ganância desenfreada sempre rola nesses casos. — O *tele-link* tocou quando elas estavam quase no carro. — Dallas falando!

— Complicações? — perguntou Roarke.

— Algumas. — Ela fez um resumo de tudo. — Você conseguiu autorização para atuar no caso como consultor civil, se lhe interessar o cargo e houver espaço em sua agenda.

— Tenho algumas coisas importantes marcadas, que preferia não adiar, mas manterei contato com Feeney. Talvez consiga trabalhar um pouco nisso em casa, hoje à noite. Em companhia de minha adorável esposa.

Os ombros de Eve se encolheram de forma automática, ainda mais ao perceber que Peabody olhava para ela balançando os cílios sem parar, com ar romântico.

— Meu dia está absurdamente cheio. Vou para o laboratório agora e depois... Não, na verdade tenho um encontro e depois é que vou ao laboratório. Preciso divulgar algumas informações para a mídia e vou ver Nadine. Agradeço muito se você puder ajudar Feeney.

— Tudo bem, eu dou um jeito. Tente encaixar uma boa refeição nessa agenda apertada.

— Vou almoçar com Nadine em um desses lugares famosos e idiotas.

— Vamos ao Scentsational — contou Peabody, inclinando-se para aparecer diante da câmera e dar uma olhadinha em Roarke no *tele-link*.

— Ora, ora, o mundo é cheio de surpresas. Depois, quero que me contem o que acharam do lugar.

Eve levou apenas um segundo para entender e perguntou:

— Você é dono desse restaurante?

— Um homem de negócios precisa colocar a mão em várias massas. Eu também tenho um almoço de negócios, hoje. Experimentem a salada de nastúrcios. É excelente.

— Sei, até parece que isso vai acontecer. A gente se vê mais tarde. Nastúrcio é uma flor, não é? — perguntou a Peabody, depois de desligar.

— São flores comestíveis.

— No meu mundo, flores não fazem parte do cardápio.

Pelo visto, isso acontecia no mundo de Roarke. Flores podiam ser apreciadas, provadas e cheiradas, tudo isso num ambiente sofisticado onde as mesas se erguiam do chão como se fossem caules elegantes e graciosos, que pareciam florescer em um jardim de cores.

O ar tinha cheiro de campina, o que Eve imaginou que deveria ser uma coisa boa.

O chão era de vidro transparente, e muitas flores se espalhavam na parte de baixo, como numa vitrine de um jardim sofisticado. Havia vários níveis nos ambientes, separados por lances de escada com três degraus cada. Uma árvore frondosa cobria o bar, onde os clientes podiam provar drinques à base de flores ou ervas, e também pedir coisas comuns, como vinhos.

Nadine estava sentada a uma mesa junto de uma pequena lagoa onde peixes dourados nadavam entre nenúfares. Fizera algo diferente nos cabelos, reparou Eve. As ondas e cachos tinham sido alisados ao extremo, e lhe desciam do alto da cabeça numa chuva oblíqua que lhe cobria parte do rosto.

A repórter parecia mais moderna, mais alerta, com roupas num tom arroxeado de amor-perfeito. Estava com um fone de ouvido e conversava suavemente com alguém, entre goles de algo muito rosado e muito espumante.

— Preciso desligar agora. Deixe tudo em suspenso por mais uma hora, pelo menos. Isso mesmo, *tudo*. — Tirou o fone do ouvido e o guardou na bolsa. — Esse lugar não é deslumbrante? Eu estava louca para vir conhecer.

— Seu cabelo está simplesmente magnífico — elogiou Peabody, assim que se sentou.

— Você gostou? É a primeira vez que eu faço algo tão radical. — Num gesto tipicamente feminino, Nadine passou os dedos pelas pontas angulosas. — Resolvi experimentar um visual diferente.

Um garçom vestido de verde-folha dos pés à cabeça surgiu do nada, como num passe de mágica, ao lado da mesa.

— Sejam bem-vindas ao Scentsational, caras damas. Meu nome é Dean e vou servi-las. Posso lhes oferecer um coquetel?

— Não — disse Eve, ao notar que os olhos de Peabody cintilaram. Manteve seu olhar sério enquanto o de Peabody perdia o brilho. — Vocês têm Pepsi?

— Claro, madame. E para a senhorita?

— Pode me trazer a mesma bebida dela? — sugeriu Peabody, apontando para o drinque de Nadine. — Mas sem álcool.

— Claro.

— A festa de anteontem foi fantástica, por falar nisso — elogiou Nadine, quando o garçom retirou-se com o pedido. — Eu ainda estou me recuperando da noite fabulosa. Não tive muita chance de conversar com vocês na festa, e também não creio que fosse o momento ou o local adequado para o que eu precisava lhes contar. Portanto...

— Segure mais um pouco a sua novidade, sim? Estou enrolada e preciso que você agite algo para mim.

— Você tem alguma coisa quente para me contar? — As sobrancelhas de Nadine se ergueram de empolgação. — Por que eu não soube de nada até agora?

— Vítima do sexo feminino, crânio fraturado num quarto de hotel no West Side.

— Hummm. — Nadine fechou os olhos por um minuto. — Sim, ouvi algo a respeito. Uma turista que sofreu uma invasão desastrada no quarto. Qual é o grande lance?

— Encontrei o corpo. E a conhecia. Não foi um caso de roubo malsucedido.

— Deixe-me registrar os detalhes.

— Não, guarde tudo de cor. Nada de registros nem gravações, pelo menos por enquanto.

— Você nunca facilita as coisas para mim, né? Tudo bem. — Nadine se recostou e fez um gesto amplo com o cálice. — Manda bala!

Eve lhe repassou as informações básicas com rapidez e ressaltou:

— O Departamento de Polícia acha que seria do interesse da investigação que a minha ligação com a vítima, ainda que tênue e distante, seja tornada pública de imediato. Eu agradeceria muito se você usasse certa... — Eve não conseguiu pensar numa palavra melhor — ... delicadeza ao lidar com o assunto. Não quero muito alarde na mídia sobre eu ter passado a infância em lares adotivos.

— Eu não farei alarde, mas pode ser que outros veículos de comunicação façam. Você está preparada para enfrentar isso?

— Não tenho muita escolha. O ponto principal, que deve receber destaque, é que uma mulher foi assassinada e a polícia está investigando. As evidências indicam que a vítima conhecia seu agressor.

— Podemos fazer uma entrevista ao vivo e você pode explicar tudo isso em pessoa. Aproveite a chance para colocar novamente seu rosto nas telas de todo o país. O público ainda não se esqueceu do caso Icove, Dallas, pode acreditar. Ver você e ouvir sua voz vai fazer com que todos se lembrem da sua belíssima atuação. Olha lá, essa não é a tira que acabou com a festa daqueles médicos loucos? Depois, quando eu encerrar a matéria com esse foco, será isso que eles vão guardar na cabeça, e não sua insignificante ligação com a vítima de um assassinato recente.

— Pode ser, pode ser. — Eve parou para refletir enquanto as bebidas eram servidas e o garçom começava sua ladainha sobre o prato especial do dia e as recomendações do chef.

Como as descrições eram muito longas e arrebatadoras, com muitas expressões do tipo "um toque de", "aromatizado com" e "delicadamente envolto em", Eve jogou o garçom para o fundo da mente e ponderou com cuidado a sugestão de Nadine.

— Eu quero a massa do dia — afirmou Eve, quando chegou sua vez de pedir. — Em quanto tempo podemos montar essa entrevista exclusiva, Nadine?

— Posso conseguir um operador de câmera agora mesmo, e gravamos tudo depois do almoço, se encurtarmos um pouco a refeição. De qualquer modo eu serei obrigada a dispensar a sobremesa.

— Certo. Ótimo. Obrigada.

— Você é sempre ótima e faz subir os índices de audiência. Por falar em índices, os meus estão atualmente na estratosfera. Essa era uma das coisas sobre a qual eu queria conversar com vocês. Estive na linha de frente na época da cobertura do caso Icove, graças a você, Dallas, e estou nadando em ofertas tentadoras. Acordos para livros, filmes e a grande novidade, para mim... Rufem os tambores, por favor — disse ela, com o rosto aceso — ... Recebi a oferta de um programa só meu!

— Um programa todo seu! — Peabody só faltou pular da cadeira. — Uau! Mega-uau! Meus parabéns, Nadine. Isso está acima do máximo dos máximos.

— Obrigada. Uma hora inteira todas as semanas, e eu mesma poderei escolher a pauta. Vou ter uma equipe à minha disposição. Minha nossa, mal posso segurar a empolgação. Minha equipe, um programa só meu! — Rindo muito, deu batidinhas no coração. — Vou continuar atuando com a temática de crimes, porque é o que eu sei fazer e foi como me tornei conhecida. O programa vai se chamar *Now*, e vou tratar do assunto que estiver mais em foco no momento em que formos ao ar, todas as semanas. Dallas, quero que você seja minha primeira entrevistada.

— Nadine, meus parabéns sinceros e todo aquele blá-blá-blá. Estou falando sério. Mas você sabe o quanto eu detesto essa baboseira.

— Mas vai ser bom, vai ser ótimo! Você poderá levar o público a fazer uma visita à mente da tira mais quente da Polícia de Nova York.

— Ai, merda.

— Como você trabalha, o que pensa, qual a sua rotina. Os passos e etapas de uma investigação. Poderemos conversar sobre o caso Icove...

— Puxa, mas esse cavalo já não está morto e enterrado?

— Enquanto o povo tiver interesse no caso, o cavalo permanece vivo. Vou começar a trabalhar no livro, com uma escritora, que também vai ser roteirista do filme. Preciso que você se encontre com ela.

Eve ergueu a mão, fez uma linha imaginária no ar e avisou.

— Isso está passando dos limites.

— A coisa não vai decolar sem você, Dallas. — O sorriso de Nadine era travesso. — E você quer que tudo saia bem fiel à verdade, não quer?

— Quem vai fazer o seu papel no filme? — quis saber Peabody, e atacou o frango guisado ao molho de flor de laranjeira assim que o prato foi colocado diante dela.

— Ainda não sei. Estamos começando as negociações.

— Eu apareço na história?

— Claro! A jovem e resoluta detetive que caça assassinos ao lado de seu parceiro, um nerd da eletrônica muito sexy e descolado.

— Vou vomitar — anunciou Eve, mas foi ignorada.

— Isso é fantasticamente gélido! Absurdamente glacial. Espere até eu contar tudo a McNab.

— Nadine, isso tudo é muito bom para você. Mais uma rodada de parabéns e tudo mais. — Eve balançou a cabeça para os lados. — Só que não quero me envolver no acontecimento. Esse tipo de coisa não tem nada a ver com o que eu faço, nem com quem eu sou.

— Seria realmente glacial se pudéssemos fazer algumas tomadas para o programa e para o filme em sua casa, em estilo "Dallas no lar".

— Nem morta!

— Eu já imaginava — sorriu Nadine. — De qualquer modo, pense a respeito, sim? Prometo não forçar a barra.

— Não mesmo? — Eve experimentou a massa que fora servida e olhou para Nadine com desconfiança.

— Não. Vou reclamar um pouco, tentar convencer você com sutilezas sempre que tiver chance, mas prometo não incomodar. E vou lhe dizer por quê, aqui e agora — anunciou, balançando o garfo no ar: — Lembra daquela vez em que você salvou minha vida? O psicopata que você perseguia me pegou no parque e já estava pronto para me cortar em fatias...*

— Tenho uma vaga lembrança.

— Isso é muito maior e mais marcante — garantiu Nadine, chamando o garçom e pedindo: — Outra rodada de drinques aqui, por favor. Dallas, não vou forçar a barra, prometo. Pelo menos não vou forçar *muito*. Mas se você estiver investigando um caso suculento em meados de fevereiro do ano que vem, quando será nossa estreia, não vou reclamar nem um pouco.

— O bebê de Mavis vai nascer por essa época — comentou Peabody.

---

* Ver *Glória Mortal*. (N.T.)

— Nossa, que legal. Mama Mavis — completou Nadine, com uma gargalhada. — Ainda não consigo imaginar a cena. Você e Roarke já começaram as aulas de treinamento para auxiliar o parto, Dallas?

— Cale a boca, não toque nesse assunto.

— Ela está empurrando esse pesadelo com a barriga — afirmou Peabody. — Procrastinando.

— A palavra correta é "evitando" — corrigiu Eve. — As pessoas sempre inventam coisas que são contra a natureza.

— Dar à luz um bebê é natural — argumentou Peabody.

— Não quando eu estou envolvida no assunto.

I r ao laboratório perturbar as pessoas e distribuir pontapés em bundas diversas, *isso sim* era natural, pensou Eve. Dick Berenski, o homem com dedos ágeis como tentáculos e cabeça semelhante a um ovo parecia concentrado em sua estação de trabalho, sugando café com os lábios flácidos.

— Quero dados concretos.

— Com vocês, tiras, é tudo na base do "quero isso", "quero aquilo". A merda de vocês é sempre prioridade máxima.

— Onde estão minhas fibras?

— No departamento de fibras, é claro. — Ele prendeu o riso, obviamente divertido com a própria piada, mas fez a cadeira de rodinhas patinar pelo laboratório até um monitor e teclou alguma coisa com rapidez. — Harvo, minha assistente, está cuidando disso. Vá pegar no pé dela. Harvo já examinou os fios de cabelos encontrados nos ralos dos dois quartos. Naquele hotel de merda eles só limpam os canos a cada dez anos, mais ou menos. Achamos cabelos da vítima e outros pelos, ainda não identificados, na cena do crime. Não foram encontrados traços de sangue nos ralos do segundo quarto. Achamos sangue apenas da vítima, na cena do crime e na pia do banheiro. Os cabelos já identificados pertencem à vítima, ao filho dela, à nora, à camareira e a mais dois hóspedes anteriores, listados no relatório. Todo o sangue na cena do crime pertence à vítima. Surpresa, surpresa!

— Em outras palavras, você não tem nada para me contar que eu já não saiba.

— A culpa não é minha. Só posso trabalhar com o que você me traz.

— Então me avise quando acabar de comparar os cabelos e as impressões digitais da cena do crime com as do bar.

— Tá, tá, tá!

— Ele está muito alegre, hoje — comentou Peabody quando elas saíram pelo labirinto composto por paredes de vidro.

Encontraram Harvo em sua estação de trabalho, analisando a tela. Seus cabelos ruivos estavam eriçados, cheios de pontas duras que contrastavam vivamente com sua pele branca demais, quase translúcida. Havia pequenos papais-noéis pendurados em suas orelhas.

— Yo! — cumprimentou ela.

— Essa é a minha fibra?

— A própria. O resultado dos cabelos já foi entregue.

— Sim, Cabeção me contou. Pensei que você fosse a Rainha dos Cabelos, não das fibras.

— Rainha dos Cabelos — confirmou Harvo, estalando o chiclete na boca. — Deusa das Fibras. O fato é que eu sou foda, simplesmente brilhante.

— Bom saber. O que temos aqui?

— Poliéster branco, fibra sintética com traços de elastizina. Mesma constituição das partículas encontradas nos ossos do crânio e na massa cinzenta da desafortunada vítima. O que me levou a uma meia esportiva ou uma cinta comum. Não imaginei que fosse uma cinta modeladora, pois havia pouca elastizina.

Recordação Mortal

— Meia? — perguntou Eve, para si mesma.

— E você ganhou o superprêmio, tenente. Comparei as fibras no corpo com uma meia solitária recolhida na cena do crime. E confere! Meia nova, nunca usada e nunca lavada. A peça ainda tem traços de cola da etiqueta de preço, e encontrei um pedacinho de plástico grudado no lugar onde entraria o dedão do pé. Sabe quando eles prendem as pontas das meias com um fio de plástico, para elas não se soltarem?

— Sim, odeio isso.

— Todo mundo odeia. É preciso cortar o fio para separar as meias na hora de usar, e quem tem uma faca ou uma tesoura à mão quando vai calçar as meias pela primeira vez? — Harvo estalou o chiclete mais uma vez, rolando-o na boca, e fez um círculo no ar com um dos dedos junto da orelha, indicando insanidade. A unha estava pintada em vermelho-natal com pinheirinhos verdes. — Ninguém, certo? Então a pessoa é obrigada a... — Juntou as mãos em punho e torceu-as. — Metade das vezes você esgarça um pedaço das meias, ou então acaba com um fragmento de plástico espetando o pé.

— Um saco.

— Pois é.

— E quanto à etiqueta?

— Seu dia de sorte. Os peritos foram meticulosos e trouxeram para o laboratório o conteúdo da lata de lixo do banheiro. Fui examinar tudo, já que estava pesquisando as fibras.

Fez um gesto elaborado e exibiu a etiqueta para Eve.

— Isso tinha virado uma bolinha de papel, como costuma acontecer, e a ponta está rasgada. Eu alisei a peça, juntei os pedaços e dá para ver o código de barras e a marca.

Deu um tapinha no saco protetor da peça, na caixa de evidências.

— Meias esportivas femininas, tamanho trinta e sete a trinta e nove. Isso é outra coisa que me deixa tão puta que entrou na minha lista de coisas irritantes. Eu uso trinta e sete, e quando compro meias desse tamanho elas sempre ficam grandes demais. Por que os fabricantes não fazem as meias na medida certa de cada pé? Já existe tecnologia para isso, e capacidade. E também temos os pés!

— Sim, é um mistério — concordou Eve. — Encontrou digitais?

— As da vítima, numa parte da meia e na etiqueta. Achei outra digital na etiqueta e pesquisei no banco de dados. — Voltou para a tela e teclou algo. — Jayne Hitch, funcionária da butique Blossom, que fica na Sétima Avenida. Trabalha como caixa. Não sei não, vocês podem me chamar de louca, mas eu seria capaz de apostar que essa tal de Jayne vendeu um par de meias novas para a vítima recentemente.

— Belo trabalho, Harvo.

— Eu sei. Eu mesma me assombro com minha própria competência.

Foi fácil encontrar Jayne. Ela estava atrás do balcão da butique, registrando compras com a determinação de um soldado na linha de frente.

A loja estava lotada de clientes, atraídos, Eve supôs, pelos imensos cartazes laranja que anunciavam LIQUIDAÇÃO e se espalhavam por todas as prateleiras, araras, mesa e paredes. O nível de decibéis do lugar, já extremamente elevado, tornava-se ainda mais alto e incômodo devido às incessantes músicas natalinas.

Era possível comprar tudo *on-line*, refletiu Eve, se alguém estivesse realmente desesperado para fazer compras. Por que será que as pessoas insistiam em se acotovelar em lojas superlotadas, lado a lado com outras pessoas que, provavelmente, disputavam as mesmas mercadorias; onde as filas faziam curvas e mais curvas em caminhos infindáveis de tortura e sofrimento, e onde os atendentes eram mais desagradáveis que espinafre cru? Isso estava além da sua compreensão.

Quando Eve comentou o caos com Peabody e fez essa pergunta, sua parceira respondeu alegremente:

— Porque é divertido!

Para irritação e objeção de vários clientes da loja, Eve passou pelas pessoas, dando cotoveladas em profusão, e furou a fila.

— Ei, eu sou a próxima! — reclamou alguém.

Eve se virou para a mulher quase enterrada debaixo de pilha de roupas e ergueu o distintivo, avisando:

— Isso significa que eu vou primeiro. Preciso conversar com você, Jayne.

— O quê? Por quê? Estou ocupada.

— Puxa, eu também. Há algum lugar lá no fundo para conversarmos?

— Ai, caraca! Sol? Fique aqui no meu lugar, na caixa dois. Vou lá atrás. — Ela seguiu na frente por um corredor curto, com seus sapatos de sola amortecida a ar e cinco centímetros de espessura. — O que houve? — perguntou a Eve. Escutem, estávamos dando uma festa, sabe como é? As pessoas falam muito alto em festas, entende? Além do mais é Natal, puxa vida. Minha vizinha de frente é uma vadia, uma tremenda estraga-prazer.

— Da próxima vez, convide-a para a festa — sugeriu Peabody. — É difícil a pessoa reclamar quando ajuda a fazer barulho.

— Prefiro comer cocô de minhoca.

A salinha dos fundos estava estocada até o teto com material, caixas e sacolas. Jayne se sentou numa caixa de calcinhas.

— Pelo menos vou descansar os pés por alguns minutos. Está uma loucura lá fora. O Natal torna as pessoas insanas. E aquela história de boa vontade entre os homens certamente não se aplica às pessoas que frequentam lojas.

— Você vendeu um par de meias a uma mulher entre quinta e sábado passados, certo? — começou Eve.

Jayme massageou a base da espinha com o punho.

— Meu amor, eu vendi centenas de pares de meias a dezenas de mulheres entre quinta e sábado.

— Meu nome é Tenente — avisou Eve, dando uma batidinha no distintivo. — Foram meias esportivas brancas do tamanho trinta e sete ao trinta e nove.

Jayne procurou algo nos bolsos. Parecia ter uma dúzia deles, contando os da blusa e os da calça preta. Pescou uma embalagem de doce e abriu o plástico. Suas unhas, Eve reparou, eram compridas como furadores de gelo e tinham sido pintadas em listras vermelhas e brancas, como bengalinhas de Natal.

Era verdade: o Natal enlouquecia as pessoas.

— Deixe ver... meias esportivas brancas — disse Jayne, com cara azeda. — Puxa, essa é uma pista fantástica.

— Dê uma olhada nesta foto e veja se consegue se lembrar da cliente.

— Eu mal me lembro de como é minha própria cara, depois de um dia de trabalho como o de hoje. — O doce fazia barulhos estranhos quando Jayne brincava com ele, batendo entre os dentes. Com ar de enfado, girou os olhos para o teto e pegou a foto.

— Nossa, quem diria! Sim, eu me lembro dela. Uma vadia pentelha das boas. Foi o seguinte... — disse, sugando o ar pelo nariz. — Ela entrou na loja e pegou um par de meias. Uma porcaria de um par de meias, e ainda reclamou comigo que não tínhamos ninguém para ajudar as clientes a escolher, e quis saber qual era o preço da promoção. Ora, estava bem claro no cartaz que o preço promocional era para lotes de três pares. Está bem explicadinho. Um par custa 9,99. Três saem por 25,50, mas ela começou a chiar, reclamar, e queria levar só um par por 8,50. Disse que tinha feito as contas e se recusava a pagar mais que isso. A fila atrás dela chegava até a Sexta Avenida e ela me dando esporro por causa de alguns cents, uma merreca, qual é?

Deu uma mordida barulhenta no doce e continuou:

— Não tenho autorização para dar descontos, mas ela não aceitou isso. As pessoas atrás dela se preparavam para depredar a loja a qualquer instante, e eu tive de chamar o gerente. Ele cedeu e lhe ofereceu o desconto, porque não valia a pena a aporrinhação.

— Dia e hora em que ela veio à loja, você lembra?

— Puxa, agora você me pegou... — Jayne esfregou a nuca, pensando. — Estou trabalhando direto desde quarta-feira. Amanhã completarei sete dias no inferno. Vou tirar dois dias de folga a partir de amanhã à noite, e pretendo ficar sentada de pernas para o ar sem fazer nada nesses dois dias. Foi depois do almoço. Eu me lembro de ter pensado "Essa maluca vai me fazer vomitar meu *wrap*". Meu *wrap*!

Estalou os dedos, colocou o indicador para cima e girou o festivo furador de gelo, murmurando:

— Sexta-feira. Eu e Fawn sempre comemos *wraps* na sexta-feira, como almoço. Fawn ia tirar o fim de semana de folga, e eu lembro que reclamei disso com ela.

— A mulher que você atendeu estava sozinha?

— Quem iria aturar uma figura como aquela? Se alguém estava junto dela, não apareceu. Ela circulou pela loja sem companhia. Quando a vi indo embora, eu disse "Vá com Deus e com as pulgas". — Sorriu um pouco e completou: — Algumas clientes me aplaudiram.

— Vocês têm discos de segurança?

— Claro. Do que se trata? Alguém deu umas porradas nela? Eu seguraria o casaco de quem fizesse isso, numa boa.

— Pois é, alguém fez. Eu gostaria de ver os discos de sexta-feira à tarde. E precisaremos de cópias.

— Uau. Tudo bem. Puxa. Não estou encrencada por causa disso, estou?

— Não, mas vamos precisar dos discos.

— Então vou avisar o gerente — disse Jayne, erguendo-se na mesma hora.

De volta à sua sala na Central, Eve reviu a gravação com cuidado. Bebeu um pouco de café enquanto observava Trudy entrar pela porta da rua. Dezesseis horas e vinte e oito minutos no relógio da tela. Tempo suficiente para ela matutar sobre o que acontecera em sua visita a Roarke, decidiu Eve. Tempo suficiente para discutir a situação com um parceiro de golpe, ou simplesmente caminhar a esmo até que um novo plano se formasse em sua cabeça.

Trudy estava revoltada. Eve reparou isso quando pausou a gravação e ampliou o rosto da mulher que entrou na loja. Dava quase para ver os dentes rangendo de ódio. Ela fervilhava de raiva, não havia nenhuma deliberação fria, ali. Pelo menos, não naquele momento. Impulso, talvez. E um ar de "vou mostrar para eles".

Teve de procurar as meias, empurrou as pessoas que encontrou pela frente e circulou por vários balcões. Mas achou o que queria, a preço de banana.

Eve notou que os dentes de Trudy formaram um esgar de escárnio quando ela arrancou as meias do gancho. Franziu o cenho ao ver o preço no cartaz, antes de marchar até o caixa.

Ficou batendo o pezinho, olhando com irritação para as clientes que estavam na fila à sua frente.

Impaciente. E sozinha.

Eve continuou a assistir à gravação e testemunhou a briga no caixa, Trudy olhando com ar de superioridade e fechando os punhos ao lado do corpo com força, as unhas quase furando a pele. Virou-se apenas para dizer algum desaforo para a mulher atrás dela, na fila.

Armou um barraco por causa de alguns centavos.

Comprou numa liquidação a arma que a matou.

Não esperou pela sacola, nem pela nota fiscal. Enfiou o par de meias na bolsa e saiu porta afora.

Eve recostou-se e olhou para o teto, pensativa. Trudy pegou as fichas de crédito em algum lugar. Ninguém anda por aí com dinheiro trocado suficiente para encher uma meia. E o jeito como balançava a bolsa, indicava que ela não estava pesada.

— Computador, encontrar e listar todos os bancos da Sexta à Décima Avenida, entre as ruas... 38 e 48.

Processando...

Olhando novamente para a tela, Eve anotou o horário. Os bancos já estavam quase fechando quando ela saiu da loja, mas Trudy ainda teria tempo para encontrar um deles aberto, para conseguir uma bolada em fichas de crédito.

Verificar isso amanhã, anotou Eve, mentalmente.

— Imprimir dados — ordenou, quando o sistema começou a recitar uma lista de bancos. — Copiar a lista para o arquivo e enviar tudo para meu computador de casa.

Entendido. Processando...

Eve conseguia ver a sequência dos fatos. Ela ainda teria de encontrar o banco e verificar os dados, mas imaginava a cena. Provavelmente o escolhido seria o banco mais próximo da butique. Ela entraria no local com rapidez, ainda soltando fogo pelas ventas. Se Trudy raciocinou direito, certamente usou dinheiro vivo para fazer a troca, decidiu Eve. Não havia razão para deixar que uma transação peculiar como essa aparecesse no extrato do cartão de crédito ou de débito, então teria de ser em dinheiro. E o melhor era se livrar da sacola do banco antes de voltar para o hotel.

Sozinha, reparou, mais uma vez.

Antes, tinha ido de metrô, sozinha, e foi direto para o escritório de Roarke. Não havia sinal de ninguém à sua espera no saguão.

Talvez tenha feito uma ligação pelo *tele-link* assim que saiu do prédio. Não havia como conferir isso, já que seu aparelho tinha desaparecido. Foi muita esperteza do assassino recolher o *tele-link* da cena do crime.

Eve caminhou de um lado para outro e ordenou mais café.

Trudy estava apavorada ao sair do prédio de Roarke. Entra em contato com o parceiro, chora suas mágoas, e talvez tenham planejado juntos os passos seguintes.

Eve se virou para o quadro que montara e analisou as fotos de Trudy.

— O que é preciso para uma pessoa fazer isso consigo mesma? — murmurou. — Certamente havia muita motivação e muita raiva. Mas como é que ela planejava provar que tinha sido agredida por mim, por Roarke ou por alguém supostamente contratado por um de nós?

De volta à burrice pura e simples, pensou, balançando a cabeça. Aqueles eram atos motivados por raiva, impulso e fúria. Teria sido mais esperto fazer com que um de nós — ou ambos — saísse de casa sob algum pretexto, para ir a um lugar onde não conseguisse um álibi com facilidade para o momento da agressão. Foi burrice supor que não teríamos um álibi. E também falta de planejamento.

Uma recordação surgiu em sua mente; uma vaga lembrança, muito distante. Eve fechou os olhos, pressionou a mente e tentou focar e trazer tudo à luz.

Recordação Mortal

Estava escuro. Ela não conseguia dormir. Tinha muita fome, mas a porta do quarto havia sido trancada por fora. Trudy não gostava que ela ficasse perambulando pela casa... *xeretando em tudo e aprontando encrencas.*

De um modo ou de outro, ela sempre era punida.

Tinha conversado com um vizinho que morava do outro lado da rua e alguns dos seus amigos. Meninos mais velhos. Dera uma volta em um dos skates aéreos que pertencia a um dos garotos. Trudy não gostava do menino que morava na casa em frente, nem dos amigos dele.

Vagabundos. Delinquentes, vândalos. Coisas piores. E você não passa de uma piranhazinha. Tem só nove anos, mas já quer colocar as manguinhas de fora. Nada disso é novidade para você, não é mesmo? Suba agora mesmo para o seu quarto e pode esquecer o jantar, porque eu não alimento lixo em minha casa.

Não deveria ter falado com o garoto. Mas ele se ofereceu a ensinar a Eve como andar de skate aéreo, e ela nunca tinha subido em um brinquedo daqueles em toda a sua vida. Os meninos faziam coisas fantásticas nos seus skates... *loopings*, cambalhotas e giros radicais. Eve adorava observá-los. Um deles reparou que ela acompanhava tudo, sorriu e a chamou para ir até onde eles estavam.

Ela não deveria ir, pois aquilo certamente lhe sairia caro. Mas o menino segurou o skate colorido no ar, disse que ela curtiria muito o vento na cara e prometeu lhe ensinar a se equilibrar.

Quando Eve decolou, o menino assoviou alto, seus amigos gargalharam, e ele disse que Eve tinha colhões.

Esse foi — pelo menos ela achou — o momento mais feliz e libertador de toda a sua vida, até aquele dia. Eve conseguiu se lembrar, mesmo depois de tanto tempo, da sensação maravilhosa de um sorriso que se encaixara em seus lábios e insistira em ficar grudado na sua cara. Lembrou-se do jeito fantástico como suas bochechas tinham se alargado no vento, do riso que tentou rufar pela sua garganta acima e chegou a machucar de leve o peito, por causa da pressão. Mas era uma dor gostosa, como nada que ela tivesse vivenciado até então.

O menino disse que ela devia repetir a dose, porque era uma *skatista nata*.

Nesse momento, porém, Trudy saiu de casa soltando fumaça pelos ouvidos, com cara de fúria e um olhar do tipo "você vai ver o que é bom para a tosse". Tinha gritado, se esgoelado, e só parou de berrar quando Eve saltou da porcaria do brinquedo.

Eu não disse para você não sair do nosso quintal? Não mandei ficar lá? Quem vai levar a culpa se você quebrar esse pescocinho idiota? Por acaso pensou nisso?

Eve não tinha pensado. Tudo o que havia em sua mente era a emoção de andar de skate pela primeira vez na vida.

Trudy gritara com os meninos também, e avisou que iria chamar a polícia. Sabia o que planejavam fazer com Eve. *Seus pervertidos, vagabundos.* Só que eles simplesmente riram alto, fizeram gestos e ruídos ofensivos. O menino que era dono do skate que Eve usara chamou Trudy de vaca velha, na cara dela.

Eve achou que isso era a coisa mais corajosa que já vira.

Ele lançou um sorriso de cumplicidade para Eve, acompanhado de uma piscadela, e avisou que ela poderia dar outro passeio em seu skate quando se livrasse da vaca velha.

Mas ela nunca mais andou de skate. Foi obrigada a se manter longe dele e de seus amigos.

E pagou pela emoção efêmera da brincadeira com muita fome na barriga vazia.

Mais tarde, com o estômago roncando, foi para a janela do quarto. Viu quando Trudy saiu da casa pela porta da frente.

Recordação Mortal

Observou quando ela pegou algumas pedras e destruiu o para-brisa do próprio carro, e depois as janelas laterais. Viu quando ela passou tinta em spray no capô e conseguiu ver o brilho das letras no escuro.

VACA VELHA

Trudy, então, atravessou a rua, limpou a lata de tinta com um pano e o jogou sob alguns arbustos diante da casa do menino.

Sorriu quando voltou para dentro de casa, mas aquilo mais parecia um rosnado.

Capítulo Doze

Eve tinha mais uma tarefa pendente, antes de encerrar o turno, mas resolveu fazer isso sozinha.

O hotel que Roarke providenciara para Bobby e Zana era muito melhor que o anterior. Até aí, nenhuma surpresa. Mesmo assim era de nível intermediário, sem grandes frescuras. O tipo de lugar que turistas ou pessoas que viajam a negócios com orçamento curto escolheriam.

O sistema de segurança era sutil, mas estava presente.

Eve foi parada no saguão limpo antes de chegar aos elevadores.

— Desculpe, senhorita. Posso ajudá-la?

A mulher que lhe dera um tapinha no ombro tinha um rosto agradável e um sorriso fácil. Além de um calombo visível sob o braço, certamente uma arma de atordoar.

— Sou da polícia — avisou Eve, erguendo a mão direita e pegando o distintivo com a esquerda. — Tenente Eve Dallas. As pessoas que vim procurar estão hospedadas no quarto 512. Preciso verificar se está tudo bem com elas e com o guarda que coloquei na porta.

— Tenente, minhas ordens são para escanear seu distintivo. Colabore, por favor...

— Tudo bem. — Essas ordens tinham sido dadas por ela mesma, refletiu Eve.

A mulher pegou um scanner de mão — mais sofisticado que o modelo usado pela polícia — e verificou o distintivo. Satisfeita, devolveu-o a Eve.

— Pode subir, tenente. Quer que eu avise ao guarda de serviço que a senhora está chegando?

— Não. Gosto de surpreender as pessoas.

Felizmente para o guarda, ele estava em seu posto, diante da porta. Ambos se conheciam de vista e, em vez de pedir que Eve se identificasse, ele encolheu a barriga, colocou os ombros para trás e a saudou:

— Tenente!

— Olá, Bennington. Qual é a situação?

— Calma. Todos os quartos deste andar estão ocupados, com exceção do 505 e do 515. Poucas pessoas entraram ou saíram, todas com sacolas de compras e pastas. Ninguém entrou nem saiu do quarto 512 desde a minha chegada.

— Tire dez minutos de descanso.

— Obrigado, tenente, mas o fim do meu turno é daqui a trinta minutos, e prefiro esperar no posto.

— Ótimo. — Ela bateu na porta e esperou. Alguém a observou pelo olho mágico e, logo em seguida, Zana abriu a porta.

— Oi! Eu não sabia ao certo se você apareceria aqui hoje. Bobby está no quarto conversando com D.K. pelo *tele-link*. Você quer que eu o chame?

— Não precisa. — Eve entrou no pequeno saguão. Roarke providenciara uma suíte executiva, composta por quarto, banheiro, uma simpática sala de estar e uma quitinete. O quarto ficava além de uma porta estreita, que naquele momento estava fechada.

— Como vocês estão? — quis saber Eve.

— Melhor agora, obrigada. Muito melhor. — Suas bochechas ficaram rosadas. Nervosa, ela afofou os cabelos louros, compridos e ondulados. — Acaba de me ocorrer que você me viu histérica quase o tempo todo, desde que nos conhecemos. Normalmente não sou assim. Sério.

— Houve motivos para você ficar abalada. — Eve olhou em torno. As telas de privacidade das janelas estavam acionadas. Isso era bom. No telão, passava um programa feminino de entrevistas. Não era de espantar que Bobby tivesse fechado a porta.

— Aceita algo? A cozinha está muito bem suprida. — Zana exibiu um sorriso fraco. — Aqui não é preciso ir à rua para comprar rosquinhas. Posso lhe trazer um café, ou...

— Não, obrigada, estou ótima.

— Esse quarto é muito melhor que o do outro hotel. Mas a forma de consegui-lo foi terrível.

— Você não precisa se sentir desconfortável nem constrangida.

— Não, acho que não. — Ela girou a aliança de casada várias vezes no dedo. Uma espécie de tique nervoso, reparou Eve. Usava um anel com pedra cor-de-rosa na mão direita e brincos com a mesma pedra.

Ambos combinavam com a tintura labial, notou Eve. Como — e por que razão — as mulheres se importavam com esses detalhes?

— Fiquei muito feliz por vocês conseguirem resgatar minha bolsa. Tudo meu estava lá dentro: fotos, identidade e a tintura labial que eu tinha comprado para... Nossa. — Passou as mãos pelo rosto. — Você não quer se sentar?

— Só por um minuto — aceitou Eve. — Você conhece Bobby e D.K. há algum tempo, certo?

— Desde que fui trabalhar para eles. Bobby é um fofinho. — Ela também se sentou e esfregou as mãos na calça, na altura das coxas. — Eu me apaixonei quase de imediato. Bobby é um pouco tímido com as mulheres. D.K. sempre brincava com ele por causa disso.

— Bobby mencionou que D.K. e Trudy não se davam muito bem.

— Oh, pois é... — Um pouco de cor voltou ao rosto de Zana. — Geralmente era D.K. que mantinha distância. Havia uma espécie de choque de personalidades entre eles, me parece. Mama Trudy sempre colocava para fora tudo o que pensava. Às vezes as pessoas se ofendiam com ela.

— Você não?

— Bem, ela é... Isto é, *era* a mãe do homem que eu amo. Ela o criou sozinha. — Seus olhos ficaram brilhantes. — E criou uma pessoa muito boa. Eu não me importava de ela passar o tempo todo me dando conselhos. Afinal, eu nunca tinha sido casada antes, não morei com ninguém e nunca administrei uma casa. Mas Bobby sabia como lidar com ela.

— Sabia?

— Ele me dizia para aceitar o que ela dizia, concordar com tudo e depois fazer as coisas do meu jeito. — Zana riu, mas logo cobriu a boca, tentando abafar um pouco o som. — Era exatamente isso que ele fazia na maior parte das vezes, e eles quase nunca brigavam.

— Mas se desentendiam de vez em quando.

— Algumas discussões, vez por outra, como acontece em todas as famílias. Eve... Posso chamá-la de Eve?

— Por mim, tudo bem.

— Você acha que poderemos voltar logo para casa? — Seus lábios tremeram de leve, antes de ela apertá-los com força. — Eu estava tão empolgada com a viagem. Vir para cá, conhecer Nova

York, eu não conseguia pensar em mais nada. Agora, tudo que quero é voltar para casa.

— Nesse estágio da investigação, é mais conveniente você e Bobby ficarem aqui.

— Foi o que ele disse. — Ela suspirou. — Bobby não quer voltar para casa antes do Natal. Diz que não quer estar lá nesse dia. Acho que eu o compreendo. Só que... — Lágrimas brilharam em seus olhos, mas não escorreram pelo rosto. — Acho que estou sendo egoísta.

— Por quê?

— É o primeiro Natal desde que nos casamos. E vamos passá-lo dentro de um quarto de hotel. Estou sendo egoísta. — Fungou para ajudar a enxugar as lágrimas e balançou a cabeça. — Eu não devia nem pensar nessas coisas, porque Mama...

— É natural.

Zana olhou para a porta fechada com ar de culpa.

— Não diga a ele que eu comentei nada disso com você, por favor. Bobby já está com muita coisa na cabeça.

Ela se levantou ao ouvir a porta se abrir e avisou:

— Oi, amor. Veja quem chegou!

— Eve. Obrigado por vir. Eu estava conversando com meu sócio. — Sorriu de leve, olhando para a esposa. — Acabamos de fechar um belo negócio.

Zana bateu palmas, ficou na ponta dos pés e quis saber:

— A casa grande?

— Ela mesma. D.K. conseguiu o contrato de venda e o depósito inicial do comprador agora de manhã.

— Oh, amor, isso é maravilhoso. Parabéns! — Ela deu a volta no sofá para abraçá-lo com força. — Vocês dois trabalharam tanto para conseguir isso!

— Foi uma bela venda — explicou Bobby, olhando para Eve.

— Puxa, essa casa que conseguimos vender era um tremendo

elefante branco. Já tínhamos quase desistido; na semana passada, porém, resolvemos insistir mais um pouco. Meu sócio acabou fechando um grande negócio, agora de manhã.

— Lá no Texas?

— Exato. Teve de levar os interessados para visitar a casa três vezes só nesse fim de semana. Eles estavam meio indecisos. Quiseram voltar lá novamente hoje de manhã, deram mais uma boa olhada e decidiram comprar a propriedade. Isso representa uma bela comissão para nós dois.

E liberava o sócio do papel de suspeito, decidiu Eve, a não ser que ele tivesse descoberto um jeito de estar em dois lugares ao mesmo tempo.

— Meus parabéns! — disse Eve.

— Mama ficaria nas alturas com essa notícia.

— Amor... — Zana o segurou com os dois braços. — Não fique triste. Sua mãe não gostaria de ver você triste neste momento. E ficaria muito *orgulhosa*. Na verdade, vamos celebrar — propôs, sacudindo-o com carinho. — Vou pedir uma garrafa de champanhe e você vai dar a si mesmo um pouco de tempo para relaxar e se sentir realizado. Aceita brindar conosco, Eve?

— Obrigada, mas preciso ir.

— Pensei que você tivesse vindo até aqui com novidades sobre a minha mãe — disse Bobby.

— A investigação continua avançando. Isso é o máximo que eu posso revelar, no momento. Amanhã eu volto para saber como vocês estão. Se algo novo surgir, eu lhes aviso.

— Certo. Obrigado. Fico feliz por você estar à frente do caso, Eve. De certo modo, isso me traz um certo alívio.

Ela poderia ir para casa, pensou Eve, se arrastando pelo engarrafamento. Isso era mais do que Bobby conseguiria fazer, no momento. Seria uma boa ideia ir para casa, onde as coisas eram normais, pelo menos pelos seus padrões.

Em meio ao nó do tráfego, Eve analisou um dos cartazes animados que alardeavam preços baixíssimos para viagens de fim de ano a Aruba.

Todo mundo queria estar em outro lugar, decidiu. As pessoas do Texas e de um monte de outros lugares vinham em grandes levas para Nova York. Os nova-iorquinos enfrentavam estradas cheias para se refugiar nos Hamptons, ou pegavam voos para ilhas distantes.

Para onde será que o povo dessas ilhas ia?, perguntou a si mesma. Provavelmente para alguma megalópole barulhenta e apinhada de gente.

Por que as pessoas simplesmente não ficavam quietas no lugar?

O fato é que as coisas eram daquele jeito. As ruas e calçadas de Nova York pareciam entupidas de gente e o espaço aéreo estava pouca coisa melhor. Mesmo assim, não havia outro lugar no mundo onde Eve preferisse estar.

Finalmente, passou com o carro pelos portões da mansão a caminho das luzes.

Cada uma das janelas cintilava com pequena lâmpadas, velas ou o brilho de árvores enfeitadas e iluminadas no interior. Tudo parecia uma pintura, pensou. Céu escuro, lua nascendo, formas elegantes com sombras lançadas pela casa sobre os jardins e todas as janelas acesas.

Ela poderia ir para casa.

Se era assim, por que motivo se sentia deprimida? Uma garra incômoda se instalou na base do seu crânio e na boca do seu estômago quando ela estacionou a viatura e se forçou a sair lá de dentro. Sua vontade era se deitar, percebeu, e o motivo não era cansaço. Eve queria simplesmente desligar a mente, nem que fosse por cinco minutos.

Summerset estava lá. Um esqueleto austero e macambúzio em meio às cores festivas do imenso saguão.

Eve, com o astral em baixa naquele momento, sentiu a desaprovação dele arranhar com força o peso que sentia na barriga.

— Ninguém encostou uma arma de atordoar na sua garganta e apertou o gatilho? — lamentou ela, com rispidez. — Isso é algo com que eu sonho todas as noites.

Subiu os degraus da escada pisando duro, sem se dar o trabalho de despir o casacão.

Não foi para o escritório, o que era mesquinho e errado. Sabia disso. Em vez de fazer o que era certo, foi direto para o quarto e, ainda com o casacão no corpo, lançou-se de cara na cama.

Só cinco minutos, pensou. Puxa, tinha todo o direito a míseros cinco minutos de solidão e quietude. Se pelo menos ela conseguisse desligar a mente!

Segundos depois, ouviu o som rápido de patinhas acolchoadas e uma vibração na cama quando Galahad pulou. Virou a cabeça e fitou fixamente os olhos bicolores do gato.

Ele a encarou de volta. Então, deu duas voltas preguiçosas com o corpo, aninhou-se ao lado da cabeça de Eve e a olhou fixamente mais um pouco. Ela se viu presa a uma competição insana de ver quem piscava primeiro.

Quando perdeu, jurou ter visto o gato abrir os lábios de leve, num sorriso de escárnio.

— Meu chapa, se você fosse um tira, quebraria suspeitos como se fossem nozes.

Virou-se meio de lado para coçar as orelhas do animal. Com o gato ronronando ao seu lado como uma máquina bem-regulada, Eve olhou para as luzes que brilhavam e piscavam na árvore de Natal.

Era uma vida boa, aquela que levava, disse a si mesma. Uma cama imensa, uma árvore linda, um gato simpático. O que havia de errado com ela?

Mal o ouviu chegar. Provavelmente não teria percebido sua aproximação se não estivesse à espera dele.

Quando o colchão afundou junto do corpo, ela virou a cabeça para o outro lado. Dessa vez, deu de cara com olhos selvagens, vívidos e muito azuis.

Sim, aquele era um presente e tanto.

— Acabei de chegar — murmurou ela. — Queria ficar aqui só uns minutos.

— Dor de cabeça?

— Não, estou só me sentindo meio... Não sei.

— Triste? — perguntou ele, afagando-lhe a cabeça.

— Que motivos eu teria para me sentir triste? Moro nessa casa gigantesca. Você já foi lá fora para ver como ela fica, toda acesa?

— Já. — A mão dele escorregou para a nuca de Eve, onde grande parte da pressão estava.

— Tenho esse gato gordo circulando à minha volta. Acho que devíamos torturá-lo um pouco agora no Natal e obrigá-lo a usar um par daqueles chifres, como uma galhada, sabe como é? Para parecer uma rena?

— Detonar sua dignidade? Boa ideia.

— Viu só? Tenho você, a cereja do meu bolo pessoal. Não sei o que há de errado comigo. — Ela se encolheu junto dele e enterrou o nariz em seu pescoço. — Eu nem dou a mínima pelo fato de ela estar morta, então o que há de errado comigo?

— É muito dura consigo mesma, é isso que está errado com você.

Ela inspirou com força, sentindo o cheiro dele, porque isso era um grande conforto.

Recordação Mortal

— Fui até o necrotério dar uma olhada em Trudy. Um cadáver como outro qualquer. Observei o que ela fez consigo mesma, para tentar colocar a culpa em nós. Isso não me surpreendeu, pelo menos depois que eu refleti melhor. Olhei para o que alguém fez com ela e me veio à cabeça a velha frase: "Tudo o que vai, volta." Eu não devia pensar assim.

— O que mais você fez?

— No resto do dia? Apresentei meu relatório a Whitney. Levei um esporro disfarçado. Almocei com Nadine, para planejar a abordagem da mídia. Depois, passei no laboratório. Segui o rastro das fibras e cheguei à loja onde Trudy comprou as meias que usou como arma contra si mesma. Pesquisei uma lista de bancos entre a loja e o hotel. Queria saber onde ela conseguiu tantas fichas de crédito. Vou correr atrás disso amanhã. Depois, fui até o bar para onde Zana foi levada e conversei com o dono. Revi um monte de gravações de segurança. Ahn... Atualizei os relatórios. Passei no hotel para ver Bobby e Zana. O lugar tem um bom sistema de segurança. Fui barrada por uma segurança muito bem-treinada.

— É bom saber.

— Então voltei para casa. Rolaram outras coisas, mas o resumo é esse.

— Em outras palavras, você fez o seu trabalho. Independentemente de você se importar ou não com a morte dela, fez o trabalho que irá levá-la ao assassino.

Eve se colocou de barriga para cima e fitou o teto.

— Estou me sentindo sem combustível.

— O que comeu no almoço?

— Você está tentando roubar meu momento de autopiedade?

— Ela riu. — Belisquei um macarrão embebido num molho cheio de ervas. Estava gostoso. Não sei exatamente o que Nadine e Peabody mastigavam, mas ambas soltavam gritinhos e suspiros de orgasmo feminino, sem parar. O lugar estava bombando, você inaugurou mais um point de sucesso. Grande surpresa!

— E o serviço?

— Eficiente e assustador. O garçom se materializava do nada ao lado da mesa antes de alguém *pensar* em pedir alguma coisa. Nadine vai apresentar um programa só dela.

— Soube disso hoje. Isso é muito bom para a carreira dela.

— Também será lançado um livro e um filme contando sua trajetória. Tem algum dedo seu nessa história?

— Na verdade, sim.

— Ela quer me entrevistar para a estreia do programa, o que eu talvez aceite. E pensou em gravar algumas das cenas do filme aqui em casa, o que eu vetei de cara.

— Nem pensar.

Eve se virou um pouco mais, até ficar de frente para ele. Como é que um homem conseguia ficar cada vez mais bonito, dia após dia?

— Imaginei que tivéssemos a mesma opinião com relação a isso — disse Eve.

— Aqui é o nosso lar. — A mão dele acariciou a dela e depois enlaçou-lhe os dedos com calor e ternura. — Um local privativo.

— Eu sempre trago meus problemas profissionais para cá, e trabalho em casa.

— Eu também.

— Mas não enche a casa de tiras enquanto trabalha, para piorar as coisas.

— É verdade. Nem planejo fazer isso no futuro. Mas se o fato de você fazer isso me incomodasse, eu reclamaria.

— Hoje eu tive um flash, uma recordação do passado.

Ah, percebeu Roarke, *chegamos à raiz do problema.*

— Conte-me tudo.

Recordação Mortal 257

— Pensei no jeito como ela se feriu; saiu para comprar meias, pelo amor de Deus, com o único objetivo de arrebentar o próprio rosto e deixar marcas por todo o corpo. Comportamento violento e autodestrutivo. Foi então que me lembrei de uma vez...

Eve contou tudo com detalhes, desde o momento em que a recordação voltou lentamente à sua cabeça. Contou novos detalhes, pois eles lhe surgiram na mente naquele instante. O dia estava muito quente, com cheiro de grama cortada na atmosfera, um aroma que ela nunca sentira antes. Um dos meninos tinha um tocador de músicas e canções alegres enchiam o ar.

Lembrou-se de como a viatura da polícia tinha surgido lentamente, quase em silêncio, até parar diante da sua casa naquela noite. Os botões da farda dos guardas brilhavam muito à luz da lua.

— Eles foram até a casa do menino, no outro lado da rua. Era muito tarde, pelo menos devia ser, porque as luzes de todo o quarteirão já estavam apagadas. Bateram na porta, as luzes se acenderam e o pai do menino atendeu a porta. Os tiras entraram.

— O que aconteceu? — quis saber Roarke, quando Eve ficou calada.

— Não sei ao certo. Suponho que o menino tenha dito aos policiais que não tinha feito nada. Na verdade, ele estava dormindo, mas é claro que não podia provar. Eu lembro que os guardas tornaram a sair, deram uma volta em torno da casa e acharam o spray de tinta. Guardo na lembrança a imagem deles guardando a lata como prova do delito, balançando a cabeça. Garoto burro, devem ter pensado. Que idiota!

"Trudy saiu da casa aos berros apontando para a lata, para o carro e para sua casa. Fiquei na janela acompanhando a cena, até que não aguentei mais, me enfiei na cama e puxei as cobertas sobre a cabeça."

Ela fechou os olhos e continuou:

— Ouvi as outras crianças comentando o caso na escola. Soube que o menino teve de comparecer à delegacia com os pais, mas me desliguei e não quis mais ouvir a história. Em poucos dias Trudy estava com um carro novinho em folha, e algum tempo depois eu fugi de lá. Sumi do mapa. Não consegui aguentar ficar sob o mesmo teto que ela. Não suportava ficar ali, olhando para a casa do outro lado da rua.

Eve olhou para o alto e observou a escuridão na claraboia que ficava sobre a cama.

— Só hoje caiu a ficha e eu percebi que esse foi o grande motivo de eu ter fugido. Não consegui conviver com o que ela fez e com o que eu não fiz. Aquele menino me ofereceu o melhor momento da minha vida e ficou encrencado por isso. Eu não fiz nada para ajudá-lo. Não contei a ninguém o que Trudy tinha feito. E deixei o garoto levar a culpa.

— Você era uma criança.

— E isso é desculpa para eu não ajudar?

— Claro que é!

Eve se sentou na cama e ajeitou o corpo para ficar de frente para Roarke.

— Não é desculpa, não! — reagiu ela. — Aquele garoto foi arrastado até a delegacia e provavelmente fichado como delinquente juvenil, mesmo sem ninguém poder provar nada. Seus pais tiveram de dar um carro novo à suposta vítima.

— O seguro cobriu.

— Ah, não me venha com essa porra, Roarke!

Ele se sentou do lado dela e pegou-lhe o queixo com firmeza entre os dedos.

— Você tinha nove anos de idade e estava apavorada. Agora quer voltar vinte anos no passado só para se sentir culpada? Não me venha *você* com essa porra, Eve!

— Mas eu não fiz nada para ajudá-lo.

— E o que poderia ter feito? Ido à polícia e contado que viu uma mulher licenciada e aprovada pelo Serviço de Proteção à Infância destruir o próprio carro só para colocar a culpa no menino do outro lado da rua? Ninguém teria acreditado em você.

— Isso não vem ao caso.

— Claro que vem! Nós dois sabemos que o menino sobreviveu a esse trauma de infância. Tinha pais, um lar, amigos e um caráter forte, a ponto de fazê-lo oferecer a uma menininha triste uma volta no seu skate aéreo. Aliás, imagino que ele tenha sobrevivido muito bem. Você devotou sua vida adulta a proteger as pessoas, com risco da própria vida, Eve. Pode muito bem parar de se culpar por ter sido uma criança assustada e se comportar de acordo.

— Ah, que inferno!

— Estou falando sério. E tire esse casacão, pelo amor de Deus. Você não está assando aí dentro?

Não era comum Eve se ver sem palavras. "Perplexa" seria o termo mais acertado. Abriu o casacão e o deixou solto sob o corpo, como uma poça negra sobre a cama.

— Puxa, uma pessoa não tem o direito nem mesmo de sentir um pouco de autopiedade, na própria cama?

— A cama também é minha, e você já curtiu autopiedade demais. Não quer experimentar outra coisa?

— Não. — Ela pegou o gato e o colocou no colo.

— Vá em frente e faça biquinho, então. Isso é quase o mesmo que se lamuriar. — Ele saiu da cama e anunciou: — Eu prefiro tomar vinho.

— Ele pode ter ficado traumatizado por toda a vida.

— Por favor!

Ela estreitou os olhos quando ele abriu as portas do armário de bebidas e completou:

— Pode ter seguido uma carreira de crimes só por causa desse episódio.

— Essa é uma ideia interessante. — Roarke escolheu um vinho branco de excelente safra na adega refrigerada. — Pode ser até que você já o tenha prendido. Isso não seria uma divertida ironia?

Os lábios dela abriram um sorriso inesperado, mas ela segurou a gargalhada.

— E você pode muito bem ter feito negócios escusos com ele, em seu passado nefasto. Quem sabe ele não virou chefe de quadrilha em algum lugar do Texas?

— Viu só? E deve tudo a você. — Roarke foi até a cama com duas taças de vinho e entregou uma delas a Eve. — Está se sentindo melhor?

— Não sei. Talvez. Tinha me esquecido desse episódio do passado, como geralmente acontece. Só que quando a recordação voltou, veio surfando numa onda de culpa. Ele devia ter quatorze ou quinze anos. Sentia pena de mim, dava para ver no seu rosto. Nenhuma façanha sai impune — disse ela, brindando com Roarke antes de beber.

— Posso encontrá-lo, se você desejar. Posso pesquisar o que ele fez da vida, além de ser um senhor do crime no Texas.

— Talvez. Vou pensar no assunto.

— Enquanto isso, gostaria de lhe pedir um favor.

— Que foi?

— Não tenho nenhuma foto sua de antes de nos conhecermos.

Eve levou algum tempo para acompanhar o súbito *non sequitur*.

— Fotos?

— Sim, do tempo em que você ainda era uma menininha quase em idade de casar, ou uma novata na polícia usando uma farda impecável, roupa que eu espero que você torne a vestir em breve, só para mim. Adoro mulheres de farda. Eu poderia acessar velhas fotos suas, mas seria muito mais divertido se você mesmo escolhesse alguma para me mostrar.

Recordação Mortal 261

— Posso fazer isso. Talvez. Mas por quê?

— Nossas vidas não tiveram início no dia em que nos encontramos pela primeira vez. — Tocou o rosto dela, roçando-lhe a pele com dedos leves como pluma. — Embora eu goste de pensar que o melhor de nossas vidas aconteceu depois de nos conhecermos. Gostaria muito de ter uma ou duas fotos suas, do tempo em que você era mocinha.

— Isso não é meloso demais?

— Reconheço minha culpa, meritíssima. E se você achar alguma foto sua da época em que tinha dezoito anos em trajes sumários, melhor ainda.

— Pervertido! — Dessa vez ela não conseguiu segurar a gargalhada.

— Reconheço minha culpa nisso também, meritíssima.

Eve pegou a taça dele com determinação e a colocou, junto com a dela, sobre a mesinha de cabeceira. Depois, jogou longe a massa escura e sedosa do casacão, que ainda estava sob o corpo.

— Agora me deu vontade de fazer mais alguma coisa — anunciou ela.

— Ah, é? — Roarke colocou a cabeça meio de lado. — O que, por exemplo?

Ela foi rápida, pois era muito ágil. Em um movimento veloz como um relâmpago, rolou de lado por cima dele e prendeu-lhe os quadris na cama com as pernas; suas mãos agarraram os cabelos de Roarke com força e sua boca se fundiu ardentemente com a dele.

— Algo desse tipo — disse Eve, quando ele conseguiu respirar.

— Acho que vou ter de encaixar um tempo na minha agenda só para você.

— Pode crer! — Ela abriu os botões da camisa dele e se inclinou para dar uma mordidinha em seu maxilar. — Você me arrasou. Contando a sessão com Whitney, essa é a segunda esculhambação que recebo hoje.

As mãos dela estavam muito ocupadas, e, quando chegou ao zíper da calça, o pênis de Roarke já estava duro como pedra.

— Espero que você não tenha tido essa reação com seu comandante.

— Ele é fortão e atraente, mas só para quem gosta de homens com ombros largos. Eu prefiro homens bonitos. — Deu mais uma mordida na orelha de Roarke e se inclinou ainda mais, colando-o contra a cama.

O gato era gordo, mas também era experiente e pulou de lado.

— Você é tão lindo. Às vezes, me dá vontade de lamber você todinho, como se fosse um sorvete. — Ela puxou-lhe as pontas da camisa para fora das calças e espalmou as mãos abertas sobre o peito dele. — Olhe só para isso, toda essa carne, todos esses músculos, tudo meu! — Passou as pontas dos dentes pelo torso dele até o umbigo, fazendo-o estremecer. — Puxa, isso é algo capaz de fazer qualquer garota gemer de gula e luxúria.

As mãos dele também estavam em Eve, provocando-lhe tremores de prazer. Mas Roarke deixou que ela liderasse a ação e determinasse o ritmo. Permitiria que fizesse isso, pelo menos por ora. Ficar sem saber onde ela o conseguiria levar depois lhe causava novos arrepios de prazer.

Eve abriu a blusa, colocou as mãos sobre as dele e as fez percorrer o próprio corpo de baixo para cima, até fechá-las em torno dos seios. Curtiu a sensação dos dedos de Roarke, compridos e fortes, sobre os dela. Em seguida se curvou para trás com os olhos fechados, enquanto as mãos dele desciam para lhe abrir as calças.

Ela se inclinou sobre ele, apoiada nos cotovelos. Beijos na boca longos e voluptuosos foram pontuados por mordidelas múltiplas, enquanto o coração dela batia com força contra o dele. Quando Eve lhe ofereceu um seio para sugar, Roarke o tomou na boca e suspendeu a respiração dela, logo liberada num tremor quente.

Recordação Mortal

Ela era dele agora, tanto quanto ele era dela. O combustível do corpo de Eve era Roarke. Ele a girou na cama, colocando-se por cima e prendendo-lhe as mãos dos dois lados da cabeça. Os olhos dela pareciam pesados de paixão e escuros com o desafio.

— Quero você nua. Fique imóvel enquanto eu a dispo.

Ele tocou os lábios dela com os dele, depois seguiu para a covinha do queixo, pontilhando-a com beijos de boca entreaberta até a garganta, os seios e a barriga.

Roarke arriou-lhe as calças até os quadris, expondo mais carne, e então passeou com a língua pelo ponto macio onde as pernas dela se encontravam, na virilha. Eve arqueou o corpo e estremeceu.

— Shhh — reagiu ele, num murmúrio tranquilizador, enquanto trabalhava com a língua ávida até fazê-la decolar além dos limites. E quando a sentiu mole e frágil, continuou a lamber-lhe as partes internas das coxas.

Descalçou as botas dela e deixou que as calças acompanhassem a movimento, largando tudo num monte no chão. Então percorreu todo o caminho de volta, de forma lenta e tortuosa.

— Roarke!

— Olhe só para essa carne e esses músculos — apreciou ele, ecoando as palavras que ela pronunciara há pouco. — Tudo meu.

Mais uma vez o corpo dela começou a se aquecer como uma caldeira. A pressão violenta e a falta de ar foram aumentando sem parar, até tudo dentro dela parecer explodir. Tudo que Eve conseguiu fazer foi abrir-se mais para recebê-lo.

Ele a penetrou com determinação e força. Sua boca sobre a dela, seus dedos entrelaçados aos dela. Saboreando e sentindo, explodiram juntos.

Eve pensou, cega de amor, que havia, realmente, um lar para onde ela sempre poderia ir.

Os dois ficaram absolutamente imóveis por um momento, acomodando-se. Ele rolou de lado, mas deixou a cabeça dela repousar em seu ombro e sua mão em seu coração, que batia como um tambor.

— Eu devia esculhambar você com mais frequência.

— Mas não transforme isso num hábito, porque talvez eu me irrite da próxima vez. Estive estranha o dia todo. Fiz meu trabalho numa boa, como você disse, mas me senti esquisita. Quase como se observasse a mim mesma trabalhando. De um jeito passivo, ou algo assim. Meu ritmo não é esse, preciso me energizar.

— Pois você me pareceu muito energizada — disse ele, massageando-lhe a barriga de leve.

— Sexo tem esse efeito em mim. Sexo com você, é claro. — Eve se ergueu. — Preciso começar a analisar tudo mentalmente, desde o início. Tirar essa névoa que encobre meu cérebro e começar do zero.

— Sei que é isso que você fará. — Ele esticou o braço para pegar o vinho.

Eve tomou um gole da taça que Roarke lhe entregou e decretou:

— O que vou fazer é tomar uma ducha e me vestir. Pretendo repassar as anotações e relatórios da cena do crime, e também as declarações. Vou tirar um tempinho para alinhar tudo na cabeça.

— Muito bem. Vou pesquisar as contas novamente, para ver se consigo extrair algo.

— Posso repassar algumas ideias com você, depois que eu conseguir alinhá-las?

— Eu ficaria desapontado se você não fizesse isso. Por que não nos reencontramos daqui a uma hora e fazemos essa troca durante o jantar?

— Sim, acho que isso vai funcionar. — Ela pegou a mão dele e a apertou com força. — Sempre funciona.

— Pode crer que sim. — Ele beijou os nós dos dedos dela.

Capítulo Treze

Eve aproveitou a hora dedicada ao trabalho para analisar tudo desde o começo. Avaliou com cuidado, passo a passo, usando a gravação da cena do crime, suas notas pessoais, os relatórios dos peritos, do médico legista e do laboratório.

Ouviu as declarações, julgando cada inflexão de voz e expressões específicas, tanto quanto as palavras.

Colocou-se diante do quadro e avaliou cada foto e todos os ângulos.

Quando Roarke saiu de sua sala, ela se virou para ele. Ele percebeu a luz especial nos olhos de Eve com um sorriso e ergueu a sobrancelha.

— Conseguiu, tenente?

— E como! Eu estava agindo como uma tira e fazendo trabalho de tira, mas não *sentia* as coisas como tira. Agora, voltei ao normal.

— Seja bem-vinda.

— Vamos comer. O que você quer?

— Já que você está sentindo as coisas como tira, creio que o melhor é pizza.

— Na mosca! Se já não tivéssemos deitado e rolado ainda há pouco, provavelmente iria pegar você agora.

— Coloque isso na minha conta.

Eles se sentaram à mesa de Eve, um de cada lado, com pizza e vinho no meio. Roarke mandara instalar uma árvore de Natal até mesmo ali, observou Eve. Uma pequena, pelos padrões dele; mesmo assim, nossa, como ela gostava de olhar para a árvore espalhando luz por todo o ambiente a partir do seu cantinho junto à janela!

— O lance é o seguinte — começou ela: — Nada disso faz sentido.

— Agora, sim! — Ele fez um gesto largo com a taça e provou o vinho. — Fico feliz por essa parte ter ficado clara.

— Estou falando sério. Veja o que temos na superfície, ao analisarmos com frieza o que aconteceu: mulher assassinada por múltiplos golpes de instrumento rombudo, golpes na parte de trás da cabeça. Ferimentos corporais anteriores indicam que ela foi atacada e/ou surrada um dia antes. Porta trancada por dentro, mas a janela não.

Com uma fatia de pizza na mão, Eve usou a outra e apontou para o quadro na parede.

— A aparência e as evidências básicas nos levam a um possível intruso que entrou pela janela, matou-a e saiu do quarto do mesmo modo. Como não existem feridas defensivas, a investigadora do caso assume que a vítima provavelmente conhecia o assassino ou não se julgava em perigo. Ora, quando uma pessoa agride outra num dia, a vítima certamente vai ficar com o pé atrás quando a pessoa tornar a aparecer.

— A não ser que os ferimentos iniciais tenham sido autoimpostos.

— Sim, mas ninguém sabia disso, e por que alguém pensaria nessa hipótese ao encontrar o corpo? O assassino certamente estava ciente do fato. Pelo menos percebeu os ferimentos no rosto, porque eles estavam, literalmente, na cara. E a mesma arma foi usada. Então, voltando um pouco e analisando os dados, temos um homicídio preparado para parecer ter sido cometido pela mesma pessoa que a espancou.

Eve comeu um pedaço imenso de pizza, saboreando o tempero.

— Portanto, vemos que o assassino usou os ferimentos prévios como cortina de fumaça. Nada mau. Nada mau mesmo. É um raciocínio correto, do mesmo modo que levar o *tele-link* da vítima foi muita esperteza.

— Uma exploração da ganância da vítima e de seus impulsos violentos.

— Isso mesmo. Mas alguns detalhes estragam essa teoria. Temos, mais uma vez, ausência de ferimentos defensivos. Não vimos indicações de ela estar amarrada durante o espancamento, nem sinal de ela ter tentado, de algum modo, revidar ou se proteger. A coisa não encaixa. Depois, temos os ângulos dos ferimentos. Tudo aponta autopunição.

— O que levou você a um cenário diferente.

— Exato! Temos a cena do crime, a posição do corpo e a hora da morte.

— Sim, a hora exata.

— Então...? Se algum estranho aparece na janela do seu quarto no meio da noite e você consegue se levantar da cama, foge ou grita. Ela não fez uma coisa nem outra. Portanto, o assassino entrou pela porta. A vítima o deixou entrar.

— Mas a janela continua sendo uma opção viável — argumentou Roarke. — Se ela e seu parceiro de crime estavam resolvendo diferenças, ele pode ter escolhido entrar pela janela, em vez de se arriscar a não ser recebido.

– Só que a janela estava trancada — garantiu Eve. — Esse é o problema com recordações distantes: é tudo muito vago. — Colocou mais um pedaço de pizza na boca e o engoliu com rapidez. — A vantagem de termos uma investigadora que conhecia bem a vítima é que, quando cutucadas com força, essas lembranças mostram que a vítima sempre trancava todas as portas e janelas. O mundo é cheio de ladrões, estupradores e encrenqueiros, segundo a Bíblia de Trudy. Mesmo durante o dia, quando estávamos em casa, ela fechava a casa toda como se fosse um cofre. Eu tinha me esquecido disso. Trudy jamais deixaria uma janela destrancada aqui, na imensa e perigosa Nova York. Isso não combina com o jeito dela.

— Então ela deixou o visitante entrar, mesmo tarde da noite? — incentivou Roarke.

— Sim, e ele chegou bem tarde, mas ela não se deu ao trabalho de vestir um robe. Tinha um no closet, mas não se preocupou em vesti-lo e recebeu o assassino de camisola mesmo.

— O que indica certo grau de intimidade. Um amante, talvez?

— Pode ser, não podemos riscar essa hipótese. Afinal, ela mantinha o visual em dia. Submeteu-se a trabalhos de escultura estética no rosto e no corpo. Mas eu não me lembro de nenhum homem em sua vida — murmurou Eve, tentando vasculhar o passado mais uma vez. — Morei com ela por seis meses, mas não me lembro de nenhum cara entrando ou saindo, nem de Trudy se encontrando com homens.

— Mas daquela época até hoje significaria um longo período sem companhia masculina, certo?

— Sim, não posso eliminar da equação a possibilidade de sexo casual — continuou Eve —, só que eu revi a lista das suas posses e tudo o que Trudy tinha estava no quarto: nada de brinquedinhos sexuais, nenhuma *lingerie* sexy, nem preservativos ou defesas contra doenças sexualmente transmissíveis. De qualquer modo, esse homem poderia ser um relacionamento antigo dela. Não encontrei nada que indique isso, mas é uma hipótese. Mas ele não seria um cúmplice, pelo menos não em pé de igualdade com a vítima.

— Não?

— Trudy precisava estar no comando. Tinha de mandar. Gostava de dar ordens às pessoas e vê-las sendo cumpridas. Observe sua patologia e seus registros profissionais. Teve um monte de empregos ao longo dos anos, mas nenhum deles durou muito. Ela não aceitava ordens, preferia dá-las.

— Então, com essa cabeça, ser mãe adotiva era o emprego perfeito — concordou Roarke. — Ela era a chefe e estava no comando, com autoridade total.

— Certamente ela acreditava nisso — acrescentou Eve. — Estava a caminho dos sessenta anos, sem casamentos oficiais, apenas um registro de coabitação. Não, ela não gostava de trabalho em equipe. Um sócio ou um cúmplice não lhe agradaria. Mas pode ser que tenha entrado em contato com alguém pelo *telelink. Dê uma passadinha aqui, precisamos conversar.* Bebeu vinho, tomou alguns remédios. Provavelmente estava meio alta e muito segura de si.

— Novas razões para não ter tomado tanto cuidado quanto tomaria, em outras circunstâncias.

— Estava relaxada e medicada — concordou Eve. — E pretendia sair do golpe com dois milhões de dólares no bolso. Chegou a arrebentar o próprio rosto com esse intuito. Sim, estava muito segura de si mesma. Mas como é que conseguiria arrancar todo esse dinheiro de você, presa num quarto de hotel?

— Já pensei nisso. Você se lembra do quanto estava fora do prumo, querida? — alertou Roarke, e Eve franziu o cenho. — Você documentou os ferimentos com uma percepção abalada e, talvez, comovida pelo ataque. Um ataque que poderia implicar qualquer um de nós, ou ambos, como criminosos. Ou, se ela fosse mais esperta, que faria com que o agressor desconhecido mostrasse a um de nós, ou a ambos, uma certa gravação sobre como as coisas poderiam piorar, a não ser que fizéssemos o que Trudy queria.

Completou o vinho da taça de Eve e continuou:

— Haveria uma declaração gravada explicando que tal registro fora feito para ela se proteger, diante da possibilidade de ela ser morta ou sofrer novos ataques. Nesse caso, a gravação seria enviada para a mídia e para as autoridades. Toda a documentação seria entregue a mim, pois ela sabe que eu decifraria o subtexto: "Pague ou entregarei essa documentação para a mídia."

— Muito bem. — Eve comeu mais um pedaço de pizza. — E todas essas hipóteses fizeram você chegar à conclusão de onde essas gravações poderiam estar?

— Com o assassino, sem dúvida.

— Sim, sem dúvida — aceitou Eve. — Mas, então, por que elas não surgiram junto com a conta numerada durante o rapto de Zana? Por que você não recebeu nenhuma cópia da suposta documentação comprometedora?

— Talvez o assassino tenha achado que a gravação falaria por si. E pode ter sido tolo o bastante e ter confiado no correio comum para a entrega.

— Viu só? — Eve balançou mais uma fatia de pizza no ar, antes de mordê-la. — Esperto, burro, esperto, burro. Isso não me convence. Não há burrice nenhuma aqui. Só esperteza, e muita, a ponto de simular burrice. Um crime passional, a forma de tentar encobrir tudo, os pequenos erros e os grandes. Sabe de uma coisa? Estou começando a achar que alguns desses erros foram propositais.

Olhou para o quadro na parede e lamentou:

— Ou talvez eu esteja apenas andando em círculos.

— Não, continue a colocar as ideias para fora. Eu gosto.

— Ela era uma mulher difícil. Até o filho reconhece isso. Aliás, antes que você pergunte — acrescentou, percebendo a expressão de Roarke —, ainda não o retirei da lista de suspeitos. Mas vou lhe contar depois o motivo de ele não ser um dos primeiros da minha lista. Vamos voltar atrás: a pessoa está fazendo trabalho de esparro para uma mulher de temperamento difícil. Vai ganhar uma bolada no fim, mas nem em sonhos será metade. Talvez Trudy conte à pessoa que o golpe é de um milhão e ela pode ficar com dez por cento, pelo seu trabalho. Nada mal para trabalho de esparro. Talvez esse seja o golpe e o esparro fica de lhe enviar a gravação, ou entregá-la em mãos.

— Trudy devia estar muito segura de si mesma para fazer isso — comentou Roarke.

— Sim, e muito segura da ação do esparro. Por outro lado, tem como recuar se algo der errado. Isso tudo se encaixa no seu perfil.

— Só que o esparro não era tão obediente quanto ela supunha — continuou Roarke. — Em vez de ser um cãozinho dócil, deu uma olhada no material, antes da entrega. E começou a achar que as informações valiam muito mais.

Aquele era o ritmo de que Eve gostava, no trabalho. Bater bola com Roarke, analisar tudo passo a passo, tentar encaixar as peças e estudar as possibilidades.

— Pois é. Talvez ele tenha voltado para avisar que queria uma fatia maior do bolo. Talvez tenha dito a ela que dava para arrancar mais que um mísero milhão de você.

— Isso a deixaria revoltada.

— E como! — Eve sorriu. — Para piorar, está desorientada por causa da bebida e dos remédios. Talvez tenha deixado escapar, sem querer, que exigira dois milhões, em vez de um. *Opa, falei demais*, ela deve ter pensado.

— Ou pode ser que simplesmente tenha se recusado a aumentar a fatia do bolo que caberia ao esparro.

— De um jeito ou de outro, o esparro ficou revoltado. Tudo se encaixa. Ele pode ter voltado ao quarto dela na noite de sábado ou na madrugada de domingo. Trudy o recebe, mas dá as costas para ele num determinado momento. Ele tem a gravação ou os documentos, e também tem a arma. Tem o motivo e a oportunidade. Resolve matá-la. Recolhe o *tele-link* dela, leva a cópia da documentação, as gravações e tudo mais que possa incriminá-lo ou ajudá-lo. Destranca a janela e escapa numa boa.

— Agora o bolo inteiro vai ficar para ele. — Roarke olhou para a pizza sobre a mesa. Os dois haviam praticamente acabado com ela, reparou. Trabalhar dá fome.

— E tem o ângulo reverso. — Eve lambeu o molho do polegar. — Segunda-feira, de manhã cedinho, ele está de volta, e chega bem a tempo de agarrar Zana quando ela sai do hotel. Que feliz coincidência ela ter resolvido comprar rosquinhas num impulso de momento.

— Talvez Trudy não fosse a única a ter um amante.

— Uma ideia interessante, não é? — Eve inclinou a cabeça e empurrou a pizza para longe, antes que comesse demais e acabasse enjoando. — Vou dar uma olhada mais de perto na linda esposinha de Bobby.

— Mas não em Bobby?

— Também vou investigá-lo um pouco além. O problema com matricídio é que geralmente é um crime mais raro e feio. E também exige mais raiva.

Com patricídio acontecia a mesma coisa. Eve tinha ficado empapada de sangue quando matou o pai.

Essa era uma recordação que não precisava ter, nem queria. Resolveu focar no aqui e agora.

— O motivo é nebuloso. Se foi por causa do dinheiro, por que não esperar até Trudy estar com a grana na mão? Depois disso, bastava simular um acidente doméstico na volta, já em casa, e herdar tudo. Pode ter sido um crime por impulso, coisa de momento, mas...

— Você tem simpatia, uma espécie de ponto fraco por Bobby, certo? — perguntou Roarke.

— Não se trata disso. — Talvez em parte, admitiu para si mesma. — Se ele estava fingindo no corredor, do lado de fora do quarto, quando encontramos o corpo, certamente está desperdiçando seus talentos de ator no mercado imobiliário do Texas. E eu estava em companhia de Bobby quando Zana saiu em sua aventura das rosquinhas, então ele teria de ter um parceiro para o crime. Ou então ele e Zana estão nisso juntos. Nada disso é impossível, e precisamos escavar muito mais fundo. Mas essa hipótese não faz soar nenhum sininho de alerta.

— Mas tem alguma coisa que faz — afirmou ele, analisando o rosto dela.

— De volta à vítima. Ela gosta de estar à frente de tudo, no comando, mantendo as pessoas sob suas garras. Como você ressaltou, ela não aceitava crianças para criar apenas pelo dinheiro que recebia para isso. Trudy as pegava para exercer domínio sobre elas. As crianças faziam o que lhes era imposto e a temiam. Segundo a própria Trudy, ela mantinha arquivos dos órfãos que criava. Por que eu seria a primeira a ser abordada?

— Nesse caso ela não teria um parceiro para o crime, e sim um subordinado.

— Bela palavra, não acha? — Eve se recostou na cadeira e balançou o corpo para a frente e para trás. — Um subordinado. Tudo a ver com o perfil dela. Pelas pesquisas que eu fiz, Trudy só abrigava meninas. O que bate com ela estar de camisola na hora do crime. Por que vestir um robe para se cobrir quando a pessoa que chegou é outra mulher? Não é preciso ter preocupações ou medos quando a visitante é uma menina a quem você dava ordens o tempo todo no passado, e que, por alguma razão, continua sob seu controle.

— Zana foi raptada por um homem, se aceitarmos sua história.

— Se aceitarmos essa versão e seguirmos essa teoria, já são dois. Ou, então, Trudy tinha um homem na jogada. Vou dar uma olhada com mais atenção na lista das órfãs que ela abrigou.

— E eu vou brincar com meus números.

— Está conseguindo alguma coisa? — quis saber Eve.

— Na verdade, estou. Feeney entrou no barco e me conseguiu mandados de busca. Com eles, poderei usar meu equipamento oficial, sem precisar hackear o CompuGuard do governo.

— Puxa, isso acaba com metade da diversão.

— Às vezes, temos de aceitar o que conseguimos. — Ele se levantou e anunciou: — Vou trabalhar!

— Roarke... Ontem, quando eu disse aquilo tudo sobre trazer trabalho para casa e encher nosso lar de tiras... Eu devia ter acrescentado colocar você nos meus rolos.

— Eu mesmo já me coloquei nos seus rolos várias vezes, com gosto. E sempre me mantenho por perto para conseguir isso. — Exibiu um sorriso suave. — Mas tento sempre esperar pelo convite, antes de entrar.

— E eu o convido muitas vezes. E não me esqueci que você se envolveu demais e foi seriamente ferido nos dois últimos casos grandes que eu investiguei,* só porque eu pedi que me ajudasse.

— Você também se feriu — lembrou ele.

— Eu me comprometi para desempenhar essa função.

---

* Ver *Sobrevivência Mortal* e *Origem Mortal*. (N.T.)

Recordação Mortal

Roarke sorriu amplamente, agora. Aquele era um sorriso de fazer o coração de qualquer mulher mergulhar de cabeça. Ele deu a volta na mesa, pegou a mão de Eve, acariciou sua aliança de casada e afirmou:

— Eu também. Vá trabalhar, tenente.

— Certo, tá certo — repetiu ela, baixinho, quando ele foi para o escritório pessoal. Virando-se para o computador, Eve disse: — Vamos fazer valer o pagamento.

Eve pegou a lista de crianças que Trudy abrigara ao longo dos anos e pôs-se a investigar suas vidas.

Uma delas estava cumprindo pena pela terceira vez por agressão qualificada. Seria uma boa candidata, refletiu Eve, se não estivesse trancada na cela de uma prisão estadual em Mobile, no Alabama. Eve ligou para a diretora da prisão, por segurança, e confirmou o fato.

Menos uma.

Outra jovem da lista tinha simplesmente explodido em mil pedaços quando dançava numa boate clandestina em Miami. Eve se lembrava do caso: dois homens-bomba haviam invadido o lugar e tirado as próprias vidas — e as de mais de cem pessoas — num protesto contra o que consideravam exploração das mulheres.

A seguinte na lista morava em Des Moines, Iowa. Era casada e trabalhava como professora de ensino fundamental. Tinha um filho. O marido era contador. Levavam uma vida confortável, de classe média, analisou Eve. Trudy poderia ter achado que esse era um bom poço para explorar.

Entrou em contato com Iowa. A mulher que apareceu na tela do *tele-link* parecia exausta. Havia sons de tiros e explosões ao fundo.

— Boas-Festas. Que Deus me ajude! Wayne, *por favor*, diminua o volume desse troço por cinco minutinhos, sim? Desculpe, o que deseja?

— Tudo bem. Você é Carly Tween?

— Isso mesmo.

— Sou a tenente Eve Dallas, do Departamento de Polícia e Segurança Pública de Nova York.

— Nova York? Uau, preciso me sentar. — Ouviu-se um suspiro imenso e a tela tombou o suficiente para Eve ver, de relance, sua barriga imensamente grávida. Uma a menos, decidiu, mas foi em frente.

— Do que se trata, tenente?

— Trudy Lombard. Esse nome a faz pensar em alguém?

— Faz, sim. — O rosto da jovem mudou e assumiu uma expressão mais dura. — Ela foi minha mãe adotiva por vários meses, quando eu era menina.

— Pode me informar quando foi a última vez em que você teve contato com ela?

— Por quê? *Wayne!* — berrou —, estou falando sério. Por que deseja saber, tenente?

— A sra. Lombard foi assassinada e estou investigando o caso.

— Assassinada? Espere um instantinho, por favor. Preciso ir para a outra sala. Não dá para ouvir nada com essa barulheira. — Houve novos suspiros e bufadas quando a mulher se levantou; a tela estremeceu enquanto ela seguiu pelo que Eve identificou como uma sala de televisão, até entrar num espaço confinado que parecia um escritório, onde fechou a porta. — Ela foi assassinada? Como aconteceu?

— Sra. Tween, eu gostaria de saber quando foi a última vez em que a senhora conversou ou teve algum contato com Trudy Lombard.

— Sou suspeita do crime?

— O fato de não responder a uma pergunta de rotina é suspeito, sim.

Recordação Mortal

— Eu tinha só doze anos — reagiu Carly, irritada. — Fiquei sob os cuidados dessa mulher durante oito meses. Uma tia conseguiu minha custódia depois de um longo processo e eu fui morar com ela. Assunto encerrado.

— Então, por que está tão zangada?

— Pelo fato de uma tira de Nova York ligar para minha casa me interrogando sobre um assassinato. Tenho família. Estou grávida de oito meses, pelo amor de Deus. Sou professora.

— E continua sem responder à minha pergunta.

— Não tenho nada a declarar sobre esse assunto, ou sobre ela. *Nada.* Não direi mais *uma palavra* sem a presença de um advogado. Portanto, me deixe em paz.

A tela ficou preta.

— Ora, que beleza de resultado — comentou Eve, falando sozinha.

Apesar de não imaginar Carly Tween vindo até Nova York, bamboleando a gravidez, só para arrebentar os miolos de Trudy, ela iria permanecer na lista de suspeitos.

Na ligação seguinte ela foi transferida para a caixa de mensagens. Dois rostos e duas vozes, ambos sorrindo de forma tão luminosa que Eve quase colocou os óculos escuros.

Oi! Aqui é a Pru!

E aqui é o Alex!

Não podemos atender porque estamos curtindo nossa lua de mel em Aruba!

Os dois se olharam e riram de forma insana. *A gente se fala na volta. Se voltarmos!*

Pelo visto, alguém estava aproveitando a temporada de descontos em viagens para as ilhas do Caribe. Se Pru e Alex realmente tinham "se enforcado", isso ocorrera poucos dias atrás, e os dados não haviam sido atualizados.

Eve confirmou tudo com a prefeitura de Novi, no Michigan. Pru e Alex realmente tinham solicitado uma licença de casamento, que acabou sendo usada três dias antes, no sábado.

Eve duvidava muito que eles tivessem passado em Nova York logo depois do casamento para cometer um assassinato, antes de curtir a lua de mel com sol, surfe e sexo.

— Muito bem... Maxie Grant, de Nova Los Angeles. Vamos ver o que você anda aprontando. Uma advogada, hein? Dona de sua própria firma. Deve estar ganhando muito bem. Aposto que Trudy adoraria comer um pedaço desse bolo.

Calculando a diferença de fuso horário, Eve tentou o escritório de Maxie Grant.

A ligação foi atendida no segundo toque, com tons urgentes, por uma mulher de cabelos ruivos abundantes, muito cacheados, e um rosto magro com traços marcantes. Seus olhos verde-escuros se fixaram nos de Eve.

— Maxie Grant falando. Em que posso ajudá-la?

— Aqui é a tenente Dallas, do Departamento de Polícia de Nova York.

— Nova York? Você trabalha até altas horas, tenente?

— E você atende o *tele-link* pessoalmente, srta. Grant?

— Mais vezes do que gostaria. O que posso fazer por Nova York?

— Trudy Lombard.

O sorriso que surgiu no rosto de Maxie parecia qualquer coisa, menos amigável.

— Por favor, tenente, diga que você é da Divisão de Homicídios e que a vadia está deitada numa mesa no necrotério.

— Era exatamente o que eu ia dizer.

— Sem sacanagem? Oba, contrate a banda e me empreste a tuba. Como foi que ela bateu as botas?

— Percebo que você não era fã da vítima.

Recordação Mortal

— Eu a odiava com todas as forças. Odiava até mesmo os átomos que formavam suas entranhas. Se você já conseguiu prender o homem que tirou essa mulher do mapa, gostaria de apertar a mão dele.

— Por que não começa me contando onde esteve entre o último sábado e a segunda-feira?

— Claro. Estive bem aqui. Na Costa Oeste, é claro, não no escritório. Até eu, que ralo como uma louca, não passo o tempo todo no trabalho. — Ela se recostou na cadeira e apertou os lábios, pensativa. — Vamos ver... No sábado, de oito ao meio-dia, trabalhei como voluntária na escola St. Agnes. Sou treinadora do time de vôlei das meninas. Posso lhe conseguir uma lista de nomes para confirmar meu paradeiro, se desejar. Depois disso, fui fazer compras de Natal com uma amiga. Gastei uma grana alta, mas tudo bem, é Natal. Posso informar o nome dessa amiga e lhe enviar os recibos das compras. Sábado à noite fui a uma festa. Só voltei para casa às duas da manhã, e muito bem acompanhada. Curti sexo e café da manhã na cama no domingo. Depois, fui à academia e passei o resto do dia em casa. Que tal me repassar mais alguns detalhes, tenente? Ela sofreu, antes de morrer? Por favor, diga-me que sim.

— Por que não me conta por que isso a deixaria tão feliz?

— Essa mulher transformou minha vida num inferno durante nove meses. A não ser que você não seja uma investigadora competente, e esse não me parece o caso, está com meu histórico na sua frente. Caí nas mãos do Estado quando tinha oito anos, depois de meu velho finalmente matar minha mãe de porrada e ser rebocado para a prisão. Ninguém me quis. Fui enviada para aquela vaca sádica. Ela me obrigava a esfregar o chão com uma escova de dente e me trancava no quarto todas as noites. De vez em quando cortava a luz do aposento, só para eu ficar sozinha no escuro. Dizia que minha mãe devia ter merecido o que recebeu, e que eu acabaria do mesmo jeito um dia.

Respirou fundo, pegou a garrafa de água que estava ao lado do cotovelo e bebeu alguns goles.

— Comecei a roubar e esconder o dinheiro conseguido para fazer um fundo de fuga, mas fui descoberta. Ela mostrou aos tiras um monte de marcas roxas nos braços e nas pernas e disse que eu a agredira. Eu nunca toquei na vadia. Acabei jogada numa instituição para delinquentes juvenis, onde apanhei bastante, enfrentei muitas brigas e encarei uma barra pesada. Você já deve ter visto esse filme antes.

— Sim, algumas vezes.

— Vendia drogas ilegais com menos de dez anos. Era encrenqueira e metida a fodona — confessou, com um sorriso que transmitia a vergonha que sentia. — Entrei e saí de várias instituições até completar quinze anos e entrar pelo cano em uma transação. Fui retalhada. A melhor coisa que já me aconteceu. Havia um padre... Sei que isso se parece com aquelas matérias melosas do tipo "Reportagem da Semana", mas foi assim mesmo. Ele grudou em mim e não desistiu. Foi responsável pela guinada de cento e oitenta graus em minha vida.

— Você estudou direito e se formou.

— Pareceu-me o que mais se encaixava. Aquela vadia sádica me recebeu em sua casa quando eu estava com oito anos, e eu me senti apavorada ao chegar lá. Tinha acabado de assistir à morte da minha mãe e ela usou isso contra mim; fez tudo o que pôde para foder com a minha cabeça. Quase conseguiu. Não espere flores minhas no velório dela, tenente. Vou calçar sandálias vermelhas salto quinze e tomar champanhe francês.

— Qual foi a última vez em que você a viu?

— Eu não a vejo cara a cara faz uns três ou quatro anos.

— Como assim, cara a cara?

— Sou advogada, competente o bastante para saber que deveria estar ao lado de um representante, antes de levar esse papo adiante.

Recordação Mortal

Nem deveria estar falando com você. Mas fiquei tão feliz por saber que ela está morta que vou me arriscar. Quatro anos atrás eu trabalhava como sócia minoritária em uma firma poderosa. Fiquei noiva de um cara que mandava e desmandava no Senado americano. Ganhava um belo salário, pelo qual ralei muito, diga-se de passagem. Um dia ela apareceu lá. No meu local de trabalho, dá para acreditar? Chegou cheia de sorrisos, dizendo coisas do tipo "Olhe só para você, virou uma pessoa importante". Fiquei enojada só de vê-la.

Maxie tomou mais um gole d'água e colocou a garrafa sobre a mesa.

— Eu devia tê-la chutado para fora dali, mas ela me pegou desprevenida e de guarda baixa. Depois veio com um papo sério: tinha cópias de todos os meus registros, *todinhos*. As drogas ilegais, o tempo que passei na cadeia, os assaltos e roubos que pratiquei. Não seria nada bom, para mim, se isso fosse divulgado por aí, certo? Ainda mais agora, que eu arrumara um emprego de respeito, bem-remunerado. Não agora que eu planejava me casar com um homem que provavelmente acabaria num alto cargo no governo, em Washington.

– Ela chantageou você?

— Sim, e eu permiti. Burra! Dei a ela cinquenta mil dólares. Três meses depois ela voltou. É assim que a coisa rola. Não sou novata, devia saber disso e a conhecia bem. Mas eu tornei a pagar o que Trudy pediu. Mesmo depois que meu noivado foi pelo ralo. Culpa minha, é claro, porque eu estava superestressada e muito determinada a não permitir que ele soubesse do meu passado. Estraguei tudo.

Parou de falar por alguns instantes. Seu tom mudou, ficou mais suave.

— Lamento muito tudo isso. Até hoje. Continuei dando grana para ela por mais dois anos. O rombo nas minhas finanças alcançou um quarto de milhão de dólares, e eu não consegui mais aguentar a pressão. Pedi demissão do emprego. Quando Trudy entrou em contato comigo alguns meses depois, para me ordenhar mais dinheiro, eu a mandei ir em frente. Faça o que quiser, sua vaca, faça o pior que conseguir. Não tenho mais nada a perder. Era verdade: tinha perdido tudo — completou, baixinho.

— Como ela encarou isso?

— Ficou fula. Pelo menos tive o prazer de vê-la furiosa. Gritou feito uma alucinada, até parecia que eu estava lhe espetando pregos quentes nos olhos. Foi um momento agradável para mim. Ela disse que eu teria minha licença de advogada cassada. Papo furado, é claro. Também disse que nenhuma firma aceitaria me contratar novamente. Nesse ponto ela poderia ter razão, mas eu estava cagando e andando para isso, a essa altura. Mantive minha posição e ela foi embora. Agora, graças aos deuses, aquela mulher não voltará.

— Você deveria ter procurado a polícia.

— Talvez. Deveria, sim. Poderia, pensei em fazer isso, mas fui em frente sozinha. Montei minha própria firma e estou feliz. Não a matei, mas ofereço meus serviços em sistema *pro bono* para quem quer que tenha feito isso. Ela me obrigava a tomar banho gelado todas as noites. Dizia que aquilo era bom para mim, porque esfriava meu sangue quente.

Eve estremeceu sem querer, porque também se lembrou dos banhos gelados.

— Preciso dos nomes das pessoas que poderão confirmar seu paradeiro nos dias solicitados, para podermos verificar tudo, Maxie.

— Tudo bem. Conte-me como foi que ela morreu.

— Fratura de crânio, atingida por um instrumento rombudo.

— Oh. Tinha esperança de ter sido algo mais exótico. Mas acho que isso serve.

Quanta frieza, pensou Eve, mais tarde. Maxie tinha sido fria e brutalmente franca. Eve era obrigada a respeitar isso.

O melhor da conversa foi ter aparecido a primeira pista de um padrão de chantagem.

Ela encontrou mais duas vítimas parecidas. Embora não tivessem confirmado com tanta exuberância, Eve viu a verdade em seus olhos. Seus álibis poderiam ser verificados, e também os das duas outras com quem ela não conseguira contato.

Levantou-se da mesa para tomar café, mas fez um desvio e seguiu até o escritório de Roarke.

— Algum progresso?

— Continuo dando em becos sem saída. — Ele se afastou da mesa, obviamente irritado. — Você tem certeza de que ela recitou os números na ordem correta?

— Estava em choque e pode ter pulado ou misturado alguma coisa. Mas repetiu duas vezes, na sequência que eu lhe passei. Fez isso sem hesitação.

— Não encontrei nada. Vou mandar o computador desmembrar os números em várias sequências para ver o que pinta. E quanto a você?

— Tenho um caso de chantagem confirmado. Uma advogada da Califórnia. Não creio que ela tenha cometido o assassinato, mas alega ter sido subtraída em um quarto de milhão de dólares ao longo de dois anos, quando fechou a torneira para Trudy. É muita grana para sugar de uma única fonte, mas aposto que existem outras fontes. Também aposto que Trudy abriu várias contas discretas, daquelas que não são captadas pelos radares da Receita Federal.

— Ora, mas isso é molezinha de encontrar — ofereceu Roarke.

— Consegui dois números de contas para as quais a advogada transferiu dinheiro para Trudy. Só que isso já faz alguns anos, e pode ser que Trudy tenha feito transferências diversas.

— A melhor forma de manter longe o pessoal do imposto de renda é transferir o dinheiro de lugar o tempo todo. Vou começar com as duas contas que você conseguiu, porque a partir daí eu encontro o resto.

— Quando você chegar lá, e se houver outras transferências eletrônicas para as novas contas, poderemos rastreá-las até a fonte.

— Isso é brincadeira de criança, e vai rebater a frustração com os números da conta que Zana nos deu.

— Quer café?

— Puxa, uma pergunta típica de esposa dedicada! Aceito sim, obrigado.

— É que eu ia pegar para mim, mesmo.

Eve o ouviu rindo alto ao sair pela porta, e parou mais uma vez diante do quadro que montara. Se Trudy recebia tanta grana por meio de chantagem, dinheiro que certamente estaria bem escondido em algum lugar, quanto será que Bobby receberia de herança?

Daria para dar um belo empurrão no seu negócio, imaginou.

Eve se lembrou, por alguns instantes, do menino que tinha trazido para o seu quarto, às escondidas, um sanduíche, num dia em que ela estava sozinha e faminta. Lembrou-se de como ele fizera isso sem dar uma palavra, com um sorriso suave e o indicador sobre os lábios, pedindo silêncio.

Então, pegou o café no AutoChef e se preparou para descobrir quem tinha matado a mãe de Bobby.

Capítulo Quatorze

Eve se viu em pé num salão brilhantemente iluminado, bebendo champanhe com um grupo de mulheres. Reconhecia seus rostos. A advogada da Califórnia bebia direto da garrafa e girava os quadris numa dança sensual, sobre sandálias altas e vermelhas. Carly Tween estava sentada num banco alto com encosto baixo e bebia algo com delicadeza, enquanto acariciava a barriga enorme com a mão livre.

As outras — todas elas mulheres que tinham passado pelo que ela passou — matraqueavam do jeito que as mulheres fazem em festas só para garotas. Eve nunca tinha sido fluente em papos sobre moda, comida e homens, então se mantinha calada, bebendo uma champanhe muito borbulhante enquanto curtia os sons à sua volta.

Todos tinham se arrumado com requinte para a festa. Ela mesma escolhera o sensacional vestido que usara na festa de fim de ano que oferecera em sua casa. Mesmo no sonho — mesmo *sabendo* que era um sonho — seus pés doíam.

Parte do salão era separado do resto por uma parede de vidro, e as crianças que cada convidada tinha sido estavam sentadas nesse setor, assistindo à festa. Vestiam roupas de segunda mão, tinham rostos de fome e olhos sem esperança — pareciam isoladas das luzes e da música pelo grosso vidro transparente.

Lá dentro, Bobby servia sanduíches às meninas, que os comiam de forma voraz.

Eve não pertencia àquele lugar, na verdade. Não era uma delas, nem de perto. As outras convidadas olhavam para ela meio de lado e cochichavam entre si, cobrindo a boca com as mãos.

Mesmo assim, foi Eve quem se aproximou primeiro do corpo que jazia no chão, em meio à celebração. O sangue manchava a camisola de Trudy e havia coagulado no chão liso da pista de dança.

— A homenageada não está vestida de forma adequada para a festa — censurou Maxie, e riu abertamente, entornando mais champanhe. — Com toda aquela grana que extorquiu de nós, era de esperar que tivesse condições de comprar uma roupa mais chique. Mesmo assim, a festa está bombando, não acham?

— Ela não planejou estar aqui — explicou Eve.

— Pois é, você não conhece aquele ditado sobre os planos que as pessoas fazem? — Maxie deu uma cotovelada carinhosa em Eve, para animá-la. — Solte a franga e divirta-se! Afinal, estamos todas em família.

— Minha família não está aqui. — Eve olhou pelo vidro, analisou os olhos das meninas e não pareceu tão certa disso. — Tenho muito trabalho pela frente.

— Você é quem sabe. No meu caso, vou agitar um pouco mais a festa. — Maxie pegou a garrafa pelo gargalo com as duas mãos e, soltando uma gargalhada selvagem, quebrou-a contra a cabeça já destroçada de Trudy.

Eve pulou e a afastou do corpo com um empurrão, mas as outras pularam em cima dela. Eve foi atropelada, chutada e quase pisoteada quando as convidadas partiram para clma da morta como cães selvagens.

Eve engatinhou para fora da multidão, lutando muito para se colocar em pé. E viu as crianças atrás do vidro. Todas aplaudiam a cena.

Vindo por trás, Eve notou uma sombra com o formato do seu pai.

Eu não lhe disse, garotinha? Eu avisei que eles iriam jogar você num fosso cheio de aranhas.

— Não! — Eve se encolheu toda e depois se debateu quando alguém a pegou no colo.

— Calma! — murmurou Roarke. — Peguei você.

— Quê? O que foi? — Com o coração aos pulos, ela se debateu mais um pouco e acordou nos braços de Roarke. — O que aconteceu?

— Você adormeceu na mesa, enquanto trabalhava. Não é de espantar, já que são quase duas da manhã. E estava tendo um pesadelo.

— Não foi um... — Eve levou um momento para se recompor e firmar. — Não foi um pesadelo, na verdade. Foi só esquisito, um sonho estranho. Posso andar, numa boa.

— Prefiro carregá-la nos braços. — Com Eve no colo, Roarke entrou no elevador. — Devíamos ter ido para a cama mais cedo, mas eu também me esqueci da hora enquanto trabalhava.

— Estou com a mente enevoada. — Ela esfregou o rosto, mas não conseguiu afastar a fadiga. — Conseguiu alguma coisa?

— Ora, que pergunta! Três contas, até agora. Suspeito que existam outras. Feeney poderá assumir a tarefa de manhã. Tenho coisas minhas para resolver.

— Quais as contas que...

— De manhã trataremos disso. Já está quase amanhecendo, mesmo. — Ele saiu do elevador e a levou direto para a cama.

Quando começou a arrancar as calças dela pelas pernas, Eve deu alguns tapas para afastar as mãos dele.

— Pode deixar que eu consigo fazer isso sozinha. Não quero que você tenha nenhuma ideia.

— Até eu tenho limites, querida, por mais que eles sejam elásticos.

Mesmo assim, quando ele se enfiou na cama ao lado dela, puxou-a para junto de si.

Eve começou a atazaná-lo, insistindo para que ele lhe repassasse alguns dados. Pegou no sono sem querer e, quando deu por si, já tinha amanhecido.

Roarke tomava café na saleta de estar da suíte; o telão estava dividido ao meio, com o noticiário da manhã dividindo o espaço com as cotações do mercado financeiro. Naquele momento, Eve não dava a mínima importância para nenhum dos dois. Assim, grunhiu alguma coisa à guisa de bom-dia e se arrastou até o banheiro.

Ao sair, sentiu no ar o cheiro de bacon.

Havia dois pratos sobre a mesa. Eve sabia qual era o jogo de Roarke. Ele só lhe informaria os dados que havia descoberto *se* e *quando* ela comesse. Para adiantar o expediente, ela se jogou na cadeira diante dele e se serviu de café.

— E então?

— Bom-dia para você também, querida. Embora eu duvide disso, porque temos previsão de granizo fino que possivelmente se transformará em neve até o meio da manhã.

— A diversão nunca acaba. As contas, Roarke!

Ele apontou um dedo de censura para o gato, que tentava xeretar a comida. Galahad parou e começou a coçar as orelhas.

— As contas que a advogada da Califórnia lhe informou foram fechadas. A época do encerramento bate com os depósitos feitos. Encontrei outras contas fora do país e fora do planeta. Numeradas, é claro, mas usei minhas artimanhas para descobrir os nomes ocultos dos clientes: Roberta True e Robin Lombardi.

— Nem um pouco criativa.

— Acho que criatividade não era seu ponto forte. Ganância, certamente era. Trudy tinha cerca de um milhão de dólares em cada conta. Rastreando os depósitos antigos, identifiquei as transferências feitas pela advogada. Achei também valores de mais de cem mil dólares vindos de uma conta em nome de Thom e Carly Tween.

— Ah, bem que eu percebi que ela também tinha sido extorquida.

— Uma bolada também veio de uma tal de Marlee Peoples.

— Peoples... É a pediatra de Chicago. Não consegui entrar em contato com ela ontem.

— Há várias outras. Preparei uma lista. Os depósitos que rastreei tiveram início uns dez anos atrás.

— Mais ou menos a época em que ela perdeu o status de mãe adotiva profissional. Quando a pessoa tem um filho na faculdade, consegue manter o status até o filho fazer vinte e quatro anos.

— Esse foi um jeito cômodo de compensar a perda de renda.

— Mesmo assim, ela não conseguiu comprar um vestido bonito para a festa.

— Como disse?

— Um sonho idiota que eu tive. — Eve balançou a cabeça. — Ou talvez não tão idiota. Que diabo ela fazia com o próprio dinheiro, afinal? Veio a Nova York e ficou num hotel barato?

Roarke pegou um pedaço de bacon com o garfo e o entregou a Eve, explicando:

— Para algumas pessoas, tudo é uma questão de ter, de acumular dinheiro. O que pode ser comprado com ele não importa.

Já que o garfo estava em sua mão, Eve provou o bacon.

— Bem, Morris me disse que ela se submeteu a um bom trabalho de restauração estética facial e corporal, então gastou muita grana em cirurgias plásticas. A nora declarou que Trudy deixou suas melhores joias em casa, então ela também gastou dinheiro nisso. Coisas pessoais — refletiu Eve. — Aparência. Isso combina com ela. E pode ser que tenha feito investimentos em alguma área. Bobby trabalha com imóveis. Pode ter comprado propriedades. Um lugar para onde pudesse mudar quando se aposentasse, depois de chupar todo o sangue das jovens que abrigou no passado.

— Isso importa?

— Não sei. Quanto dinheiro Trudy tinha e quem sabia disso? Pode ser importante, sim. — Eve comeu mais um pouco, enquanto pensava. — Não consegui achar nada que possa incriminar Bobby ou sua esposa. Vasculhei os dados financeiros, médicos, os registros de formação profissional e o histórico criminal deles. No entanto, se um dos dois, ou ambos, sabiam que Trudy tinha um pé-de-meia no valor de dois milhões de dólares e resolveram duplicar essa quantia matando-a justamente com um pé de meia cheio de fichas de crédito, tudo faz sentido.

Eve brincou com a ironia e com a possibilidade daquilo, por um momento.

— Se pudermos congelar as contas e provar que o dinheiro foi obtido por meios ilegais, talvez o assassino siga os passos de Trudy e vire chantagista. Certamente ficaria revoltado. Por fim, se conseguíssemos atravessar os labirintos da burocracia, poderíamos até mesmo devolver o dinheiro para as pessoas que o perderam.

— Justiça para todos!

— Num mundo perfeito, sim, mas o nosso está longe da perfeição. De qualquer forma, esse é um ângulo a seguir. Se o dinheiro foi o motivo do crime, removê-lo subitamente pode agitar um pouco as coisas.

Com surpresa, Eve notou que tinha terminado o café da manhã e se levantou.

— Vou me vestir e começar a trabalhar. Talvez este seja um bom momento para baixar o nível de segurança sobre Bobby e Zana. Vou fazê-los pensar que lhes devolvi a liberdade total. Preciso de uma isca, e é isso que eles vão ser.

Ela foi para o closet e, lembrando-se do que Roarke lhe dissera sobre granizo fino e neve, dirigiu-se para a cômoda e pegou uma suéter grossa.

— Hoje é dia 23, certo?

— Isso mesmo. Só mais dois dias de compras, antes do Natal.

— Faz sentido soltar um pouco a corda deles. Temos menos gente de serviço, tão perto assim do grande dia, e certo casal de turistas preso num quarto de hotel vai começar a reclamar da reclusão. Vamos lhes dar um pouco de liberdade para ver o que acontece.

N a Central, Eve montou uma reunião rápida em uma das salas de conferência. Convocou o detetive Baxter e o policial Trueheart, bem como Feeney, Peabody e McNab.

Depois de um resumo da situação, começou a distribuir missões para cada um.

— Feeney, você continuará a seguir o dinheiro. Sei que essa não é sua prioridade máxima, mas use os ajudantes e as horas extras que forem necessários.

— As coisas estão meio desconjuntadas. Vou perder muitos dos meus rapazes ao longo dos próximos dias, incluindo este aqui. — Entortou o polegar e apontou para McNab. — Não vejo motivos para não explorá-los ao máximo, enquanto tiver chance.

— Obrigada, Feeney. Vou precisar de dois grampos eletrônicos — avisou Eve. — Minúsculos e discretos. Vou solicitar uma autorização judicial para instalá-los nas duas testemunhas que estão sob nossa custódia.

— Uma autorização? — Ele coçou os cabelos cor de gengibre, sempre em desalinho. — Você acha que o casal não daria permissão de forma voluntária?

— Não pretendo perguntar. Portanto, preciso de alguma coisa que eles possam usar sem ter conhecimento disso. Se houver algo em sua caixinha de surpresas que me dê áudio, não vou reclamar.

— Complicado. — Considerando o pedido, ele coçou o queixo. — Para conseguir autorização para isso geralmente é preciso apresentar evidências que os apontem como suspeitos, ou então ter autorização e cooperação prévias.

Eve já pensara em como se desviar das dificuldades.

— Na opinião da investigadora principal do caso, as duas testemunhas estão sob muita pressão e estresse. O objetivo dos grampos é a própria segurança deles, já que a esposa sofreu um suposto rapto.

— Suposto?! — exclamou Peabody.

— Só temos a palavra dela sobre o que aconteceu. Estamos numa corda bamba com esses dois. Ambos podem ser vítimas ou suspeitos. Grampos são meu método de manter o equilíbrio. Sei que vou ter de rebolar para conseguir a autorização, e pedirei a Mira que me dê apoio, se for necessário. Colocamos os grampos neles e abrimos a jaula.

Virou-se para Baxter e prosseguiu:

— É nesse ponto que você e seu parceiro entram em cena. Quero vocês dois na rua, à paisana, na cola deles. Quero saber para onde eles vão e como estão.

— Você vai nos jogar para trabalhar na rua em plena véspera de Natal? — Baxter parecia contrariado, mas sorria. — Desculpe, mas alguém tinha de reclamar.

— Sim, só podem ser vocês dois. Se eles se separarem, vocês também se separam. Mantenham contato um com o outro

Recordação Mortal

e comigo. O risco é baixo, mas não quero mancadas. Pode ser que alguém os procure, mas é pouco provável que se machuquem. A probabilidade é de cerca de vinte por cento. Vamos baixá-la para zero sem perder o foco.

— Tenente? — Como de hábito, Trueheart ergueu a mão. Já não era tão novato na equipe, pois Baxter o treinava havia vários meses. Mesmo assim, um pouco de rubor lhe alcançou o rosto sob o colarinho da farda, quando Eve se virou para ele.

— Se alguém os abordar, devemos agir para protegê-los?

— Vocês devem observar e decidir por conta própria. Não quero que persigam alguém para depois perder o rastro do suspeito no meio da multidão. Peguem-no só se estiverem perto o bastante para fazer isso sem risco. Caso contrário, sigam-no e me informem as coordenadas. Pelas evidências que temos até o momento, a vítima era o alvo específico. Há pouco risco para a população e devemos deixar as coisas desse jeito.

Apontou para o quadro e para a foto de Trudy.

— De qualquer modo, ele fez aquilo. Portanto, estamos lidando com alguém que pode e não hesitará em matar se estiver motivado. Quero todos em casa para o Natal.

Ela segurou Peabody na sala por mais alguns instantes, depois que os outros saíram.

— Vou procurar Mira para conversar sobre isso e pedir seu apoio para a autorização. Tenho os nomes de todas as jovens a quem Trudy deu abrigo. As que ainda não me retornaram o contato estão marcadas. Veja se consegue achá-las. Antes, porém, quero que você entre em contato com Carly Tween, que está na lista. Ela não quis falar comigo. Está no oitavo mês de gravidez, pareceu-me apavorada e mal-humorada. Use seu jeitinho suave. Se conseguir descobrir o paradeiro do marido dela na hora do assassinato, melhor ainda.

— Ela tem pai ou irmãos?

— Merda. — Eve coçou a nuca. — Não lembro. Pai é pouco provável, já que ela foi morar com uma família adotiva, mas pesquise antes.

— Fui! Boa sorte com a autorização.

Para choque e surpresa de Eve, a assistente de Mira não se jogou na frente da porta da psiquiatra assim que a viu chegar. Em vez disso, ligou para a médica pelo *tele-link* interno, recebeu o OK e mandou Eve entrar.

— Feliz Natal, tenente, caso eu não torne a vê-la até lá.

— Ahn... Obrigada. O mesmo para você.

Ela olhou para trás mais uma vez, ainda mais perplexa ao ouvir o dragão que cuidava dos portões do castelo entoar "Jingle Bells", alegremente.

— É melhor mandar examinar a cabeça da sua assistente, doutora — avisou Eve, olhando para Mira assim que fechou a porta. — Ela ficou simpática de repente e está lá fora, cantando.

— As festas de fim de ano fazem isso com as pessoas. Pedi a ela que a deixasse entrar a qualquer hora, a não ser que eu estivesse atendendo alguém. É importante eu me manter ligada, não só pelo progresso da investigação, mas também pelo seu estado emocional.

— Estou bem. Estou ótima. Preciso apenas...

— Sente-se, Eve.

Quando Mira seguiu para o AutoChef, Eve girou os olhos de impaciência, nas costas da médica. Mesmo assim se sentou, largando o corpo numa das lindas e aconchegantes poltronas azuis.

— Estou tropeçando em um problema atrás do outro e entrando em vários becos sem saída, doutora, e resolvi relaxar o cerco. Quero uma..

— Tome um pouco de chá.

— Olhe, eu não tenho muito tempo para...

— Eu sei, mas faça a minha vontade. Dá para ver que você não anda dormindo muito bem. Tem tido pesadelos?

— Não. Isto é, não exatamente. Trabalhei até muito tarde, ontem. — Eve aceitou o chá, pois não tinha escolha. — Cochilei por alguns minutos e tive um sonho estranho, mas nada de importante.

— Conte-me, mesmo assim.

Ela não tinha ido ali para uma sessão psicoterápica, droga! Mas sabia que discutir com Mira em seu território era como bater com a cabeça numa rocha.

Eve descreveu o sonho e encolheu os ombros.

— Foi só esquisito, doutora. Eu não me senti ameaçada ou sem controle da situação.

— Nem quando as outras mulheres a atropelaram?

— Não, isso só me provocou revolta.

— Você viu a si mesma quando menina, do outro lado do vidro?

— Sim. Comia um sanduíche. Acho que era de presunto com queijo.

— E, no fim, seu pai apareceu.

— Ele está sempre lá, não consigo evitar. Escute, já entendi tudo. Ele está sempre de um lado, a menina do outro e eu no meio. Naquela época e agora. Estou espremida entre ambos, mas tudo bem. Pelo menos dessa vez ninguém tentou me matar.

— Realmente se achou tão diferente assim? Sentiu toda essa distância entre você e as outras mulheres?

— Eu sempre me sinto diferente da maioria das mulheres que conheço. Nunca entendi como é que consigo me tornar amiga delas, pois na maior parte do tempo todas me parecem uma espécie estranha. Tudo bem que eu me identifiquei com Maxie, sabia de onde ela vinha e por que se sentia daquele jeito, pelo menos no início. Afinal, alguém que a sacaneou muito morreu. Eu não me sinto do mesmo jeito. Não tenho vontade de abrir uma champanhe para comemorar. Aliás, se eu quisesse que todas as pessoas que me desagradam estivessem mortas, essa cidade enfrentaria um banho de sangue.

"Não a culpo, mas não concordo com ela. A morte nunca é uma resposta, apenas um fim. E assassinato é crime. Isso faz com que Trudy, quer eu goste dela ou não, se torne responsabilidade minha. Quem a matou terá de pagar por isso."

Eve hesitou por um momento, mas decidiu encerrar o assunto colocando para fora tudo que lhe passou pela cabeça.

— Eu gostaria de ter tido a oportunidade de dizer a Trudy tudo que tinha planejado e encará-la de frente. Mais que isso: gostaria que estivesse viva para eu ajudar a prendê-la por oprimir aquelas jovens todos esses anos, além de lhes roubar o dinheiro e a paz de espírito.

— Mas não pode mais fazer isso.

— Não. A vida é cheia de desapontamentos.

— Que pensamento feliz! — brincou Mira.

— Tem outro ainda mais feliz: Trudy não pode tirar de mim o que eu consegui na vida. Sei disso, mas ela não sabia. Achou que poderia me colocar sob sua autoridade e me usar. É claro que jamais conseguiria. Ajuda muito saber disso. Parte do que ela não poderia tomar de mim é o que eu sou hoje. Sou a tira que vai elucidar este caso. Pronto!

— Muito bem. O que precisa de mim?

Eve contou a Mira seus planos para tentar a autorização judicial.

Mira tomou o chá lentamente. Pela sua expressão, porém, Eve percebeu que estava longe de ser convencida.

— Esse é um limite questionável, Eve.

Recordação Mortal

— Vou congelar as contas. O fluxo do dinheiro será cortado. Ninguém poderá chegar ao casal no hotel. Mais cedo ou mais tarde eu terei de liberá-los. Talvez o assassino espere que eu faça isso para pegá-los no Texas. Pode ser que vá atrás de um deles lá, onde não terão mais proteção. No momento, não existe motivo algum para atacá-los. Uma aproximação é possível, mas não um ataque. Não se o dinheiro for a raiz de tudo.

— O que mais poderia ser?

— Vingança, talvez. Mas estou entrando em becos sem saída. O fato é que Trudy conseguiu deixar pau da vida um monte de gente que não conhecemos. Provavelmente fez isso. Mas o rapto de Zana não me apontou para o dinheiro, e é daqui que devemos começar.

— Posso apoiá-la no pedido, Eve, pois concordo que o risco físico deles é pequeno. Além do mais, podemos argumentar que o estado emocional do casal está prejudicado pelo fato de os dois estarem presos num quarto de hotel, sob guarda armada. Um retorno à vida normal poderá beneficiá-los nesse momento, e também ajudará na investigação.

— Isso será o bastante. Vou providenciar o pedido. — Eve se levantou. — Peabody e McNab vão para a Escócia amanhã.

— Escócia? Ah, a família dele, é claro. Eles devem estar muito empolgados.

— Peabody está com os nervos à flor da pele por causa dessa viagem, conhecer a família dele e tudo o mais. Se não acontecer nada hoje, tudo vai esfriar durante o Natal. No momento, essa é minha melhor chance de manter tudo aquecido.

— Então eu lhe desejo sorte. E se não voltarmos a nos encontrar, tenham um Natal maravilhoso, você e Roarke.

— Sim, obrigada. Ainda tenho de cuidar de umas coisinhas, com relação a isso.

— Ah, comprinhas de última hora.

— Não exatamente.

Eve foi em direção à porta, mas se virou antes de chegar lá e analisou a médica. Mira usava um terninho em tom de vermelho-ferrugem e sapatos na mesma cor. Do pescoço lhe pendia uma corrente de ouro larga, mas curta, com pedrinhas incrustadas multicores em formato triangular. Seus brincos eram grandes triângulos de ouro maciço.

— Mais alguma coisa?

— Só uma coisa que me passou pela cabeça — disse Eve. — Quanto tempo e planejamento foram necessários para a senhora se empetecar toda agora de manhã?

— Para me empetecar? — Mira olhou para si mesma.

— Sabe como é... Escolher a roupa e os complementos, arrumar o cabelo e a maquiagem, tudo junto para ficar com essa aparência perfeita.

— Não estou muito certa de isso ser um elogio, mas tudo bem. Levei quase uma hora. Por quê?

— Só curiosidade.

— Espere! — Mira ergueu a mão antes de Eve abrir a porta. — E você, quanto tempo levou?

— Eu? Sei lá... Menos de dez minutos.

— Saia imediatamente da minha sala! — ordenou Mira, dando uma risada.

E ve caprichou no pedido da autorização. Gastou mais de uma hora e teve de sapatear lindamente para o juiz. No fim, porém, conseguiu o que queria.

Recebeu o aviso de que deveria considerar aquilo como um presente de Natal.

Satisfeita, foi dali direto para a sala de ocorrências.

Recordação Mortal 299

— Prepare-se! — avisou a Baxter. — Vá chamar seu garoto. Quero vocês dois posicionados na frente do hotel em meia hora.

— Vai nevar. Você sabia que a previsão para hoje é de neve?

— Usem botas de neve, então.

Ignorando as reclamações dele, Eve foi até a mesa de Peabody, que a enxotou com a mão, enquanto dizia:

— Estou entendendo, Carly.

Peabody usava fones e falava baixinho.

— A única coisa com a qual você deve se preocupar agora é a sua família. Deve se preparar com tranquilidade para receber mais um bebê lindo e saudável. Foi uma grande ajuda você ter cooperado conosco. Agora eu quero que tire isso da cabeça e curta muito as festas de fim de ano.

Ouviu por mais um momento e sorriu.

— Obrigada. Entraremos em contato quando conseguirmos mais alguma informação. Feliz Natal para você e para a sua linda família.

Peabody arrancou o fone do ouvido e fez uma cena exagerada, polindo as unhas na blusa e analisando-as com ar de vitória.

— Sou muito boa — gabou-se.

— Pelo menos se refreou, antes de lhe enviar um presente? Meu Jesus! O que conseguiu descobrir?

— O marido está fora do rolo. Esteve com ela no sábado, no hospital. Carly teve contrações e falso alarme de parto iminente. Eles passaram várias horas lá. Rodei uma busca secundária enquanto conversava com ela pelo *tele-link* e a informação confere. Não há irmãos nem pai. Foi filha única. Puxa, Dallas, ela passou por maus bocados na vida.

— Converse enquanto caminha. Estamos esperando a autorização para os grampos, que está para sair a qualquer momento. Quero cair dentro. Vamos ver o brinquedinho eletrônico que Feeney nos preparou.

— A mãe era viciada. Consumiu drogas durante toda a gravidez, então Carly já nasceu viciada também. Passou de mão em mão, de casa em casa, por vários parentes, mas representava trabalho demais para eles, muita despesa, muita aporrinhação.

Entraram em uma passarela aérea, abençoadamente vazia, já que as festas de fim de ano faziam com que todo mundo arranjasse um jeito de cair fora.

— Ela entrou nas mãos da assistência social do governo por essa época. Seus problemas físicos foram tratados, mas foi difícil eles lhe arrumarem um lar adotivo. Era esquelética e podia ter sequelas e complicações físicas. A mãe também se tratou. Supostamente. Pelo menos, teve condições de ir aos tribunais para conseguir retomar a guarda da filha. Por essa época, a mãe voltou a se viciar e aplicar pequenos golpes. A menina tinha dez anos e uma vida péssima. A mãe pirou mais uma vez, mas antes disso usou a menina para vender um pouco de pornô infantil na internet. Foi nesse ponto que ela voltou para o sistema e acabou na casa de Trudy.

— Que tornou as coisas ainda piores.

— Nem fale! A megera a obrigava a tomar banho gelado todas as noites. Entre outros tormentos. A menina reclamou muito, colocou a boca no trombone, mas ninguém acreditou. Não havia nenhuma marca roxa nela. Nenhum sinal visível de abuso, e os assistentes sociais consideraram tudo que ela contava delírios provocados por suas dificuldades prévias. Até que ela tentou o suicídio. Cortou os pulsos com uma faca de cozinha.

— Ah, mas que inferno! — reagiu Eve, comovida, parando um instante para respirar fundo.

— Carly me contou que foi Bobby quem a socorreu e chamou uma ambulância. Quando ela acordou no hospital, os encarregados lhe contaram que ela atacara sua mãe adotiva. Carly jurou que isso era uma mentira deslavada, mas Trudy estava cheia de arranhões superficiais de faca nos dois braços.

— A vaca tinha ferido a si mesma.

— Concordo. Mas Carly mergulhou no sistema novamente. Dessa vez, porém, ficou em escolas públicas até chegar à maioridade.

"Conseguiu dar uma virada espetacular na própria vida, Dallas, isso é admirável. Reinventou-se a ponto de chegar à faculdade e se formar professora do Ensino Fundamental, e conseguiu várias bolsas de estudo depois. Estabeleceu-se em Iowa e me disse que tudo o que queria da vida era esquecer o passado, fechar essa porta. Conheceu o marido há cinco anos e se casaram logo depois."

— Mas logo Trudy voltou.

— Os pais das crianças da escola poderiam não apreciar a ideia de ter alguém com o histórico de Carly ensinando seus filhinhos. Foi assim que Trudy colocou o problema. Se Carly queria manter essa Caixa de Pandora fechada, isso teria um custo. Eles não eram um casal com muita grana, mas Carly ficou apavorada. Ela e o marido pagaram a Trudy. Quando eu disse a ela que tentaríamos recuperar esse dinheiro, ela chorou.

— Quanto Trudy extorquiu dela?

— Ao longo de vários anos, cento e cinquenta mil dólares.

Havia uma conta que Roarke abrira em nome de Eve quando eles se casaram. Ela nunca tinha tocado nesse dinheiro, e planejava jamais fazê-lo. Pela primeira vez, porém, pensou diferente. Se a justiça não cuidasse dos direitos de Carly com relação à devolução desse dinheiro, Eve o faria.

Ao chegar à DDE, Eve analisou cuidadosamente os grampos que Feeney exibiu. Eram finos, mas muito maiores do que ela esperava, quase do tamanho de um polegar.

— Como é que eu vou pregar isso naqueles dois sem que eles saibam?

— Ora, essa é a sua parte do show — disse Feeney, com uma das suas caretas irritadas. — Você queria áudio, não queria? Se tivesse aceitado apenas um localizador, eu lhe teria conseguido algo do tamanho de um fiapo de algodão.

— É, mas eu faço questão do som. Pode deixar que eu me ajeito.

— De nada — resmungou Feeney.

— Desculpe, desculpe. Nossa, Feeney. Você é o gênio supremo da eletrônica. Agradeço muitíssimo por ter me conseguido isso. Sei o quanto você anda atolado de trabalho e...

— Pelo menos foi alguma coisa para me distrair — afirmou ele, acenando com a cabeça para a porta de sua sala, por onde sons de música alta e vozes ainda mais altas entravam.

— Estão dando uma festa. Coisa rápida, disseram. Eu lhes dei uma hora para relaxar um pouco, fazer a comemoração do amigo oculto e todas essas merdas. Todo mundo que não está de prontidão vai sumir nos próximos dois dias.

— Os tiras deviam saber que o crime não tira férias.

— Pois é... Estou com alguns rapazes de plantão. Virei aqui amanhã só para supervisionar as coisas. Minha mulher resolveu fazer um belo jantar de Natal e até parece que vai servir a realeza britânica. Já me avisou que vou ter de me vestir para comer.

— Como assim? Geralmente vocês jantam pelados?

— Ela quer roupa fina, Dallas. Traje formal, uma merda dessas. — Seu rosto de cão cansado despencou um pouco mais. — Teve essa ideia maluca por sua causa.

— Minha causa? Eu?! — Um ar de insulto e medo invadiu a voz de Eve. — Não venha me culpar por suas maluquices conjugais.

— Foi a festa em sua casa a responsável por isso. Todos bem-arrumados e cintilantes. Agora ela quer todo mundo elegante à mesa. Vou ter de vestir terno em minha própria casa, para me sentar à mesa. É mole?

Sentindo uma pontada de culpa, Eve passou as mãos pelos cabelos e se esforçou para ter uma ideia brilhante.

— Já sei! Você pode cagar o terno de molho logo na primeira garfada.

— Eu sabia que valia a pena manter você sempre por perto. — Os olhos dele se acenderam de alegria. — O molho de minha mulher é letal. Se eu derramar aquele troço no terno ele vai corroer até o forro. Por falar nisso, Feliz Natal, garota.

— O mesmo para você.

Eve pegou os grampos e teve de dar um tapinha na bochecha ao sentir o músculo repuxar. Bem na sua linha de visão, Peabody e McNab estavam travados num beijo meloso daqueles de desentupir pia; seus quadris se moviam juntos, usando a música de fundo como desculpa para uma sacanagem vertical.

— Parem! Acabem com a putaria, ou vou trancar os dois em celas separadas por atentado ao pudor.

Eve foi até eles. Quando Peabody se separou de McNab, bufava pesadamente e mal respirava. Eve sabia que sua falta de fôlego não tinha sido provocada pela dancinha sensual.

— Estávamos só...

— Calada! — avisou Eve. — Não diga nada. Vamos ao hotel. Quero instalar esses grampos e conversar com o casalzinho. Você vai verificar os bancos da lista que eu lhe dei. Mostre a foto de Trudy para eles. Veja se alguém se lembra de ela aparecer na quinta ou sexta-feira, pedindo para trocar dinheiro vivo por uma sacola de fichas de crédito.

— Para onde eu devo ir depois?

— Eu ligo e lhe informo.

Eve largou Peabody perto dos bancos e seguiu para o hotel. Ao ver a responsável pela segurança do local, foi até ela.

— Vou dispensar o guarda que está na porta do quarto. Pelo menos quero que pareça isso. Posso transferi-lo para uma das salas da segurança, para ele ter acesso à câmera do quinto andar?

— Sim, isso pode ser arranjado.

— Não quero informar os Lombards disso.

— Tudo bem. Mande seu guarda me procurar quando ele sair do posto.

— Obrigada. — Eve foi até o elevador, repassando passo a passo o que ia fazer, enquanto subia.

Depois de dar as novas ordens ao guarda, bateu na porta.

Bobby atendeu perguntando:

— Você tem novidades?

— Fizemos alguns progressos. Mas não tenho nada de concreto para lhe contar, no momento. Posso entrar?

— Claro, claro. Desculpe. Zana está no chuveiro. Acabamos de acordar. Não há muito para se fazer por aqui.

— Quero conversar com vocês a respeito disso — começou Eve. — Por que não vai lá dentro avisar Zana de que estou aqui?

— Tudo bem. Volto em instantes.

— Não há pressa.

No minuto em que ele entrou no quarto, Eve correu para o closet que ficava junto da porta. O jeito arrumado da suíte a fez perceber que aquelas eram pessoas que guardavam as coisas em seus devidos lugares. Eve encontrou os casacos no local em que esperava.

Pegou os dois grampos, colocou-os sob a gola de cada um dos casacos, fixou-os bem e os ligou. Havia duas outras jaquetas leves no closet, reparou.

Estava muito frio, refletiu. Eles eram do Texas. Certamente usariam os casacos.

Olhou para a porta do quarto.

— Feeney, se você estiver me ouvindo, mande um sinal para meu comunicador.

Quando ouviu o bipe, fechou a porta do closet e voltou para o saguão. Momentos depois, Bobby voltou.

— Ela ficará pronta num minuto.

— Imagino que vocês dois devem estar inquietos, presos no hotel.

— É, um pouco. — Ele sorriu de leve. — Consigo trabalhar daqui. Também adiantei algumas coisas para o funeral de minha mãe. Zana tem sido fantástica, não sei o que faria sem seu apoio. Na verdade, não sei como conseguia me arranjar antes de Zana aparecer em minha vida. Este será um Natal terrível para ela. Pensei em pedir uma pequena árvore enfeitada ou algo assim, para alegrá-la.

— Vou liberar vocês para sair, se desejarem.

— Podemos ir para a rua? — Ele olhou para a janela como se houvesse barras de ferro ali. — Sério? Você acha que será seguro, depois de tudo que aconteceu?

— Creio que a possibilidade de vocês serem abordados ou interpelados por alguém, ainda mais caminhando juntos, é muito pequena. Na verdade, Bobby, não posso manter vocês dois trancados num quarto de hotel como testemunhas materiais sem terem testemunhado nada, para início de conversa. É claro que, se vocês pensarem ou se lembrarem de alguma coisa mais, isso poderá me ajudar.

— Já pensei e repensei. Não consigo nem dormir direito desde... Desde que tudo aconteceu. Não compreendo o porquê de minha mãe ter vindo procurá-la por dinheiro. Ela está, isto é, estava muito bem-arrumada na vida. E eu vou bem nos negócios. Ótimo, para ser franco, e agora ainda melhor, pois fechamos uma grande venda. Alguém deve tê-la incentivado a fazer isso, mas não imagino quem possa ter sido. Nem sei por que motivo.

— Saia um pouco, passeie pela cidade, se distraia. Talvez algo lhe venha à cabeça. — Se isso não acontecesse, pensou Eve, ela teria de levá-los oficialmente para interrogatório, colocá-los frente a frente com os fatos de forma dura, para ver o que conseguiria arrancar deles.

— Nós poderíamos... — Ele parou de falar quando Zana apareceu.

Vestia uma suéter branca e calça xadrez miúdo em castanho e branco. Eve notou que ela tinha conseguido tempo para passar um pouco de tintura labial e *blush*.

— Desculpe tê-la feito esperar. Acordamos um pouco tarde, hoje.

— Não importa. Como você está se sentindo?

— Vou indo. Tudo começa a me parecer um sonho estranho e distante.

— Eve veio nos dizer que poderemos sair um pouco — contou Bobby.

— Sério? Mas... — Do mesmo modo que Bobby, Zana olhou para a janela e mordeu o lábio inferior. — E se... Ele pode estar nos vigiando.

—Estarei com você, meu amor. — Bobby foi até ela e a enlaçou com o braço, num gesto protetor. — Vamos sair e comprar uma pequena árvore de Natal. Quem sabe conseguiremos ver neve de verdade.

— Eu adoraria isso, se você tem certeza de que ficaremos bem. — Olhou para Eve. — Acho que nós dois estamos um pouco apavorados.

— Levem o *tele-link* — aconselhou Eve. — Prometo ligar para vocês de vez em quando, para saber se está tudo bem. — Seguiu em direção à porta e parou. — Está muito frio. É melhor se agasalharem bem, se quiserem passear por aí.

Ao sair no corredor, a caminho do elevador, pegou o comunicador mais uma vez.

— Peabody! Onde você está?

— Dois quarteirões a oeste de você. Consegui o que procurávamos na primeira parada.

— Encontre-me na porta do hotel.

— Vamos em frente com a operação?

— Positivo — garantiu Eve, e ligou para Baxter em seguida.

— Está tudo pronto. Você já deve estar recebendo os sinais.

— Afirmativo.

— Dê um pouco de espaço para eles. Vamos ver como os dois passam o dia.

Na rua, Eve olhou em torno. Se o assassino de Trudy tinha conseguido descobrir a nova localização deles — e isso era bem possível —, que local escolheria para ficar de tocaia? Sempre havia lugares inesperados. Um restaurante, outro quarto de hotel, até mesmo a rua, pelo menos por algum tempo.

Mas as possibilidades disso eram escassas. Rastreá-los até o novo hotel teria sido complicado e trabalhoso. Seria necessário muita habilidade, inteligência e sorte. Além do mais, encontrar um ponto privilegiado para vigiar o casal por vários dias exigiria muita paciência.

Tudo isso para quê? Dinheiro, se fosse esse o objetivo, só seria conseguido se Eve tivesse aceitado a chantagem. Seria mais esperto e mais simples tentar a rota da chantagem direta.

Seria mais inteligente e mais fácil tentar arrancar dinheiro dela, em vez de assustar a nora da vítima.

Eve ficou encostada na viatura à espera de Peabody. Se obter dinheiro era o motivo principal do crime, por que o assassino desistiu de receber seu ganho?

Peabody surgiu andando com rapidez, as bochechas rosadas do frio e da caminhada.

— E se o dinheiro for só um disfarce? — quis saber Eve.

— Como assim?

— Disfarce, Peabody. Estou voltando à ideia de que é vingança, em vez de busca por recompensa. Tudo se encaixa melhor. Se for uma simples busca por recompensa, por que esperar até ela vir para Nova York, à minha procura? Por que arrebentar a cabeça da vítima depois de ela ter feito contato comigo? Não seria mais lógico esperar para ver se o dinheiro realmente iria pintar? Ou matá-la quando voltasse para casa, quando seria mais fácil fazer o crime parecer um acidente?

— Talvez o assassino more aqui em Nova York. Talvez ela estivesse extorquindo dinheiro de duas pessoas ao mesmo tempo.

— Pode ser. Mas até agora não encontrei nenhum nova-iorquino no histórico de Trudy. Se o crime foi por impulso, por que ficar na área, tentando ameaçar Zana em busca de um dinheiro que ela não tem?

— Porque agora o assassino ficou mais ganancioso?

— Sim, ganância é sempre um bom motivo. — Mas Eve não estava convencida.

Entrou no carro. Não queria ficar ali de bobeira, pois os Lombards sairiam do hotel a qualquer momento.

— O que descobriu? — perguntou a Peabody.

— National Bank, a um quarteirão da butique. Um dos caixas reconheceu a foto logo de cara. Trudy entrou na agência na sexta-feira à tarde, minutos antes do encerramento. Trocou duzentos dólares em fichas de crédito no valor de um dólar cada. Foi curta e grossa, segundo o caixa. Queria tudo para ontem. Não pediu uma sacola, nem aceitou que as fichas lhe fossem entregues em pilhas. Simplesmente despejou tudo na bolsa. Mais uma coisa: o banco quer um mandado para entregar os discos de segurança.

— Então consiga um. Vamos amarrar todas as pontas soltas.

— Para onde vamos agora?

— De volta à cena do crime. Rodei um programa de reconstituição dos fatos no computador. Quero testar os resultados no local. — Pegou o seu grampo e o prendeu no painel da viatura. — Baxter e Trueheart podem vigiar o casal de perto, mas eu também quero ficar de olho nos dois.

— Eles ainda não saíram do quarto — observou Peabody.

— Mas farão isso.

Eve estacionou numa vaga elevada diante do West Side Hotel.

— Será que sobrou mais alguma coisa para ser comprada nesta cidade? — Ela saltou do carro e fez uma cara feia ao ver as multidões que continuavam lotando as ruas. — Do que mais esse povo ainda sente falta?

— Bem, falando por mim, eu gostaria de muitas e muitas coisas. Queria ganhar pilhas de caixas de presentes com imensos laços coloridos. Se McNab não me der algo com muito brilho, vou voar no pescoço dele. Talvez tenhamos neve ainda hoje — acrescentou, empinando o nariz e inspirando com força, como um cão farejador. — Sinto cheiro de neve no ar.

— Como é que você consegue sentir o cheiro de alguma coisa nessa cidade, a não ser fumaça e fedor?

— Tenho um nariz de primeira. Percebo o cheio de salsichas de soja na grelha das carrocinhas de cachorro-quente. Veja só, estão bem ali na esquina. Acho que vou sentir falta de passar o Natal aqui. Quer dizer, é claro que é empolgante, além de assustador, viajar até a Escócia, mas lá não é Nova York.

No saguão do hotel, o mesmo androide as recebeu no balcão.

— Oi! — acenou ele. — Quando é que vocês vão retirar o lacre daquele quarto?

— Quando a justiça for feita.

— O gerente está me atazanando. Temos reservas, casa cheia na próxima semana para o *réveillon*.

— Se ele estiver reclamando da cena do crime, que está isolada, diga-lhe para entrar em contato comigo. Vou dizer a ele o que fazer com o *réveillon*.

Verificando a leitura dos grampos enquanto subia, Eve disse, no comunicador:

— Eles saíram do quarto, Baxter. Foram para a rua.

— Já os pegamos no áudio. Planejam ir até a Quinta Avenida para ver vitrines e comprar uma árvore de Natal pequena para colocar sobre a mesinha de cabeceira.

— Sim, também consigo ouvi-los, mas vou desligar o áudio. Avise-me se pintar algo novo.

— Estão saindo na calçada. Meu jovem companheiro e eu vamos dar uma volta, também. Câmbio final.

Eve guardou o comunicador e usou sua chave mestra para quebrar o lacre. Uma mulher do outro lado do corredor entreabriu a porta.

— Vocês são da polícia?

— Sim, dona. — Eve exibiu o distintivo.

— Alguém me contou que uma mulher foi morta nesse quarto há poucos dias.

— Sim, houve um incidente, mas não há motivos para a senhora ficar preocupada.

— Para vocês é fácil dizer isso. Larry! Larry, bem que eu *disse* que tinha ocorrido um assassinato. Os tiras estão bem aqui. — Tornou a olhar para fora e avisou: — Ele foi buscar a filmadora. Queremos algo para mostrar às crianças, amanhã.

Larry exibia um sorriso ensolarado quando escancarou a porta, de câmera em punho.

— Olá! Será que a senhora poderia pousar a mão sobre a arma, enquanto mostra o distintivo? Faça cara de durona. As crianças vão adorar.

— Esse não é um bom momento para isso, Larry.

— Vai levar só um minuto. Vocês vão entrar agora? Ótimo! Posso fazer uma tomada rápida do interior? Ainda tem sangue no local?

— Ei, que idade você tem, doze anos? Baixe essa câmera e volte para o quarto antes que eu o prenda por ser idiota.

— Isso, muito bom! Continue a dizer coisas desse tipo.

— Jesus Cristo, de onde vieram essas pessoas, Peabody? Que buraco negro as vomitou na minha cara?

— Senhor, devo pedir que volte para dentro agora mesmo. Esta é uma investigação policial. — Peabody se colocou na frente da câmera, bloqueando a imagem de Eve, e avisou baixinho: — É melhor não deixar a tenente irritada, acredite em mim.

— Você pode me dizer seu nome? Tipo assim: "Sou a policial Smith, e ordeno que o senhor interrompa o que está fazendo imediatamente."

— Na verdade eu sou detetive, e o senhor deve realmente interromper o que está fazendo antes que...

Eve simplesmente deu um passo à frente e arrancou a câmera da mão dele.

— Ei!

— Se não quer que eu jogue esse troço no chão e pise com força, é melhor voltar para o quarto.

— Larry, dá um tempo — aconselhou a mulher, dando-lhe uma cotovelada e recolhendo a filmadora. — Pode deixar comigo, tenente.

— Mas eu gravei um material excelente — protestou Larry, quando a mulher o puxou para dentro. — É o tipo de cena que não tem preço. — A porta finalmente se fechou.

Eve olhou para trás. Sabia que Larry continuava gravando tudo pelo olho mágico. Quebrou o lacre do quarto 415 e fez um sinal com o polegar para Peabody, que manteve a porta aberta o suficiente apenas para a parceira passar, entrou logo atrás, fechou a porta e trancou-a por dentro.

— Babaca. — Eve olhou o ambiente e tirou da cabeça o incidente no corredor. — Ela entrou aqui na sexta-feira à noite, muito agitada. Tinha um novo plano. Resolveu seguir o padrão que já estabelecemos. Não se importa de machucar a si mesma ou destruir propriedade alheia, desde que isso incrimine alguém ou complique sua vida. É um ato de vingança. Comprou alguns mantimentos, vamos verificar nos mercados aqui perto, embora isso seja difícil de confirmar. Vinho, sopa, comida leve.

— Certamente planejava cuidar de si depois de se ferir. Deve ter comprado analgésicos fortes — acrescentou Peabody. — E calmantes.

— Se não trouxe nada disso na bagagem, sim. Vamos verificar isso também. Mas tomou uma bebida antes, pode ter certeza. Uma bela taça de vinho, talvez. Quem sabe um pouco de comida, enquanto planejava e pensava em tudo.

Eve caminhou pelo aposento imaginando a cena.

— Ligou para o assassino? Não sei, não sei. Por que ligaria? Esse é o plano *dela*, quem está no comando é *ela*. E está revoltada, realmente furiosa.

— Devia estar puta da vida para fazer isso consigo mesma.

— Imagina como a coisa vai acontecer, como isso vai mexer com Roarke e obrigá-lo a tomar uma atitude. Ele pensa que pode se livrar dela tão fácil? Vou lhe mostrar como a banda toca. Ela abre o pacote das meias com força e descarta uma delas no chão, ou numa das gavetas da cômoda. Enche a outra com as fichas de crédito e verifica o peso. Talvez tenha tomado um analgésico antes, para se antecipar à dor.

Eve foi até o banheiro.

— Foi aqui. Esse é o local mais adequado, para o caso de a dor fazê-la passar mal. Ninguém gosta de vomitar no tapete. Além do mais, quem é que vai limpar tudo, depois?

Eve se colocou diante da pia e olhou para o espelho.

Recordação Mortal

— Ela deu uma boa olhada. Pagou uma grana para ficar com a cara lisa e bonita. Mas tudo bem, tudo ótimo. Vai haver muito mais dinheiro. O que não pode acontecer é aquele filho da mãe escapar impune, depois de ameaçá-la daquele jeito. Ele não sabe com quem está lidando.

Eve ergueu o punho fechado, depressa; parou junto do queixo com tanta rapidez e violência que Peabody deu um pulo, ao seu lado.

— Puxa, quase senti o golpe.

— Ela viu estrelas. A dor lhe percorreu o corpo todo, até as entranhas, deixando-a tonta e meio desorientada. Mas precisa ir em frente, deve acabar consigo mesma enquanto ainda tem coragem e força. — Eve repetiu os golpes no ar, imaginando cada um deles. Tombou para a frente e agarrou a borda da pia, como suporte.

— Os peritos acharam as digitais dela na pia. Em qual lugar?

Peabody pegou o tablet e abriu o arquivo.

— Bem onde você está. Impressões boas e fortes... Quatro dedos e o polegar da mão esquerda.

— Sim. Ela ainda segurava a meia transformada em porrete com a mão direita e precisava se apoiar com força para se manter em pé, o que resultou em boas marcas. Talvez tenha sangrado um pouco, devido aos ferimentos no rosto.

Ela se virou e pegou uma toalha de mão.

— Devia haver duas dessas aqui. Ela pegou uma delas, talvez tenha umedecido antes, e é por isso que conseguimos um pouco de sangue na pia. Mas a toalha não está onde a encontramos.

— Será que o assassino a levou? Por quê?

— Para manter a ilusão de ela ter sido surrada. Trudy pegou a toalha, provavelmente colocou um pouco de gelo nela para refrescar o rosto. Nenhuma das suas roupas tinha marcas de sangue, com exceção da camisola. O mais provável é que ela tenha usado essa peça enquanto se agredia. Não queria estragar uma roupa boa. Além do mais, vai ter de descansar um pouco depois da surra, dormir até a dor passar.

— Isso continua não fazendo sentido.

— Pesquise na lista de pertences dela. Havia alguma filmadora?

— Espere um segundo. — Peabody tirou os cabelos do rosto ao achar o arquivo. — Não havia câmera nenhuma, mas... Ei, aqui tem um disco para gravar imagens que não foi usado. Estava na bolsa dela.

— Turistas nunca vêm a Nova York sem uma filmadora. Como nosso amigo Larry, aí em frente. Trudy usou gravações antes. Mas precisava dormir um pouco antes da cena. Tem de estar bem consciente na hora de registrar os próprios ferimentos. Aprontou o palco, ensaiou algumas lágrimas e tremores. Colocou a culpa de tudo em Roarke, ou em mim. Talvez ambos.

Eve olhou para a cama a imaginou Trudy sentada ali, com o rosto espancado, as lágrimas escorrendo. *"Foi isso que eles fizeram comigo. Receio pela minha vida."* Tudo o que precisava, então, era fazer uma cópia e enviá-la para um de nós. Deve ter deixado algo subentendido na gravação. "Não sei o que fazer. Devo procurar a polícia? Deus me ajude, blá-blá-blá. Ele é tão rico e poderoso, o que poderá me acontecer se eu entregar isso à mídia? Estarei segura?

— Ela sabia que vocês leriam nas entrelinhas.

— E quando entrássemos em contato com ela, certamente insistiria para que um de nós viesse até aqui. Nada de conversas pelo *tele-link* que pudessem ser usadas contra ela. Só cara a cara. "É melhor me darem esse dinheiro, senão vou arruinar com os dois." Só que a coisa não chegou nesse ponto.

— Porque o garoto de recados a eliminou.

— Deve ter entrado pela porta. A entrada pela janela não me convence, nessa situação. O sistema de segurança é fraco neste hotel. Qualquer um pode entrar ou sair. Pode ser até que ele estivesse hospedado aqui. Desse modo, ela poderia acompanhá-lo e mantê-lo sob suas ordens com mais facilidade. Teria alguém à sua disposição, sob o seu poder, bastando estalar os dedos. Vamos verificar a lista de hóspedes novamente, dessa vez com mais cuidado. Precisamos achar uma ligação. Certamente era melhor ela ter o subordinado por perto. Bastava chamá-lo para ele aparecer.

— Mas ela não devia estar muito bem, mesmo com os analgésicos e o álcool.

— Não, e precisa desabafar com alguém. "Prepare-me um drinque. Traga-me um pouco de sopa." Pode ser que tenha reclamado um pouco, se já tivesse deixado o disco para ser enviado. Por que eles ainda não pularam de medo? Por que isso está levando tanto tempo? Talvez ela tenha deixado escapar o quanto exigiu para sumir, ou talvez tenha dito algo que não devia. Mas não está preocupada. Circula de um lado para outro, de camisola. Bem ali.

Eve apontou para o que Peabody supôs que fosse a posição de Trudy.

— De costas para o agressor. Ele pegou a meia e a derrubou nesse momento. Ela arranhou as palmas das mãos ao cair de quatro no tapete. Fique de quatro, Peabody.

— Tiras não têm dignidade, mesmo — reclamou Peabody, colocando-se no chão de quatro e esticando os braços para a frente, como se evitasse cair de cara.

— Mais um golpe, dessa vez do alto. E um último, para ter certeza. Sangue. Deve ter respingado algum sangue nele. Agora ele precisa descobrir um jeito de apagar seus rastros. Ficou com a arma, pegou o *tele-link* e levou a câmera. A gravação devia estar no disco rígido da filmadora, caso alguém decidisse olhar. Ele precisa levar tudo. Toalha de mão, toalha, meia. Qualquer coisa que tivesse o sangue dela. Enrola tudo na toalha e sai pela janela, deixando-a aberta. A lógica indicaria que o agressor entrou por ali.

Na janela agora, Eve olhou para fora.

— Desceu e fugiu, rapidamente. Ou... — Eve analisou a distância entre a janela do quarto ao lado e a plataforma da escada de incêndio. — O quarto ao lado estava desocupado, mas talvez...

Ela se virou para Peabody e decidiu:

— Vamos mandar que os peritos deem uma olhada no quarto ao lado. Quero que os ralos do banheiro sejam investigados para marcas de sangue. Chame-os agora mesmo. Vou descer para resolver algumas coisas com o androide da portaria.

Ele não gostou das ordens. O quarto ao lado do crime estava ocupado naquele momento, e trocar os hóspedes de lugar geralmente os deixava irritados.

— Ficarão muito mais irritados se estiverem lá enquanto minha equipe de técnicos virar o quarto do avesso. E você vai se dar muito mal se eu tiver de correr atrás de um mandado para fechar essa espelunca até minha investigação estar encerrada.

Esse argumento funcionou. Enquanto Eve esperava, conferiu a situação com Baxter.

— Qual é o status?

— Eles estão compensando o tempo perdido. Acho que já andamos uns oito quilômetros. E começou a cair uma neve miúda e úmida.

— Fechem os casacos. O que eles estão fazendo?

— Compras, basicamente. Acabaram de comprar uma arvorezinha de Natal, depois de procurar árvores pequenas por toda a Manhattan. Estão falando em voltar para o hotel para agradecer ao pequeno Menino Jesus. Se tem mais alguém seguindo os dois, além de mim e do meu leal companheiro, quero ser mico de circo.

— Continuem grudados neles.

— Estamos colados.

Na parte central da cidade, Baxter devolveu o comunicador para o fundo do bolso do casaco. No fone de ouvido, ouviu Zana falar de almoço. Conversavam sobre ser melhor comer cachorroquente na rua e fazer mais compras ou largar as coisas no quarto e almoçar no hotel.

— Hotel — resmungou Baxter. — Voltem para o hotel. Há um café simpático num ambiente aquecido do outro lado da rua.

— Eu não me incomodo de ficar na rua — comentou Trueheart, dando de ombros. — Dá para curtir a decoração de Natal das lojas, e a neve completa o quadro.

— Assim você me mata, garoto. Está fazendo um grau abaixo de zero, com vento forte e uma neve que mais parece granizo. As calçadas estão lotadas e já gastamos a sola dos sapatos de tanto andar. Merda! Droga, eles resolveram comer cachorro-quente.

— Com café da própria carrocinha. — Dessa vez Trueheart balançou a cabeça, desolado. — Vão se arrepender.

— E ela continua olhando vitrines. Comportamento tipicamente feminino. Ele carrega as sacolas, compra os cachorrosquentes e faz o maior malabarismo para não deixar cair nada, enquanto ela namora alguns diamantes que nunca terá bala na agulha para comprar.

— Terão, sim, se forem os chantagistas.

Baxter lançou um olhar de orgulho e aprovação para Trueheart.

— Esse, sim, é o tipo de sarcasmo que me agrada ouvir. Cole neles, vá até a carrocinha depois que ele pegar o lanche e peça dois cachorros para nós. Aqui tem gente demais, fica difícil mantê-los no campo visual. Eu fico aqui, caso ela resolva entrar na joalheria.

Baxter encostou-se à parede externa do prédio. Viu Zana olhar por sobre o ombro e sorrir quando Bobby se juntou a ela, com comida e sacolas.

— Desculpe, amor! — Ela riu, pegou uma das sacolas e um dos cachorros-quentes. — Não devia ter deixado você com as compras todas. Vim só dar uma olhada nessa vitrine.

— Quer entrar na joalheria?

— Dá para perceber pela sua voz que você não está a fim. — Ela tornou a rir. — Vamos andar mais, eu quis dar só uma olhadinha. Eu preciso é de um gorro. Minhas orelhas estão congelando.

— Podemos voltar ou comprar um gorro.

— Puxa, eu adoraria andar mais um pouco. — Ela sorriu de forma luminosa. — Tem uma loja do outro lado da rua.

— Aquela por onde já passamos, antes de atravessar para este lado?

— Pois é, eu sei — disse ela com uma risadinha. — Mas eles têm chapéus, gorros e cachecóis. Tudo em liquidação. Você também devia colocar um chapéu, amor. E um cachecol quentinho. Mas eu não aguentaria voltar para o hotel agora, Bobby. Parece que acabamos de sair da prisão, ou algo assim.

— Sim, eu sei. Acho que também me sinto desse modo. — Trocou de mão a sacola onde estava a pequena árvore de Natal. — Vamos comprar coisas para proteger a cabeça. Depois podemos ir mais adiante para apreciar os patinadores e dar mais uma olhada na gigantesca árvore de Natal do Rockefeller Center.

— Isso seria perfeito. O que faz um cachorro-quente de rua ser tão gostoso, mesmo sendo preparado numa carrocinha a céu aberto, em Nova York? É impossível conseguir uma salsicha grelhada tão maravilhosa em outro lugar do planeta.

— Uma delícia, mesmo — concordou ele, dando mais uma mordida. — Especialmente se a gente não pensar nos ingredientes que podem estar aqui dentro — brincou.

— Nem pensar! — A risada dela era leve, descontraída, e transmitia muita felicidade.

Quando se encaminhavam para a esquina, a fim de atravessar a rua e espremidos no meio da multidão, ele conseguiu dar mais uma mordida.

— Nem percebi que estava com tanta fome — disse Bobby. — Devíamos ter pedido dois para cada um.

Chegaram ao meio-fio. Bobby colocou o pé na rua, mas ouviu Zana dar um grito assustado e sentiu seus dedos lhe apertarem o braço como um torno.

— Derrubei meu café, desculpe — lamentou ela. — Droga!

— Você se queimou?

— Não, não. — Ela passou a mão sobre a mancha que se formou no casaco. — Sou uma desastrada. Levei um empurrão. Nossa, espero que essa mancha saia. Olha só, perdemos o sinal verde!

— Não há pressa.

— Diga isso ao povaréu que está em volta — murmurou ela. — Se as pessoas não se empurrassem e acotovelassem tanto eu não estaria com café na minha roupa.

— Vamos passar em algum lugar para..

Ele se lançou para a frente e caiu diante de um táxi que vinha em alta velocidade.

A sacola maior voou longe. A última coisa que Bobby ouviu antes de bater com a cabeça no chão foram os gritos de Zana e o guincho assustador da freada.

Enquanto Eve aguardava o quarto ser desocupado e a chegada dos peritos, pesquisou os extratos dos cartões de crédito e de débito de Trudy. Os últimos débitos e retiradas já estavam ali. Trudy tinha gastado alguns dólares na sexta-feira numa farmácia, notou. A hora indicava que isso acontecera depois da compra das meias e da ida ao banco.

Ela estava preparando tudo.

Também passou no mercadinho.

O que aconteceu com as sacolas?

Quando matutava sobre várias teorias, o comunicador tocou.

— Dallas falando!

— Dallas, temos um problema — disse Baxter, com sua cara genérica de sarcasmo. — O rapaz que seguíamos acabou de ser atingido por um táxi na esquina da Quinta Avenida com a rua 42.

— Caraca, santo Cristo. O acidente foi feio?

— Não sei. A ambulância já chegou e os paramédicos estão trabalhando. A mulher dele está histérica. Eles pararam no meio-fio, esperando o sinal de trânsito abrir. Eu estava com ambos no áudio e Trueheart se posicionou mais perto do casal, com um visual razoável. Mas a esquina estava lotada de gente. Tudo que Trueheart viu foi nosso rapaz caindo de cara na rua. Levou uma porrada forte, Dallas, isso eu lhe garanto. O carro quase passou por cima dele. Estou com o taxista aqui.

— Peça a algum guarda que o leve à Central para uma declaração. Continue colado neles. Para onde vão levá-lo?

— Para a Emergência do Boyd Health Center, perto daqui, na Quinta Avenida mesmo.

— Vou encontrá-los lá. Um de vocês dois deve acompanhá-lo na ambulância. Não quero Bobby nem Zana fora de nossa vista até eu chegar lá.

— Entendido. Puxa, Dallas. O cara estava comendo um cachorro-quente e bebendo café ruim. De repente, voou. Os paramédicos estão dando algo para a esposa, para acalmá-la.

— Certifique-se de que ela estará falando com coerência quando eu chegar aí. Droga, Baxter, não deixe que a apaguem.

— Vou cuidar disso. Desligando!

Eve correu para a porta e a abriu no instante em que Peabody tentava empurrá-la, por fora.

Recordação Mortal

— Os peritos já vão subir, Dallas.

— Faça com que eles comecem os trabalhos, porque eu preciso ir. Bobby está a caminho do hospital. Foi atingido por um táxi.

— Atingido por... Como assim, que diabo foi isso?

— Não pergunte, porque eu não sei responder. Deixe tudo aqui e vamos para lá.

Eve enfrentou um tráfego pesado, muito engarrafado. Ligou a sirene da viatura no volume máximo. E fez o possível para ignorar as fisgadas rápidas de culpa.

Será que colocara Bobby numa situação de risco? Dois tiras colados nele e um grampo com áudio. Isso não tinha sido o bastante?

— Pode ter sido um acidente — disse Peabody, abafando um grito de pavor quando o carro se espremeu entre uma van e um táxi, quase raspando a pintura. — As pessoas, especialmente os turistas, sofrem acidentes nas ruas de Nova York todo dia. Caminham sem cuidado, não olham para onde vão. Ficam boquiabertos olhando os prédios altos, em vez de se ligar nos sinais de trânsito.

— Não havia motivo para feri-lo. De que serve isso? — Eve bateu com o punho no volante. — Onde isso levará você? Roarke não vai jogar fora dois milhões de dólares só porque um cara desconhecido entrou em cena. Por que deveria? Por que faria isso? Ferir Bobby não serve a nenhum propósito.

— Você disse que Baxter relatou que Bobby estava comendo e bebendo junto ao meio-fio. Foi empurrado ou escorregou. Está nevando, o chão está escorregadio. Dallas, às vezes as coisas simplesmente acontecem. Tem momentos em que a causa é a pura falta de sorte.

— Não dessa vez. Não acredito em coincidências bizarras. — Sua voz era dura e furiosa. — Perdemos algum detalhe importante, simples assim. Deixamos de reparar em alguma coisa, em alguém, e agora temos uma testemunha na sala da Emergência.

— Não foi culpa sua.

— Eu assumi o risco, foi minha culpa, sim. Faça cópias das gravações e mande-as para o laboratório. Quero ouvir tudo, cada ruído, cada voz.

Ela parou diante da porta da Emergência, saltou e ordenou:

— Estacione o carro. Preciso ir até lá. — Caminhou com passos largos até a porta e entrou.

Aquele era um lugar comum a muitos tipos de dor. Vítimas estavam à espera de ser ouvidas ou atendidas. Os doentes pareciam desmoronados sobre as cadeiras. Os saudáveis esperavam com impaciência pelos amigos ou entes queridos que estavam sendo tratados, foram liberados ou tinham acabado de dar entrada.

Eve avistou Trueheart, que parecia ainda mais jovem de jeans e camiseta. Estava sentado ao lado de Zana, segurando-lhe a mão e murmurando incentivos enquanto ela chorava.

— Eve! Eve! — Zana pulou e se jogou nos braços da tenente. — Bobby. Oh, meu Deus, Eve, foi tudo culpa minha. Ele está muito ferido e seu estado é péssimo. Não sei se...

— Pare. — Eve recuou um passo e sacudiu Zana com força. — Qual o estado real dele?

— Ninguém me diz nada, eles não querem me contar. Ele estava sangrando muito na cabeça. E na perna. Estava inconsciente. — As lágrimas brotaram. — Ouvi os médicos falando em concussão e fraturas. Talvez...

— Muito bem, o que aconteceu?

— Simplesmente não sei. — Ela se largou de volta na cadeira. — Estávamos esperando o sinal abrir. Tínhamos comprado cachorros-quentes de soja e café. Fazia muito frio, mas eu estava adorando passear pelas ruas. Comentei que queria comprar algo para proteger a cabeça, um chapéu ou um gorro, mas a loja ficava do outro lado da rua. Derramei café no casaco, perdemos o sinal verde e não pudemos atravessar. Esperávamos pelo sinal seguinte quando ele caiu. Ou escorregou, não sei. Tentei agarrá-lo pelo casaco, cheguei a tocá-lo. Ou acho que sim. Olhou para a própria mão e Eve notou um curativo.

— O que houve com sua mão?

— Derramei café quente, o conteúdo do copo entornou todo quando eu tentei agarrar Bobby, e eu queimei um pouco a mão. Eu comecei a cair. Eu acho. Alguém me puxou para trás, mas Bobby...

Zana envolveu o corpo com os braços balançando.

— O táxi o pegou em cheio. Tentei impedir, mas tudo aconteceu muito rápido. O veículo apareceu, Bobby voou e bateu no chão com muita força.

— Onde ele está? — Eve olhou para Trueheart.

— Eles o levaram para a Sala de Emergência número dois. Baxter está de guarda na porta.

—— Zana, espere aqui. Trueheart, fique com ela, mas permaneça alerta.

Eve atravessou a sala de espera. Passou direto por uma enfermeira que a chamou e mandou que parasse, mas ela virou à direita ao ver Baxter parado diante de um par de portas de vaivém.

— Maldição, Dallas. Estávamos a três metros deles, um de cada lado.

— A esposa acha que ele escorregou.

— É, pode ser mesmo. Quais são as chances de isso acontecer? Os médicos estão trabalhando duro nele. Braço quebrado, isso já foi confirmado. Talvez a bacia também. A cabeça sofreu uma pancada muito grave. Não sei qual a extensão dos danos cerebrais, e os paramédicos também não conseguiram avaliar.

Eve passou as mãos pelo rosto.

— Você teve a impressão de que alguém o empurrou na frente do táxi?

— Estou repassando tudo na cabeça. Tínhamos um bom monitoramento, num excelente ponto de observação. O problema é que as ruas estão num estado de completa insanidade, Dallas. Você sabe como as coisas ficam nessa época do ano. As calçadas viram um mar de gente. Todos entram e saem dos lugares numa pressa infernal, ou então ficam de boca aberta olhando as coisas, apatetados, e filmam tudo. Há mais ladrõezinhos de rua na semana do Natal do que em seis meses comuns. Se eu tivesse de jurar que ninguém passou sem que víssemos, não conseguiria. O lance foi... — Parou para refletir.

— O quê?

— Alguns segundos antes, ela derramou café no casaco. Disse que tinha sido empurrada. Tive um pressentimento e me lancei para a frente, mas só deu tempo de ver nosso rapaz voando pelo ar.

— Merda!

Capítulo Quinze

Eve mandou que Baxter voltasse à sala de espera para ficar com Trueheart. Depois, ficou andando de um lado para outro diante das Salas de Tratamento de Emergência, sentindo cheiros fortes e sons de gente correndo à sua volta.

Detestava hospitais, centros de saúde, Salas de Tratamento de Emergência. Aqueles eram lugares cheios de doenças e dor. De morte e sofrimento.

E espera.

Será que ela colocara Bobby ali? Sua necessidade de adiantar as coisas o teria posto no caminho do perigo? Tudo por um capricho pessoal seu?, pensou Eve. Quis bater a porta para aquela época do seu passado e trancá-la novamente o mais rápido possível. Não só por sua própria paz de espírito, mas para provar que conseguia. Por causa disso, assumira um risco. Um risco calculado, decerto, mas certamente um risco.

Agora, Bobby Lombard pagava o preço.

Ou será que aquilo fora apenas um ridículo acidente? Ruas com gente demais, calçadas escorregadias, pessoas com pressa, empurrando e esbarrando umas nas outras. Acidentes aconteciam todos os dias. Puxa, toda hora! A coisa podia ser simples assim.

Mas Eve não se convencia. Mesmo que ela rodasse um programa de probabilidades e o resultado desse cem por cento para acidente, ela ainda não se convenceria.

Naquele momento, ele estava inconsciente, com fraturas e sangrando muito. Eve o tinha mandado para a rua unicamente para poder farejar o ar e pegar um assassino.

O assassino poderia ser o próprio Bobby, mesmo naquela situação. Pessoas matavam a mãe. Uma vida inteira de tensão, irritação ou coisas piores fazia algo ligar dentro das pessoas. Uma tendência oculta, por exemplo, e então elas matavam.

Eve tinha matado. E não foi só o osso do seu bracinho que fora quebrado naquele quarto horrível em Dallas. Sua mente se despedaçara também, e a faca entrara nele. Várias vezes. Ela conseguia recordar tudo agora; lembrou-se do sangue e do cheiro que ele exalava, pungente e rude; sentiu mais uma vez a sensação da substância molhada, quente e grudenta nas mãos e no rosto.

Lembrou-se da dor do braço quebrado, mesmo envolta na névoa dos anos que haviam passado. E os urros — dele e dela — enquanto o matava.

As pessoas diziam que esse som não era humano, mas estavam enganadas. Era um som essencialmente humano. Basicamente humano.

Apertou a parte macia das palmas das mãos contra os olhos.

Por Deus, como ela odiava hospitais. Detestava a recordação de ter acordado em um deles, com tanta coisa de si mesma — pelo menos o que ela era na época — completamente destruída. Evaporada.

O cheiro do próprio medo. Estranhos observando-a deitada na maca. *Qual é o seu nome? O que aconteceu? Onde você mora?*

Como ela poderia saber? Mesmo que lembrasse, mesmo que sua mente não tivesse trancado tudo e levado para longe, como poderia ter lhes contado?

Eles a feriram para curá-la. Disso ela também se lembrava bem. Consertar o osso quebrado, remendar os tecidos destruídos e cuidar das cicatrizes que haviam se formado dentro dela, provocadas pelos repetidos estupros. Mas nunca encontrariam os segredos que jaziam atrás da muralha que sua mente construíra.

Nunca saberiam que a criança na cama de hospital matara outro ser humano, agira como um animal selvagem. E urrara como uma pessoa comum.

— Dallas.

Eve deu um pulo que a fez voltar ao presente, mas não se virou.

— Ainda não sei nada — disse, apenas.

Peabody simplesmente foi até onde ela estava. Atrás da parede de vidro, Eve conseguia ver a equipe de emergência trabalhando em Bobby. Por que será que lugares como aquele tinham paredes de vidro? Por que eles queriam que pessoas comuns vissem o que acontecia naquelas salas?

Estavam ferindo para curar.

Não era ruim o bastante imaginar tudo sem precisar ver os respingos de sangue e o bipe das máquinas?

— Volte lá e confira com Baxter como vão as coisas — ordenou Eve. — Quero ver as declarações de todas as testemunhas que ele encontrou, com os nomes completos. Também quero verificar a carteira de habilitação do taxista. Depois mande que ele e Trueheart voltem para a Central. Preciso que eles levem a gravação dos grampos para o laboratório. Faça companhia a Zana e veja o que mais consegue descobrir dela.

— Não é melhor colocar guardas no quarto dele? Para quando eles acabarem?

— Claro. — Pense positivo, disse Eve para si mesma. Ele seria removido dali para um quarto, e não para o necrotério.

Sozinha, ela observou tudo e se obrigou a permanecer calma. Perguntou a si mesma o que a menina que ela fora, deitada numa sala muito parecida com a que estava do outro lado do vidro, tinha a ver com o que acontecia naquele momento.

Uma das enfermeiras da equipe saiu e Eve agarrou-a pelo braço.

— Qual é a situação dele?

— Estável. O chefe da equipe deverá lhe trazer mais informações. Os membros da família devem ficar na sala de espera.

— Não sou da família. — Eve pegou o distintivo. — O paciente é testemunha numa investigação de homicídio. Preciso saber se ele conseguirá escapar com vida.

— A situação está relativamente boa. Ele teve muita sorte. Se é que conta como sorte ser atingido por um táxi dois dias antes do Natal. Sofreu algumas fraturas, contusões e lacerações. A hemorragia interna foi controlada. Conseguimos estabilizá-lo, mas o traumatismo craniano ainda é causa de preocupação. A senhora terá de conversar com o médico que o acompanhará.

— A esposa dele está na sala de espera, com minha parceira. Ela precisa ser informada da situação.

— Fique à vontade para fazer isso.

— Quem está sobre aquela mesa é testemunha de um caso de homicídio. Tenho de ficar aqui na porta.

Um pouco de irritação surgiu no rosto da enfermeira e ela passou a mão pelos cabelos, mas disse:

— Tudo bem, tudo bem. Pode deixar que eu cuido de tudo.

Eve ficou onde estava. Ouviu a correria e a confusão da Sala de Emergência, atrás dela. Os bipes e os chamados, os barulhos dos pés indo com urgência para algum lugar.

Recordação Mortal

Em determinado momento, um homem começou a gritar "Feliz Natal!" com a voz arrastada e bêbada, rindo e cantarolando enquanto era levado. Houve choros e lamentos quando uma mulher surgiu, sendo levada pelo corredor numa maca. Um servente passou correndo carregando um balde que cheirava a vômito.

Alguém lhe deu um tapinha no ombro. Ao se virar, Eve sentiu o cheiro de bebida caseira, e a visão de alguém com higiene dental deficiente pareceu lhe pular sobre o rosto. O homem responsável por isso vestia um traje imundo de Papai Noel, e a barba branca lhe pendia de uma das orelhas.

— Feliz Natal! Quer um presente? Tenho um presente para você bem aqui!

Ele agarrou o espaço entre as pernas e exibiu o próprio pênis. Em algum momento anterior de mais sobriedade, mas de igual teor de loucura, ele havia pintado seu membro com listras vermelhas e brancas, como se fosse um doce natalino.

Eve analisou as listras bicolores.

— Puxa, isso parece delicioso, mas não tenho nada para lhe oferecer. Ah, espere um pouco... Tenho isto!

O sorriso largo do bêbado desapareceu quando Eve lhe mostrou o distintivo.

— Ah, qual é? — reagiu ele.

— O único motivo de eu não rebocar você agora mesmo para a delegacia, por comportamento lascivo, atentado ao pudor e o bafo mais fedorento de todo o planeta, embora reconheça que o trabalho de pintura esteja ótimo, é que estou ocupadíssima. Agora se liga, porque, se eu decidir que não estou tão ocupada assim, você vai passar o Natal no xadrez. Cai fora!

— Ah, qual é?

— E guarde seu presentinho ridículo antes que você assuste alguma criança.

— Papai Noel, aqui está você! — A enfermeira que tinha conversado com Eve minutos antes girou os olhos para cima e pegou o braço do Papai Noel com força. — Venha comigo!

— Quer um presente? Tenho um presente para você bem aqui.

— Sim, isso mesmo. Isso é tudo que eu esperava receber no Natal.

Eve se virou ao ouvir as portas se abrindo. Agarrou o primeiro sujeito de touca cirúrgica que passou na sua frente.

— Qual é o estado dele?

— Você é a esposa?

— Não, sou a tira.

— Quando um táxi briga com um homem, o táxi geralmente ganha. Mas ele permanece estável. — O médico tirou as luvas, levou os dedos pela lateral do nariz e coçou os cantos internos dos olhos. — Braço quebrado, fratura da bacia, o rim foi atingido. O traumatismo craniano é o problema maior. A não ser que ocorram complicações, ele deve escapar. Teve muita sorte.

— Eu preciso conversar com ele.

— Ele está dopado. Tivemos de fazer isso para estabilizá-lo. Vamos realizar alguns exames complementares nele. Daqui a cerca de duas horas, se tudo correr bem, ele poderá conversar com alguém. — Um lampejo de curiosidade surgiu nos olhos fatigados do médico. — Será que já nos conhecemos? Você é uma tira, certo? Já usei minha magia de cura em você alguma vez? Talvez eu esteja enganado.

— Meu nome é Dallas. É possível que já tenhamos nos encontrado, sim.

— Muito bem, Dallas, fique por aqui. Antes, preciso conversar com a esposa dele.

— Ótimo. Vou colocar um guarda para acompanhá-lo. Não quero que ninguém fale com ele, a não ser eu.

— O que aconteceu?

Recordação Mortal

— Ele é testemunha num caso de assassinato. Sou da Divisão de Homicídios.

— Ah, sim, isso mesmo! O caso Icove. Aqueles médicos loucos e canalhas. Bem, sua testemunha deverá viver para contar tudo o que sabe, porque eu sou muito bom no que faço.

Eve se encostou na parede e viu quando levaram Bobby pelo corredor. Ele deixara muitos pedaços de pele no asfalto, reparou. O que sobrara estava branco como papel. Quando o efeito das drogas acabasse, os ferimentos iriam doer como um dente podre, mas ele respirava bem, sem ajuda de aparelhos.

— Vou subir com ele até o guarda se apresentar para o serviço.

— Faça como quiser, mas não nos atrapalhe. Ahn... Boas-Festas e tudo o mais — acrescentou o médico, encaminhando-se para a sala de espera.

E ve ficou esperando do lado de fora da sala de exames, novamente. Outro andar, outra porta, enquanto os médicos trabalhavam com *scanners* e vários equipamentos de diagnóstico. Enquanto aguardava, as portas do elevador se abriram. Zana apareceu quase correndo, muito assustada, com Peabody em seu encalço.

— O médico me disse que ele vai ficar bem. — As lágrimas formavam uma trilha no meio da maquiagem de Zana. Ela agarrou as mãos de Eve e as apertou com força.

— Ele vai ficar bem, não vai? Estão só fazendo alguns exames nele. Eu tive medo de... Tive medo que... — Sua voz falhou. — Não sei o que eu faria. Não sei mesmo.

— Quero que você me conte tudo o que aconteceu.

— Contei tudo à detetive. Relatei a ela que...

— Quero que você repita tudo para mim. Espere um instante.

Eve foi até um guarda que saiu do elevador.

— A vítima é Bobby Lombard. Ele é testemunha num caso de homicídio. Quero que você cole nele. Examine o quarto para onde ele será levado e verifique a identidade de todo mundo que tentar se aproximar do paciente. Todo mundo *mesmo*. Se ele gemer diferente, quero ser notificada na mesma hora. Entendido?

— Sim, senhora.

Satisfeita, voltou para Zana.

— Muito bem, vamos procurar um local para sentar e conversar. Quero saber de tudo. Quero todos os detalhes.

— Certo, mas... — Eu não entendo nada dessas coisas. — Ela mordeu o lábio inferior e olhou para as portas atrás delas, por sobre o ombro, enquanto Eve a levava para longe dali. — Eu não posso ficar aqui mais um pouco e esperar até que...

— Estaremos perto daqui. — Eve exibiu o distintivo para um enfermeiro que passava.

— Que beleza! — reagiu ele. — Fui preso! Isso significa que vou poder me sentar por cinco minutos.

— Onde fica a sala de descanso de vocês?

— Sala de descanso? Tenho uma vaga ideia de que existe um lugar assim por aqui. Acho que há cadeiras lá, uma mesa e café. Siga em frente e pegue o corredor à esquerda. Ah, mas a senhora vai precisar de um cartão mestre, porque a segurança lá é reforçada. Vou acompanhá-las até o local.

Ele seguiu na frente, abriu a porta para elas entrarem, enfiou a cabeça lá dentro e inspirou fundo.

— Humm... É gostoso sentir o cheirinho de café. Bom mesmo — disse ele, e saiu pelo mesmo corredor por onde tinha vindo.

— Sente-se, Zana — pediu Eve.

— Preciso circular pela sala, não consigo ficar parada.

— Tudo bem. Conte-me o que aconteceu.

— Foi como eu lhe disse antes, já contei tudo à detetive.

— Repita para mim.

Recordação Mortal

Foi o que ela fez, e Eve destacou os detalhes.

— Você foi empurrada por alguém e derramou o café, certo?

— Sim, no casaco. — Zana pegou o casaco que havia jogado sobre uma das cadeiras. — Não foi nada de terrível, da primeira vez. Um pouco do líquido respingou em Bobby e... Por Deus, eu ainda consigo ver a cena com detalhes.

— Foi uma colisão ou um empurrão?

— Ahn... Não sei. Uma colisão, eu acho. Havia tanta gente! No fundo, eu estava achando tudo fascinante e empolgante. Estar ali fora nas ruas, vendo as multidões, as vitrines, ouvindo os barulhos. Compramos cachorros-quentes de soja e levávamos um monte de embrulhos. Devíamos ter voltado para o hotel. Bobby queria fazer isso, mas eu...

— Você não quis. Bobby reclamou de alguma coisa? Você viu alguém ou algo estranho, antes de ele cair?

— Não... Eu estava preocupada com meu casaco, olhando para a mancha e torcendo para ela sair com facilidade. Acho que ele estendeu a mão para mim e me pediu o café, para eu poder analisar a mancha com mais calma. De repente ele estava caindo. Eu... Estendi a mão para agarrá-lo — tentou explicar, mas sua voz falhou novamente. — Depois ouvi a buzina e a freada. Foi horrível!

Seus ombros estremeceram e ela colocou o rosto nas mãos. Peabody apareceu com um copo d'água. Zana tomou um gole e soluçou duas vezes.

— As pessoas pararam para ajudar. Todo mundo fala que os nova-iorquinos são frios e mal-educados, mas isso não é verdade. As pessoas foram gentis e boas. Tentaram ajudar. Policiais apareceram, os mesmos que nos acompanharam até aqui. Bobby sangrava e não acordou. Logo surgiram os paramédicos. Você acha que eles vão me deixar vê-lo logo?

— Vou verificar — disse Peabody, virando-se na direção da porta, mas parando antes de sair. — Vocês querem café?

— Acho que nunca mais vou tomar café na vida — disse Zana, enfiando a mão no bolso para pegar um lencinho, onde enterrou o rosto.

Eve a deixou ali e saiu da sala com Peabody.

— Eu não consegui mais nada dela, além disso — começou Peabody. — Ela parece não ter a menor noção de que pode ter sido um ataque planejado.

— Vamos ver o que Bobby diz. E a gravação?

— Baxter está levando o material para o laboratório. Tirei os grampos dos casacos sem ninguém ver.

— Bem pensado.

— Tenho uma lista de testemunhas e cópias das declarações feitas no local do incidente. O taxista está sob custódia na Central. Sua licença está dentro da validade. Ele dirige o táxi há seis anos e tem alguns registros de batidas leves, mas nada importante.

— Vá para lá agora e pegue a declaração inicial dele e seus dados completos, para pesquisarmos. Depois, libere-o. Faça um relatório detalhado com uma cópia para mim e outra para Whitney. — Eve consultou o relógio. — Merda, não há mais nada a fazer, por ora. Vou ficar por aqui até conseguir falar com Bobby. Depois de acabar de fazer tudo isso, vou para casa. Você está dispensada. Feliz Natal.

— Tem certeza? Posso esperar até você acabar seu relatório.

— Não é preciso. Se pintar alguma novidade eu aviso. Acabe de fazer as malas, vá para a Escócia, beba bastante e faça muitos brindes... Como é mesmo o nome disso, lá?

— *Wassail*. Acho que é assim que eles brindam. Obrigada, Dallas. De qualquer modo, vou me considerar de serviço até o voo decolar, amanhã de manhã. Feliz Natal.

Talvez ela tivesse um Natal bom, pensou Eve, olhando para a sala de descanso quando Peabody se afastou. Para algumas pessoas, porém, aquele seria o pior dos Natais.

Recordação Mortal

Eve esperou mais uma hora até Bobby ser examinado com cuidado e transferido para um quarto. Quando ela entrou, ele virou a cabeça e tentou focar nela os olhos muito vidrados e vermelhos.

— Zana? — perguntou, com a voz arrastada devido ao efeito dos medicamentos.

— Não, Bobby, aqui é Dallas. Zana está bem, vem para cá em um minuto.

— Eles me contaram... — Umedeceu os lábios com a língua.

— ... Que eu fui atropelado por um táxi.

— Exato. Como isso aconteceu?

— Não sei, estou meio confuso. Sinto-me um pouco estranho.

— É efeito dos remédios. O médico me garantiu que você vai ficar ótimo. Quebrou alguns ossos e sofreu uma pancada forte na cabeça. Uma concussão. Vocês estavam esperando o sinal abrir para atravessar a rua, não foi?

— Esperando o sinal... — Ele fechou os olhos muito roxos em volta. — As pessoas estavam espremidas na calçada como sardinhas em lata. Havia muito barulho. Zana fez um ruído estranho e eu me assustei.

— Que tipo de ruído?

— Como se... ahn... — Ele ergueu os olhos, fitou Eve e sugou o ar com força. — Esse barulho, mais ou menos, mas foi só o café que tinha entornado na roupa. Estávamos com cachorros-quentes nas mãos, café e sacolas. Os braços cheios. Íamos comprar um gorro.

— Fique comigo, Bobby — insistiu Eve, quando os olhos dele se fecharam de sono. — O que aconteceu nesse instante?

— Eu... Zana me lançou um sorriso. Eu conheço esse sorriso dela, do tipo "puxa, como sou desastrada". Não sei o que houve, não sei. — Ouvi quando ela gritou, ouvi gente berrando e buzinas muito altas. Eu bati em alguma coisa. Eles me disseram que eu fui atropelado, mas fui eu que caí na frente do carro, e não me lembro de mais nada até acordar aqui.

— Você escorregou?

— Só pode ser, com toda aquela gente se acotovelando!

— Você viu alguém? Alguma pessoa disse algo para você, nessa hora?

— Não consigo lembrar. Estou me sentindo estranho, meio fora do ar.

A pele dele estava mais branca que os lençóis que o cobriam; as marcas roxas e arranhões se destacavam muito, pareciam quase pular, e isso provocou uma fisgada de culpa no estômago de Eve.

Mesmo assim, ela pressionou:

— Vocês visitaram algumas lojas e compraram uma árvore.

— Sim, compramos uma arvorezinha para nos animar um pouco. O que aconteceu com ela? — Seus olhos giraram um pouco, quase fecharam, mas ele tornou a focar a atenção em Eve. — Isso tudo está realmente acontecendo? Eu queria estar em casa. Adoraria isso. Onde está Zana?

Era inútil insistir, decidiu Eve. Ela estava perdendo seu tempo e gastando a energia dele.

— Vou chamá-la — avisou.

Eve saiu do quarto. Zana estava parada no corredor, torcendo as mãos de aflição.

— Posso entrar? Por favor! Não vou incomodá-lo muito, já me acalmei. Só queria vê-lo por alguns instantes.

— Sim, pode entrar.

Zana endireitou os ombros e colocou um sorriso na cara. Eve a viu entrar e a ouviu dizer, com voz alegre:

— Puxa, olhe só pra você! Isso tudo foi só para escapar de me comprar um gorro?

Enquanto Eve esperava ali fora, tentou contato com o laboratório. Ficou irritada ao ser informada que não teria o que procurava até o dia 26. Pelo visto, o Natal tinha atropelado até mesmo sua ira.

Ela não conseguiria apressar mais ninguém no laboratório, mas na Central a história era outra. Dali do hospital mesmo, ordenou que vários guardas se revezassem, acompanhando Zana no hotel e vigiando Bobby no hospital, vinte e quatro horas por dia.

— Isso mesmo! — confirmou ela. — A operação inclui todo o dia de Natal.

Irritada, ligou para Roarke em seguida.

— Vou chegar tarde em casa! — avisou.

— Puxa, que cara alegre a sua! O que está fazendo no hospital, querida?

— A paciente não sou eu, mais tarde eu explico. Está tudo uma merda completa e eu preciso limpar as cagadas antes de voltar para casa.

— Eu também tenho um monte de sujeira para limpar, antes de me desligar para o feriado. Que tal nos encontrarmos em algum lugar para jantar? Ligue-me de volta assim que você conseguir tirar uma horinha para isso.

— Tá legal. Talvez. — Olhou para trás ao ver Zana sair do quarto. — Preciso ir, depois a gente se fala.

— Ele está muito cansado — informou Zana —, mas brincou comigo. Disse que não vai comer cachorro-quente de rua nunca mais na vida. Obrigada por ficar aqui. Foi bom ter alguém conhecido por perto.

— Vou deixar você no hotel.

— Eu não posso ficar aqui com Bobby? Poderia dormir na poltrona ao lado da cama.

— Vai ser melhor para ambos se vocês dois estiverem bem descansados. Mandarei uma patrulhinha trazer você de volta assim que amanhecer.

— Não se preocupe, posso pegar um táxi.

— É melhor sermos cuidadosos, para garantir. Também vou deixar um guarda de plantão no hotel.

— Por quê?

— Só por precaução.

— Você acha que alguém machucou Bobby? — A mão de Zana voou e agarrou o braço de Eve com força. — Você acha que alguém o empurrou de propósito?

Sua voz se elevou várias oitavas ao perguntar isso, e seus dedos se enterraram na pele de Eve.

— Não existe nada que confirme essa teoria, mas é melhor termos cautela. Se você precisar comprar algo antes de voltar para o hotel, faremos isso a caminho de lá.

— Ele escorregou. Simplesmente escorregou, só isso — garantiu Zana, com ar determinado. — Você está sendo apenas cautelosa, certo? Está cuidando de nós.

— Exato.

— Podemos ir até a loja de presentes aqui do hospital? Quero comprar flores para Bobby. Talvez eles até tenham uma arvorezinha de Natal para vender. Compramos uma hoje à tarde, mas acho que ela foi destruída.

— Claro, tudo bem.

Eve lutou contra a própria impaciência, desceu a escada e foi com Zana até a loja de presentes. Esperou e circulou um pouco por ali, enquanto Zana exibia ares de agonia, indecisa sobre as flores certas a comprar e qual a melhor das árvores mirradas, dentre as que estavam em exposição.

Depois, houve dificuldades para ela escolher o melhor cartão, o que provocou mais agonias em Eve.

Ao todo se passaram trinta minutos para Zana resolver o que Eve teria decidido em trinta segundos. Pelo menos um pouco de cor voltou ao rosto de Zana quando ela se convenceu de que as flores e a árvore seriam entregues no quarto de Bobby em menos de uma hora.

Recordação Mortal

— Ele vai gostar de ver esses presentes, quando acordar — garantiu Zana, ao sair. Como o vento estava forte, abotoou o casaco manchado. — Você acha que aquelas flores são alegres demais? Ou muito femininas? É difícil escolher flores para um homem.

— Ele vai gostar do presente. — Puxa, que diabos ela poderia saber a respeito dessas coisas?, refletiu Eve.

— Nossa, como está frio! E começou a nevar novamente — disse Zana, parando e olhando para o céu. — Tomara que tenhamos um Natal branco. Isso não seria o máximo? Quase nunca neva no Texas, e quando isso acontece a neve derrete assim que cai. Na primeira vez que eu vi neve, não sabia o que pensar daquela maravilha. Como foi com você?

— Nossa, isso aconteceu há muito tempo — disse Eve. Tinha sido do lado de fora da janela do quartinho sujo de um hotel qualquer. Em Chicago, talvez. — Eu não lembro muito bem.

— Puxa, pois eu sei que fiz uma bola de neve e me lembro até hoje da sensação da neve gelada entre meus dedos. — Zana olhou para as mãos por um momento, mas logo tornou a enfiá-las nos bolsos, para escapar do frio. — E quando a gente olhava para fora, na manhã seguinte, nas noites em que nevava muito, tudo parecia muito branco e limpo!

Ela esperou ao lado da viatura, enquanto Eve destrancava as portas.

— Sabe quando sua barriga parece que dá um nó de empolgação, quando você descobre que não vai haver aula por causa da nevasca? — insistiu Zana.

— Não sei, não.

— Ah, estou só tagarelando, não dê importância ao que eu falo. Sempre acontece quando eu fico nervosa. Você já está com tudo preparado para o Natal?

— Quase tudo — respondeu Eve, manobrando o carro para enfrentar o tráfego e se resignando por conversar abobrinhas.

— Bobby queria fazer o funeral da mãe antes do *réveillon*. — Como não conseguia manter as mãos paradas, Zana começou a girar o último botão do casaco. — Não sei se conseguiremos isso, agora que ele foi ferido. Bobby achou... Isto é, *nós* achamos que seria ótimo resolver tudo antes do fim do ano, para começarmos o novo ano sem todo esse luto. Será que conseguiremos voltar logo para casa?

Não seria possível segurá-los mais tempo em Nova York, refletiu Eve. Daria para atrasar um pouco a ida deles, mas não havia motivos razoáveis para prendê-los na cidade por muito tempo, depois que Bobby fosse liberado pelos médicos para viajar.

— Vamos ver o que os médicos dizem — disse Eve, para desconversar.

— Acho que nunca mais vamos querer voltar aqui — afirmou Zana, olhando para a rua, pela janela. — Aconteceu tanta coisa! Teremos péssimas lembranças. Provavelmente também nunca mais veremos você, depois que formos embora.

Ficou em silêncio por alguns instantes, mas perguntou pouco depois:

— Se você descobrir quem matou Mama Tru, Bobby terá de voltar a Nova York?

— Depende.

Eve foi até o hotel e subiu ao quarto, a fim de confirmar que nada havia sido tocado. Pediu e recebeu uma cópia das gravações da segurança do saguão. Enviou o material para sua equipe e caiu fora.

Voltou à Central e encontrou sobre sua mesa duas caixas de presente embrulhadas em um papel alegre. Uma olhada nos cartões lhe mostrou que eram de Peabody e McNab. Um presente era para ela, o outro para Roarke.

Como não conseguiu reunir espírito de Natal suficiente para abrir a caixa dela, deixou os presentes de lado e se pôs a trabalhar. Redigiu seu relatório, leu o de Peabody e o encaminhou.

Ao longo da meia hora seguinte, ficou sentada em sua sala apertada, analisando o quadro do caso que havia montado ali, suas anotações, e deixou as informações circulando na cabeça.

Antes de se sair, pendurou na janela o prisma que Mira tinha lhe dado.

Talvez isso ajudasse.

Observou o enfeite cintilar um pouco, em contaste com a janela escura, enquanto recolhia o *tele-link*. Enfiou os presentes debaixo do braço e saiu da sala.

— Estou livre.

— Tem vontade de comer o quê? — quis saber Roarke.

— Pergunta difícil. — Ergueu a mão para saudar Baxter e parou. — Vamos ficar no simples.

— Foi o que eu pensei. Sophia's, então — avisou ele, e recitou o endereço. — Trinta minutos.

— Estarei lá. Se você chegar antes, peça uma garrafa de vinho grande, muito grande, e me sirva um copo até a boca.

— Ora, prevejo uma noite interessante. Encontro com você lá, tenente.

Ela guardou o *tele-link* e se virou para Baxter.

— Desconfio que não serei convidado para dividir essa garrafa de vinho grande, muito grande.

— No momento, não.

— Nesse caso, podemos conversar por um minuto, em particular?

— Tudo bem. — Eve tornou a entrar na sua sala e ordenou que as luzes se acendessem. — Posso lhe oferecer um pouco de café, mas vai ser sua única mordomia por aqui.

— Aceito. — Baxter foi até o AutoChef e ele mesmo se serviu. Ainda vestia roupas comuns, notou Eve. Suéter cinza-claro, calça cinza-escuro. Havia manchas de sangue... Sangue de Bobby, Eve supôs, na calça do detetive.

— Não sei o que pensar — começou ele. — Talvez eu tenha dado mole. Talvez tenha pisado no tomate. Repassei tudo na cabeça várias vezes e coloquei no papel minhas impressões. Continuo não entendendo.

Pegou o café, virou-se para Eve e continuou:

— Deixei o garoto tomar a iniciativa. Não o culpo, a decisão foi minha. Eu o mandei comprar cachorros-quentes, droga. Percebi que eles iam comprar um lanche e o coloquei na linha de frente. Além do mais... Puxa, Dallas, eu estava com fome.

Eve reconhecia culpa quando a via. No momento, era como se olhasse para um espelho.

— Você quer que eu dê algum esporro em vocês? Já me esculhambei muito, mas continuo com culpa de sobra.

— Talvez eu também esteja assim. — Fez uma careta ao olhar para o café e tomou um gole. — Estava ouvindo o papo do casal, mas não pintou nada, só conversa mole. Não conseguia vê-los por inteiro, mas ele é muito alto e dava para enxergar a parte de trás de sua cabeça e seu perfil, quando ele olhava para ela. Avancei quando ela entornou o café no casaco, mas logo relaxei. Eles estavam na posição de meio-dia em relação à rua, Trueheart estava nas dez horas e eu na posição de três horas. De repente ela começou a berrar no meu ouvido.

— Você não pressentiu nada de errado? — quis saber Eve, encostando-se à quina da mesa.

— Nadica de nada. Os dirigíveis com anúncios anunciavam ofertas no céu, fazendo um barulho insano. Um desses papais-noéis de esquina balançava seu maldito sininho. As pessoas passavam às centenas e se aglomeravam na beira da calçada, esperando o sinal abrir.

Ele tomou mais um gole de café e continuou:

— Empurrei o povo assim que a ouvi gritar. Não vi ninguém fugir. O canalha pode simplesmente ter ficado parado onde estava. Talvez seja até mesmo uma das testemunhas interrogadas. Pode ter sumido na multidão ou recuado. Havia a droga de uma parada de Natal na Quinta Avenida. Muita gente escorregando, se esbarrando e tropeçando pelas calçadas.

A cabeça de Eve se ergueu e ela perguntou, apertando os lábios:

— Gente tropeçando? Antes ou depois do incidente?

— Antes, durante e depois. Analisando em retrospecto, vi uma mulher de casaco vermelho e cabelão louro com um belo penteado. Quase escorregou logo atrás de onde Zana estava parada. Pode ser que esse tenha sido o empurrão inicial. Zana derrubou o café e eu vi o marido se virar para perguntar o que havia acontecido. Parecia ansioso, mas logo relaxou quando ela contou que tinha derrubado café. Eu também. De repente ele foi lançado para a frente e o caos se instalou.

— Pode ser que estejamos nos culpando à toa e a vítima simplesmente tenha escorregado no chão molhado.

— Coincidências incomodam.

— E como! — Pelo menos isso serviu para Eve dar uma risada leve. — Incomodam muito! Vamos analisar as gravações de trás para frente e vice-versa. Ele está bem protegido, ninguém vai tentar chegar perto. Ela também. Vamos saber mais coisas quando os funcionários do laboratório terminarem sua cantoria de Natal. Não adianta ficarmos aqui nos culpando, nem pretendo dar nenhum esporro em você até descobrirmos com certeza que essa não foi a tal coincidência que aparece uma vez a cada milhão de vezes.

— Se eu tiver estragado a operação, quero ser informado.

— Não se preocupe — afirmou Eve, sorrindo de leve. — Eu mesma vou pular no seu pescoço e você vai sacar.

Capítulo Dezesseis

Roarke a observou chegando. Sua tira alta e esbelta usava o espetacular casacão de couro. Seus olhos pareciam cansados e o estresse era visível, apesar de ela se mostrar atenta, analisando o salão do restaurante enquanto caminhava.

Tiras eram tiras a qualquer momento, vinte e quatro horas por dia. Ela seria capaz de relatar com precisão, caso ele perguntasse, quantas pessoas estavam nas mesas do outro lado do salão, descrever as roupas que vestiam e talvez até mesmo o que comiam. E faria isso mesmo tendo entrado de costas para eles.

Fascinante.

Eve ajeitou o casacão e dispensou o garçom que se ofereceu para acompanhá-la até a mesa. Atravessou o espaço sozinha no ritmo apressado e decidido, com passadas largas, que Roarke adorava.

— Tenente... — Ele se levantou para saudá-la. — Sua entrada nos lugares é sempre um acontecimento. Você é uma figura!

— Figura de quê?

— De confiança e autoridade. Muito sexy. — Ele a beijou de leve e apontou para o vinho que servira assim que a viu entrar.

Recordação Mortal

— Não é exatamente um copo, mas considere um cálice sem fundo.

— Obrigada. — Ela tomou um gole respeitoso. — Meu dia foi uma bosta.

— Já deu para perceber. Que tal fazermos logo o pedido e você me conta tudo enquanto esperamos ser servidos?

Ela olhou para o alto ao ver o garçom que se materializou ao seu lado.

— Quero espaguete com almôndegas e molho calabresa. Vocês têm esse prato aqui?

— É claro, madame. E para entrada?

— Já recebi a entrada — afirmou ela, erguendo o cálice e tomando mais um gole.

— Uma salada mista — pediu Roarke. — Duas. Para mim, eu quero o *chicken Parmesan*. — Ele molhou um pedaço de pão no azeite aromatizado que já estava sobre a mesa e o entregou para Eve. — Experimente um pouco disso acompanhado com um gole de vinho.

Ela enfiou o pão na boca.

— Descreva o garçom para mim.

— O quê? Por quê?

— É divertido. Vá em frente. — Isso serviria para acalmá-la um pouco, refletiu ele.

Eve encolheu os ombros e tomou mais um generoso gole de vinho.

— Sexo masculino, branco, trinta e poucos anos. Veste calças pretas, camisa branca e calça sapatos mocassins pretos. Um metro e setenta e seis, sessenta e oito quilos. Pele lisa. Lábio inferior carnudo e nariz estreito com a ponta afilada demais. Dente canino torto do lado esquerdo. Sobrancelhas retas e espessas. Sotaque forte do Bronx, mas está tentando se livrar dele. Um diamante azul minúsculo preso no lóbulo da orelha esquerda. Aliança grossa de ouro branco no dedo anular da mão esquerda. É gay. Provavelmente tem um companheiro.

— Gay?

— Isso mesmo. Examinou você de cima a baixo e mal me olhou. E daí?

— E daí, nada. Como eu disse, é divertido. O que deu errado hoje?

— É mais curto descrever o que *não deu* errado — reagiu ela, e lhe contou tudo.

As saladas chegaram antes de ela terminar o relato e Eve deu uma garfada na sua.

— É nesse ponto que estou. Não posso reclamar de Baxter e de Trueheart porque, até onde eu sei, eles cumpriram a missão à risca. Não seria uma missão se eu não tivesse inventado essa operação.

— Isso significa que você também está se recriminando. De que serve isso, Eve? Se ele foi empurrado, qual o propósito do ato? O que a pessoa iria ganhar com sua morte?

— Podemos voltar a pensar na grana. Trudy estava bem de vida e ele é dono de um negócio de sucesso. Ou podemos reavaliar a possibilidade de vingança. Ele estava lá, morando na casa com a mãe, no tempo em que ela recebia órfãos. E era parente de sangue da megera.

— Ele lhe trouxe comida — lembrou Roarke. — Certamente não foi a única órfã que Bobby ajudou.

— Provavelmente não. Mas não ficou ao meu lado quando a coisa estourou. Talvez alguém ache que ele devia ter feito isso, quando foi a sua vez.

— Você pensa assim?

— Não. — Ela mordiscou mais um pouco de salada e bebeu mais vinho. — O sangue é mais forte que a solidariedade, e o instinto de autopreservação também. Não o culpo por nada. Mas ele era uma criança quando eu estava lá, só outra criança. Já era mais velho quando sua mãe decidiu parar de abrigar jovens. Alguém pode ter achado que ele também merecia pagar.

— O silêncio dele o tornaria cúmplice?

— Sim, mais ou menos isso. Só que, droga, seria bem mais fácil apagá-los em casa, certo? Tudo bem que aqui a cidade é muito maior, com mais pessoas, e isso é uma vantagem. Mas seria mais fácil monitorar suas rotinas no Texas. O que me leva, novamente, à possibilidade de um ataque por impulso.

— Já considerou a linda esposa de Bobby?

— Já, e continuo considerando. Talvez ela não fosse tão tolerante com a sogra quanto faz parecer. No meu caso, pelo menos, eu certamente precisaria de uma dose de tolerância muito maior. Pode ser que ela tenha visto uma oportunidade e resolveu aproveitá-la. Livra-se de Mama Tru e embolsa uma bela grana de Bobby. Depois, por que não se livrar do intermediário, que era seu marido? *Ele sai de cena e eu me dou bem*. Será que ela é burra a ponto de achar que eu não suspeitaria dela?

— Quando você a vê, o que enxerga?

— Nada que pule na minha frente e grite "Olhe para mim, sou uma assassina". Nem nas evidências recolhidas e nem no seu histórico. O problema é que ela é doce e fresca demais para o meu gosto.

— Garotas podem ser chamadas de frescas? — perguntou Roarke, sorrindo de leve.

— No meu mundo, sim. Toda aquela roupa em rosa e tons pastel; e Mama Tru o tempo todo... — Eve enfiou mais um pedaço de pão na boca. — Para vê-la chorar, basta olhar para ela.

— Então vamos lá... Você tem uma sogra morta, um rapto pessoal e seu marido foi parar no hospital. Parece-me que algumas dessas lágrimas são justificadas.

Eve tamborilou com os dedos na mesa.

— Não achei nada em seus registros que demonstrem tendências dela nesse sentido. Não a vejo se casando com Bobby pelo dinheiro. Não há muito dele, mesmo ela sabendo do belo e sujo pé-de-meia que Trudy tricotou ao longo dos anos.

— Um milhão de dólares dá para viver de forma muito confortável, em alguns locais — lembrou ele.

— Agora você está parecendo Peabody. Não que eu esteja saturada de dinheiro — murmurou ela —, mas casar com alguém para colocar a mão na fortuna do noivo, sabendo que será necessário matá-lo, e também a mãe? Isso já é forçar muito a barra. Além do mais, não vejo como ela poderia saber por antecedência que Trudy tinha grana guardada aqui e ali.

— Talvez Zana tivesse uma ligação com uma das mulheres que a sogra chantageou — sugeriu ele.

Eve tinha de reconhecer: Roarke raciocinava como um tira, algo que ele rejeitaria com uma careta, caso ela lhe dissesse.

— Sim, já pensei nessa possibilidade. Fiz pesquisas para ver se achava algo nessa linha de investigação. Até agora não pintou nada. Li os relatos das testemunhas, e duas delas garantiram que Zana tentou agarrar Bobby pelo braço quando ele caiu na rua. Exatamente como ela contou.

— Mesmo assim você desconfia dela.

— Sim, meu trabalho é esse. Ela estava no local dos dois incidentes. Tinha ligação com as duas vítimas. Além do mais, é quem mais sairia ganhando se o motivo for dinheiro, pelo menos no momento.

— Foi por isso que você colocou guardas junto dela, tanto para vigiá-la quanto para protegê-la, certo?

— Não posso fazer muita coisa mais até o dia 26. O laboratório não vai me trazer mais nada; metade dos meus homens está de folga e a outra metade está com a cabeça fora do ar. Não há perigo

Recordação Mortal 349

imediato para a população e eu não tenho motivos para pressionar o laboratório. Nem mesmo os peritos me deram retorno sobre as pesquisas no quarto ao lado de onde ocorreu o assassinato. O Natal está atrapalhando o meu caso.

— Que sacanagem do Natal!

— Pode me zoar — disse ela, apontando o dedo para ele. — Sabia que eu até recusei uma bengalinha de açúcar, hoje?

Ela lhe contou sobre o Papai Noel bêbado enquanto a entrada era servida.

— Você encontra um monte de pessoas interessantes no trabalho.

— Sim, é um grupinho eclético. — Era importante tirar aquilo da cabeça, disse Eve a si mesma. Deixe o trabalho de lado e lembre-se que você tem uma vida para levar. — E você, conseguiu acertar as coisas no seu mundo?

— Mais ou menos. — Ele serviu mais vinho para ambos. — Vou trabalhar um pouco amanhã, mas pretendo fechar o escritório ao meio-dia. Ainda tenho alguns detalhes pendentes, mas pretendo resolver tudo de casa.

— Detalhes? — Ela olhou para ele com ar descontraído, enquanto enrolava espaguete no garfo. — O que pode estar preocupando você? Anda importando renas?

— Ah, se você tivesse me dado essa ideia mais cedo! Não, é uma coisinha aqui, outra ali. — Ele afagou a mão dela. — Nossa véspera de Natal foi interrompida abruptamente no ano passado, lembra?

— Sim, lembro. — Eve nunca mais esqueceria o maníaco que atacou Peabody e o terror que sentiu ao achar que talvez chegasse tarde demais.* — Ela estará na Escócia, amanhã, e terá de cuidar de si mesma.

---

* Ver *Natal Mortal*. (N.T.)

— Ela ligou para mim. Na verdade, ela e McNab ligaram, para me agradecer. Ambos ficaram surpresos e comovidos quando eu lhes contei que a ideia foi sua.

— Você não precisava contar.

— A ideia *foi* sua, mesmo.

— Tudo bem, mas *você* é o dono do jatinho — reagiu ela, mostrando-se um pouco aborrecida.

— É interessante o fato de você ter tanta dificuldade para dar presentes quanto para receber.

— É porque você sempre exagera. — Franzindo o cenho para ele, Eve espetou uma almôndega. — Aposto que você exagerou mais uma vez, não foi?

— Está tentando fisgar uma dica sobre o seu presente?

— Não. Talvez. Não — decidiu. — É que você adora me encher de badulaques e é muito metido a esperto.

— Que coisa feia para se dizer! Assim, você vai acabar encontrando um pedaço de carvão no fundo da meia de Papai Noel.

— E daqui a alguns milhares de anos terei um diamante imenso, portanto... Puxa, o que será que Trudy pretendia fazer com o dinheiro?

Roarke se recostou na cadeira e sorriu. A tira estava de volta.

— Guardar tudo em algum canto? Para quê? Tinha dinheiro guardado, mas não ostentava muito porque não queria que ninguém soubesse. Mantinha seus badulaques cintilantes trancados no cofre, só para poder olhar para eles. E colocou as joias no seguro — contou Eve. — Encontrei a papelada sobre essa operação. Mais de um quarto de milhão de dólares em quinquilharias. Sem falar nos ajustes estéticos Mas isso era tudo ninharia, porque a grana alta estava vindo do que, para você, seriam apenas migalhas. Para ela, porém, seria o grande golpe da sua vida. Ela sonhava com essa bolada gorda, e devia ter um plano para quando o dinheiro chegasse.

— Imóveis, talvez. Ou uma viagem. Obras de arte, mais joias.

— Trudy já tinha um monte de joias que não podia usar fora de casa, porque as pessoas poderiam ter ideias. Mas talvez ela tivesse planos de se mudar para outro local. Preciso verificar isso. Vou ter de pesquisar se havia algum passaporte válido, em que ano ela o tirou, se foi renovado ou não. Havia Bobby na sua vida, mas ele é adulto é já estava casado. Não sobrou ninguém para ela cagar ordens. Isso deixa qualquer um puto.

— Talvez uma nova casa, em outra cidade. Um lugar onde ela pudesse viver da forma que merecia, cercada de empregados.

— Sim, Trudy certamente precisava de alguns subalternos para dar ordens e esporros. Mas ela não queria o tipo de grana que você simplesmente coloca no banco para viver de renda. Ainda mais porque planejava continuar sangrando você pelo resto da vida, pode apostar nisso. Não dava para ela continuar morando no velho Texas, onde todo mundo a conhecia. Afinal, com tanta grana, ela precisava aproveitar a vida.

— O que isso tem a ver com a investigação? Se você descobrir que ela fez pesquisas sobre imóveis ou viagens, o que isso lhe trará de novo, a não ser mais trabalho?

— Trabalhar demais não é tão ruim como dizem. Pode ser que ela tenha deixado alguma ideia escapar para Bobby, Zana ou outra pessoa. Poderíamos usar a possibilidade favorita de Peabody: um amante jovem e cheio de tesão, escondido em algum lugar. Alguém que Trudy mantinha com rédeas curtas, ou que tenha se tornado ganancioso de repente. Ou podemos voltar à teoria da vingança. Uma das órfãs que ela acolheu andava vigiando-a, vinha sendo usada por ela ou descobriu que Trudy planejava um grande golpe.

Eve deixou o prato de lado e completou:

— Quero analisar as coisas por esse ângulo. Você já acabou de comer?

— Quase. Nada de sobremesa?

— Para mim não, estou satisfeita.

— Eles têm um sorvete fantástico aqui. — Um sorriso surgiu nele, rápido e brilhante. — Chocolate.

— Seu sacana! — Eve lutou contra sua grande fraqueza. — Será que dá para levar o sorvete para viagem?

A coisa ficava interessante, refletiu Eve, quando era analisada por um ângulo que não parecia relevante, a princípio. As pecinhas que se embaralhavam sem entrar no quebra-cabeça, mas ficavam à espera do encaixe certo.

— O passaporte dela está em dia — declarou Eve, dando uma lambida generosa na delícia decadente representada pelo sorvete cremoso de chocolate. — Tirou o documento há doze anos e viajou bastante. Engraçado foi ninguém ter mencionado isso. Espanha, Itália, França. Gostava muito da Europa, mas também visitou o Rio, Belize e Bimini, locais exóticos.

— Nada fora do planeta? — perguntou Roarke.

— Nenhum lugar para o qual ela tenha usado passaporte. Mas aposto que Trudy se manteve na velha e segura Terra. Viagens para fora do planeta tomam muito tempo e custam muita grana. Sempre que ela viajava, ia e voltava em poucos dias, com raras exceções. O período mais longo que achei foi dez dias na Itália. Visitou Florença com muita calma. Encontrei mais uma viagem para Florença aqui, essa de um dia só, uma semana antes de ela vir para Nova York.

— Talvez ela tenha uma quedinha especial pela Toscana — sugeriu Roarke.

— Viagens muito curtas. — Eve tamborilou com os dedos na mesa e comeu mais sorvete. — Acho que ela dava esses passeios na surdina. Não contava nem ao filho. Preciso verificar os dados novamente para ver se viajava sozinha ou acompanhada.

Analisou os dados e completou:

— Teve algum motivo para voltar à Itália pouco antes de vir para cá aplicar seu golpe. Andava pesquisando o lugar, pode apostar sua bundinha nisso. Acho que andava à procura de uma *villa* por lá.

— Vai levar algum tempo, mas eu posso descobrir se ela andou fazendo levantamentos sobre preços e localização de imóveis com um corretor de lá.

— Certamente conhecia os detalhes de transações imobiliárias, já que o filho trabalha na área.

Eve se recostou e suspirou.

— Esse é um caminho — continuou. — Ela pensava em se mudar e se instalar num local apropriado para viver uma vida de luxos depois de depenar você.

— Faço objeção a esse termo. Ninguém consegue me "depenar".

— Eu sei disso, mas Trudy não sabia. Simplesmente achou que estava na hora de aproveitar o pé-de-meia tão duramente preparado. Queria vestir-se bem e usar as joias maravilhosas que viviam protegidas pelo seguro. Era hora de curtir as coisas que mais apreciava, e ela se preparava para isso. Vinha ordenhando algumas das velhas fontes de renda, mas elas não eram infinitas. Agora, que descobrira o pote de ouro, poderia ir em frente e se aposentar.

— E o que dizia para a família?

Pense como ela, ordenou Eve a si mesma. Isso não era difícil de fazer.

— O próprio filho a substituiu por uma esposa. Canalha ingrato! Ela não precisava lhe contar nada sobre seus planos. Se pretendesse falar algo sobre o súbito aporte de grana, aposto que já tinha preparado alguma história. Ganhou na loteria, recebeu uma herança, algo inesperado. Mas não precisava mais de Bobby, porque já tinha alguém novo na coleira para fazer o trabalho desagradável, sempre que precisasse. Mas eles deveriam ir com ela a Nova York, só por garantia.

Eve girou os ombros, fez alongamentos e completou:

— Talvez pretendesse dispensar o subalterno e contratar alguém novo, depois de se mudar. Quem você conhece na Toscana que lida com imóveis e pode nos dar uma mãozinha nisso?

— Uma ou duas pessoas. Só que já passa de uma da manhã na Itália.

— Ah, claro! — Ela fez uma careta ao olhar para o relógio. — Detesto essa porcaria de diferença de horário. É irritante. Muito bem, vamos esperar amanhecer por lá.

— Odeio ter de lembrar a você que amanhã é véspera de Natal. É pouco provável que encontremos imobiliárias abertas, especialmente na Europa, onde eles curtem todos os feriados. Posso mexer alguns pauzinhos, mas só se for urgente, porque não gosto de estragar o feriado de ninguém.

— Sei, sei... — Ela balançou a colher. — Viu só? O Natal está me atrapalhando. Mas isso pode esperar, pode esperar — repetiu.

— O mais importante agora é descobrir se ela viajou acompanhada. Esse pode ser o seu erro fatal. O detalhe que colocou tudo em movimento.

— Nisso eu posso ajudá-la.

— O que eu quero é fazer um levantamento de todos os voos dela.

— Todos?

— Sim, todos. Depois, vamos ver a lista de passageiros de cada viagem, para ver se aparece algum nome interessante. Ou alguém ligado ao caso. — Lambeu o sorvete do dedo. — Tudo bem, eu sei que os escritórios das companhias de aviação estão fechados.

Recordação Mortal

Todos uns vagabundos preguiçosos. Para piorar, acessar listas de passageiros normalmente exige autorização judicial.

— Eu não disse nada — sorriu ele, descontraído.

— Vou só dar uma olhada, ora. Se aparecer algum nome, eu prometo recuar e seguir os canais oficiais de busca. Estou puta da vida por andar e andar sem sair do lugar.

— Continuo sem dizer nada.

— Mas está pensando.

— O que estou pensando é que você tem de sair daí, porque vou precisar da sua cadeira.

— Por quê?

— Já que vou levantar esses dados, e nós dois sabemos que eu consigo acessar os arquivos muito mais depressa do que você, quero a cadeira e a mesa. Por que você não cuida daqueles pratos para lavar?

Eve resmungou, mas se levantou.

— Sorte a sua eu estar embebida pelo espírito de Natal e não mandar *você* lavar os pratos.

— Ho, ho, ho! — Roarke se sentou à mesa de Eve e arregaçou as mangas da camisa. — Um pouco de café cairia bem.

— Continue pisando nesse gelo fino, garotão. Ele já está começando a estalar debaixo dos seus sapatos caríssimos.

— Também quero um cookie, já que você comeu o meu sorvete quase todo.

— Não comi não! — berrou ela, da cozinha. Na verdade tinha comido, sim, mas isso não vinha ao caso.

De qualquer modo, Eve também queria café, e não custava nada servir duas canecas. Para se divertir com Roarke, pegou um cookie minúsculo, pouco maior que uma unha do polegar, e o colocou no prato ao lado da caneca.

— Acho que o mínimo que posso fazer é lhe trazer um café e um cookie, já que você está usando seu tempo para me ajudar

— disse ela, chegando por trás de Roarke e se inclinando para plantar um beijo típico de esposa, bem no alto de sua cabeça.

Só então serviu o prato. Ele olhou para o lado e depois para ela.

— Isso é muita mesquinharia, Eve, até mesmo para você.

— Eu sei, mas é divertido. O que conseguiu?

— Estou acessando a conta de Trudy para determinar que companhia de transporte ela usou para viajar. Quando conseguir isso, farei uma pesquisa cruzada com as datas marcadas no passaporte. Depois, poderei baixar as listas de passageiros para investigá-las. Acho que tudo isso me faz merecer a porcaria de um cookie decente.

— Como este aqui? — Eve revelou um cookie coberto de glacê que havia escondido atrás das costas. Por mais que Eve tivesse queixas de Summerset, e tinha muitas, também reconhecia que o mordomo sabia cozinhar muito bem.

— Agora sim! Por que você não vem aqui e senta no meu colo?

— Limite-se a conseguir os dados, meu chapa. Sei que é um insulto perguntar, mas você tem certeza de que não vai ter problemas com o CompuGuard?

— Vou ignorar a pergunta, já que você me trouxe um cookie.

Eve o deixou trabalhando e usou o computador reserva.

O que será que os outros casais faziam depois do jantar? Assistiam ao telão juntos ou iam para suas áreas pessoais, a fim de trabalhar ou curtir seus hobbies? Talvez conversassem pelo *telelink* com amigos e parentes. Ou recebessem visitas.

Eles também faziam algumas dessas coisas. Às vezes. Roarke a transformara numa fã de filmes antigos, especialmente os feitos em preto e branco no início e meados do século XX. Ocasionalmente, em noites tranquilas, eles passavam horas assim. De um jeito que, Eve imaginava, a maioria das pessoas considera normal.

Se é que poderia ser considerado normal ficar duas horas em casa diante de um telão maior e, certamente, muito mais luxuoso e sofisticado que aqueles que o público conhecia.

Antes de Roarke entrar em sua vida, Eve passava a maior parte das noites sozinha, revendo anotações e matutando sobre um caso. A não ser que Mavis aparecesse e a levasse para uma noitada de diversão e jogos. Naquela época, ela não conseguiria se imaginar daquele jeito, sossegada ao lado de alguém, em paz e harmonia, apesar de algumas diferenças fundamentais entre ela e Roarke.

Naquele momento, Eve não conseguia imaginar a vida de outro jeito.

Pensando sobre casamento, ela analisou Bobby e Zana. Estavam casados havia poucos meses. Portanto, era de imaginar que passavam muito do seu tempo juntos. Trabalhavam juntos, moravam juntos. E viajavam juntos, pelo menos nessa viagem fatídica.

Sua busca a levou ao passaporte de Bobby. O último carimbo tinha mais de quatro anos, na Austrália. Havia carimbos de mais duas viagens anteriores, com espaços de aproximadamente um ano entre elas. Uma a Portugal e outra a Londres.

Férias, decidiu Eve. Viagens curtas anuais, mas nada que exigisse um passaporte, desde a Austrália.

Talvez houvesse outras. Como ele estava abrindo o próprio negócio, seriam viagens mais curtas e mais baratas.

Não encontrou o passaporte de Zana, nem com o nome de solteira, nem com o de casada. O fato é que muita gente nunca tinha saído do país. Ela mesma nunca viajara para o exterior até conhecer Roarke.

Recostou-se na cadeira e considerou tudo isso. Será que Bobby não gostaria de levar a esposa em uma viagem grande? Em lua de mel, ou algo assim? Apresentá-la a algum lugar do mundo para onde ele já tivesse viajado e gostado?

Essa era um dos hábitos de Roarke. Vou mostrar o mundo para você.

Mas talvez eles não tivessem tempo para isso, ou queriam economizar o dinheiro. Ainda não. Pode ser que ele tivesse decidido começar com Nova York, quando sua mãe colocou a ideia em sua cabeça. Isso fazia sentido.

Mas era algo que merecia ser analisado.

Deu mais uma olhada nas outras jovens que Trudy acolhera, em busca de alguma ligação, algo que encaixasse. Uma delas estava na cadeia e outra estava morta, reparou.

Mas e se...

— Consegui as listas de passageiros — anunciou Roarke.

— Já? — Ela olhou para ele com ar distraído.

— Um dia você vai me prestar a reverência que eu tanto mereço.

— Você é rico o suficiente para prestar reverências a si mesmo. Algum nome bateu?

— Se estiver com pressa, analise metade das pessoas da lista. — Ele digitou algo no teclado e avisou: — Pronto, estou transferindo a lista. Dá para continuar a partir daí?

— Pode deixar que eu sei como pesquisar e comparar nomes — resmungou Eve, baixinho, colocando um programa para rodar. Em seguida, virou-se de frente para ele. — Encontrei duas possibilidades distantes. Estou pescando ideias. Uma das jovens acolhidas está na cadeia. Por diversas agressões, basicamente. Não tem família nem amigos. Nada em sua ficha indica ligações com gente importante. Mesmo assim, talvez Trudy tenha tentado arrancar grana dela. Com um passado violento, ela decide se vingar. Trabalha com alguém próximo a Trudy, ou que pode chegar perto do alvo. Por fim, elimina a inimiga, consegue a vingança e ainda ganha algum dinheiro durante o processo.

Recordação Mortal

— Mas como essa pessoa descobriu que Trudy planejava vir para Nova York a fim de arrancar dinheiro de nós e conseguiu planejar um assassinato tão depressa?

— A morte foi impulso de momento, continuo achando isso. Seu comparsa já poderia estar na jogada. Sei que é um chute sem base sólida, mas vou ter outra conversa com a diretora da prisão depois do Natal. E também com o policial responsável pela captura da presa.

— E quanto à outra possibilidade distante?

— Uma das jovens acolhidas trabalhou como dançarina numa boate que foi bombardeada alguns anos atrás, em Miami. Dois palhaços entraram porta adentro protestando contra pecado, ou algo do tipo. Alguma coisa deu errado e as bombas explodiram, matando cento e cinquenta pessoas.

— Desculpe, eu não me lembro disso. Antes de conhecer você, não prestava muita atenção a esse tipo de notícia. — Mas ele parou o que fazia e analisou os fatos. — Quer dizer que ela sobreviveu?

— Não. Pelo menos o seu nome está na lista dos mortos. Mas a boate era clandestina e ela pode ter escapado. Explosões, braços e pernas voando para todos os lados. Sangue, terror, confusão.

— Já imaginei a cena, obrigado. — Ele se recostou na cadeira e seguiu a trilha investigativa que Eve tomara. — Você acha que ela sobreviveu, assumiu uma identidade falsa e resolveu dedicar a vida ao planejamento da morte de Trudy?

— É uma hipótese — insistiu Eve. — Existem outras. Alguém ligado à dançarina pode ter procurado Trudy. Mais uma vez, por vingança. Um amante, ou uma amiga antiga. Posso conversar com os sobreviventes e com algumas pessoas que tenham trabalhado com ela na boate. Pelo menos para montar uma imagem mais clara dela.

Eve se levantou e começou a caminhar de um lado para outro.

— Tem mais uma coisa circulando pela minha cabeça — continuou. — Será que Trudy pegou Bobby dando comida para uma das meninas? Se isso aconteceu, qual terá sido a reação dela? Contra a menina ou contra o filho? Será que mais tarde, quando a menina cresceu, tornou a entrar em contato com eles? Será que uma das antigas vítimas se aproximou novamente de Bobby? Ele não comentou nada a respeito disso, mas a maneira mais fácil de chegar a Trudy seria através do filho.

— E voltamos a Zana.

— Exato!

— Vamos ver... O que existe de diferente em Zana Lombard que faz você voltar sempre a ela?

— Bem, como eu já disse, ela chora o tempo todo.

— Eve!

— Mas isso é irritante. Além desse incômodo pessoal, ela estava na primeira fila no momento dos dois incidentes. E foi a única que viu seu suposto raptor.

— Mas por que Zana inventaria uma história como essa? Isso só serve para colocá-la no centro das atenções. Não seria preferível ela se manter nos bastidores?

Eve se levantou e foi estudar o quadro que montara sobre o crime.

— Criminosos estão sempre complicando as coisas, dizendo ou fazendo mais do que deveriam, mesmo os mais espertos. Acrescente um pouco de ego. Veja só o que eu fiz e ninguém descobriu. É péssimo não ter ninguém para exclamar "Puxa, isso foi muita esperteza, você merece um drinque!".

— Você realmente acha que ela é a assassina — afirmou Roarke, erguendo as sobrancelhas.

Eve traçou com a ponta de um dedo uma linha que ligava a foto de Trudy à de Bobby e à de Zana. Um triângulo perfeito e conveniente, decidiu. Limpo e arrumado.

Recordação Mortal

— Desconfiei dela desde que abri a porta e encontrei Trudy morta — disse Eve.

— Mas manteve essa suspeita para si mesma o tempo todo, não foi? — reclamou Roarke, girando a cadeira e olhando para Eve.

— Também não precisa ficar putinho.

— Eu nunca fico "putinho". — Ele se levantou e resolveu tomar um conhaque. — De vez em quando fico muito aborrecido. Como agora, por exemplo. Por que você não me contou isso antes?

— Porque toda vez que eu voltava a Zana ela me parecia limpeza total. Não tenho fatos, nem dados, nem evidências, nenhum motivo óbvio.

Ela chegou mais perto da foto de Zana. Olhos azuis imensos, cabelo louro. Uma jovem que parecia simples, ingênua e confiável.

— Rodei o programa de probabilidade com o nome dela e o resultado foi baixo. Minha cabeça garante que não foi ela, mas meus instintos afirmam o contrário.

— Você geralmente segue os instintos.

— Só que dessa vez é diferente, porque meus instintos estão prejudicados pelo meu envolvimento prévio com a vítima. — Eve se afastou do quadro e voltou ao computador reserva. — O nome que está no alto da minha lista de suspeitos por instinto não me deu nenhum motivo para estar lá. Suas ações e reações, as declarações que deu e seu comportamento são exatamente o que deveriam ser, dadas as circunstâncias. Só que eu olho para ela e penso: Só pode ter sido você.

— E Bobby?

— Poderia estar trabalhando com ela. Um deles, ou os dois, sabiam o que Trudy planejava. Um deles, ou ambos, seduziram um ao outro e usaram sexo, ou amor, ou dinheiro, ou todas essas opções.

Eve parou, pegou na pasta eletrônica as fotos recentes de Bobby, tiradas no momento do atropelamento, e as juntou às outras do quadro.

— Só que esse incidente que o mandou para o hospital não se encaixa nessa teoria. Fiz questão de vê-lo após o atendimento de emergência antes de Zana. Ele não demonstrou nenhum sinal de que ela o tenha enganado ou traído. Eles estavam grampeados quando passeavam pela cidade. Segundo o relatório oral que Baxter me apresentou logo após o ocorrido, os dois conversaram apenas sobre compras e almoço. Nada de Trudy, nada sobre algum plano ou esquema. Eu não *pressinto* que tenha sido Bobby, e não me parece trabalho de equipe. Mas...

— Tem medo que suas lembranças mascarem seus instintos, certo?

— Talvez. Preciso misturar um pouco mais as peças desse quebra-cabeça.

Tarefa concluída. Não há ninguém ligado ao caso nas listas de passageiros pesquisadas.

— Agora ferrou tudo! — reclamou Eve. — Podemos tentar combinações de nomes, verificar pseudônimos.

— Deixe isso comigo.

Eve se serviu de mais uma caneca assim que Roarke se virou de costas, para evitar que ele reclamasse do seu consumo excessivo de café, e continuou a divagar:

— Quando uma pessoa está casada com a outra, mora com ela, dorme com ela, será que não dá para perceber, ou ter uma leve desconfiança de que está sendo usada e enganada? Puxa, fala sério, dia após dia, noite após noite? O falso vai escorregar no quiabo em algum momento e o enganado vai levantar a guarda, certo?

— Você não conhece a expressão "O amor é cego"?

Recordação Mortal

— Acho que isso é mentira. O tesão certamente ofusca, pelo menos a curto prazo. Mas o amor verdadeiro clareia a visão. Você enxerga melhor e vê mais detalhes do mundo porque se sente melhor do que antes.

Os lábios dele se curvaram em um sorriso genuíno. Ele foi até onde ela estava e acariciou-lhe os cabelos e o rosto.

— Querida, acho que essa foi a coisa mais romântica que ouvi sair da sua boca desde que nos conhecemos, há quase dois anos.

— Não se trata de romantismo, apenas...

— Calada! — Ele colocou os dedos sobre os lábios dela. — Deixe-me curtir esse momento. Você tem razão, mas o amor também pode fazer a pessoa apaixonada enxergar as coisas do jeito que as idealiza. Além do mais, no caso de insistir na intuição de que Zana é culpada, você não considerou a possibilidade de ela o amar muito. Parte da sua motivação para o crime pode ter sido libertá-lo do que ela via como uma influência destrutiva e, até mesmo, perigosa.

— Ora, quem está sendo romântico, agora? Mas existe um problema: se eu colocar Zana no papel de assassina, ela empurrou o marido na frente de um táxi há poucas horas. Se foi ela quem matou Trudy, não há jeito de o atropelamento ter sido coincidência.

— Agora você me pegou.

— O fato é que eu não tenho nada de substancial. O que tenho é uma testemunha material, ou um suspeito, internado no hospital. Outra num quarto de hotel, sob vigilância. Não tenho evidência alguma que aponte para um dos dois. Ou qualquer outra pessoa, no momento. Preciso mergulhar mais fundo, apenas isso. Misturar os fatos, matutar ideias e continuar insistindo.

Eve se lembrou da gravação dos grampos, das habilidades de Roarke e do seu sofisticado equipamento no laboratório de informática. Poderia pedir a ele que pesquisasse isso para ela, pois ganharia tempo.

Mas não seria correto nem justo. Não começando tão tarde da noite.

— Acho que o melhor a fazer é encerrar os trabalhos, por hoje. Posso conferir os resultados das últimas pesquisas amanhã de manhã.

— Por mim, está perfeito. Que tal nadarmos um pouco antes de dormir? Fazer alguns alongamentos?

— Sim, isso seria ótimo. — Ela seguiu na direção do elevador ao lado dele, mas logo estreitou os olhos. — Isso é algum subterfúgio para você me colocar molhada e nua?

— Vejo que o amor não a deixou cega, tenente. Você lê meus pensamentos.

Capítulo Dezessete

Não estava propriamente nevando ao amanhecer da véspera de Natal, mas uma chuvinha congelante e desagradável fazia sons alegres e agudos contra as vidraças. Aquela chuvinha miúda iria cobrir as ruas e calçadas, pensou Eve, desconsolada. Isso daria aos funcionários públicos que estivessem de serviço uma boa desculpa para tirar o dia de folga.

Viu-se tentada a fazer a mesma coisa e se juntar a eles. Bastava vestir uma camiseta velha e trabalhar em casa, evitando o rinque de patinação em que as ruas certamente teriam se transformado, a essa hora. Bastava ficar em casa, quentinha e confortável. Insistir em ir trabalhar lá fora era puro espírito de contradição.

Mas reconhecer isso não a incomodava nem um pouco.

— Tudo que você precisa para continuar a investigação está em casa — lembrou Roarke.

— Não. — Ela prendeu a arma no coldre. — Não terei Feeney, para começar. Nem Mira. Pretendo arrancar da minha amiga psiquiatra um belo perfil de Zana e de Bobby. Não terei a chance de colocar para trabalhar os poucos que tiverem a má sorte de estar de plantão no laboratório. Também quero passar no hotel, no hospital e garimpar novos dados por lá.

— Talvez ninguém tenha lhe contado, tenente — disse Roarke, esticando as pernas e curtindo mais uma xícara de café. — Inventaram recentemente um aparelho maravilhoso chamado *tele-link*. Alguns modelos mais modernos, como os nossos, estão equipados para realizar conferências a distância, por holografia.

— Não é a mesma coisa. — Eve cobriu a arma com a ponta da jaqueta. — Você vai ficar em casa hoje?

— E se eu disser que vou?

— Estará mentindo. Você vai trabalhar, igualzinho a mim, para resolver pessoalmente as coisas pendentes. Vai liberar seus funcionários mais cedo, porque tem coração mole, e vai continuar trabalhando.

— Ficarei em casa se você fizer o mesmo.

— Vou para a rua, e você também. — Ela se aproximou dele, emoldurou-lhe o rosto com as mãos e o beijou. — Vejo você daqui a algumas horas.

— Bem, então cuide-se, OK? As ruas ficam traiçoeiras nesse tempo.

— Traiçoeiro é um viciado girando no ar um taco feito de chumbo, mas já enfrentei um.

— Mesmo assim eu mandei preparar uma das minhas caminhonetes quatro por quatro. — Ele ergueu uma sobrancelha ao ver a careta que ela fez. — Eu mesmo vou usar uma, então não adianta discutir.

— Certo, tudo bem. — Eve olhou para o relógio. — Já que você está em clima de pessimismo e preocupação, poderia aproveitar e conferir o voo de Peabody, para ver se eles estão bem.

— Já fiz isso. Eles já estão no ar, acima e bem longe do mau tempo. Use as luvas — lembrou ele, quando ela saiu porta afora.

— Que sujeito chato! — resmungou ela, brincando.

Recordação Mortal

No fundo, sentia-se grata pelos cuidados em excesso e pelo forro fino e macio, de pele, que tinha aparecido na parte de dentro do seu casacão. Como é que ele conseguia pensar em tudo?

Do céu caíam milhares de agulhas finas e cruéis, tão geladas quanto a superfície de Marte. Ela entrou no veículo poderoso e viu que o aquecimento do veículo já tinha sido ligado. Roarke não deixava passar nada, mesmo. Era quase fantasmagórico.

Mesmo aquecida e em um veículo com a tração e o poder de um tanque a jato, Eve penou com as mãos nuas no volante durante todo o caminho até o centro da cidade. Antes, xingou de molengas vagabundos as pessoas que faltavam ao trabalho para aproveitar o feriadão. Naquele momento, maldizia todo mundo que não tinha mantido a bunda dentro de casa. Ou por usarem um carro não preparado para aquele frio extremo e ruas congeladas.

Por duas vezes ela passou por veículos batidos e se sentiu obrigada a parar, saltar e verificar se havia feridos, antes de convocar a assistência do departamento de tráfego.

Quando o trânsito deu um nó e parou de vez, Eve imaginou como seria passar por cima de todos os carros que se estendiam em seu caminho. O tanque que ela dirigia seria bem capaz disso.

Ao chegar à Central e ver o número de carros na garagem, calculou que mais de vinte por cento das vagas estavam vazias.

Um dos detetives a cumprimentou quando ela entrou na Divisão de Homicídios.

— Slader, você foi convocado para trabalhar depois do expediente em pleno feriado?

— Isso mesmo, senhora. Caiu um caso no meu colo duas horas antes do fim do turno. Já coloquei o agressor na cela gelada. A vítima é seu irmão, que veio de fora da cidade para visitá-lo no Natal. O coitado acabou com o pescoço quebrado depois de despencar de uma escada. O suspeito sob custódia mora numa casa caríssima perto do Central Park. A vítima era um perdedor sem endereço fixo e sem emprego.

— E teve ajuda para despencar da escada?

— Ah, teve sim, com certeza! — O sorriso de Slader foi fino e zombeteiro. — O suspeito alega que o irmão estava doidão, e vamos confirmar isso pelos exames toxicológicos, mas ele também ingeriu alguma coisa. Disse que estava na cama, ouviu o barulho da queda e encontrou o irmão já caído junto ao último degrau da escada. O pior é que não lhe passou pela cabeça que iríamos perceber as marcas roxas no rosto da vítima, ou então imaginou que a culpa delas ficaria por conta da queda. Só que o suspeito tinha os nós dos dedos esfolados e um lábio aberto, e sacamos que a história foi outra.

Eve coçou a nuca. As pessoas, às vezes, eram incrivelmente burras.

— Você explicou que ele poderia alegar legítima defesa ou briga com desfecho inesperado e acidental?

— Expliquei, mas ele insistiu na história da queda solitária. É executivo de uma firma de publicidade famosa e não quer seu nome no noticiário. Vamos interrogá-lo novamente e pressionaremos um pouco mais. O cara quase desmontou e já chorou duas vezes, mas se recusa a modificar a história. O fato, tenente, é que todo mundo por aqui já passou da hora de ir embora para casa.

— Cole nele e mantenha-o preso. Vou autorizar o pagamento de horas extras. Metade do esquadrão está fora da cidade e não posso deixar a Central sem gente. Ele pediu um advogado?

— Ainda não.

— Se você chegar a um beco sem saída, entre em contato comigo. Se não acontecer isso, simplesmente deixe o caso para resolver depois.

Eve pendurou o casacão em sua sala depois de dar uma olhada na papelada à espera sobre a sua mesa, que tinha se multiplicado

Recordação Mortal

da noite para o dia. Os problemas se reproduziam como coelhos nessa época do ano, refletiu ela, a caminho da DDE.

Pelo menos dessa vez as paredes da DDE não estavam barulhentas. Não havia vozes, nem música, nem papos sobre aparelhos eletrônicos. Os poucos detetives de serviço estavam em seus cubículos ou junto de suas mesas, e poucos computadores estavam ligados. Em se tratando daquele salão, tudo parecia estranhamente quieto.

— O crime pode deitar e rolar pela cidade, porque o número de tiras de serviço é ridículo e todos estão pendurando suas meias nas janelas, para Papai Noel.

— É, mas está tudo calmo e sem agitação — contrapôs Feeney, erguendo os olhos.

— É o que acontece antes de as coisas irem pelos ares — retrucou ela, com ar sombrio. — Fica tudo calmo e sem agitação.

— Já que você está tão alegrinha, tenho algo que vai cortar seu barato.

— Você ainda não descobriu nada sobre aquela conta, certo?

— Não descobri nada sobre a conta porque não existe conta nenhuma. Pelo menos não com esses números, muito menos nessa ordem.

— Talvez ela tenha confundido os números. Que tal fazer uma busca aleatória, utilizando os números em todas as ordens, para depois...?

— Você veio aqui para me ensinar a fazer pesquisa eletrônica? Eve bufou uma vez e se sentou junto da mesa de Feeney.

— Não.

— O problema é que há números demais aqui. Pelo menos um a mais. Quando você faz uma pesquisa aleatória tirando um dos números, qualquer número, o que consegue são milhões e milhões de contas válidas.

— Merda! — foi a melhor reação que lhe passou pela cabeça.

— Não existe jeito de chegarmos a uma conta só. Posso fazer uma varredura em todas as contas possíveis, mas vai levar um tempão para comparar todas elas. Para trabalhar assim, é mais fácil tirar coelhos de cartolas.

Eve tamborilou com os dedos na coxa.

— Avise se tiver outra ideia. Comece a fazer referências cruzadas.

— Isso vai ser uma dor de cabeça de proporções gigantescas, Dallas. — Lançou para ela um dos seus olhares de cão derrotado. — O fato é que você conseguiu esses números de uma mulher pressionada e sob muito estresse. Não há como saber se ela decorou os números certos, para início de conversa.

— Por que ele não lhe mostrou o número da conta e não a obrigou a ditá-los em voz alta para o *tele-link*? Ou escrevê-los? Ter certeza, de algum modo, que ela pegou o número certo da conta? Afinal, havia dois milhões de dólares em jogo e ele confiou na memória de uma mulher aterrorizada?

— As pessoas agem de forma burra em mais da metade dos casos.

Isso era a pura verdade, concordou Eve, mas não serviria de nada para ajudá-la.

— Puxa, Feeney! O cara, pelo que sabemos, é esperto o bastante para matar uma mulher, pensar em todos os detalhes da cena do crime que possam incriminá-lo e sair dali sem ser detectado. Também é inteligente o bastante para arrastar outra mulher para dentro de um estabelecimento comercial fechado sem que ninguém na rua perceba o rapto. E não deixa traços da ação. No entanto, estraga tudo no momento mais crucial? Estraga tudo no ponto exato que nos levaria ao motivo para o assassinato? Você acredita nisso? Apostaria seu dinheiro nessa história, Feeney?

— Não, agora que você descreveu as coisas desse jeito, eu iria guardar minha grana. — Ele exibiu o lábio inferior, pensando. — Você acha que ela inventou aquilo?

Recordação Mortal

— Acho que essa é uma possibilidade que deve ser explorada. Isso não me incomoda e ainda dá mais peso a uma teoria na qual venho trabalhando.

— Quer me contar? Tenho tempo e também café.

Ele a treinara, pensou Eve. Ela conseguia se lembrar de vezes sem conta em que eles tinham analisado um caso com atenção, de forma meticulosa, prestando atenção aos detalhes enquanto comiam coisas ruins e tomavam café de má qualidade.

Feeney a ensinara a pensar, a ver e, mais que tudo, a sentir uma investigação.

— Por mim tudo bem, mas não vejo motivo para sofrer com esse lodo que você chama de café. Acho que devíamos compartilhar presente de fim de ano que eu lhe trouxe.

Lançou uma sacola de presente sobre a mesa dele e viu seus olhos se acenderem como uma árvore de Natal.

— Tem café aí dentro? Café de verdade?

— De que adiantaria trazer mercadoria falsa quando eu mesma planejava consumi-la?

— Caraca! Obrigado. Feche a porta, por favor. Não quero ninguém xeretando aqui enquanto eu preparo a bebida. Puxa, vou ter de colocar uma tranca no meu AutoChef, senão meus rapazes vão atacar o aparelho como uma nuvem de gafanhotos.

Depois de se assegurar que a porta estava fechada e bem trancada, Feeney foi até o AutoChef e se dedicou à agradável tarefa de abastecer o aparelho e programá-lo.

— Vou lhe contar uma coisa... Minha mulher está tentando me convencer a adotar o tal café descafeinado lá em casa. Eu preferia beber água da bica, se quer saber. Mas isto aqui... — Inalou demoradamente o pacote do pó. — Isso é material de primeira linha! — Virou a cabeça e lançou um sorriso curto para Eve. — Tenho alguns donuts escondidos para ocasiões especiais. Estão cadastrados como sopa de ervilha, para os rapazes não roubarem.

— Muito esperto. — Eve pensou na luta constante que travava com o ladrão de chocolate, que sempre descobria os novos esconderijos que ela inventava em sua sala. Talvez fosse uma boa tentar o método de Feeney.

— Então... O que a faz desconfiar da nora da vítima?

Ela relatou suas suspeitas enquanto ele se deliciava com o café e compartilhava os donuts.

Feeney ouviu tudo com atenção, bebendo café e dando generosas mordidas ocasionais nas rosquinhas cobertas de glacê. Migalhas açucaradas despencavam sobre sua camisa.

— A probabilidade pende mais para o filho, se for um caso de assassinato em família. O sangue fala mais alto até na hora de matar. Pode ser que ele tenha colocado a própria esposa no plano e feito pressão. Quer saber de uma novidade, querida? Acabei de matar mamãe. Agora eu preciso que você confirme que eu estava bem aqui ao seu lado, dormindo como um bebê.

— Pode ter acontecido exatamente assim.

— Pois é. Mas mulher contra mulher também é uma hipótese muito boa — ressaltou ele, balançando o último donut, antes de jogá-lo na boca. — A relação sogra/nora coloca mais força na teoria. Estou farta de ver você se intrometer na minha vida, sua velha abelhuda. Depois do lance ela se volta para o marido, bancando a aflita. Oh, meu Deus, aconteceu um terrível acidente. Você precisa me ajudar.

— Mas isso não explica o golpe contra Roarke, o suposto rapto, nem a ida de Bobby para o hospital.

— Explica, sim. Temos um ou ambos os suspeitos totalmente fora do golpe ou, pelo contrário, querendo o serviço completo. O rapto pode ser um enfeite, nada mais que uma firula. Por conta dela, é claro. É como se ela tentasse colocar uma fita no pacote de presente. Talvez isso tenha a ver com o passado, Dallas, como você

Recordação Mortal

supõe. Quando uma merda grande acontece na infância de uma pessoa, o trauma pode acompanhá-la pelo resto da vida.

Eve não comentou nada sobre isso e Feeney olhou fixamente para o café. Ambos deixaram o assunto da infância de Eve se dissolver no ar.

— Você precisa conseguir alguma coisa sólida contra ela ou contra ele. Algo que possa usar para fazer pressão. Temos uma cebola nas mãos.

— Temos o quê?!

— Uma cebola. Precisamos chegar ao centro dela arrancando camada por camada.

U ma cebola, pensou Eve. Era melhor deixar Feeney cuidar disso.

Mas a comparação lhe deu uma bela ideia.

Foi direto para o consultório de Mira e pegou sua assistente à mesa da recepção, cuidando de algumas pastas enquanto músicas natalinas tocavam ao fundo, em volume baixo.

— Como está a agenda da doutora hoje? — quis saber Eve.

— Tranquila. Vamos fechar o consultório ao meio-dia e só voltamos ao trabalho na manhã do dia 26. A doutora está atendendo um policial, no momento. — A assistente consultou o relógio. — A consulta já está quase no fim. Há outro cliente marcado para daqui a quinze minutos, mas depois disso a dra. Mira está livre.

— Eu gostaria de falar rapidamente com ela antes do outro cliente chegar. Vou esperar um pouco.

— Tudo bem, mas espero que a senhora não planeje ocupar o tempo da doutora. Ela e o marido têm planos para esta tarde.

— Não vou atrapalhar — prometeu Eve, e recuou ao ver um colega policial sair da consulta.

— Só um minutinho — pediu a assrstente, erguendo o dedo e entrando para falar pessoalmente com a médica. — Doutora, a tenente Dallas está aqui e quer uns segundinhos do seu tempo.

— Claro! — Mira se levantou da mesa ao ver Eve entrar. — Não esperava tornar a vê-la antes do Natal, Eve. Aconteceu alguma coisa?

— Preciso de um favor, doutora. Preciso de um perfil ou, melhor dizendo, uma impressão a respeito de uma suspeita.

— É o caso Lombard?

— Isso mesmo. Trata-se da nora da vítima.

— Ah, sim? — Mira se sentou e se recostou na cadeira enquanto Eve apresentava suas ideias de forma rápida e objetiva.

— Eu gostaria que a senhora fosse comigo ao hotel, para encontrá-la, ou ao hospital. Ainda não sei onde ela estará daqui a uma hora. Vou tentar mantê-la no hotel, a princípio. Sei que a senhora tem planos, mas posso lhe dar uma carona até sua casa, mais tarde.

— Bem, acho que eu poderia...

— Muito bom. Ótimo! — Eve se lançou porta afora antes que Mira mudasse de ideia. — Volto para pegá-la daqui a uma hora. Vou preparar tudo. — Saiu quase correndo e pegou o *tele-link* para falar com Zana no hotel.

— Vou passar aí daqui a uma hora — avisou Eve.

— Oh. Eu planejava ir ao hospital antes disso. Acabei de ligar para lá e me informaram que Bobby ainda está dormindo, mas...

— Depois de conversarmos, farei com que alguém a leve até lá. — Eve esperou um segundo e completou: — Qual é a situação dele?

— Estável. Eles me disseram que o quadro é estável. Mas querem deixá-lo internado por mais vinte e quatro horas, pelo menos, em observação. E ainda tenho de cuidar de alguns assuntos aqui, antes de ele receber alta. Preciso conseguir uma cadeira de rodas, comprar vários remédios e...

— Por que não começa a cuidar disso agora mesmo? Assim estará tudo resolvido quando ele receber alta, amanhã de manhã. Posso mandar um guarda levá-la ao hospital e trazê-la de volta ao hotel.

— Puxa, tudo bem, então. De qualquer modo ele está dormindo mesmo, no momento.

— Exatamente. Chegarei aí em uma hora.

Ela foi até sua sala na Central e redigiu uma atualização do relatório para o comandante. Quando estava quase acabando, Slader enfiou a cabeça pela porta entreaberta.

— Resolvi tudo, tenente.

— O irmão? Ele confessou?

— Pois é... O irmão viciado realmente foi visitá-lo, mas o suspeito já estava à sua espera. Descobriu que faltavam algumas coisas no apartamento: um relógio caro, alguns eletrônicos, coisas desse tipo. Resolveu enfrentar o irmão e expulsá-lo de casa. Ele chegou tarde e mais doidão do que nunca.

— O exame toxicológico confirmou isso?

— Totalmente. A vítima tinha tantas substâncias ilegais no organismo que daria para ele voar até Plutão e voltar. Empenhara tudo o que roubou da casa para comprar drogas. O suspeito o mandou cair fora dali e os dois trocaram socos. Nossos peritos garantem que o primeiro golpe foi dado pelo irmão morto. Pode ser que sim, pode ser que não.

Slader encolheu os ombros e continuou:

— Só sei que houve socos de ambas as partes. O irmão babaca levou um cruzado de direita, despencou escada abaixo e quebrou o pescoço. O outro entrou em pânico e tentou simular que estava na cama quando ouviu o irmão rolar pela escada. Podemos enquadrar isso como homicídio em segundo grau, mas o promotor não gostou. O suspeito aceitou uma acusação por assassinato em terceiro grau, e esse vai ser o resultado final.

— A mim, parece um resultado ótimo. Mas confirme se foi realmente o cara morto que empenhou as mercadorias. Verifique os dados com muita atenção antes de fechar o acordo.

— Meu parceiro está fazendo isso nesse exato momento. Depois de confirmar tudo, vamos encerrar o assunto. O idiota do suspeito teria economizado o seu tempo e o nosso se tivesse confessado a briga logo de cara. As pessoas adoram mentir para os tiras.

Uma frase perfeita, refletiu Eve, e uma nova ideia lhe ocorreu. Camadas da cebola... Estava na hora de tentar descascar a primeira delas.

N a garagem da Central, Mira analisava a caminhonete quatro por quatro.

— Essa não é a viatura que você normalmente usa para circular pela cidade — declarou a médica.

— Não, isso é ideia de Roarke. Ruas escorregadias por causa do gelo. — Encolheu os ombros ao entrar no carro. — Esse troço provavelmente seria capaz de atravessar o Círculo Ártico, mas ele aceita que eu navegue apenas por Nova York.

— Bem, eu certamente me sinto mais segura num veículo assim. — Mira se acomodou. — Há tão poucos elementos que Roarke pode controlar, com relação à sua segurança, que ele exagera quando tem chance.

— Sim, eu sei disso.

— Dennis reclamou por eu ir trabalhar hoje, queria que eu ficasse em casa. — Mira ajustou a echarpe com estampa discreta em torno do pescoço. — Acabei cedendo um pouco e prometi conseguir uma carona para casa. É fantástico ter alguém que se preocupa conosco.

Recordação Mortal

— A senhora acha? — Eve olhou meio de lado ao sair com o carro. — Talvez — decidiu. — Talvez seja bom, sim. O difícil é saber que somos um foco de preocupações para quem nos ama.

— Antigamente isso me irritava — afirmou Mira.

— Sério?

— Dennis reclamava. Costumava me perguntar "Charlie, por que você se arrisca tanto lidando com gente que vive na escuridão? Sei que consegue influenciá-los, mas não vê que eles também podem influenciar você?" — Mira sorriu de leve ao recordar a frase e esticou as pernas de forma quase voluptuosa, no calor do carro. — Ele vivia dizendo isso, ou variações desse tema, quando eu assumi o posto de psiquiatra no Departamento de Polícia.

— Vocês brigavam? A senhora e o sr. Mira?

— Ora, somos casados, é claro que brigávamos. Ainda brigamos. Dennis pode parecer um homem tranquilo e fácil de lidar, mas tem um lado forte de pura teimosia. Adoro isso.

Ajeitou o cabelo para trás, virou a cabeça e fitou Eve.

— Provavelmente tivemos algumas brigas que poderiam competir com as que você e Roarke têm, round por round. Mas isso vem com o pacote do casamento, certo? As suas brigas e as nossas fomos nós que escolhemos. Mas sempre buscamos meios de lidar com as diferenças e fazer com que a relação funcione. É por isso que você aceita dirigir uma máquina poderosa como esta num dia medonho. Por falar nisso, este veículo é muito sexy e excitante.

— É mesmo, concordo plenamente. — Eve teve de rir. — Com quanta frequência vocês quase saem no tapa?

— Puxa, nem sei especificar. Para você ver, voamos um no pescoço do outro quando fomos escolher o sofá para o nosso primeiro apartamento. Quem acompanhou a cena de fora deve ter achado que aquela era a compra mais importante de nossas vidas. Acabamos não comprando sofá algum por quase um mês, porque nenhum dos dois queria ceder na escolha. Por fim, escolhemos um estofado completamente diferente, abrimos uma garrafa de vinho e fizemos amor de forma empolgada em cima dele.

— O problema do casamento é o estresse. Além de tentar descobrir como o outro é. Os casais que não estão juntos há muito tempo são sonhadores, têm os olhos brilhantes, passam todo momento disponível transando como coelhos, cheios de tesão, mas um implica com o outro pelas coisas mais banais. Se acrescentarmos o estresse do dia a dia, o tesão vira *tensão*.

— De forma geral, é assim mesmo. Falando especificamente dos Lombards, eu ficaria muito surpresa se não houvesse dificuldade alguma pelo que vem acontecendo nas vidas deles nos últimos dias. A questão é que, na maior parte das vezes, as pessoas tendem a manter ocultas e privadas essas batalhas de casal.

— Mas eles criam uma redoma de harmonia, só dá para ver a verdade quem é observador treinado. Na aparência externa, tudo sempre está calmo como a superfície de um lago. Zana é um exemplo de comportamento conjugal, a esposa-padrão. Isso me parece errado. — Eve se ajeitou no banco. — Sei que não sou nenhuma especialista nessas questões de esposa-padrão, mas isso só faz aumentar minha vontade de investigá-la mais a fundo. Sair toda alegre para comprar café e rosquinhas poucas horas depois de a sogra ter sido assassinada a porretadas? Ah, me engana que eu gosto!

— Não é incomum a pessoa fazer algo básico e cotidiano para compensar o trauma.

— Tudo bem, mas ela poderia ter ligado para o serviço de quarto, certo? Era um hotel barato, mas lá existem serviços para hóspedes.

— Vou bancar a advogada do diabo, Eve — avisou Mira, erguendo a mão. — Ela não está acostumada a esse tipo de mordomia, costuma comprar e preparar a própria comida. Eu concordo que pedir tudo pronto seria mais simples e mais sensato, diante das circunstâncias, mas não consigo ver nisso um sinal de comportamento suspeito.

— O que me incomoda é o conjunto das atitudes dela. Zana faz tudo desse jeito, como se tivesse uma lista ensaiada. Vamos lá, hora de ligar as lágrimas; depois, seja valente; morda o lábio inferior; agora, faça a ingênua; lance um olhar de apoio para o maridão. Ah, e não se esqueça de cuidar da maquiagem e do cabelo. Existe uma certa vaidade nela que não encaixa com o resto.

— Você não gosta dela.

— Quer saber? Não gosto, mesmo. — Ao parar no sinal vermelho, Eve tamborilou com os dedos no volante. Tinha esquecido de proteger as mãos antes de sair, percebeu. As luvas tinham ficado na Central. — A questão é que não existe razão para eu não gostar dela, pelo menos nada óbvio. São meus instintos falando mais alto. Algo em Zana é estranho e não encaixa, só isso. Talvez eu esteja desorientada, talvez esteja viajando na maionese, foi por isso que chamei a senhora. Suas impressões têm muito peso.

— Mas não devemos pressioná-la — murmurou Mira.

— Vou avisar que levei a senhora para aconselhá-la — continuou Eve, ao estacionar o carro. — Uma terapeuta para lhe oferecer a mão, já que ela sofreu alguns golpes pesados.

— Ela vai acreditar nisso?

— Ela não é a única que consegue bancar a atriz. — Eve sorriu de leve. — Tome cuidado ao saltar do carro, doutora. A calçada deve estar muito escorregadia.

— É bom ter alguém que se preocupa conosco — disse Mira, com sinceridade.

Um pouco sem graça por causa do carro, Eve esperou até a rua estar mais vazia para saltar. Ao entrar no hotel, cumprimentou a pessoa que estava de guarda no saguão e apresentou Mira.

— Algum movimento lá em cima? — perguntou à agente.

— Nada me foi repassado.

— Ela pediu comida? — Quando a agente ergueu as sobrancelhas de espanto, Eve explicou, com ar casual: — Só quero me certificar de que ela está cuidando de si mesma. Além do mais, se meus homens pedirem comida ou algo extra eu preciso saber, para controlar meu orçamento.

— Posso verificar isso para a senhora.

— Obrigada. — Eve foi até o elevador e entrou com Mira. — Quero realmente saber até que ponto Zana está cuidando de si mesma — explicou, antes que Mira perguntasse. — Vai ser interessante descobrir o que ela andou comendo.

Apresentou-se ao guarda na porta e ordenou:

— Quero transporte para a testemunha até o hospital, e de lá para cá, mas com um atraso em relação à minha saída. Não quero que ela vá para o hospital em menos de trinta minutos depois da minha saída. Entendido?

— Sim, senhora.

Eve bateu na porta e aguardou. Zana veio atender com um sorriso rápido e trêmulo.

— Estou tão feliz por você ter vindo. Acabei de falar com a enfermeira que está cuidando de Bobby. Ela me disse que ele acordou, então... Oh. — Parou de falar ao avistar Mira. — Desculpe. Como vai a senhora?

— Zana, esta é a dra. Mira. É uma amiga minha

— Que bom, é um prazer conhecê-la. Por favor, entrem. Posso... ahn... lhes oferecer um café?

— Não se preocupe, está tudo bem, eu mesma posso cuidar disso num minuto. A dra. Mira é uma terapeuta. Pareceu-me que, diante das circunstâncias, você poderia gostar de conversar com alguém. Quem sabe Bobby também não queira fazer isso? Mira é a melhor que existe — acrescentou Eve com um sorriso, colocando a mão no ombro de Mira para tornar o clima mais cordial do que oficial. — Ela já me ajudou muito para cuidar de alguns... problemas.

— Não sei o que dizer. Agradeço-lhe tanto por pensar em mim. Em nós.

— Você passou por situações traumatizantes. Sobreviventes de episódios violentos nem sempre avaliam toda a extensão do estresse que enfrentaram. Quando você desabafa comigo, bem... Apesar de Bobby e eu termos nos conhecido no passado, você sempre verá em mim uma tira. Por outro lado, se você acha que eu ultrapassei os limites e estou me impondo, pode...

— Não, por Deus. Foi muita consideração de sua parte. Fiquei circulando por aqui sozinha a noite toda, sem ter com quem falar. Aliás, nunca conversei com uma terapeuta antes. Não sei nem por onde começar.

— Por que não nos sentamos? — sugeriu Mira. — A condição de seu marido teve algum avanço?

— Teve. Eles me disseram que ele vai ter de permanecer no hospital por mais um ou dois dias, em observação. Depois disso, poderá se tornar um paciente externo, e terá de voltar só para a avaliação final. Não entendo muito bem esses termos médicos.

— Posso ajudá-la com isso, também.

— Escutem, eu estarei lá na cozinha — anunciou Eve. — Vou programar o café para não atrapalhar vocês.

— Não me importo nem um pouco se você ficar — disse Zana, olhando para Eve. — Você sabe de tudo o que aconteceu.

— Mesmo assim vou pegar o café, só um minutinho.

Eve atravessou o quarto, entrou num recesso estreito e viu o aparelho. Puxa, se ela apertasse os botões errados num AutoChef que não conhecia, quem poderia reclamar?

Dava para ouvir a voz de Zana, a emoção reprimida e as lágrimas represadas. Nossa, você é uma boa atriz, reconheceu. Mas eu sou melhor.

Digitou uma pesquisa rápida para descobrir o que a testemunha tinha consumido nas últimas vinte e quatro horas.

Queijo, framboesa, pipoca com camada extra de manteiga. Aposto que você assistiu a alguns filmes ontem à noite, disse Eve para si mesma. E curtiu um lauto e saudável café da manhã: presunto com ovos, torradas, café e suco de laranja.

Eve programou café no AutoChef e depois abriu o frigobar, com a maior naturalidade. Uma garrafa de vinho tinto, notou. Quase no fim, talvez tivesse um ou dois cálices, apenas. Refrigerantes. Sobremesas geladas, mas nada derivado de leite. Uma barra dupla de chocolate estava quase no fim.

Trauma e tragédia pareciam não afetar o apetite de Zana.

Ao voltar com o café, Zana enxugava as lágrimas com um lencinho.

— É uma coisa atrás da outra — contou a Mira. — Acho que ainda não consegui readquirir meu equilíbrio. Viemos aqui para nos divertir. Bobby queria me oferecer uma bela viagem, me levar a um lugar empolgante onde eu nunca tivesse ido. Era uma espécie de presente de Natal, aproveitando a viagem de Mama, que estava louca para reencontrar e conversar com Eve depois de todos esses anos. De repente, tudo se transformou num pesadelo, uma coisa horrível.

Ela começou a despedaçar em mil pedaços o guardanapo branco, de papel fino, e ele caiu como neve no seu colo

— Pobre Bobby, ele tem tentado ser forte, e agora está ferido. Tudo que eu quero é tornar as coisas mais fáceis para ele, no que puder.

— Sei que está fazendo isso simplesmente permanecendo ao seu lado e lhe oferecendo apoio. Mesmo assim, é importante que cuide bem de você mesma e se permita lamentar a perda de uma mulher de quem era muito chegada. É preciso passar por todo esse processo, Zana. E também descansar bastante, para manter a saúde.

— Não consigo nem mesmo pensar em mim mesma, no momento. Como poderia?

— Eu compreendo. É uma atitude simplesmente humana se colocar de lado em momentos de crise. As mulheres, especialmente, costumam fazer isso — acrescentou Mira, dando um tapinha amigável na mão de Zana. — Bobby vai precisar de você, tanto emocional quanto fisicamente, nos dias e semanas que estão por vir. É muito difícil... Obrigada, Eve — agradeceu, pegando o café. — É difícil perder um pai ou uma mãe; qualquer membro da família, na verdade. Mas perdê-lo por meios violentos tem um peso ainda maior, é algo que provoca mais estresse e dor. Vocês dois passaram por um choque. Vários, na verdade. Espero que, quando voltarem para o Texas, você encontre um profissional de confiança por lá, alguém com quem possa se abrir. Vou lhe dar uma lista de terapeutas de família que trabalham em sua cidade.

— Puxa, eu lhe agradeceria muito, doutora. Mas não saberia nem mesmo por onde começar. Nunca conversei com uma terapeuta, antes.

— Você não procurou uma conselheira de luto quando sua mãe faleceu? — perguntou Eve.

— Não. Isso nem me passou pela cabeça. Não é uma coisa que eu tenha me acostumado a vivenciar, no lugar onde fui criada, eu acho. Eu simplesmente... Não sei, toquei a vida em frente, pelo menos é o que me parece. Só que dessa vez é diferente, consigo perceber isso. E quero fazer o que for melhor para Bobby.

— Então é o que fará.

— Se tiver mais um minuto do seu tempo, Zana — pediu Eve.

— Estamos tendo alguns problemas com os números que você nos informou. Aqueles que seu raptor obrigou você a decorar, lembra?

— Como assim? Não entendo.

— Não estamos achando conta nenhuma com esses números. Há dígitos sobrando, ali. Você acha que pode tê-los decorado errado, misturados, ou acrescentou algum?

— Humm... Não sei. — Suas mãos se agitaram de leve, erguendo-se do colo. — Tinha tanta certeza de ter decorado os números certos! Fiquei repetindo várias vezes, como ele me obrigou a fazer. Continuei a repeti-los mentalmente depois que ele foi embora. Mas estava tão apavorada. O que eu poderia fazer naquele momento? O que vamos fazer agora?

— Poderíamos tentar hipnose. — Eve tomou um gole de café e encontrou os olhos de Mira por sobre a borda da xícara. — Esse foi outro dos motivos para eu trazer a dra. Mira aqui comigo, hoje. Queria que você a conhecesse e se sentisse confortável com ela, caso enveredássemos por esse caminho. A dra. Mira costuma oferecer assistência ao Departamento de Polícia nesse tipo de coisa.

— Isso poderia ser muito útil — continuou Mira, pegando a bola no ar. — Conseguiríamos, sob efeito de hipnose, levar você de volta ao momento do rapto, acompanhar com precisão tudo o que aconteceu e, ao mesmo tempo, nos certificar de que você se sente a salvo e segura.

— Oh, não sei. Simplesmente não sei. Hipnose? — Zana ergueu a mão e entrelaçou os dedos no trio de correntes de ouro que trazia pendurado no pescoço. — Não sei. A ideia me apavora um pouco. Preciso refletir a respeito. Nesse momento, em particular, é difícil pensar em algo mais que não seja Bobby.

— Mas isso poderia se tornar um jeito de você nos ajudar a descobrir quem matou a mãe de Bobby. — Eve pressionou um pouco mais. — Saber que a pessoa responsável pelo crime foi identificada, está presa e pagará pelos seus atos cruéis ajudaria no processo de cura. Não é assim, dra. Mira?

— Sim, isso é verdade. Que tal eu lhe repassar algumas informações sobre o processo, para você entender como funciona o método? Isso a ajudará a compreender a rotina um pouco mais.

— Isso seria ótimo, me parece. Só que... Nossa, eu não sei. Só a ideia de passar por tudo aquilo mais uma vez, mesmo sendo só mentalmente. Isso me deixa apavorada! Não sou tão forte quanto você — afirmou, olhando para Eve. — Sou uma pessoa comum.

— Pessoas comuns fazem coisas extraordinárias todos os dias — disse Mira, levantando-se e sorrindo. — Vou lhe fornecer todas as informações, Zana, e ficarei muito feliz em tornar a conversar com você, caso julgue que eu poderei ajudá-la.

— Eu lhes agradeço muitíssimo. Muito obrigada a ambas. — Zana se levantou e estendeu as duas mãos para Eve. — Significa muito saber que você está trabalhando com tanto empenho por nós.

— Permaneceremos em contato. Vou providenciar transporte para o hospital. Alguém vai ligar lá de baixo, quando chegar. Vou tentar ver Bobby em algum momento, mas, caso eu não consiga, diga a ele que desejo seu pronto restabelecimento.

— Farei isso.

Eve esperou até ela e Mira estarem dentro do elevador para perguntar:

— Qual é sua impressão?

— Não sei até que ponto poderei ser útil para você. As ações e reações dela estão dentro das variáveis esperadas num caso como esse. Suas respostas são plausíveis. Posso concordar, ainda que influenciada pelo que você me disse, Eve, que elas são exageradamente normais, como num livro técnico de psicologia. Mas os livros técnicos foram escritos justamente por causa de ações e reações desse tipo, derivadas de eventos violentos que provocam trauma.

— Ela recusou-se a se submeter a hipnose.

— Você também — ressaltou Mira. — Geralmente é a primeira reação das pessoas, diante dessa sugestão.

— Só que me hipnotizar não vai ajudar a encontrar um assassino. Se Zana tivesse concordado com isso eu teria perdido a aposta de um milhão de dólares que fiz comigo mesma. Ela comeu pipoca ontem, pode uma coisa dessas?

— A comida traz conforto.

— E também havia uma garrafa de vinho no frigobar, quase no fim.

— Eu ficaria surpresa se ela não tivesse tomado alguns drinques.

— A senhora tem razão — cedeu Eve, um pouco irritada. — Mas não está me ajudando em nada. Ela encarou um café da manhã grande e saudável hoje de manhã, e aposto que solicitou serviço de quarto para uma refeição caprichada, ontem à noite.

— Nem todo mundo rejeita comida por causa de estresse. Muitas vezes as pessoas recorrem à comida como forma de conforto. Muitas vezes reagem em demasia e comem até demais, para compensar. A coisa pode pender para os dois lados, Eve. Nós duas sabemos que tudo que você tem é baseado em instinto, e não em provas. Não existem nem mesmo evidências circunstanciais, no momento.

— Merda. Pode esquecer a carona para casa da próxima vez.

Eve saiu do elevador e foi direto para a mesa da segurança.

— Você fez o levantamento das ordens de serviço da testemunha?

— Fiz sim, senhora. Seus homens não solicitaram nada. Nossa hóspede solicitou frango grelhado com batatas coradas e cenouras. A entrada foi uma salada de caranguejo, e a sobremesa foi torta de limão. Acompanhando tudo, uma garrafa de merlot e outra de água mineral.

— Excelente apetite, o dela — comentou Eve.

— Sim. Pelo visto, ela está se esforçando para manter a vitalidade.

Eve percebeu o sarcasmo e gostou.

— Quero a lista de todas as ligações que ela fez ou recebeu pelo *tele-link* do quarto.

— Imaginei isso e já me antecipei. Três ligações para fora. Uma para o hospital, ontem à noite; duas para o hospital agora de manhã. Não recebeu ligação de ninguém.

— Certo. Obrigada.

Eve saiu dali a passos largos, resmungando.

— Até parece que alguém vai se recostar com indolência, bebendo vinho e comendo torta quando o marido está arrasado no hospital. A senhora faria isso?

— Não. Nem você. Mas comer torta de limão não é crime, e não posso afirmar que esse comportamento esteja fora das reações previsíveis, num caso como esse.

— Como é que pode ela não ter entrado em contato com o sócio e amigo de Bobby para lhe contar que o marido tinha sido ferido?

— Pode ser que tenha feito isso pelo *tele-link* pessoal.

— Sim, vamos verificar, mas aposto que não fez isso. Não ligou para ele porque não quer que ele apareça aqui, para não mantê-la com as mãos atadas, recontando todos os detalhes, ou buzinando em seu ouvido em busca de atualizações sobre a situação. Ela queria algum tempo sozinha para curtir melhor a deliciosa torta.

Mira riu em voz alta, mas tossiu para disfarçar e recebeu um olhar duro de volta.

— Desculpe, Eve. Sei que isso não é engraçado, mas a imagem foi ótima. Você quer um perfil completo, certo? Vou lhe enviar um.

A médica entrou no carro e prendeu o cinto de segurança.

— A testemunha é uma mulher jovem e inexperiente; parece ter sido acostumada a ter alguém que lhe diga o que fazer e aceita isso de bom grado. Espera pelo marido para tomar decisões e lida unicamente com tarefas domésticas. Essa é sua zona de conforto. Gosta de receber atenções, mas tem a tendência de se mostrar arisca e tímida. É metódica por natureza, muito organizada e, eu diria, até mesmo submissa em demasia.

— Ou então se encaixa nesse papel de forma perfeita, como se vestisse uma roupa apertada.

— Sim, também pode ser isso. Porém, Eve, se você tiver razão, estaremos diante de uma mulher muito inteligente, fria e calculista. Alguém disposta a subverter a própria natureza por um longo período a fim de alcançar seu objetivo. Está casada com esse homem há vários meses, numa situação que os leva a compartilhar uma relação muito íntima todos os dias. Ela o conhecia e trabalhou para ele antes, foi cortejada por ele. Manter uma atitude contrária à sua verdadeira natureza durante tanto tempo seria uma façanha impressionante.

— Estou pronta para ser impressionada. Não estou colocando de lado outras possibilidades, nem outros suspeitos — explicou Eve. — Só estou fazendo a balança da suspeita pesar mais para o lado dela.

E mantendo-a no topo da minha lista, pensou Eve.

Capítulo Dezoito

Bobby estava sentado na cama quando Eve entrou no quarto. Seus olhos encontravam-se fechados e o som estava ligado. Ele ouvia um audiolivro. Havia vozes saindo dos alto-falantes, encenando o que parecia ser uma briga intensa e passional.

Se ele estava dormindo, não precisava ouvir aquilo. Se não estava, era Eve quem precisava de sua atenção.

— Pausar a reprodução do arquivo! — ordenou.

No súbito silêncio que se instalou, Bobby se remexeu de leve sobre a cama e abriu os olhos.

— Zana? Oh, é você, Eve. Devo ter cochilado. Estava ouvindo um livro. Um livro horroroso, por sinal — acrescentou, tentando sorrir. — A enfermeira me disse que Zana viria me ver.

— Estive com ela agora há pouco. Ordenei a dois policiais que a tragam aqui e depois a levem de volta ao hotel. O tempo está terrível.

— Eu sei. — Ele olhou para a janela com ar de preocupação.

— Então? Como você está?

— Não sei. Estou me sentindo desastrado, burro, chateado por estar aqui. E me roendo de autopesar.

— Você tem direito de sentir tudo isso.

— Sim, é o que estou dizendo a mim mesmo. As flores e a árvore são bonitas.

Apontou para o pinheirinho falso decorado com miniaturas de Papai Noel. Para Eve, o bom velhinho parecia ter sido enforcado inúmeras vezes.

— Zana me disse que você ajudou a escolher.

— Não exatamente. Eu simplesmente estava lá.

— Zana pensa nesses detalhes. Coisas pequenas, mas significativas. Esse Natal está sendo péssimo para ela, uma porcaria total.

— Para você também. Uma bosta completa, Bobby, e vou colocar sal na ferida perguntando a você se conseguiu se lembrar de algo mais, qualquer coisa que possa ter acontecido com sua mãe ou com você.

— Nada. Desculpe. E olha que eu tive um tempão para refletir muito, deitado aqui como um idiota que não consegue atravessar uma rua sem ser atropelado. — Suspirou com força, ergueu a mão do braço que não estava quebrado, mas logo a pousou novamente. — Tive bastante tempo para pensar sobre o que você disse que minha mãe fez, ou tentou fazer. Ela realmente queria dinheiro?

Eve chegou mais perto da cama para poder ficar ao lado dele e observar seu rosto.

— Quantos golpes mais você consegue receber? — quis saber ela.

Ele fechou os olhos por um instante. Quando tornou a abri-los, Eve percebeu neles um pouco mais de força.

— Pode despejar tudo em cima de mim. Não tenho nada melhor para fazer aqui, mesmo.

— Sua mãe tinha várias contas numeradas que eram alimentadas por dinheiro que extorquia de mulheres que ela acolheu quando eram crianças.

— Por Deus. Oh, Senhor! Deve haver algum erro, uma confusão ou mal-entendido.

— Tenho declarações de duas mulheres que confirmam que sua mãe entrou em contato com elas e ameaçou divulgar seus registros juvenis, a não ser que lhe pagassem uma quantia determinada por ela.

Eve observou o choque desses golpes no rosto já sofrido de Bobby, até que ele a fitou não com descrença, nem choque, mas com a concentração focada de um homem que lutava contra a dor.

— Declarações? — perguntou. — Duas mulheres?

— Haverá mais quando encerrarmos a investigação. Sua mãe também informou ao meu marido que tinha cópias dos meus arquivos do passado e não hesitaria em vendê-los para os meios de comunicação interessados, a menos que ele pagasse a ela um valor substancial. Há vários anos ela vinha chantageando as jovens que acolhera em sua casa, no passado.

— Mas elas eram apenas crianças — disse, baixinho. — *Nós* éramos crianças.

— É possível que sua mãe tenha usado uma das jovens que acolheu como cúmplice, ajudando-a a me chantagear por meio de Roarke. E pode ser que ela tenha sido morta por essa pessoa.

— Eu nunca deixei faltar nada à minha mãe. Sempre que ela queria algo eu fazia de tudo para atender seus desejos. Por que motivo ela faria isso? Sei o que você está pensando — disse, afastando os olhos e fitando a janela mais uma vez. — Entendo o que possa estar sentindo. Acha que ela usou você e a tratou mal quando estava sob os cuidados dela. Portanto, por que ela não faria a mesma coisa agora?

— Estou errada, Bobby? Há algo errado com a minha memória?

— Não. — A respiração dele ficou um pouco mais ofegante. — Minha mãe costumava dizer que você e todas as meninas que ela recebeu tinham tido sorte por encontrar alguém decente que lhes oferecera um lar. Que se importou e cuidou delas, lhes ensinou a ter boas maneiras, disciplina e respeito. Isso é o que ela dizia quando trancava você. Tudo aquilo era consequência de um comportamento inaceitável. As coisas seriam muito piores se vocês estivessem largadas nas ruas.

— E você acreditava nisso, Bobby?

— Não sei. Um pouco, talvez. Ela nunca me bateu. — Tornou a virar os olhos e fitou Eve longamente. — Nunca me tratou daquele jeito. Dizia que eu era diferente porque me comportava bem e fazia o que ela mandava. Mas nem sempre eu a obedecia. Só que, quando ela me pegava fazendo algo errado, ria e dizia "Meninos são assim mesmo..." — O problema da minha mãe era com as meninas, não sei por quê. Algo dentro dela, talvez. Ela odiava a própria mãe. Costumava dizer que tínhamos sorte por termos nos livrado da velha megera. Talvez minha avó a tratasse daquele jeito, não sei. Pode ser que minha mãe tenha sofrido aquelas coisas, quando era menina. Não é isso o que eles dizem sobre o abuso. Que é um ciclo?

— Sim, muitas vezes é um ciclo — confirmou Eve. Talvez isso o confortasse. — E quanto a você, Bobby? Você completou o ciclo e acabou com a sua mãe? Ela deve ter sido um estorvo na sua vida. Uma nova esposa, um novo negócio e aquela mulher exigente se metendo o tempo todo nos seus assuntos. Uma mulher exigente com uma pequena fortuna escondida em vários bancos.

Os olhos de Bobby pareceram ficar opacos por um segundo, e ele piscou para evitar as lágrimas.

— Não a culpo por pensar e dizer essas coisas, Eve. Eu me ofereço para passar por um detector de mentiras. Aceito me submeter

Recordação Mortal

a esse exame de forma voluntária, assim que você providenciar o que for preciso. Quero que descubra quem a feriu.

Ele respirou fundo e continuou:

— Eu amava minha mãe, Eve. Não sei se você compreende isso, mas mesmo sabendo como ela era e o que fez com as meninas, eu a amava. Se tivesse descoberto o que andava fazendo, eu teria arrumado um jeito de impedi-la. Eu a obrigaria a devolver o dinheiro extorquido e parar. Aliás, é exatamente isso que vou fazer: devolver todo o dinheiro. Você precisa me ajudar a devolver todo o dinheiro que ela arrancou dessas pessoas. Talvez isso não conserte as coisas, mas não sei mais o que posso fazer.

— Sim, poderei ajudar você quanto a isso. O que você teria feito para obrigá-la a parar, Bobby?

— Não sei. Ela me ouviria. Se percebesse que eu estava muito chateado, ela me ouviria. — Tornou a suspirar. — Ou fingiria fazer isso, já nem sei direito. Também não sei como contar tudo a Zana. Não sei como lhe contar que tudo isso é verdade. Ela já passou por tanta coisa!

— Ela e sua mãe eram muito ligadas?

— As duas se davam bem. Zana se relaciona bem com todo mundo. Teve de fazer um esforço grande no caso de minha mãe, porque era preciso. — Tentou sorrir novamente.

— Você sabe que as mulheres se unem de formas específicas, não sabe? Quando isso acontece, elas costumam contar umas às outras coisas que jamais contariam a um homem. Será que sua mãe não contou a Zana o que estava fazendo?

— Não, isso é impossível. — Ele tentou erguer um pouco mais o corpo, como se quisesse enfatizar esse ponto, e praguejou ao perceber que o braço quebrado o impedia. — Zana é cheia de escrúpulos. Não conheço ninguém tão intrinsecamente honesto. Não creio que tivesse brigado com minha mãe, mas certamente ficaria horrorizada e teria me contado. Não temos segredos um para o outro.

As pessoas sempre diziam isso, conforme Eve sabia. Mas como é que poderiam saber que seu parceiro não tinha segredos? Como poderiam ter certeza de que a honestidade entre eles era completa?

— Zana é o tipo de pessoa que mantém a palavra?

— É capaz de cortar um dedo para não mentir — garantiu Bobby, com o rosto cheio de amor.

— Então ela se colocaria num sério dilema se tivesse dado a palavra à sua mãe sobre não contar nada a você nem a ninguém.

Ele abriu a boca, tornou a fechá-la, e Eve percebeu sua luta interna contra essa nova possibilidade.

— Não sei como ela lidaria com essa situação — confessou ele. — Mas Zana certamente teria me contado, pelo menos depois que minha mãe foi morta. Ela nunca guardaria algo assim para si mesma. Onde será que Zana está, por falar nisso? — Seus dedos apertaram o lençol. — Acho que ela já deveria estar aqui, a essa altura.

— Vou verificar isso num minuto, para ter certeza de que ela já está vindo. Os médicos já avisaram quando vão lhe dar alta?

— Antes de amanhã não, com certeza, mas estou forçando a barra para isso acontecer. Quero salvar alguma coisa desse Natal. É o primeiro fim de ano que passamos casados, provavelmente eu já lhe contei isso. Pelo menos eu trouxe alguns presentes para cá; assim, Zana terá algo para abrir. Puxa, essa situação é... Como foi mesmo que você descreveu? Ah, sim, uma bosta completa.

Eve colocou a mão no bolso do casacão e pegou uma embalagem.

— Achei que você iria gostar disso aqui. São cookies — anunciou ela, colocando a embalagem na sua mão boa. — Aposto que eles não servem cookies no Natal, por aqui.

— Puxa, obrigado. — Ele deu uma olhada lá dentro e quase sorriu. — Nem lhe conto. A comida aqui do hospital é uma porcaria.

Ele tinha levado comida para ela uma vez, no passado. Agora, Eve fizera o mesmo por ele. Imaginou que agora estavam quites, ou queria acreditar nisso.

Ligou para os guardas que convocara e confirmou com Bobby que sua esposa estava quase chegando.

Foi embora e deixou todas as informações circulando pela mente durante a longa e difícil volta para casa.

O *tele-link* portátil tocou, forçando-a a quebrar a cabeça por alguns momentos, tentando colocar a voz e a imagem da ligação no painel do veículo imenso que não conhecia muito bem, para que suas mãos pudessem permanecer livres no volante, enfrentando o trânsito pesado.

— Dallas falando! — atendeu. — É bom que isso seja importante, porque estou presa no tráfego.

— Pois eu não estou! — A voz de Peabody transbordava de alegria e empolgação, num contraste chocante com a chuva gelada de Nova York. No painel grande, seu rosto brilhava como uma vela natalina. — Já estou na Escócia e está nevando à beça. Flocos grandes, grossos, supermag.

— Yuppie!

— Ah, para com isso, Dallas. Eu precisava lhe dizer que adoraria que vocês estivessem aqui, está super mais que demais! Os McNabs têm uma casa linda, parece um chalé, só que é imensa, cercada por rios e montanhas. O pai de McNab parece ter um pigarro na garganta quando fala.

— Ora, e por que não procura um médico?

— Nada disso, estou falando do sotaque. É o máximo! E eles gostam de mim, Dallas. Puxa, me cobrem de gentilezas o tempo todo.

— Puxa, vou repetir, então: Yuppie!

— Não sei por que eu estava tão nervosa e apavorada. Aqui a diversão rola sem parar e correu tudo bem desde o princípio. A viagem de jatinho foi o máximo dos máximos e o visual lá de cima era totalmente mag. Parecia um vídeo, ou algo assim, e eu...

— Peabody, fico feliz por você estar se divertindo, numa boa, tô falando sério. Só que estou no sufoco, tentando chegar em casa a tempo de curtir o Natal.

— Desculpe, desculpe. Ei, espere um instante, você viu os presentes que eu deixei sobre a sua mesa?

— Vi, sim, obrigada.

— Ahn... — O rosto de Peabody passou por várias expressões e acabou num biquinho. — De nada.

— Nós ainda não os abrimos.

— Ah, não? Oh, tudo bem, então. — O biquinho se transformou num riso nervoso. — Imagino que vocês queiram esperar para abrir só amanhã, mas estou curiosa. E sobre o resto? Pintou algo novo que eu deva saber sobre o caso?

— Nada que não possa esperar a sua volta. Coma muito... O que é aquilo, mesmo? Miúdos de carneiro.

— Talvez eu coma. Já tomei uma dose cavalar de uísque e está tudo dançando dentro da minha cabeça, mas eu não me importo. É Natal! No ano passado, nós duas estávamos meio brigadas uma com a outra, lembra? Agora, estamos numa boa. Amo você, Dallas, e também amo Roarke, e cada um dos ossos magrelas de McNab. Amo até Sheila, a prima dele. Feliz Natal, Dallas.

— Sim, sim, pra vocês também. — Eve desligou antes de Peabody contar tudo de novo. Mas estava sorrindo quando entrou pelos portões da mansão, chegando em casa.

A mansão estava toda acesa, como se já tivesse escurecido. Uma brisa enevoada e gélida rolava junto do chão e cintilava um pouco ao ser iluminada pelos faróis. Eve viu árvores tremulando, velas cintilando nas janelas e ouviu o tamborilar duro da chuva forte sobre o teto do veículo.

Parou o carro bem no meio da alameda, só para apreciar a vista, pensar e recordar. Lá dentro estava quentinho e a lareira estalava com os barulhos de lenha de verdade. Tudo em sua vida, de um modo ou de outro, a tinha trazido até ali. Apesar dos horrores que havia enfrentado, além de toda a dor e o sangue. Por mais que as lembranças más lhe invadissem os sonhos e a perseguissem como um cão de caça, tudo a levara até ali e até aquele momento. Ela acreditava nisso.

Conseguira ter tudo aquilo porque sobrevivera a todo o resto. Tinha tudo aquilo porque ele estava esperando por ela no outro lado da estrada, navegando contra as tormentas pessoais, tentando cavar as próprias trincheiras de proteção.

Agora, Eve tinha um lar onde as velas estavam acesas e o fogo da lareira crepitava. Era bom reservar um momento para lembrar isso e para saber que, não importava o que ela enfrentava lá fora, aquilo tudo estava ao seu alcance.

Se ela não pudesse curtir esse privilégio pelo menos por vinte e quatro horas, de que valeria?

Entrou na casa e sacudiu a chuva do cabelo. Pelo menos dessa vez Summerset não estava à espreita nos cantos do saguão. Porém, assim que ela despiu o casaco, Roarke chegou, vindo da sala de estar.

— Aqui está você! — alegrou-se ele.

— Mais tarde do que tinha planejado, desculpe.

Eu também acabei de chegar. Summerset e eu estamos tomando um drinque diante da lareira. Venha se sentar conosco.

— Ahn, tudo bem. — Summerset. Eles teriam de manter um comportamento civilizado um com o outro, naquela noite. Isso era uma espécie de lei de Natal. — Preciso só resolver uma coisinha antes. — Escondeu um pacote miúdo atrás das costas. — Vou para lá em poucos minutos.

— Segredos? — Ele se aproximou, beijou-a e tentou espiar atrás das costas dela, sobre o ombro. Ela girou o corpo e enfiou um dedo na barriga dele.

— Pode parar. Já disse que desço de volta em um minuto.

Roarke a observou subir a escada, voltou para a sala de estar e se sentou ao lado do fogo com Summerset, para curtir seu café irlandês.

— Ela foi embrulhar um presente que comprou de última hora.

— Ah. Então vou colocar na garagem o veículo que ela certamente deixou estacionado na porta, à mercê dos elementos. Volto já.

— Claro. Mais uma coisa: por mais que eu saiba o quanto vocês dois gostam de implicar um com o outro e se criticar mutuamente, poderíamos tentar uma trégua até o dia 26. Que tal?

— Você me parece relaxado — elogiou Summerset, erguendo um ombro.

— E estou mesmo.

— Houve um tempo, não faz muitos anos, em que na véspera de Natal, a essa hora, você estaria fechando um negócio urgente para, em seguida, sair com a mulher da semana. Passaria o Natal em Saint Moritz, Fiji, ou onde seus caprichos o levassem. Com certeza não estaria aqui.

— Não, certamente não estaria aqui. — Roarke pegou um dos cookies com glacê que Summerset tinha servido sobre um prato vermelho brilhante. — Hoje eu entendo que isso acontecia porque aqui, nesta casa, teria sido impossível eu não perceber o quanto me sentia sozinho e solitário. Apesar das mulheres, dos negócios, das pessoas, das festas e de tudo o mais. Eu me sentia sozinho porque não havia ninguém que fosse importante o bastante para me manter aqui.

Ele provou o café e observou as chamas.

— Você me ofereceu a vida. Fez isso, sim! — insistiu, quando Summerset emitiu um som de protesto. — Eu trabalhei muito, ao meu modo, para construir este lugar. Pedi que você cuidasse dele para mim e você nunca me decepcionou. Mas eu precisava dela. Eve era a única coisa, a única pessoa que poderia transformar esta casa num lar para mim.

— Ela não é a mulher que eu teria escolhido para você.

— Ora... — Com uma risada, Roarke deu uma mordida no cookie. — E como eu sei disso!

— Mas ela é a mulher certa para você. A mais perfeita, a única.

— O sorriso de Summerset surgiu com descontração. — Apesar ou por causa de seus muitos defeitos.

— Desconfio que ela acha exatamente a mesma coisa a respeito de você.

Quando a ouviu chegando, Roarke olhou para trás. Eve tirara o coldre com a arma e trocara as botas por tênis baixos e macios. Foi até a árvore e colocou um pacotinho misturado aos outros presentes.

Ele notou a expressão dela ao olhar demoradamente para as pilhas de presentes que ele havia montado ali. Em seguida observou o ar de consternação e indignação que se transformou em sossegada resignação. Isso o divertiu.

— Por que você faz isso? — quis saber Eve, abrindo o braço amplamente na direção dos presentes.

— É uma doença.

— Eu que o diga!

— Estamos curtindo café irlandês.

— Se isso significa café com uísque, eu passo. Não sei por que vocês têm a mania de estragar um café de excelente qualidade desse jeito.

— Outra doença. Vou lhe servir vinho.

— Pode deixar que eu me sirvo. Peabody me ligou quando eu vinha para cá. Está não só sã e salva na Escócia, como me pareceu de cara cheia de uísque e louca de empolgação. Ela ama você, por falar nisso; e me ama também; também ama a bunda ossuda de McNab e até mesmo Sheila, a prima dele. — Lançou para Summerset um sorriso de solidariedade. — Não mencionou você, mas certamente foi apenas um descuido.

Ela se sentou e esticou as pernas.

— Esse foi um presente que agradou em cheio. — Olhou para Roarke. — Você resolveu tudo que precisava?

— Resolvi. E você?

— Não, mas que se dane. Tentei ligar para o laboratório e fui atendida pela gravação de "Jingle Bell Rock". Por que será que canções como essa nunca morrem? Agora ela grudou na minha cabeça como chiclete.

O gato abandonou Summerset para pular no colo de Eve. Reclamou com miados altos e enfiou as pequenas garras nas coxas dela.

— Ele está tentando você — apontou Roarke, com o copo que segurava. — Quer cookies, mas não conseguiu nada de mim, nem de Summerset.

— Pode esquecer, seu gorducho — Ela o ergueu e roçou o nariz no focinho dele. — Mas eu trouxe algo especial para você. — Ela o colocou no chão, foi até a árvore, apalpou alguns embrulhos e voltou com um presente: galhadas de rena para gato e um camundongo de brinquedo.

— Ele é nobre demais para usar essa galhada ridícula e correr atrás de um brinquedo tolo, como se fosse um idiota — protestou Summerset.

Eve deu uma gargalhada.

— Veja só, Erva de Gato — disse Eve, balançando o camundongo pelo rabo diante dele. — Muito bem, isso mesmo — elogiou,

Recordação Mortal

deliciada ao ver Galahad ficar em pé sobre as patas traseiras para agarrar o brinquedo com as patas dianteiras. — Isso aqui é como se fosse *Zeus* para gatos.

— E você, uma responsável agente da lei, fica distribuindo essa substância proibida? — brincou Roarke.

— Tenho minhas fontes secretas. — Enquanto o gato rolava, delirante, com seu novo brinquedo, Eve prendeu a galhada de rena no lugar. — Pronto, agora você realmente parece idiota, Galahad, mas é só por hoje. Nós, humanos, também temos direito a um pouco de diversão.

— Ele está tentando comer o rato ou transar com ele? — perguntou Roarke.

— Não quero pensar muito a respeito. Pelo menos não está mais pensando nos cookies.

Ela tornou a se sentar e colocou os pés no colo de Roarke. E quando Roarke passou as mãos de forma distraída pela panturrilha de Eve, Summerset viu nisso uma dica para se retirar.

— Preparei algo simples para o jantar, pois imaginei que vocês iriam preferir comer por aqui. Vou jantar com alguns amigos na cidade.

A frase *Você tem amigos?* quase pulou da boca de Eve, mas Roarke apertou-lhe o tornozelo para evitar isso.

— Está tudo no refrigerador da cozinha — informou o mordomo.

— Obrigado. Curta a sua noite.

— Curtirei, sim. Uma boa noite para vocês também.

Ao sentir mais um aperto no tornozelo, Eve fez cara de espanto e disse:

— Hum... Tá bom. Feliz Natal.

Quando ficaram sozinhos, ela empurrou o braço de Roarke e reclamou:

— Pega leve, por favor. Eu ia dizer uma coisa para ele.

— Sei muito bem o que você ia dizer. Decretamos uma trégua em nosso espaço particular aqui no planeta Terra até o dia 26.

— Tudo bem, eu consigo se ele conseguir. Além do mais, pretendo encher a cara.

— Por que não me deixa ajudá-la a fazer isso? — Ele se levantou e serviu mais vinho.

— E quanto a você?

— Vou beber também, mas acho que um de nós deve se manter sóbrio. O gato já está doidão — comentou, olhando para o chão, onde Galahad se esfregava de forma lasciva contra o camundongo de brinquedo.

— Bem, ele está assim por nunca transar. Quanto a nós, devíamos ter algo bem gostoso para o feriado. Meu plano é curtir muito esses momentos.

— Posso ajudá-la nisso, também — retrucou Roarke, erguendo uma sobrancelha.

— Talvez eu esteja falando de cookies.

Ele se lançou sobre o sofá ao comprido, bem ao lado de Eve. E colou os lábios nos dela.

— Ainda não estou bêbada — murmurou.

— Porque eu ainda não acabei.

— É melhor fechar aquela porta, se você pretende ficar de sacanagem aqui mesmo. Summerset já saiu, mas seu espírito continua impregnando esses aposentos.

— Estou só beijando minha esposa. — Eles se recostaram ao longo do estofado para poderem apreciar a lareira e beber vinho, e provarem os pescoços um do outro.

— Gostoso, isso. — Eve respirou fundo, deu um cheirinho nele e permitiu que todas as células do seu corpo relaxassem. — Pode ser que eu só saia desta sala depois do Natal. Pensando bem, não vou nem me levantar do sofá.

— Mas teremos de fazer um rodízio para pegar provisões na cozinha, alimentarmos a nós mesmos e a lareira.

— Certo, então. Vai você primeiro.

Ele riu e roçou os lábios no cabelo dela.

— Esse cheiro é delicioso — murmurou ele, inspirando fundo enquanto descia pelo pescoço dela. — Você colocou perfume?

— Quando eu arrumo um tempinho, faço isso.

— E eu adoro!

— Você ligou para sua família na Irlanda?

— Liguei. Tudo estava uma confusão de bolos sendo preparados e bebês por toda parte, mas isso combina com eles. Todos mandaram lembranças e lhe desejaram um Feliz Natal.

— Você está bem, mesmo sem conseguir passar o Natal lá?

— Estou exatamente onde gostaria de estar. — Ele se virou para ela e tomou-lhe os lábios num beijo profundo. — No lugar perfeito. E você precisa de mais vinho.

— Já estou começando a ficar de pileque.

— Provavelmente por não ter almoçado.

— Puxa, é mesmo. Eu sabia que tinha me esquecido de fazer alguma coisa. — Ela tomou o vinho que ele serviu. — Depois que eu for devidamente tratada e fizer amor com cada centímetro seu, prometo comer uma tonelada.

Aproveitando que estava em pé, Roarke foi até a porta da sala de estar e a fechou.

Do sofá, Eve sorriu.

— Venha até aqui e comece a me desembrulhar.

Divertido e excitado, ele se sentou aos pés dela.

— Por que não começar por aqui? — sugeriu, e tirou-lhe os sapatos. Depois, apertou os polegares nos arcos dos dois pés e isso a fez ronronar.

— Esse é o ponto certo. — Fechou os olhos e bebeu mais vinho. — Vamos combinar o seguinte: mais tarde você receberá um tratamento assim meu, serviço completo.

— Alguém entrou no espírito de Natal. — Ele beijou um bracelete que enfeitava os tornozelos dela.

— Você não vai me escapar, Roarke. Vou apertar tudo pela direita e pela esquerda. — Sensações deliciosas fizeram suas pernas estremecer. — Você pode tentar se esquivar, mas no fim eu pretendo pegá-lo com força.

Ela abriu um olho quando ele despiu-lhe a calça.

— Quanta rapidez!

— Você quer lentidão?

— Claro que não! — Ela riu, jogou o corpo para trás e o agarrou, derrubando um pouco de vinho sobre ambos. — Uh-oh.

— Puxa, veja o que você fez. Agora, teremos de nos livrar dessas roupas todas. Mãos ao alto! — ordenou ele, puxando a suéter dela pela cabeça. — Tome. — Ele lhe ofereceu mais vinho, colocando as duas mãos dela em torno do cálice. — Tome mais cuidado, agora.

— Acho que eu já bebi demais.

— Pois eu não.

Ele a despiu completamente e depois tirou as próprias roupas. Pegou o cálice da mão dela e o girou de leve, entornando algumas gotas sobre seu torso e entre os seios.

— Uh-ho — repetiu ela. Olhou para baixo, depois para ele e riu.

Roarke lambeu vinho e pele, deixando que a combinação dos dois sabores lhe subisse à cabeça, enquanto Eve gemia e se movia lentamente por baixo dele. Ela arqueou as costas, formando uma ponte trêmula quando as mãos dele passearam a esmo sobre ela.

Então, envolveu-o com força, usando os braços e as pernas. Girou com habilidade, se colocou por cima dele e se deixou largar, dando risadas e exclamando:

— Ai!...

— Fácil para você dizer isso — foi a reação de Roarke. Eve roubava o ar dele de muitas formas. Para lhe devolver a sensação, ele completou o giro e ficou por cima dela mais uma vez. Com os lábios e os dedos, ele lhe fez cócegas e se deliciou com os gritos que ela soltou, excitada e quase sem fôlego.

Eve se deixou inundar pelo jeito tolo e pela paixão, numa combinação vertiginosa, enquanto o vinho escorria pelo seu corpo. Quando ele a penetrou, ela continuou a rir, quase sem fôlego. E enlaçou os braços em torno do pescoço dele.

— Feliz Natal — conseguiu dizer ela, entre gemidos. — Oh, Deus! — Eve gozou em meio a mais uma gargalhada ofegante e o puxou mais para junto dela.

— Feliz Natal — disse ele, dando-lhe uma última estocada profunda.

Ela ficou largada, quase vesga, olhando para a árvore.

— Puxa, isso é que eu chamo de colocar o laço sobre o presente!

Um pouco mais tarde, diante da insistência de Roarke, Eve abriu o primeiro presente. Era algo para deixá-la mais confortável, ele avisou. Difícil ser de outro modo, pois o presente era um robe de caxemira muito macia, verde-folha.

Os dois comeram ao lado da lareira e devoraram a lagosta *muito simples* que Summerset deixara preparada, acompanhada por uma boa champanhe. Quando ele perguntou sobre o caso, ela balançou a cabeça. Não iria falar de trabalho naquele momento. Mereciam uma noite inteira só para eles, com o sangue e a morte bem longe do seu mundo. Um mundo só deles, e onde ambos se sentariam como crianças, com as pernas cruzadas, ao lado de uma árvore de Natal, rasgando com força o colorido papel de presente de cada pacote que abriam.

— *O universo segundo Roarke?* — estranhou ele, lendo o rótulo de um videogame.

— Feeney me ajudou a programar esse game. Tudo bem, para ser franca, Feeney fez quase tudo sozinho, mas fui eu que tive a ideia e inventei o conceito. Ele roda no computador e também em sistemas com holograma.

Dizendo isso, ela pegou mais um cookie. Estava quase enjoada de tanto ingerir açúcar, mas o Natal era apropriado para esses excessos.

— Esse é um game personalizado — explicou ela. — Basta apertar o botão de *start*. É baseado em decisões inteligentes e bom senso. Você pode ganhar dinheiro, comprar armas e terras, construir coisas, travar guerras. Pode interagir com outras pessoas, estamos todos aí. Também pode enfrentar adversários importantes e coisas desse tipo. Pode trair, roubar, trocar coisas, o diabo a quatro! Só que existem muitas armadilhas que podem deixar você falido, destruído, preso numa cela ou torturado pelos inimigos. Mas você também pode acabar governando todo o universo conhecido. Os gráficos e a altíssima definição são fantásticos.

— Você está aqui?

— Estou.

— Então eu não tenho como perder.

— O game é bem difícil. Feeney o deixou em testes, rodando direto por várias semanas, e disse que não conseguiu passar da fase doze. Ficou puto com isso. Eu pensei bastante e cheguei à seguinte conclusão: já que você não pode mais roubar e trair no mundo real, vai curtir muito fazer isso no mundo virtual.

— O melhor presente é ter uma mulher que me conhece. — Ele se inclinou para beijá-la e saboreou vinho e o açúcar dos cookies. — Obrigado. Sua vez.

— Mas eu já abri um milhão de presentes. — Que cobriam a extensa gama entre o glamoroso e o trivial, entre o suntuoso e o sexy.

— Estamos quase acabando. Falta este aqui.

Recordação Mortal

Eve puxou a fita da caixa que ele lhe entregou e a colocou em torno do pescoço, o que fez Roarke balançar a cabeça. Dentro da caixa havia uma lupa com cabo de prata.

— É uma antiguidade — explicou ele. — O que é uma detetive sem uma lupa?

— É linda! — Ela estendeu a mão e analisou tudo em volta através da lupa. Depois, ainda sorrindo, aproximou o objeto de Roarke e o examinou cuidadosamente. — Puxa, assim ampliado você é ainda mais bonito. — Depois, virou a lupa para o gato que roncava e sentenciou: — Não é o seu caso, bichano. Obrigada pelo presente.

Quando ele selou os lábios dela com um dedo, Eve fingiu suspirar, mas logo se inclinou e o beijou.

— Tome, abra este aqui, acho que o momento é adequado. — Ela entregou uma caixa para ele e continuou a brincar com a lupa. — Se eu tivesse uma lupa dessas quando era menina, teria levado as pessoas à loucura.

— É essa a ideia de brinquedos e ferramentas. — Ele ergueu os olhos e se viu sendo inspecionado mais uma vez pela lupa, jogou o laço largo nela e balançou o presente. — Vamos ver o que você aprontou aqui.

Abriu a caixa e, com muito cuidado, pegou lá dentro um relógio de bolso.

— Eve, isso é maravilhoso!

— É uma antiguidade, também. Sei o quanto você curte coisas antigas. Acho que você poderá colocá-lo numa prateleira, ao lado dos objetos do passado que coleciona. Já veio com uma frase gravada — acrescentou, quando ele abriu a tampa do relógio de outro século. — Mas eu achei que...

— "O tempo para" — leu ele, baixinho, e fitou-a com seus olhos azuis estonteantes.

— Eu acho que, às vezes, o tempo para mesmo. — Estendeu a mão para ele. — De verdade.

Ele a puxou e pressionou os lábios sobre sua garganta, subiu para seu rosto, demorou-se um pouco ali e sussurrou:

— Isso é um tesouro. Exatamente como você.

— Humm, isso é gostoso — murmurou ela. Não eram os objetos que contavam, e sim a partilha deles. Estar junto. Eve sabia que Roarke compreendia isso. — Eu amo você. Estou começando a entender como esse sentimento funciona.

Ele riu, tornou a beijá-la e então se afastou.

— Você tem mais um presente.

Só podia ser mais uma joia, reparou Eve, pelo tamanho da caixa. Aquele homem adorava cobri-la de brilhos e fulgores. Seu primeiro pensamento ao abrir a caixa, porém, foi que as peças não brilhavam simplesmente... Eram ofuscantes como o sol.

Os brincos eram gotas de diamante — três pedras perfeitamente redondas que aumentavam gradativamente de tamanho à medida que gotejavam de um aglomerado de mais diamantes; o conjunto formava as pétalas de uma flor brilhante.

— Caraca! — disse dela. Ao ver que ele simplesmente sorriu, ela entendeu tudo. — Esses são os diamantes de Big Jack, do assalto ocorrido na rua 47. Aquele que nós recuperamos.

— Sim, depois de eles estarem escondidos há quase um século.

— Mas eles ficaram guardados sob custódia!

— Juro que eu não os roubei. — Ele riu e pegou o disco de videogame que ela lhe dera. — Lembre-se: hoje em dia eu só roubo virtualmente. Eu negociei com os responsáveis pela tutela e os adquiri por meios completamente legais. Eles merecem receber a luz do dia. Merecem você. Sem você, eles talvez estivessem escondidos até hoje dentro de um brinquedo de criança. Se não fosse você, tenente, Chad Dix não estaria celebrando o Natal neste exato momento.

— Você mandou fazer a joia para mim. — Foi isso que a comoveu mais que tudo. Pegou a lente. — Vamos inspecioná-las — sugeriu, fingindo analisar as pedras. — Excelente trabalho!

— Pense nelas como medalhas de louvor.

— Muito mais importantes que as medalhas que o Departamento de Polícia oferece. — Colocou as joias, sabendo que isso iria agradá-lo, e curtiu o momento.

— Elas combinam com você.

— Diamantes com um brilho fabuloso desses embelezam qualquer mulher. — Eve o abraçou com força e se aninhou nos braços dele. — Saber de onde eles vieram e que você mandou fazer as joias especialmente para mim significa muito. Eu...

Ela recuou, arregalou os olhos e perguntou:

— Aposto que você comprou todos eles, não foi?

— Puxa, como você é gananciosa! — disse ele, colocando a cabeça meio de lado.

— Você, com certeza, é. Comprou o lote inteiro, tenho *certeza* disso.

— Acho que precisamos de mais champanhe. — Passou o dedo na covinha do queixo dela. — Você ainda está sóbria demais.

Ela pensou em dizer mais alguma coisa, mas se manteve calada. Roarke tinha todo o direito de gastar seu dinheiro como bem quisesse. E estava certo a respeito de uma coisa: os diamantes de Big Jack mereciam um destino melhor que um cofre de custódia do governo.

— Tem mais algum presente por aí — percebeu ele, ao se levantar. — Aquele que você trouxe escondido, hoje.

— Ah, é. Tudo bem — Uma parte dela torcia para ele ter se esquecido disso. — Pois é... Bem, não é grande coisa, nada de mais.

— Sou ganancioso, lembra? Me entregue o presente.

— Tudo bem. — Ela pegou o embrulho, colocou no colo dele e avisou: — Vou pegar champanhe.

Ele agarrou Eve pelo braço antes de ela ter a chance de se levantar.

— Espere um minuto até eu ver o que temos aqui. — Roarke abriu a caixa, tirou o papel fino do caminho, pegou um objeto e disse, simplesmente: — Puxa!

Eve fez um esforço para não se mostrar embaraçada.

— Você disse que queria uma foto antiga, para ver como eu era antes.

— Puxa — repetiu, e a expressão dele a fez ficar ruborizada até o pescoço. — Olhe só para você! — Seus olhos se moveram da foto para a mulher diante dele. Havia satisfação, surpresa, amor, e a garganta dela ficou bloqueada.

— Peguei uma foto velha e coloquei num porta-retratos.

— Quando ela foi tirada?

— Logo depois de eu entrar para a Academia de Polícia. A colega com quem eu costumava conversar e sair vivia tirando fotos. Eu estava tentando estudar, mas ela...

— Seu cabelo...

Eve se remexeu, meio desconfortável. Na foto ela estava sentada ao lado de uma mesa, com discos empilhados à sua volta. Vestia uma camiseta cinza padrão da Academia de Polícia. Seu cabelo estava comprido, preso por um rabo de cavalo.

— Pois é, eu usava cabelo comprido nessa época. Achava mais simples, e bastava prendê-lo para ele não cair no rosto. Só que, num treinamento de luta mano a mano, minha oponente me agarrou pelo cabelo, puxou e me derrubou. Cortei no mesmo dia.

— Observe seus olhos. Você já tinha olhos de tira, mesmo naquela época. Era pouco mais que uma criança e já sabia disso.

Recordação Mortal

— O que eu sabia é que se a colega não tirasse a câmera da minha frente para eu poder estudar em paz, eu ia dar um soco nela.

Ele riu e pegou a mão dela, mas continuou mesmerizado pela foto.

— O que aconteceu com essa sua colega?

— Desistiu do curso, não aguentou nem um mês. Era uma pessoa legal, mas não servia para...

— Ser tira — completou ele. — Obrigado por isso. É exatamente o que eu queria.

Eve repousou a cabeça sobre o ombro dele, deixou que as luzes da árvore de Natal a deslumbrassem e pensou: *Quem precisa de champanhe?*

Capítulo Dezenove

Ela acordou, ou pensou ter acordado, na sala ofuscantemente iluminada com a parede de vidro. Vestia seu robe de caxemira novo e colocara os diamantes que ganhara. Havia um pinheiro alto no canto da sala que ia quase até o teto. Os enfeites que pendiam dos galhos pesados, ela percebeu, eram cadáveres. Centenas de corpos pendurados, cobertos de sangue vivo, cor de Natal.

Todas as mulheres, e apenas mulheres, estavam reunidas em torno da árvore.

— Isso aqui não está muito alegre — sentenciou Maxie, a advogada, dando uma cutucada em Eve com o cotovelo. — Mas temos que festejar com o que temos, certo? Quantos desses são seus?

Eve não precisava da lupa que tinha no bolso para identificar os rostos, os corpos, os mortos.

— Todos eles — disse, simplesmente.

— Puxa, você é gananciosa, não acha? — Maxie se virou, apontou com a cabeça para o cadáver esparramado no centro da sala e avisou: — Ela ainda não foi pendurada.

Recordação Mortal

— Não, ela ainda não pode ir para a árvore. Ela ainda não acabou.

— Pois para mim ela está acabada, acabadíssima. De qualquer modo, pegue isso aqui. — Jogou para Eve uma meia branca cheia de fichas de crédito. — Vá em frente.

— Essa não é a resposta para isso.

— Talvez você não tenha feito a pergunta certa.

De repente, Eve se viu na sala com paredes de vidro, junto das crianças. A criança que ela fora estava sentada no chão e fitou-a com os olhos cansados.

— Eu não ganhei presente nenhum, mas não me importo.

— Então, pode ficar com este. — Eve se agachou e estendeu o distintivo para a menina. — Você vai precisar dele.

— Ela ganhou todos os presentes.

Eve olhou através do vidro e viu que os presentes estavam todos empilhados em torno do corpo.

— Agora, tudo aquilo não vai lhe servir de nada.

— Foi uma de nós que fez isso, sabia?

Eve olhou para trás e analisou o salão cheio de meninas. Por fim, fitou os próprios olhos na menina ao lado e disse:

— Sim, eu sei.

— O que vai fazer a respeito?

— Vou prender a menina que fez isso. É o que acontece quando você mata alguém. É preciso pagar o preço por isso. Tem de haver um pagamento.

A menina que Eve tinha sido ergueu as mãos, e elas estavam manchadas de sangue.

— Eu vou ter de pagar também? — quis saber.

— Não. — Mesmo sabendo que tudo era um sonho, ela sentiu uma dor na barriga. — Não — repetiu, com voz firme. — No seu caso é diferente.

— Mas eu não consigo sair daqui.

— Conseguirá, um dia. — Olhou para a parede de vidro e franziu o cenho. — Não havia mais presentes ali, um minuto atrás?

— As pessoas roubam tudo. — A menina prendeu o distintivo ensanguentado na blusa. — Elas não prestam.

Eve acordou num sobressalto, o sonho já se desfazendo. Era estranho, pensou, ter sonhos em que a pessoa conversava consigo mesma.

E havia a árvore. Ela se lembrou da árvore com os corpos pendurados, como enfeites mórbidos e bizarros. Para se confortar, virou-se de lado e apreciou a árvore junto da janela. Passou a mão sobre o lençol ao lado, mas o encontrou frio.

Não foi surpresa descobrir que Roarke havia se levantado antes dela, nem que isso já tivesse acontecido há tanto tempo que o lençol estava novamente frio. O que lhe provocou um choque inesperado foi perceber que já eram quase onze da manhã.

Rolou para sair pelo seu lado da cama e viu a agenda eletrônica piscando na mesinha de cabeceira. Ligou-a e ouviu a voz dele.

"Bom-dia, querida Eve. Estou no salão de jogos. Venha brincar comigo."

— Que melosidade patética — murmurou, mas aquilo a fez sorrir.

Tomou uma ducha, se vestiu, pegou um pouco de café e desceu correndo. Isso provava que ela também era uma melosa patética.

Roarke tinha ligado o telão principal. Eve sentiu um novo sobressalto ao se ver na tela imensa, travando uma batalha dura e sangrenta. Por que será que usava uma espada, em vez de uma arma de atordoar? Isso ela não sabia dizer.

Ele lutava lado a lado, ajudando-a, como tantas vezes havia feito na vida real. E ali estava Peabody, ferida, mas também lutando. Só que... Que diabo de roupa era aquela que sua parceira vestia?

Recordação Mortal

Mas a pergunta principal, para Eve, era: que roupa estranha *ela* usava? Parecia uma peça em couro comprada numa *sex shop*, mais adequada para uma sessão de sadomasoquismo do que para uma luta de espadas.

A parte mais interessante foi quando ela arrancou fora a cabeça de seu oponente. Momentos depois, Roarke despachou seu inimigo e o sistema anunciou que ele tinha acabado de alcançar o nível oito.

— Sou muito boa, nisso — anunciou Eve em voz alta, e caminhou até onde ele estava.

— É verdade, mas eu também sou.

Ela concordou, apontou para a tela em pausa e perguntou:

— Que roupas são essas?

— Feeney acrescentou opções para escolhermos roupas e fantasias. Passei mais de uma hora de puro entretenimento, brincando com o guarda-roupa do game, ao mesmo tempo que conquistava a maior parte da Europa e da América do Norte. Você dormiu bem?

— Dormi. Tive um sonho estranho, de novo. Talvez a culpa seja da champanhe ou da musse de chocolate que eu belisquei às duas da manhã.

— Por que não descansa um pouco aqui do meu lado? Esse game foi programado para múltiplos jogadores. Você pode tentar invadir meus territórios.

— Mais tarde talvez eu faça isso. — Passou a mão no cabelo, com ar distraído. — Fiquei com essa porcaria de sonho na cabeça. Às vezes o que surge neles significa algo importante, não é? Tem alguma coisa diferente, dessa vez. Não estou fazendo a pergunta certa — murmurou. — Qual é a pergunta certa?

A hora de brincar havia terminado, pelo menos por enquanto, percebeu Roarke.

— Por que não curtimos um belo *brunch*? Você pode me contar tudo enquanto comemos.

— Não, pode continuar jogando. Para mim, só café está ótimo.

— Eu dormi demais e só acordei depois das nove — confessou Roarke.

— Alguém já olhou lá fora para conferir se o planeta não saiu do eixo?

— Quando acordei — continuou ele, com voz seca —, malhei um pouco e também comi uma musse de chocolate. Depois, antes de descer para curtir um dos meus presentes, trabalhei uma hora no escritório lá de cima.

— Você trabalhou? — Ela olhou para ele por sobre a borda da caneca.

— Isso mesmo.

— Na manhã de Natal?

— Culpado, meritíssima.

Ela baixou a caneca, abriu um sorriso largo e afirmou:

— Nós dois somos doentes, não somos?

— Prefiro achar que somos pessoas saudáveis que sabem o que mais lhes agrada fazer. — Ele se levantou, flexível como um gato, vestindo uma calça jeans preta e suéter. — E o que nos agradaria mais hoje, em minha opinião, é curtir algo leve no solário, onde podemos contemplar um pouco da cidade que dominamos enquanto você me conta tudo sobre seu sonho estranho mais recente.

— Você se lembra do que eu disse ontem à noite?

— Bêbada ou sóbria?

— Dos dois jeitos. Eu disse que amava você. Continuo amando.

Eles comeram frutas frescas no terraço da casa, olhando pelo vidro para um céu que decidiu dar uma colher de chá à cidade e a enfeitara com muita luz e um belo tom de azul.

Recordação Mortal

Eve não discutiu com a ideia de Roarke de que, já que era Natal, eles deviam comemorar tomando mimosas, um drinque feito com champanhe e suco de laranja.

— Quer dizer que você deu a ela, ou a si mesma, o seu distintivo?

— Não sei por que fiz isso. Mira provavelmente teria várias interpretações para isso e um monte de papos de psiquiatra. Acho que isso é o que eu mais queria. Ou iria querer, no futuro.

— A explicação para os enfeites macabros é fácil.

— Sim, essa até eu saquei. Eles estão mortos, então são minha responsabilidade. Mas Trudy não estava pendurada na árvore.

— Porque você ainda não solucionou o caso dela. Não poderia colocá-la junto com os outros... Mas eu não diria que ela estava "de lado", porque você nunca faz isso. Você só a colocará pendurada na árvore quando encerrar o caso.

— Essa advogada vive aparecendo, mas não está envolvida. Sei que não está, mas foi com ela que eu conversei, nas duas vezes.

Ela é a pessoa que entende você melhor, eu diria. Estava no mesmo nível que você, com relação aos sentimentos por Trudy, e não se esquivou de nada. E reagiu, depois de algum tempo.

Ele lhe ofereceu uma framboesa e completou:

— E também se reergueu, como você.

— Foi uma de nós. Eu sabia disso, ou a menina sabia.

— Já havia uma tira dentro de você, naquela época, escondida em algum lugar.

— Ela também sabia que as pessoas, na maioria das vezes, não prestam. — Eve contou isso com descontração e comeu outra framboesa. Então, empinou o corpo na cadeira. — Espere um instante, espere um instante... Os presentes! Deixe-me raciocinar.

Ela se levantou da cadeira e caminhou pelo solário, por entre plantas cultivadas em vasos e uma fonte gorgolejante e musical.

— Presentes, ganância, Natal e compras. Trudy adquiriu um monte de coisas. Sei que fez compras antes de tentar o golpe em nós. Analisei seus extratos do cartão de crédito e da conta bancária. Ela saiu gastando de forma alucinada.

— E...?

— Havia sacolas de compras no seu quarto. Anotei tudo no inventário, mas não conferi o conteúdo, peça por peça, com os extratos. Ela não comprou nada especial como diamantes, por exemplo. Só roupas, alguns perfumes, sapatos. Claro que não foi morta por causa dos sapatos novos, e foi por isso que eu não conferi item por item, dei uma olhada por alto, apenas. Algumas das aquisições não estavam lá, mas ela mandou muita coisa para ser entregue em sua casa. Verifiquei isso. Só que não analisei peça por peça.

— E por que faria isso?

— Ganância, inveja, cobiça. As mulheres dizem o tempo todo *Nossa, adorei seu visual, seus sapatos, seus brincos*. Coisas desse tipo. — Fez um gesto amplo no ar e Roarke riu. — Eles foram fazer compras juntos, os três, assim que chegaram à cidade. Zana sabia tudo que a sogra tinha comprado. Alguns produtos foram enviados para casa. Por que eu me daria ao trabalho de verificar se uma blusa qualquer foi entregue no Texas? Isso lhe deixou o caminho livre, certo?

Ela girou o corpo e continuou:

— É muito vaidosa, no fundo. Vive se aprontando com bastante cuidado. Aposto que Trudy comprou várias coisas lindas para si mesma. Sogra e nora vestiam mais ou menos o mesmo número. Quem vai descobrir se Zana se serviu de alguns dos produtos que lhe agradaram mais? Bobby não iria reparar nisso. Homens nunca reparam. Com exceção do meu marido, é claro.

— E você descobriu tudo isso a partir de um sonho onde havia um cadáver rodeado de presentes?

Recordação Mortal

— Descobri isso porque estou andando às cegas. Não sei, talvez meu subconsciente esteja descobrindo essas coisas. A questão é que isso se encaixa com o que percebo nela, em Zana. Oportunismo. Se ela roubou alguma coisa da sogra, se eu conseguir provar que Zana tirou algum objeto do quarto... Isso é uma evidência circunstancial e qualquer tira na primeira semana de serviço descobriria furos nessa teoria, mas já é algo com o que trabalhar.

Eve tornou a se sentar.

— Ela era uma de nós — continuou. — E nós nunca ganhávamos as coisas boas, apenas donativos e objetos de segunda mão. Migalhas que caíam da mesa onde todo mundo está enchendo a cara de bolo.

— Querida...

— Eu não ligo para isso. — Ela acariciou o ombro dele com a mão. — Nunca me importei. Mas aposto que ela ligava e se importava. Oportunidade. — Fechou os olhos e bebeu alguns goles da mimosa sem perceber. — Aqui em Nova York, uma cidade imensa e cruel onde qualquer coisa pode acontecer com qualquer um. O alvo está planejando dar um golpe, e isso torna as coisas ainda mais fáceis. É como se Trudy estivesse se colocando numa bandeja. A arma do crime estava bem à mão, já tinha sido usada e descartada com facilidade. Ela precisava sair pela janela, mas isso não era problema, porque o quarto ao lado estava vazio. Zana precisava se lavar em algum lugar, e não podia ser no próprio quarto, nem no de Trudy. Só poderia ser lá, no quarto vazio.

Eve se levantou novamente e praguejou:

— Merda, merda! Ela escondeu a arma lá, as roupas ensanguentadas, as toalhas. Tudo perfeito... Uma questão de oportunidade, mais uma vez. Bastou esconder as provas e voltar para o próprio quarto toda limpinha, para deitar junto de Bobby, que ainda dormia. Ele nunca perceberia a diferença, mesmo. E quem está bem diante do quarto na manhã seguinte, batendo na porta de uma mulher morta?

— No instante em que você chegou.

— Isso mesmo. Ela não esperava por isso, mas se ajustou ao cenário. Raciocina rápido e é esperta. E paciente, também. Dá uma escapulida na manhã seguinte e pega as tralhas do quarto vazio. Pode ter dispensado o flagrante em qualquer lugar, qualquer reciclador do hotel ou do bar onde encenou o próprio rapto, deixando a bolsa no local para dar um toque de veracidade. Tudo isso já se perdeu a essa hora. Filha da mãe. Não vistoriamos as latas de lixo num local tão distante, em busca da arma do crime ou das roupas ensanguentadas.

— Continue — pediu ele, quando ela parou de falar. — Estou fascinado.

— É tudo especulação, apenas isso. Mas as coisas se encaixam. — Pela primeira vez desde o início, tudo parecia se encaixar. — A partir daí ela conseguiu lançar os tiras em busca de um cara desconhecido, rastreando uma conta bancária que não existe. Isso lhe proporcionou tempo. Agora ela é uma vítima. Tem os discos de Trudy, todos os arquivos do caso e as gravações que Trudy fez do ataque a si mesma.

Sim, dava para ver tudo com precisão, pensou Eve. Recolha tudo, leve o que precisar, pegue o que quiser, mas não deixe nenhum rastro de sua passagem.

— Será que ela ficou com os discos? — perguntou Eve. — É complicado jogar fora um material que lhe dará oportunidade de lucro, outra hora. Sempre é possível chantagear alguém, mais adiante.

— Mas ela não fez chantagem agora, quando a coisa ainda estava quente — ressaltou Roarke. — Entrega anônima de uma cópia dos registros, se eles existirem...? Um número de conta e instruções?

— Sim, a coisa ainda está muito quente. Pelando! Por que forçar a própria sorte? Ela precisa de tempo para avaliar esse ângulo. Será que vale a pena arriscar tudo para chantagear uma tira e um cara com os seus recursos? Talvez não. Talvez mais tarde. Mas se for realmente esperta, e ela é, com certeza verificou se tínhamos álibis para os momentos dos ataques. E nós tínhamos. É claro que poderíamos ter contratado alguém para fazer o trabalho sujo, por falar nisso, mas certamente achou que isso seria muita bandeira. E não sabia se iríamos lhe pagar pilhas de dinheiro ou se faríamos jogo duro. Ou pior: se iríamos atrás dela em busca de vingança.

Ela parou, refletiu, e logo continuou:

— Esperar é a coisa mais inteligente a fazer. Não é isso que você faria? É o que eu faria.

— Bem, eu teria destruído a câmera, os discos, qualquer coisa que me ligasse àquele quarto. Porque se alguém seguisse a pista e chegasse até mim, eu acabaria preso. — Roarke serviu mais café para os dois. — Não valeria o risco, especialmente porque eu pretendia raspar tudo que Trudy já tinha escondido.

— Isso mesmo. É claro que ficaria com o pacote completo se Bobby também fosse eliminado. E o mais importante: se acontecesse um acidente com ele, fatal ou não, os tiras iriam investigar, procurando novamente aquele homem invisível. Enquanto isso, você age como se tudo tivesse sido realmente um acidente. *Puxa, só pode ter sido um acidente, e eu sou culpada por tê-lo convencido a fazer compras. E ainda derramei meu café no casaco. Buá!...*

Roarke teve de rir e comentou:

— Você realmente não gosta dela.

— Não fui com a cara da figura desde a primeira vez em que a vi. Sabe aquele formigamento que a gente sente entre as omoplatas? — Esticou os ombros para trás, como se tentasse se livrar da sensação. — Agora Bobby está no hospital e todo mundo, inclusive ele, entrou na dela. A moçoila virou o centro das atenções, está no palco onde merece estar. Já ficou nos bastidores e deixou a megera se manter sob a luz dos holofotes tempo demais, não é verdade?

Ela olhou para Roarke. Estava de jeans e suéter, naquela manhã. Dia de folga, relax total. Bem, não dava para evitar, droga.

— Escute, Roarke, é uma bosta ter de lhe pedir isso, mas é necessário. A gravação do grampo. Terei sorte se conseguir que alguém comece a examiná-la amanhã. Se ao menos eu tivesse a chance de ouvir tudo com clareza, cada voz em separado para analisar os tons, sem ruídos de fundo, seria ótimo.

— Vou para o laboratório de computação.

— Olhe, eu posso compensar esse tempo depois.

— Como pretende fazer isso? Seja específica.

— Jogo uma partida completa do game novo com você. Em modo holográfico.

— Já é um começo.

— Visto o equipamento que você escolher.

— Séééério? — Ele esticou a palavra com ar lascivo. — E o vencedor leva tudo?

— Você quer saber se levará a mim?

— Escolho roupas medievais. E você vai ter de me chamar de Sir Roarke.

— Ah, qual é?

— Tudo bem, talvez eu tenha ido longe demais. — Ele riu. — Vamos ver como a coisa rola. — Ele se levantou. — Onde está o disco?

— Vou pegá-lo. Pretendo começar com a farra das compras. Obrigada. De verdade.

Ele lhe entregou o café, para que ela pudesse levá-lo para o escritório.

— Onde mais poderíamos passar nossa tarde de Natal?

Ela foi trabalhar e pareceu feliz, pelo que Roarke percebeu, por poder voltar às atividades de sempre. Carregou com ela um

Recordação Mortal

bule de café e montanhas de dados. Independentemente do que ela pudesse ou não encontrar, essa abordagem iria obrigá-la a conversar com balconistas. Isso significava enfrentar o horror de ir a diversas lojas um dia depois do Natal, quando todo mundo, acompanhado pelos filhos, esposa, mãe, sogra e o cachorro da casa estariam trocando presentes, catando pechinchas e reclamando dos preços.

Trudy se tratava muito bem, decidiu Eve. Comprou seis pares de sapatos em uma das lojas. Nossa, que obsessão era aquela de algumas mulheres por sapatos? Mandou entregar quatro dos seis pares em sua casa, no Texas. Jamais iria usá-los.

Ela cruzou os dados com os itens do seu controle e confirmou: seis pares.

Também havia três bolsas da mesma loja. Duas tinham sido enviadas para casa e uma delas a cliente levou. Quando Eve conferiu sua lista de controle, sorriu.

— É, aposto que foi difícil resistir a uma bolsa de seiscentos dólares. Seiscentos! — Balançou a cabeça. — Tudo isso para arrastar peso morto de um lado para outro. Coisas que nenhum ser humano racional tem necessidade de carregar. Vamos ver do que mais você se serviu, Zana.

Antes de ter chance de continuar, Roarke a chamou pelo *telelink* interno.

— Tenho novidades para você, tenente.

— O quê? Já? Não faz nem uma hora.

— Creio que já mencionei o fato, mas repito: sou bom nisso.

— Estou indo para aí, mas acho que ofereci demais pelo seu serviço.

— Pagou para brincar — disse ele, e desligou.

Ela o encontrou no laboratório, onde ele montara um grupo de computadores que aceitavam comandos individuais.

— Desse jeito — explicou Roarke —, você pode escolher a mixagem que quiser, ou uma combinação de dois ou mais registros sonoros. Eu também fiz a identificação da voz dela, caso você queira tentar compará-la com alguma outra gravação.

— Sim, pode ser útil. Mas antes eu quero ver tudo que rolou do jeito que aconteceu. Ainda não tive chance de ouvir a gravação completa.

Foi o que Eve fez, prestando atenção ao grasnido de vozes em volta. A voz dela, a de Baxter, a de Trueheart. Conferiu e reconferiu. Reconheceu a voz de Zana e a de Bobby. Discutiam onde poderiam ir. Percebeu o farfalhar de roupas e objetos, quando eles vestiam as roupas pesadas na hora de sair.

Estou tão feliz de estarmos saindo. Isso vai fazer bem a nós dois.
Zana.
Essa não foi uma viagem nem um pouco agradável para você.
Bobby.
Ora, querido, não se preocupe comigo. Tudo o que eu quero é que você esqueça por pelo menos duas horas todas as coisas horríveis que aconteceram. Temos um ao outro, lembre-se. É isso que conta.

Saíram do hotel, e Zana não parava de tagarelar sobre árvores de Natal.

Eve ouviu o barulho de Nova York quando eles saíram na rua. Buzinas, vozes, dirigíveis, o resfolegar pesado do motor de um maxiônibus. Tudo isso servindo de fundo para muitas conversas entre eles. O tempo frio, os prédios, o tráfego, as lojas. A gravação estava entremeada com observações de Baxter e de Trueheart, comentando sobre a direção que eles estavam tomando e trocando abobrinhas.

Recordação Mortal

Caraca, você viu os peitões daquela gata, garoto? Deus é homem e está do meu lado. Baxter.

Deus pode ser mulher, e ela resolveu tentá-lo mostrando-lhe coisas que o senhor não poderá ter. Trueheart.

— Nada mau, garoto — murmurou Eve. — Caraca, dá para matar uma criatura de tédio colocando-a para ouvir essa bosta de papo.

Oohhh, olhe aquilo ali, querido. Ai, minha nossa!

E tome bla-blá-blá.

— Quer avançar a gravação? — perguntou Roarke.

— Não, vamos aturar.

Ela bebeu mais café e aguentou firme o papo incessante sobre compras em geral, a aquisição de uma árvore de Natal de mesa e enfeites extras. Tolerou com resignação as risadinhas de Zana quando Bobby mandou que ela se virasse de costas para lhe comprar um par de brincos. Depois os gemidos melosos quando ele determinou que ela não poderia abrir o presente antes do Natal.

— Estou enjoada só de ouvir isso — reclamou Eve.

Eles trocaram ideias sobre o almoço. Deveriam comer isso ou aquilo?

— Jesus Cristo, tanto faz. Turistas! — exclamou Eve. — Eles me deixam louca.

Mais risadinhas. Mais empolgação exacerbada por causa de cachorros-quentes de soja; ou uma porção de carne falsa, ouviu Eve, com repulsa, mas logo se endireitou na cadeira.

— Espere, pare a gravação. Volte um pouco, quero ouvir mais uma vez o que ela acabou de dizer.

— Se você faz questão, eu atendo seu pedido, mas esse entusiasmo exagerado com o cardápio de carrinho de lanches é um pouco demais, até mesmo para mim.

— Não, escute com atenção o que ela diz, e o *jeito* de dizer.

O que faz um cachorro-quente de rua ser tão gostoso, mesmo sendo preparado numa carrocinha a céu aberto, em Nova York? É impossível conseguir uma salsicha grelhada tão maravilhosa em outro lugar do planeta.

— Pare a gravação. Como é que ela pode saber disso? — quis saber Eve. — Ela não disse *Talvez não exista em nenhum outro lugar*, nem *Deve ser o mais gostoso do mundo*, nada desse tipo. Foi uma frase definitiva: *É impossível.* Um pouco nostálgica, talvez, mas é a afirmação de quem sabe o que diz. Não é a opinião de uma mulher que experimenta o seu primeiro cachorro-quente em uma esquina de Manhattan, que foi exatamente o que ela disse que era e serviu de pretexto para eles pararem na carrocinha. *Puxa, nunca provei um desses na vida, vai ser divertido.* Essa vadia está mentindo.

— Não vou contrariar você, mas pode ter sido apenas uma forma exagerada de ela se expressar.

— Pode ter sido, mas não foi. Continue a gravação.

Ela ouviu novos papos sobre gorros, echarpes, de andarem mais um pouco. Hora de atravessar a rua. Ela entornou o café no casaco. Preocupação, um pouco de medo na voz, depois alívio.

E então gritos, brados, buzinas, freadas. Gemidos e soluços.

Jesus Cristo. Depressa, alguém, chame uma ambulância. Senhora, não toque nele, não tente movê-lo.

Era Baxter entrando em cena rapidamente, identificando-se e lidando com o caos que se instalou.

— Muito bem, agora eu quero as vozes apenas deles dois. Nada de ruídos de fundo, desde o instante em que eles pegaram o cachorro-quente até a entrada de Baxter.

Roarke preparou tudo e apertou *play*.

Conversa mole, novamente. Papo leve, descontraído. Um pouco de indulgência da parte de Bobby, percebeu Eve. Depois um ofegar de espanto e a resposta imediata dele. Irritação na voz dela. Depois os gritos.

— A voz dele, agora — ordenou Eve, querendo ouvir a partir do momento em que o café entornou.

Acompanhou o gráfico também... A respiração, o volume e o tom da voz.

— Aqui, bem aqui, você percebeu?

— Ele sugou o ar, como se percebesse que ia cair na rua.

— Um segundo antes, um instante. Talvez um escorregão, mas ele também pode ter sido empurrado. Agora ouça a voz dela, na mesma sequência.

Eve se inclinou, viu o gráfico e ouviu o som.

— Ela respirou fundo, quase ofegante, um segundo antes dele. Depois houve uma pequena hesitação antes de ela guinchar o nome dele e começar a gritar.

O olhar de Eve era duro e firme.

— Zana o empurrou na frente do táxi, aposto que sim. Oportunidade. Coisa de momento, novamente. Vamos analisar as vozes de fundo, os ruídos, individualmente, na mesma ordem, para ver se surge algo mais.

Foi um trabalho tedioso, mas Eve ouviu todas as variações possíveis, antes de se dar por satisfeita.

— As evidências estão se acumulando, a meu ver — disse, com frieza. — Ainda não dá para acusá-la com isso. O promotor vai rir na minha cara e me mandar cair fora, se eu for a Whitney com isso. Mas eu sei o que rolou. Só falta descobrir como abordar Zana.

— Ele a ama.

— O quê?

— Bobby ama a esposa — repetiu Roarke. — Dá para sentir pelo tom de voz dele. Isso vai arrasar com ele, Eve. Ainda por cima depois do que aconteceu com sua mãe. Se você estiver certa, e acredito que esteja, isso vai derrubá-lo de vez.

— Sinto muito, mas é melhor sofrer um golpe desses do que ser logrado por uma assassina, dia após dia.

Eve não podia e não queria se preocupar com o quanto isso iria magoar Bobby. Não agora, não tão cedo.

— Eu ainda não acabei a pesquisa, nas já descobri que está faltando uma bolsa na lista. Amanhã vou pegar uma descrição completa da peça e de tudo o mais que estiver faltando. Vamos achar tudo com Zana. Vou convocá-la para interrogatório. É lá que vou pegá-la, na sala de interrogatório. Não tenho provas, apenas um monte de pistas, todas circunstanciais. Mas vamos ser nós duas na sala, e é ali que a maré vai virar.

Roarke analisava o rosto de Eve, enquanto ela falava.

— Você já comentou, diversas vezes, que eu posso ser assustador. Pois saiba que você também pode, tenente.

— Tem toda razão, garotão — Ela exibiu um sorriso duro, com os lábios apertados.

Capítulo Vinte

Eve começou a manhã seguinte insistindo, tentando, reclamando e berrando com o pessoal do laboratório. Pensou em suborná-los e levou ingressos para um jogo de basquete dos Knicks, como reforço. Mas o puro medo lhe trouxe todos os resultados que precisava.

No instante em que os dados começaram a chegar, Eve voou para a sua mesa.

— Computador, exibir dados na tela e imprimir a transcrição.

Entendido. Processando...

Ela analisou os dados mais importantes e socou a palma da mão com a outra.

— Peguei você, sua vadia.

— Imagino que isso seja uma boa notícia — comentou Roarke, encostado na ombreira da porta que dividia os escritórios de ambos. — Antes, devo lembrá-la de que o pobre operador do laboratório vai precisar de terapia depois desta manhã. E serão anos de terapia.

— Tudo ficou claro, agora. — Eve precisou se segurar para não fazer uma dancinha de vitória ali mesmo. — Sangue no carpete do quarto ao lado, e também no chão do banheiro e no boxe, derramado momentos depois do crime. Ainda não analisaram o tipo sanguíneo, mas aposto que é o mesmo de Trudy.

— Meus parabéns.

— Ainda não consegui cercá-la por todos os lados, mas vou chegar lá. Tem uma coisa melhor que o sangue, muito melhor: nem Zana nem a camareira fizeram uma limpeza decente no quarto. Tenho uma *impressão digital* no peitoril externo da janela. E é dela! Tem mais uma na porta que dá para o corredor.

— Vale a pena ser meticuloso. No caso dela, não vale a pena ser negligente.

— Isso mesmo. Zana não pensou muito adiante. Não imaginou que pudéssemos ir tão longe. Por que se importar com detalhes incriminadores, depois de ter deixado o belo rastro que levava à escada de emergência?

— E agora?

— Agora vou me livrar da barra de lidar com balconistas de lojas um dia depois do Natal. — Aproveitou para dar uma sapateada básica, naquele momento. — As impressões digitais vão ser suficientes para eu conseguir um mandado de busca. Só quero confirmar umas coisinhas mais, antes, e conferir tudo com minha avaliação inicial.

— Um dia cheio pela frente.

— Sim, mas estou preparada para isso. Vou começar daqui, porque é mais calmo. Peabody só vai chegar daqui a algumas horas mesmo.

— Vou deixá-la cuidando disso. Preciso ir. — Mas ele foi até onde ela estava, pegou seu queixo com a mão e a beijou. — Foi ótimo ter você todinha para mim por quase dois dias.

Recordação Mortal

— Foi bom ter sido toda sua.

— Lembre-se disso, porque vou adular você até convencê-la a tirar uns dias de folga. Sol, areia e mar.

— Isso não é exatamente uma tortura

— Porque não reserva o dia dois de janeiro, então? Poderemos ajeitar tudo até lá.

— OK.

Ele se preparou para sair, mas parou na porta.

— Eve? Você vai perguntar o porquê de ela ter feito isso? A resposta importa?

— Vou perguntar, sim. A resposta sempre importa.

Sozinha, ela abriu os arquivos com as imagens de todas as jovens acolhidas por Trudy. Mais uma vez, tentou descobrir ligações entre elas. Uma escola, um emprego, uma assistente social, uma professora. Mas o único ponto em comum era Trudy.

— Uma delas morreu — disse para si mesma, baixinho. — Todas as outras estão vivas e forneceram explicações.

Diante disso, ela pesquisou a morta.

Marnie Ralston, mãe já falecida, pai desconhecido. Lembrou que os registros de Zana também informavam mãe falecida e pai desconhecido. Era esperteza manter os dados falsos o mais próximo possível da realidade, quando uma pessoa assumia a identidade de outra.

Ordenou que o arquivo de Marnie fosse jogado no telão.

Diversos registros de delinquência juvenil, notou Eve. Furtos em lojas, roubos de objetos miúdos, vandalismo e acusação por pequenos danos ao patrimônio público, posse de drogas. Mais tarde a coisa ficou pesada e a jovem passou a roubar carros ao atingir a tenra idade de quinze anos.

A avaliação psiquiátrica identificou nela uma mentirosa patológica e reincidente, com tendências sociopatas. Mas tinha um elevado quociente de inteligência.

Eve leu as anotações da psiquiatra.

A analisada é muito inteligente, chega a ser brilhante. Gosta de testar a si mesma quando se vê diante de uma figura de autoridade. Tem o pensamento organizado e se sai muito bem na façanha de se transformar na pessoa que acredita ser. Essa é a característica que mais a ajuda a alcançar seus objetivos.

— Essa é a minha garota — murmurou Eve.

Apesar de parecer cooperar e se mostrar solícita por alguns períodos, isso não passa de um ajuste de comportamento deliberado e consciente. Embora compreenda a diferença entre o certo e o errado, ela escolhe o curso de ação que lhe trará o maior benefício, mais atenção e privilégios. Sua necessidade de enganar deriva de duas motivações: uma é o ganho imediato; a outra é ilustrar a sua superioridade intelectual sobre a da autoridade que lida com ela. Isso pode ter como causa o seu histórico de abusos e negligência.

— É, pode ser. Ou talvez ela simplesmente goste de mentir. — As pessoas gostam de mentir para os tiras, lembrou. Para algumas delas, esse comportamento era quase automático.

Eve fez um levantamento completo do seu histórico, incluindo os registros médicos.

Mão quebrada, nariz quebrado, contusões, lacerações; olhos roxos, concussões. Tudo isso, segundo os relatórios médicos, policiais e do Serviço de Proteção à Infância, eram atribuídos à mãe da menor. Sua mãe cumpriu pena, a menina foi jogada no sistema e acabou nas garras de Trudy.

Todos os ferimentos relatados, porém, tinham sido sofridos antes do relatório psiquiátrico. E também antes dos piores delitos criminais. Marnie Ralston passara quase um ano com Trudy, entre os doze e os treze anos.

Fugiu de lá e escapou das autoridades e da assistência social durante quase dois anos, antes de tornar a aparecer nos registros por roubo de carro. Sim, sim, garota inteligente. Uma jovem precisava ser esperta, engenhosa e ter sorte pura e simples para durar na rua por tanto tempo.

E quando foi agarrada novamente, a espertalhona — apesar das descobertas e do perfil traçado pela psiquiatra — foi enviada para outra casa de acolhimento. Fugiu de lá algumas semanas depois e se manteve na clandestinidade até completar dezoito anos.

Teve o cuidado de permanecer longe de problemas, fora do alcance do radar, reparou Eve. Trabalhou em vários empregos de curta duração, sem carteira assinada. Fez *striptease*, foi dançarina, serviu em boates e trabalhou como atendente de bar.

Depois disso, segundo os registros, *puf*. Simplesmente explodiu no ar.

— Não caio nessa.

Eve pegou a última imagem registrada, da carteira de identidade de Marnie Ralston, dividiu o telão ao meio e a colocou lado a lado com a de Zana. Cabelo castanho em Marnie, curto e reto, refletiu. Percebeu um olhar duro nela, uma espécie de ar desafiador que mostrava que ela já tinha aprontado poucas e boas, e não se importaria de tornar a fazê-lo.

Eve brincou com a ideia de convocar Yancy ou outro artista da polícia. Antes disso, porém, tentou brincar por conta própria.

— Computador, ampliar apenas os olhos nas duas fotos.

Quando a tarefa foi completada, ela se recostou e avaliou o resultado. A cor dos olhos era praticamente a mesma. Qualquer variação poderia ser atribuída a diferenças por manipulação da foto ou maquiagem da suspeita. O formato, porém, era um pouco diferente. Os olhos eram amendoados em Marnie, e mais redondos em Zana.

Eve tentou as sobrancelhas. Em Zana, elas tinham forma de arco. Seu nariz era um pouco mais estreito e levemente arrebitado.

Era chute avaliar aquelas pequenas mudanças como embelezadoras? Do tipo que uma mulher pagaria para que fossem feitas em seu rosto, por acreditar que a tornassem mais atraente? Especialmente uma mulher que desejasse mudar de aparência por outros motivos?

Quando passou a analisar a boca, seus lábios abriram um leve sorriso.

— Ora, ora... Acho que você gostava muito dos seus lábios. Computador, rodar programa de comparação entre as duas imagens em tela. Elas combinam uma com a outra?

Processando... As duas imagens correspondem.

— Você mudou o cabelo, os olhos e o nariz. Achatou um pouco as maçãs do rosto, mas deixou a boca em paz. Engordou alguns quilos — disse em voz alta, conferindo peso e altura. — Tudo isso tornou suas feições mais suaves, mas você não pôde fazer nada com relação à altura.

Eve escreveu todas as observações, exatamente da forma que as viu, e listou todas as evidências que dessem suporte a uma convocação para interrogatório. Ia conversar com o promotor pessoalmente e depois procuraria um juiz para pressionar pelos mandados de busca.

O *tele-link* tocou quando descia a escada.

— Dallas falando. Seja rápido!

— Oi, voltei! — informou Peabody. — Já estou aqui em Nova York, mas você não apareceu na Central. Curtimos momentos...

— Entre em contato com o gabinete do promotor público — disse Eve, interrompendo a saudação alegre de sua parceira. — Peça para Reo trabalhar no caso, se possível. Ela é a queridinha deles, no momento.

— O que houve?

— Preciso de uma hora com o promotor o mais rápido possível, e também da recomendação de um juiz que esteja disposto a assinar dois mandados de busca.

— Para quem? Pelo quê?

— Zana. Vamos fazer uma busca completa no quarto do hotel e nos pertences dela. Ela é suspeita do assassinato da sogra e da tentativa de assassinato do marido. Isso vai servir para colocar a bola em campo.

— Zana? Mas...

— Caia dentro, Peabody. — Ela pegou o casacão pendurado no pilar do corrimão, no primeiro degrau da escada, e o vestiu enquanto passava voando por Summerset. — Pode deixar que eu explico tudo enquanto estivermos conversando com o promotor. Se quiser adiantar o expediente, leia os relatórios que acabei de enviar para o seu computador pessoal. Preciso pedir autorização ao comandante, antes de ir em frente. Estou a caminho de lá.

— Puxa, sempre que eu tiro um dia de folga alguma coisa importante acontece.

— Agite as coisas. Quero Zana na sala de interrogatório comigo agora de manhã.

Eve desligou. O carro, como o casacão, já estava pronto, à sua espera. Naquele instante, decidiu que estava energizada demais para se sentir grata pela eficiência irritante de Summerset.

Seu sangue estava acelerado. Talvez ele estivesse mais quente do que deveria, mas ela deixaria para analisar isso mais tarde. No momento, seguia na trilha certa. Tinha o elemento surpresa ao seu lado; algo muito útil para enfrentar uma oponente como Zana.

Como Marnie, corrigiu. Era hora de começar a pensar nela pelo nome verdadeiro.

Eve iria encerrar o caso e tudo estaria acabado. Aquilo era algo que ela queria deixar de lado e esquecer. Trudy Lombard e todos os meses terríveis que passara em sua casa, no passado, ficariam enterrados no lugar onde mereciam estar e esquecidos para sempre.

E quando isso acontecesse, pensou Eve ao entrar no fluxo do tráfego, ela certamente curtiria alguns dias em companhia de Roarke. Iriam para a ilha deles, a fim de circular por toda parte pelados como dois macaquinhos e trepar bastante, até ficarem com o cérebro derretido na areia. Pegariam muito sol e muita praia para recarregar as baterias para o longo inverno que viria.

O *tele-link* tocou mais uma vez.

— Dallas falando. O que foi, agora?

— Ei, qual é? Oi, Dallas! Vocês tiveram um Natal magolicioso?

— Mavis! — Eve teve de ordenar à mente a fazer um giro de cento e oitenta graus. — Sim, sim, foi tudo ótimo. Escute, estou indo para o trabalho. Que tal eu ligar de volta para você mais tarde?

— Tudo bem, sem estresse. Basicamente eu só queria ter certeza de que você e Roarke não se esqueceram das aulas para auxiliar meu parto. O bebê vai nascer daqui a algumas semanas.

— Não esquecemos, não, está tudo em cima. — O horror da imagem ainda estava gravado na mente de Eve como arte a laser sobre vidro.

— Leonardo e eu podemos ir com vocês, caso queiram. Depois podemos jantar fora, ou algo assim

— Humm... Claro, claro. Ahn... Não é muito cedo para você já estar acordada?

— O bebê se mexe muito e me acorda cedo. Acho que isso é bom, para eu ir treinando. Olhe só o que meu pãozinho de mel fez para mim, usando as próprias mãos de estilista de sucesso.

Ela ergueu uma espécie de macacão feito de tecido elástico, só que fora criado num tamanho minúsculo e tinha pés. Era vermelho sangue, vinha com muitos corações em prata presos na peça e rabiscos ilegíveis em toda parte.

— É mesmo? Uau!

— É porque o bebê vai chegar antes do dia dos namorados, em fevereiro. Estamos quase lá. O que você acha de Berry?

— Berry, a frutinha vermelha? Depende, qual delas? Framboesa, cereja, amora?

— Nada disso, estou falando de nomes para ele, porque o bebê será nossa pequena frutinha, e o nome serve para menino ou menina.

— Tudo bem, desde que ele não se incomode de ser chamado de mirtilo, amora selvagem, groselha ou outro tipo de *berry* quando entrar na escola.

— Tem razão. Irk! — Mavis fez cara de nojo. — Bem, vamos continuar pensando. Mais tarde a gente se fala.

Imaginando uma fruta vermelha enorme com olhos, braços e pernas dentro da barriga da sua amiga, Eve estremeceu. Para se livrar da imagem, ligou para o gabinete de Whitney.

— Comandante — começou, assim que a assistente completou a ligação. — Surgiu uma nova linha de investigação no homicídio Lombard.

P egou o elevador direto da garagem, aguentando o empurra-empurra para ganhar tempo. Queria entrar em ação depressa, agora, o mais rápido que pudesse. Isso deve ter transparecido em seu rosto, pois Peabody pulou da cadeira no instante em que Eve entrou na sala de ocorrências.

— Senhora! Reo está vindo para cá. Enviei-lhe todas as informações, pelo menos as que eu recebi. Assim ela vai ter alguma noção do que está rolando, quando você for procurá-la. Ah, que lindinho! Você está usando a suéter que eu lhe dei de Natal.

Atônita por um instante, Eve olhou para baixo. Estava distraída demais naquela manhã para prestar atenção a algo tão trivial como a roupa mais adequada para vestir. Só nesse instante é que reparou que usava a suéter que Peabody lhe dera de presente.

— Ahn... É quentinha, mas leve. Gostei muito do presente. Foi... Foi você que fez?

— Foi. As duas, a de Roarke também. E fiz uma jaqueta fantástica para McNab. Teci tudo no apartamento de Mavis, para McNab não descobrir. Já fazia um tempão que eu não me dedicava a um trabalho de tecelagem de um jeito sério.

Peabody esticou o braço e pegou o material da manga entre os dedos, completando:

— McNab escolheu as linhas e trabalhamos juntos na combinação de cores. Ficou bom.

Claramente desnorteada, Eve olhou mais uma vez para a suéter, macia e suave, em belos tons de azul-celeste.

— É o máximo! — Ninguém, nunca, tinha feito uma peça de roupa artesanal de qualquer tipo para Eve, muito menos uma suéter. Leonardo não contava, decidiu Eve. No caso dele, esse era o seu trabalho.

— Ficou ótima mesmo. — E acrescentou: — Obrigada.

— Queríamos lhe dar algo único, realmente especial, entende? Porque vocês dois são muito especiais para nós. Tinha de ser algo pessoal, também. Fico feliz por você ter gostado.

— Gostei de verdade. — Ou pelo menos passara a gostar, agora que sabia que a roupa tinha sido tecida por Peabody. Até então, era apenas uma suéter como outra qualquer.

— Baxter, Trueheart, venham comigo. — Ela seguiu para a sua sala. Era minúscula para abrigar os quatro, mas ela não queria perder tempo agendando uma sala de conferências.

— Solicitei mandados de busca para Zana Lombard e quero...

— A doce dona de casa do Texas? — interrompeu Baxter.

— Sim, a doce dona de casa do Texas que pretendo provar ter sido acolhida, quando criança, por Trudy Lombard. A mulher que trocou de identidade com o objetivo de, pelo menos a princípio, se insinuar, agradar o filho da vítima e conseguir se vingar da mãe dele... Planejo algo inesperado, um choque para a suspeita. Portanto, quando os mandados chegarem, quero que dois guardas a tragam até nossa sala de interrogatório. A desculpa para isso será revisar suas declarações, atualizar os dados, blá-blá-blá. Assim que o quarto de hotel dela ficar vazio, quero vocês dois lá. Aqui está a lista do que eu estou procurando.

Pegou um disco e continuou:

— Aqui há descrições de uma bolsa de grife, um perfume, uma suéter e muita maquiagem de boa qualidade comprada pela vítima. Acho que Zana, que na verdade é uma tal de Marnie Ralston, serviu-se das coisas de Trudy Lombard, sua sogra, depois de matá-la. Encontrem tudo e me avisem assim que conseguirem isso.

— Peabody!

— Estou pronta para a ação.

— Entre em contato com os investigadores do caso da bomba que explodiu na boate em Miami — ordenou Eve à parceira. — Club Zed, primavera de 2055. Os dados estão no arquivo. Quero saber exatamente como o corpo da dançarina morta foi identificado. Com todos os detalhes. Mande Reo para cá assim que ela aparecer.

— Quer dizer que ela o empurrou na frente do táxi? — espantou-se Baxter. — Foi por isso que não vimos ninguém que estivesse seguindo-os de perto, nenhuma abordagem direta. Foi ela que o empurrou.

— Essa foi minha conclusão. — Eve reparou a onda de alívio e raiva que surgiu no rosto de Baxter. — O que houve ali foi culpa minha, porque eu não imaginei que isso pudesse acontecer. Descubram as mercadorias da lista e me tragam qualquer outra coisa que prove que Zana esteve com Trudy na noite do assassinato.

Ela os acompanhou até a saída e fechou a porta. Sentando-se à mesa, esperou alguns instantes para se acalmar e ligou para Zana, no hotel.

— Oi, desculpe se eu a acordei.

— Tudo bem, Eve. Não tenho dormido direito, mesmo. Nossa, já passa das nove? — Esfregou os olhos como uma criança faz quando acorda. — Acho que Bobby vai receber alta hoje à tarde. Pode ser que só o liberem amanhã, mas estou torcendo para que seja hoje. Eles vão me chamar lá para eu assinar a papelada, e preciso estar com a bagagem dele pronta.

— Puxa, que boa notícia!

— A melhor. Até que passamos um Natal muito agradável — garantiu, e Eve percebeu o tom de uma corajosa esposinha que enfrentava da melhor forma possível as suas desventuras. — Espero que seu Natal também tenha sido bom.

— Sim, foi ótimo. Escute, Zana, detesto incomodar você, mas preciso conferir alguns dados para colocá-los no meu relatório final do caso. É papelada, coisa de rotina, burocracia que ficou travada por causa do feriado de Natal. Você me ajudaria muito se pudesse vir até aqui a Central. Estou enterrada em trabalho, mas posso pedir a alguém para trazê-la.

— Ahn... Bem, é que talvez Bobby precise de mim e eu...

— Ainda temos tempo antes de ele receber alta, mesmo que seja hoje. E você vai estar aqui, bem no centro da cidade e mais perto do hospital. Vamos combinar o seguinte: se houver alguma coisa que você precise pegar no hotel mais tarde, eu mando alguns guardas para acompanhá-la. Depois, prometo dar uma mãozinha para ajudar vocês a planejar a volta para casa.

— Sério? Seria bom ter uma ajudinha.

— Vou tentar adiantar meu trabalho e ajudá-la pessoalmente.

— Não sei o que eu teria feito sem você nos últimos dias. — Seus imensos olhos azuis ficaram, previsivelmente, rasos d'água. — Vou levar um tempinho para me vestir e tudo o mais.

— Não há pressa. Eu também tenho algumas coisas para resolver. Vou mandar dois guardas para fazer sua escolta até aqui. Que tal?

— OK.

Ao ouvir alguém bater na porta, Eve suspirou.

— Preciso ir. Hoje de manhã está uma loucura, por aqui.

— Não consigo nem imaginar. Desço assim que puder.

— É, vai descer mesmo! — murmurou Eve, depois de desligar. — Pode entrar, Reo. — Eve acenou para a loura e curvilínea assistente da promotoria. — Meu Natal foi fantástico, o seu também, et cetera e tal e blá-blá-blá, vamos direto ao ponto.

— Linda suéter, blá-blá-blá. Tudo o que você conseguiu são fatos circunstanciais e especulação. Não podemos acusá-la de nada, muito menos processá-la.

— Vou conseguir outras coisas. Mas preciso dos mandados para isso.

— Posso arranjar um mandado de busca para você. Com os itens supostamente desaparecidos do quarto da vítima, as digitais da nora e o sangue e as digitais no quarto ao lado, dá para pescar alguma coisa. Conseguir confirmar as duas imagens de boca como sendo da mesma pessoa foi muito bom, vai dar um bom impulso, mas continuamos na área de especulação. Dois lábios parecidos não servem para caracterizar uma identificação sólida.

— Vou conseguir outras coisas — repetiu Eve. — Muito mais. Arranje-me o mandado de busca e apreensão. Ela está vindo para interrogatório. Sei como dobrá-la.

— Você vai precisar de uma confissão para encerrar este caso.

— E vou conseguir isso — garantiu Eve, sorrindo.

— Pelo jeito, será algo a que eu gostaria de assistir. Vou agitar o mandado de busca. Traga-a para cá.

Quando tudo ficou acertado, Eve fez uma preleção rápida para Baxter e Trueheart.

— Ela está a caminho. Corram até o hotel e encontrem o que eu preciso. Assim que chegarem de volta com o material, mandem um bipe para o meu comunicador. Quando eu estiver pronta, mandarei Peabody sair da sala para pegar as coisas.

— Ela parecia tão normal — comentou Trueheart. — Uma pessoa legal, ainda por cima.

— Aposto que é assim que ela se vê. Mas isso é assunto para Mira desvendar. — Por falar nisso, Eve precisava chamar a psiquiatra.

Ligou para o consultório de Mira e forçou a barra com a assistente para falar com a médica.

— Doutora, preciso da senhora no setor de observação da Sala de Interrogatório A.

— Agora?

— Daqui a vinte minutos. Vou interrogar Zana Lombards. Acredito que ela seja, na verdade, Marnie Ralston, e assumiu uma nova identidade com o objetivo de penetrar no lar dos Lombards. Vou lhe enviar meu relatório agora mesmo. O pessoal do gabinete da promotoria também está me ajudando, mas preciso que a senhora acompanhe o interrogatório.

— Farei o possível para rearrumar minha agenda.

Isso teria de servir, decidiu Eve. Fez mais alguns contatos, recostou-se na cadeira e tentou clarear as ideias.

— Dallas? — Peabody apareceu na porta da sala. — Eles estão subindo com ela.

— Excelente. O show vai começar.

Recordação Mortal

Eve saiu e encontrou Zana e seus acompanhantes fardados no corredor cheio da Divisão de Homicídios.

Zana usava a roupa certa, reparou Eve. Se não estava enganada — Eve começara a ficar boa nessa história de analisar com atenção as roupas das pessoas —, Zana vestia uma blusa de caxemira azul-clara de gola redonda com bordados de flores nos punhos. Isso batia exatamente com a descrição de uma das roupas que Trudy comprara.

Muito segura de si, refletiu Eve. E presunçosa.

— Agradeço muito você ter vindo. Estamos atolados de trabalho por aqui, por causa do Natal.

— Depois de tudo que você fez por mim e por Bobby, isso é o mínimo que eu poderia fazer, Eve. Conversei com ele um pouco antes de sair e contei que você estava tentando me ajudar a levá-lo do hospital para o hotel.

— Vamos ver como a coisa vai rolar. Escute, vou usar uma das salas maiores para encerrar tudo. Você ficará muito mais confortável do que em minha sala. Deseja beber alguma coisa? Café ruim, refrigerante de máquina?

Zana olhou em volta a analisou os corredores cheios como se fosse uma turista numa feira de rua.

— Bem, eu aceitaria um refri de qualquer sabor, menos limão.

— Peabody? Você poderia providenciar isso, por favor? Vou levar Zana para a Sala A.

— Claro, vou pegar.

Eve balançou a pasta com os registros do caso, enquanto andava.

— Essa papelada é de matar — disse, com ar casual. — Basicamente é tudo um saco, mas não podemos deixar nenhuma ponta solta. Assim, você e Bobby poderão voltar para casa.

— Estamos ficando ansiosos. O trabalho de Bobby está à sua espera e ele está louco para voltar. Além do mais, acho que não temos muita coisa a ver com a cidade grande.

Ela entrou na sala quando Eve abriu a porta, mas logo demonstrou hesitação.

— Oh, essa é uma sala de interrogatório, daquelas que a gente vê em séries policiais da TV?

— Humm, acho que sim. É o local mais eficaz para rever declarações e burocracias desse tipo. Aqui está bom para você?

— Acho que sim. Na verdade, isso é empolgante. Nunca estive numa delegacia de polícia antes.

— Vamos confirmar as declarações de Bobby quando ele for para o hotel, pois ele ainda está em recuperação. Mas poderemos adiantar as coisas revendo o seu testemunho, começando desde lá de trás, ainda no Texas. Sente-se e fique à vontade.

— Você já trouxe muitos criminosos para esta sala?

— Trouxe vários, sim.

— Não sei como você consegue enfrentar um trabalho como esse. Sempre quis ser policial?

— Desde que me entendo por gente. — Eve se sentou em frente, do outro lado da mesa e se largou meio torta sobre a cadeira. — Acho que Trudy foi importante nessa escolha.

— Como assim?

— Tudo tem a ver com a falta de controle que eu sentia quando morava com ela. Estava indefesa. Foi um momento muito difícil em minha vida.

— Bobby me contou que ela não era muito boa para você — disse Zana, baixando os olhos. — No entanto, aqui está você, trabalhando duro para descobrir quem a matou. É meio...

— Irônico? É, isso passou pela minha cabeça. — Eve olhou para trás ao ouvir Peabody entrar.

Recordação Mortal **445**

— Trouxe um refri de cereja para você — informou, olhando para Zana. — E, para você, Dallas, uma lata de Pepsi.

— Adoro cereja, obrigada. — Zana pegou a lata e o canudo. — E agora, o que vamos fazer?

— Para manter tudo em nível oficial, dentro das regras... E também como parte das formalidades... E ainda devido ao meu antigo relacionamento com Trudy, devo recitar seus direitos e obrigações com relação a esta conversa.

— Ah, é? Bem... Nossa!

— É para sua proteção e para minha também — explicou Eve. — Caso isso tudo acabe na pasta fria, eu...

— Pasta fria?

— Casos não solucionados. — Eve balançou a cabeça. — É difícil de aceitar, mas é bem capaz de tudo isso acabar lá. Se acontecer, é importante termos tudo muito bem-amarrado, segundo as regras.

— Ah, então está bem.

— Vou ligar o gravador. — Eve declarou o dia e a hora, os nomes das pessoas que estavam na sala, o número do caso, e só então recitou os direitos, deveres e obrigações de Zana. — Você compreende seus direitos e obrigações nessa questão?

— Sim. Puxa, estou meio nervosa.

— Relaxe, não vamos levar muito tempo. — Você é casada com Bobby Lombard, filho da vítima, Trudy Lombard. Correto?

— Sim. Estamos casados há quase sete meses.

— E você se dava bem com a vítima?

— Ah, muito! Trabalhei para Bobby e seu sócio antes de nos casarmos. Acabei conhecendo Mama Tru. Era assim que eu a chamava. Ahn... Depois que Bobby e eu nos casamos, foi assim que eu comecei a chamá-la.

— E seu relacionamento com ela era amigável?

— Sim, muito. Estou fazendo tudo certo? — perguntou, num sussurro.

— Está excelente. A vítima era, segundo suas declarações anteriores e as declarações de outras pessoas, uma pessoa difícil.

— Bem... Às vezes ela era... Acho que poderíamos chamar de exigente, mas eu não me importava muito. Perdi minha mãe, então Mama Tru e Bobby passaram a ser minha única família. — Ela olhou para a parede e piscou com força. — Agora, somos só Bobby e eu.

— Você declarou que se mudou para Copper Cove, no Texas, em busca de emprego, algum tempo depois de sua mãe falecer.

— Sim, depois de terminar a faculdade de administração. Queria recomeçar a vida num lugar novo. — Seus lábios formaram um leve sorriso. — E conheci meu Bobby.

— Você nunca tinha visto a vítima nem seu filho antes dessa época?

— Não. Acho que foi obra do destino. Sabe quando você põe os olhos em alguém e simplesmente sabe?

Eve pensou em Roarke e na forma como seus olhos se encontraram pela primeira vez, num funeral.*

— Sim, sei como é.

— Foi desse jeito entre mim e Bobby. D.K. Ahn... Densil K. Easton, o sócio de Bobby, costumava dizer que toda vez que conversávamos um com o outro, coraçõezinhos pareciam sair de nossas bocas.

— Que imagem doce! De quem foi a ideia de vocês virem a Nova York, para essa visita?

— Ahn... De Mama Tru. Ela queria conversar com você. Ouviu falar, nos noticiários, de sua brilhante atuação num caso de clonagem e reconheceu seu rosto.

---

* Ver *Nudez Mortal*. (N.T.)

— Quem escolheu o hotel onde vocês estavam na noite em que Trudy morreu?

— Ela mesma. Acho horrível pensar nisso, agora. Ela mesma escolheu o local onde morreria.

— Também poderíamos chamar isso de irônico. No momento da morte dela, você e Bobby estavam instalados num cômodo do outro lado do corredor, a três portas do quarto da vítima, certo?

— Humm... Puxa... Só sei dizer que estávamos do outro lado do corredor; não lembro exatamente quantas portas adiante, mas penso que foi isso mesmo.

— No momento da morte dela, você e Bobby estavam no quarto?

— Sim. Tínhamos saído para jantar. Mama Tru disse que estava indisposta. Trouxemos uma garrafa de vinho. Depois de voltarmos, nós... — Ela enrubesceu lindamente. — Bem, ficamos trancados no quarto a noite toda. Fui até o quarto de Mama Tru na manhã seguinte, porque ela não atendia o *tele-link*. Pensei que talvez estivesse doente, ou um pouco irritada por termos saído para passear pela cidade sem levá-la. Foi quando você apareceu e... Encontrou o corpo dela.

Baixou a cabeça mais uma vez e exibiu algumas lágrimas.

— Foi horrível, simplesmente horrível. Ela estava esparramada no chão, em meio a todo aquele sangue... Mesmo assim você entrou lá. Não sei como consegue fazer isso. Deve ser muito duro trabalhar como policial.

— Há momentos interessantes. — Eve abriu a pasta e verificou algumas listas, como se conferisse os fatos. — Montei um cronograma aqui. Vou ler tudo em voz alta, para ficar gravado. Por favor, veja se está tudo certo e confirme.

Enquanto Eve fazia isso, Zana mordia o lábio inferior.

— A mim, parece que está tudo certo.

— Ótimo, muito bem. Agora, vamos ver o que mais precisamos confirmar. Por falar nisso... Belo suéter, esse seu.

Zana empinou o corpo de orgulho, mas olhou para baixo em seguida.

— Obrigada. Eu gostei muito da cor.

— Combina com seus olhos, não é? Os olhos de Trudy eram verdes. Essa roupa não ficaria tão bem nela quanto em você.

— Acho que não. — Zana piscou.

Ouviu-se uma batida na porta e Feeney entrou. Bem no tempo marcado, pensou Eve. Ele segurava um *tele-link* de bolso lacrado dentro de um plástico, como evidência, mas mantinha a mão sobre a peça, para que não pudesse ser vista com clareza.

— Dallas? Preciso de você um minutinho.

— Claro. Peabody, continue descrevendo os acontecimentos e o cronograma da segunda-feira, após o assassinato. — Eve se levantou e foi até Feeney enquanto Peabody assumia a conversa.

— Por quanto tempo você quer que eu fique aqui de papo furado com você? — perguntou ele, aos sussurros.

— Simplesmente olhe para a suspeita por cima do meu ombro. — Eve fez a mesma coisa, olhando para trás por sobre o ombro. Depois, pegando Feeney pelo braço, levou-o para fora da sala. — Vamos dar a ela um minuto para refletir sobre o que viu aqui. Você tem certeza que esse *tele-link* é semelhante ao registrado como pertencente à vítima?

— Sim, mesma marca, modelo e cor.

— Ótimo. Ela deve ter visto o suficiente para registrar o fato e ficar com uma pulga atrás da orelha. Obrigada.

— Você poderia ter pedido a um dos meus rapazes para aparecer aqui trazendo isso, certo?

— Você parece mais sério e assustador. — Como queria que Zana ainda suasse frio por mais alguns minutos, Eve enfiou

Recordação Mortal

as mãos nos bolsos. — E aí, como foi o Natal em sua casa, ontem? Um jantar formal?

— Consegui que um dos meus netos derrubasse o molho em cima de mim. É um bom garoto e nos damos muito bem. — O sorriso dele se ampliou. — Além do mais, eu lhe paguei vinte paus para fazer isso. Valeu a pena. Minha mulher não podia ficar zangada com o menino e eu não precisei usar o terno. Sua ideia foi perfeita, Dallas. Obrigado.

— Fico feliz em ajudar. — O comunicador apitou. — Dallas falando!

— Aqui é Baxter. Achei tudo, menos a suéter, mas...

— Ela está usando a suéter.

— Sem sacanagem? Que vadiazinha presunçosa! De qualquer modo, achamos a bolsa, o perfume e os frascos de maquiagem. Tem mais uma coisa que você vai adorar: como o mandado incluía buscas em aparelhos eletrônicos e de comunicação, pedi a Trueheart que desse uma olhada nas chamadas do *tele-link* da suspeita. Ela andou pesquisando viagens para Bali. Chegou a fazer reserva numa agência, usando o nome Marnie Zane, para mês que vem. Viagem só de ida, voo saindo de Nova York, e não do Texas.

— Ora, ora, isso não é interessante? Vou mandar Peabody pegar a bolsa e os outros itens. Bom trabalho, Baxter.

— Eu e o garoto precisávamos compensar o estrago que causamos no lance do grampo.

— Agora você a tem encurralada, Dallas — comentou Feeney, quando Baxter desligou.

— Sim, mas eu a quero atrás das grades.

Ela tornou a entrar na sala de interrogatório com uma expressão sombria.

— Detetive Peabody, preciso que você vá recolher alguns itens com o detetive Baxter.

— Sim, senhora. Já conferimos o cronograma de segunda-feira.

— Ótimo. — Eve se sentou quando Peabody saiu. — Zana, você se comunicou com a vítima por *tele-link* em algum momento, no dia da morte dela?

— Com Mama Tru? No sábado? Bem, ela ligou para nós, avisou que não iria sair conosco e queria ficar no quarto.

Ela colocou o *tele-link* sobre a mesa por alguns segundos, mas colocou a pasta em cima dele.

— Você tornou a falar com ela por *tele-link* mais tarde, nessa mesma noite?

— Ahn... Acho que não me lembro ao certo. — Ela mordeu a unha do polegar, pensativa. — Está tudo meio confuso na minha cabeça.

— Posso refrescar sua memória. Houve outras ligações do *tele-link* dela para o seu. Você bateu papo com ela, Zana. Uma conversa que você não relatou ter tido, nas declarações anteriores.

— Sim, talvez tenhamos conversado, sim. — Ela olhou com ar desconfiado para a pasta. — É difícil eu me lembrar de todos os momentos em que conversamos, ainda mais depois de tudo que aconteceu. — Ela exibiu um sorriso ingênuo. — Isso é importante?

— Sim, é importante.

— Puxa, sinto muito. Fiquei tão chateada que é difícil me lembrar de tudo.

— Olhe, não devia ser tão difícil você se lembrar de ter estado no quarto dela na noite do crime. Trudy deve ter parecido bem marcante a você, com o rosto todo arrebentado daquele jeito.

— Mas eu não a vi, eu...

— Viu, sim! — Eve tirou a pasta da frente para não haver nada entre elas. — Você foi até o quarto da sua sogra naquela noite, enquanto Bobby dormia. Foi nesse momento que pegou a suéter

Recordação Mortal

que está usando agora, a mesma suéter que Trudy comprou na quinta-feira, antes de morrer.

— Ela *me deu* essa suéter. — Lágrimas apareceram no rosto dela, mas Eve jurou ter visto um lampejo de diversão por trás da suposta dor. — Mama Tru a comprou para mim. Foi uma espécie de presente de Natal antecipado.

— Isso é uma mentira sem tamanho, e nós duas sabemos disso. Ela não deu *nada* a você. Nem a suéter... — Ela olhou para Peabody, que entrava na sala trazendo outro saco de evidências. — ... Nem a bolsa, nem o perfume, nem a tintura labial, nem o creme para os olhos. Mas certamente você percebeu que nada disso iria valer coisa alguma para Trudy, já que ela estaria morta. E se era assim, por que motivo você não poderia curtir os produtos? Por que não poderia ficar com tudo?

Eve se inclinou e completou:

— Ela era uma megera intragável, nós duas sabemos disso. Você simplesmente aproveitou a excelente oportunidade que apareceu. Isso é uma coisa na qual você é muito boa. Sempre foi ótima nisso, não é verdade, Marnie?

Capítulo Vinte e Um

A verdade apareceu nos olhos dela, por um breve instante. Não foi apenas choque, Eve percebeu, mas excitação. Mas logo esse brilho se desvaneceu e a inocência de bebê voltou inteira.

— Não sei do que você está falando. Não quero mais fazer isso, nem ficar aqui. — Os lábios dos quais ela gostava tanto que não quis modificá-los estremeceram de leve. — Quero Bobby!

— Alguma vez você o quis de verdade? — perguntou Eve. — Ou ele foi apenas um recurso conveniente? Falaremos disso mais tarde. É melhor desistir da personagem, Marnie. Nós duas ficaríamos mais felizes, porque eu não posso acreditar que uma pessoa como você curta encenar pela vida uma personagem tão chata quanto Zana.

— Você está sendo malvada. — Marnie fungou de forma patética.

— Pois é, fico malvada quando alguém mente para mim. Você deve estar tendo algum tipo de diversão com essa farsa. Mas foi descuidada no quarto ao lado do de Trudy, onde foi se lavar depois de matá-la. Deixou restos de sangue. E o melhor: deixou suas impressões digitais.

Eve se levantou, deu a volta na mesa e se inclinou por trás do ombro de Marnie. Percebeu o sutil cheiro floral e imaginou que Marnie já tinha estreado o perfume novo de Trudy. O que será que sentira ao se cobrir com o perfume de uma morta?

Provavelmente bem, decidiu. Deve ter até dado uma risadinha enquanto espalhava o spray sobre o corpo.

— Você fez um bom trabalho na troca de identidade — elogiou Eve, baixinho. — Só que essas coisas nunca são perfeitas. Além do mais, havia o *tele-link* de Trudy. Coisinhas, Marnie. São sempre os detalhes pequenos que entregam o criminoso. Você não resistiu à tentação de roubar as coisas dela. Tem dedos leves, sempre teve.

Estendeu o braço, abriu a pasta sobre a mesa e mostrou as duas fotos divididas que o sistema tinha gerado, bem como os dados e registros criminais de Marnie Ralston.

— Uma garota inquieta e atarefada, sempre muito ocupada. Foi essa a primeira impressão que eu tive de você, no instante em que a vi parada no corredor, diante da porta de Trudy. A garota inquieta e ocupada que se escondia dentro da dona de casa simplória.

— Você não viu nada! — reagiu Marnie, falando baixinho.

— Ah, não vi? Tudo bem. De qualquer modo, você não devia ter roubado o perfume, Marnie, nem a linda suéter, muito menos a bela bolsa de grife.

— Ela me deu tudo isso. Mama Tru...

— Isso é papo furado. Caia na real e perceba o quanto mentir desse jeito é burrice. Você seria mais esperta, bem mais esperta se descrevesse o período horrível que passou nas garras dela, muitos anos atrás, confessasse que roubou os produtos porque não conseguiu evitar e está bastante envergonhada. Você e eu sabemos muito bem que Trudy nunca deu nada a ninguém sem esperar algo em troca.

— Ela me amava. — Marnie cobriu o rosto com as mãos e chorou. — Ela me amava muito.

— Mais papo furado — repetiu Eve, com descontração. — Mais mentiras burras. O problema é que você deu de cara com uma tira que conhecia a vítima muito bem e se lembrava perfeitamente da figura macabra. Não esperava que eu fosse aparecer naquele domingo de manhã antes de você acabar de preparar o cenário completo. Nunca imaginou que era eu que iria chefiar a investigação.

Deu um tapinha no ombro de Marnie e encostou o quadril na borda da mesa.

— Quais eram as possibilidades de isso acontecer? — continuou, olhando para Peabody. — Ínfimas, fala sério!

— Por essa ninguém poderia esperar — concordou Peabody. — Além do mais, a bolsa é linda e seria uma pena desperdiçá-la. Sabe o que eu acho, tenente? Ela só exagerou um pouco no enredo quando inventou a cena do rapto falso. Teria sido mais esperto ela se manter nos bastidores, deixando tudo rolar sozinho. Mas não resistiu à chance de estar sob os holofotes.

— Tem razão, Peabody. Você gosta de estar no centro do palco, não é verdade, Marnie? Todos esses anos você demonstrou um talento de atriz de primeira linha no jogo das mentiras. Policiais, assistentes do Serviço de Proteção à Infância, Trudy. Deu umas sumidas por algum tempo para voltar com tudo. E tudo não era o bastante, nunca é. Mas você é esperta. Quando a vida lhe dá um chute na bunda você sabe como fazer o jogo virar e agarrá-la pelo pé.

— Vocês estão inventando tudo isso porque não sabem o que aconteceu realmente.

— Ora, mas eu sei, sim, perfeitamente. Admiro você, Marnie, devo confessar. Todo esse planejamento, toda essa atuação. Você sabe muito bem como dar um golpe. É claro que Trudy entrou na boca do lobo quando resolveu vir a Nova York, atrás de mim.

Veio repetir seu velho padrão de se agredir com vontade e culpar outra pessoa. Talvez você levasse muitos meses mais, bancando a boa e singela esposa, a doce norinha, antes de conseguir armar um plano tão bom quanto esse. Admita, Marnie. — Eve tornou a se inclinar. — Você sabe que, no fundo, está louca de vontade de me contar tudo. Quem entenderia você melhor do que alguém que já passou pelo mesmo sufoco? Ela obrigava você a tomar banhos gelados todas as noites? E esfregar a casa toda? Quantas vezes Trudy trancou você no quarto escuro e lhe garantiu que você não valia nada?

— Por que você se importa tanto com o que aconteceu com ela? — perguntou Marnie, baixinho.

— Quem lhe disse que eu me importo?

— Não creio que você tenha prova alguma. Essas coisas? — Apontou para a sacola de evidências. — Mama Tru me deu todas elas de presente. Ela me amava.

— Trudy nunca amou ninguém além dela mesma, neste planeta ou fora dele. Mas pode ser que você consiga lançar essa rede para o júri. Peabody, o que você acha?

Peabody apertou os lábios, como se considerasse a questão com cuidado, e afirmou:

— Ela tem uma chance mediana, ainda mais se ligar a torneirinha de lágrimas. Mas quando você aparecer com o resto das provas as chances dela despencarão drasticamente. Sabe por que, tenente? Temos a história do planejamento de longo prazo, o quadro completo. Ela assumiu uma falsa identidade, que não é um crime gravíssimo, mas vai somando... — Peabody ergueu um ombro. — Ainda mais se presumirmos que isso teve o objetivo óbvio de cometer um assassinato. Puxa, se o promotor apresentar as coisas desse jeito para o júri... o fato de a suspeita ter se casado com o filho da vítima só para ficar numa posição privilegiada para matar sua sogra, sua própria ex-mãe adotiva? Porque é preciso muita frieza para isso. Depois tem o fator do ganho direto, assassinato por dinheiro. Ela anda procurando um lugar onde possa começar vida nova, fora do planeta. Vai ser dureza escapar disso tudo.

Peabody olhou diretamente para Marnie e continuou:

— Pode ser que você consiga nos convencer que o assassinato em si não foi premeditado. Talvez possa até alegar legítima defesa. Aproveite enquanto tem a nossa simpatia.

— Talvez seja melhor eu contratar um advogado.

— Ótimo! — Eve se afastou da mesa. — Por mim, tanto faz, porque eu já agarrei você. Pode chamar o advogado, Marnie, é um direito seu. Mas, quando fizer isso, vai perder minha simpatia e admiração. Você já tem advogado? — perguntou Eve, com leveza. — Ou prefere que o tribunal aponte um?

— Espere, espere um instante. — Marnie pegou o refrigerante e tomou alguns goles. Quando pousou a lata na mesa, o ar de ingenuidade foi substituído por frieza e avaliação. — E se eu lhe contar que ela pretendia escalpelar vocês até os ossos, você e seu marido? Eu a impedi de fazer isso. Um ato desses deve valer alguma coisa.

— Claro que vale, poderemos conversar a respeito. — Eve se sentou e se recostou na cadeira novamente. — Mas você vai ter de me explicar a história completa, sem furos. Por que não começamos do início?

— Por que não? Só Deus sabe que eu já estava quase vomitando de ter que bancar a doce Zana o tempo todo. Essa você acertou na mosca. Levantou minha ficha completa, meus delitos juvenis, tudinho?

— Tudinho.

— Isso não conta nem parte da história. Você sabe como a coisa rolava. Sofri maus-tratos, desde menina.

Recordação Mortal

— Sim, vi seu histórico médico. A coisa foi dura.

— Aprendi a revidar. A cuidar de mim mesma, já que mais ninguém ia fazer isso. — Com cara de nojo, colocou de lado o refrigerante. — Posso tomar um pouco de café? Preto, bem forte.

— Claro, vou cuidar disso — ofereceu Peabody, indo em direção à porta e sumindo de cena.

— O sistema é uma bosta, Eve — continuou Marnie. — O que mais me intriga nessa história é você aguentar trabalhar para o mesmo sistema que lhe fez tanto mal.

— Gosto de estar no comando — explicou Eve, sem pestanejar.

— Sim, sim, isso eu já percebi. Conseguiu um belo distintivo, uma arma de atordoar fodona, dá porradas em uns e outros... Pensando melhor, consigo sacar o que a atraiu, como você conseguiu de volta um pouco do que lhe foi tirado.

— Vamos falar de você.

— Meu assunto favorito. Pois então, eles finalmente me levaram para longe da vadia da minha mãe verdadeira e o que fizeram? Me largaram com Trudy. A princípio eu refleti: Ei, até que posso me dar bem por aqui. Uma casa bacana, coisas bonitas, uma mulher bondosa e seu filhinho. Só que ela era pior que a minha mãe. Você sabe disso.

— Sim, eu sei.

— Era forte. Eu era magricela naquela época, e ela era forte. Banhos frios todas as noites... *Toda santa noite*, aquilo até parecia a religião dela. Depois me trancava no quarto escuro para dormir. Com isso eu não me importava, porque curtia o silêncio. Desse jeito, tinha muito tempo para pensar.

Peabody voltou com o café e o colocou sobre a mesa.

— Você acredita que ela colocou um laxante na minha comida para eu passar mal, depois que eu lhe roubei um par de brincos?

— Marnie experimentou o café e fez uma careta. — Nossa, já faz um bom tempo desde que eu estive numa delegacia. Vocês, tiras, continuam sem saber preparar um café decente.

— Sim, sofremos muito em nossa luta contra o crime — disse Peabody, com um tom seco que fez Marnie cair na gargalhada.

— Essa foi boa. De volta ao assunto... Na segunda vez que a megera me pegou, cortou meu cabelo todo. Eu tinha um cabelo muito bonito. Usava-o mais curto, na época, mas era lindo. — Ergueu a mão para alisá-lo e o balançou de leve. — Ela cortou o cabelo a zero, raspou minha cabeça como se eu fosse, sei lá, uma criminosa de guerra ou algo assim. Depois, contou à assistente social que eu mesma tinha feito aquilo. Todo mundo cagava e andava para mim. Foi então que eu decidi que haveria vingança. Um dia, de algum jeito. Ela raspou a porra da minha cabeça!

Eve permitiu a si mesma um pingo de simpatia.

— Você fugiu?

— Claro! Pensei em colocar fogo na casa com ela lá dentro, mas isso não seria muito esperto. Eles viriam para cima de mim com tudo se eu tivesse feito isso.

O pingo de simpatia secou e Eve concordou:

— Incêndio provocado, assassinato... Sim, eles iriam para cima de você com tudo.

— De qualquer forma, eu ainda era muito jovem. Havia bastante tempo para me vingar. Mas eles foram atrás de mim do mesmo jeito. Vocês, tiras, já pensaram, alguma vez, em simplesmente deixar as pessoas em paz?

Ela balançou a cabeça e tomou mais um gole de café.

— Você fugiu da casa dela quando tinha treze anos — disse Eve. — Isso já faz muitos anos, Marnie. É bastante tempo para guardar uma mágoa tão grande.

— De que serve sentir mágoa se a gente permite que ela se desvaneça? — A voz de Marnie era mais amarga que o café. — Quando

Recordação Mortal

eu era menina, ela me dizia que eu era uma puta. Que tinha nascido puta e iria morrer puta. Isso é crueldade desnecessária e sem sentido. Ela me dizia que eu não era nada, não valia nada. Quando quis uma mobília nova, arrebentou os móveis todos e disse que tinha sido eu. O governo lhe entregou um cheque gordo e me mandou para o reformatório. Ela transformou minha vida num inferno por quase um ano.

— Mas você esperou muito tempo para armar sua vingança.

— Tinha outras coisas para fazer, antes. Mas fiquei de olho nela, acompanhando tudo, só para o caso de alguma oportunidade surgir. E aconteceu.

— A noite da bomba na boate em Miami.

— Às vezes o destino joga um presente no seu colo, o que se pode fazer? Eu passei mal naquela noite e consegui alguém para ir trabalhar em meu lugar. Ninguém dava a mínima, numa espelunca como aquela. Tive de entregar para a substituta a minha identidade e o cartão com a senha, para ela poder entrar, abrir meu armário e pegar as roupas do show. Foi então que eu soube do atentado pelo noticiário. O lugar explodiu em mil pedaços, quase todo mundo morreu ou perdeu braços e pernas. Puxa vida, que sorte a minha, não? Eu estava lá, supostamente, morta ou despedaçada. Isso me abalou muito, vou te contar! E me fez refletir sobre a vida.

— E pensou: "Por que não aproveito para me tornar outra pessoa?"

— Bem, pois é. Eu devia muita grana na praça, aqui e ali. Não precisaria pagar se estivesse morta, certo? Assumi a identidade da amiga morta, peguei o meu pouco dinheiro e mais o dela e sumi do mapa. Minha amiga tinha uma boa grana guardada.

— Qual era o nome dela?

— De quem? Ah, merda, qual era mesmo o nome dela? Rosie... Sim, isso mesmo. Rosie O'Hara. Por quê?

— Pode ser que alguém da família esteja à procura dela.

— Duvido muito. Era uma acompanhante licenciada de rua viciada em funk. — Descartou a mulher que tinha morrido em seu lugar de forma tão dura quanto desprezara o café. — Sua identidade não iria me levar muito longe, e eu sabia que teria de me livrar dela e começar como alguém totalmente novo. Foi quando eu tive a ideia de criar Zana. Não é difícil conseguir uma identidade e dados novos quando a pessoa sabe onde procurar e que mãos molhar. Também fiz algumas alterações na aparência, especialmente no rosto. De forma clandestina, é claro. Pareceu-me um bom investimento, na época. E foi mesmo. Especialmente quando eu fui conferir a situação de Bobby.

— Um homem bonito, solteiro, ambicioso.

— Sim, tudo isso, e continuava grudado na mamãe. Eu nem pensei em matá-la, quero deixar isso bem claro logo de cara. — Ergueu as duas mãos e apontou para Eve com os indicadores. — Vamos colocar tudo em pratos limpos. Não rolou nada de "vou esperar quietinha por uma boa oportunidade". Meu plano era apenas roubar o menininho dela e transformar a vida da megera num inferno, como ela fizera comigo. E talvez formar um belo pé-de-meia, de quebra.

— Um golpe de longo prazo — incentivou Eve.

— Isso mesmo. Bobby foi facinho de pegar. Não é um mau rapaz, devo ser sincera. Um tédio só, mas é um cara legal. Além do mais, até que não é mau de cama. Quanto a Trudy...?

Marnie se recostou na cadeira e sorriu de orelha a orelha.

— Ela foi uma curtição, um prazer. Achou que tinha lhe caído no colo uma nova escrava, a meiga e doce Zana. Oh, Mama Tru, pode deixar que eu ficarei feliz por fazer isso para a senhora. Quando houver alguma coisa para faxinar ou polir, pode me chamar. Foi então que eu tive a grande surpresa: a velha tinha dinheiro guardado. Uma bolada. Por que eu não poderia levar um

Recordação Mortal

pouco daquela grana? Além do mais, eu cuidava da limpeza e da arrumação da casa, já que era a empregadinha dela. Havia coisas de qualidade por lá: joias, roupas caras, peças com um bom valor de mercado. De onde será que tudo aquilo tinha vindo? Bastou eu xeretar um pouco aqui e ali, fazer umas pesquisas e bingo! Chantagem. Vi que poderia virar a mesa em cima dela por causa disso. Precisava apenas de algum tempo para planejar tudo.

Colocando um dos cotovelos na mesa, Marnie descansou o queixo nele.

— O que eu procurava era a melhor forma de surrupiar aos poucos a grana dela, para depois denunciá-la. Eles a trancariam numa cela de prisão, como a vaca fizera comigo.

Ela estava curtindo contar tudo aquilo, reparou Eve. Saboreava cada frase.

— Foi então que ela viu você num noticiário da TV e se agitou toda com a ideia de vir até Nova York. Planejei embrulhar todo o histórico que a megera tinha aprontado a seu respeito, embrulhar em papel colorido e enviar a você como presente de Natal, Eve. Depois, iria recuar assustada, com os olhos arregalados, horrorizada por descobrir que a mãe do meu maridinho era uma chantagista. Ao mesmo tempo em que estaria me mijando de rir, por dentro.

— Um bom plano — reconheceu Eve. — Só que uma oportunidade diferente pintou no pedaço.

— Se você tivesse caído na chantagem dela, as coisas teriam tomado um rumo diferente. Reflita bem sobre isso, Eve — disse Marnie, gesticulando com o café. — Eu jurara que você ia dar uma boa grana para a bruxa ou, pelo menos, levar uns dois dias para dar a resposta. Só então é que iria aparecer e lhe fazer uma visita, com os olhos vermelhos de chorar, muito chateada, decidida a relatar tudo que eu havia descoberto sobre a querida mamãe do meu maridinho.

Marnie pousou o café sobre a mesa e o colocou de lado.

— Você e eu iríamos sair no lucro. Todas as meninas cuja vida ela fodeu iriam se beneficiar disso. O problema é que você a expulsou e a deixou puta da vida. Quanto a Roarke, ele a lançou tão longe que ela quase saiu de órbita, furando a camada de ozônio. Foi quando ela resolveu se vingar, mas se vingar em alto estilo. Foi so isso que lhe veio à cabeça. Vocês a sacanearam? Pois ela faria de tudo para sacanear vocês em dobro. Você viu a surra que Trudy deu nela mesma?

— Sim, sim, eu vi.

— Não foi a primeira vez, como você disse. Se quer saber, aquela mulher tinha sérios problemas mentais. Já havia se enchido de porrada quando ligou para mim, na sexta-feira. Não para Bobby, é claro, pois ele não aceitaria o que ela pretendia fazer. Ele a teria impedido, ou, pelo menos, tentado. Mas eu? A doce norinha que lhe servia de esparro e cumpria todas as suas ordens? Ela sabia que poderia contar comigo, sabia que conseguiria me intimidar. Nem precisei fingir muito espanto quando entrei no quarto dela. Seu rosto parecia um desastre de trem. Sabe o que ela me contou? Quer saber?

— Estou me coçando toda de curiosidade — afirmou Eve.

— Disse que foi você quem tinha feito aquilo.

— Sério? — Eve se recostou na cadeira com cara de pasmo.

— Pode crer, ela pegou pesado. *Veja só o que Eve fez comigo. Depois de eu tê-la acolhido quando era menina. Depois de ter lhe dado um lar. E é uma policial, imagine!* Eu segui o meu papel: *Puxa vida, minha nossa. Precisamos levá-la a um hospital, Mama Tru; temos que contar tudo a Bobby e chamar a polícia!* Mas ela me dissuadiu. *Não, não, não podemos. Foi uma tira que me fez isso, e Eve é casada com um homem poderoso.* Ela temia pela própria vida, entende? Foi quando me propôs fazer uma gravação do estado em que você a deixara. Para sua própria proteção, explicou, e eu saquei o que ela pretendia fazer. Estava tudo ali, de forma nem tão sutil. Se você não fizesse o que ela queria, ela iria enviar uma cópia do vídeo para a mídia, para o prefeito, para o secretário de segurança. E eles descobririam tudo a seu respeito, Eve. Minha função seria fazer uma cópia do vídeo, porque a gravação original ficaria com ela. Era eu que iria levar o material para a Central de Polícia. Sem contar nada a Bobby. Ela me fez jurar isso.

Rindo muito, Marnie fez uma cruz no coração e continuou:

— Eu lhe preparei uma sopinha, coloquei um tranquilizante leve e depois lhe servi vinho. Ela apagou. Podia tê-la matado nessa hora, sabia? Reflita sobre isso.

— Vou refletir.

— Vasculhei o quarto e achei o porrete improvisado. Também encontrei uma cópia do arquivo que ela montou sobre você. Babados muito interessantes. Peguei tudo. Ela me ligou mais tarde, mas eu disse que não dava para conversar porque Bobby estava perto. Fiquei de ligar quando voltássemos do jantar, assim que Bobby pegasse no sono. Ela não gostou muito disso, pode acreditar. A gravação do *tele-link* do hotel está disponível, você deve ter ouvido.

— Ela forçou a barra com você — contrapôs Eve. — Trudy não gostava que a mandassem esperar.

— Não mesmo. Mas eu insisti no *Ah, deixe-me contar a Bobby. Podemos cancelar o jantar e ir até aí para cuidar de você.* Sabia que ela não aceitaria isso. Tomou mais um comprimido e eu fui para a rua. Foi uma noite comprida, mas, nossa, muito divertida! Balancei as pestanas, cheia de charme, pedi a Bobby para tomarmos champanhe e ele fez de tudo para bancar o nova-iorquino de classe média alta. Eu me mostrei bastante empolgada com tudo, sabe como é?

Fungou com força, jogou a cabeça para trás e fechou os olhos, como se revivesse o momento.

— Transamos assim que voltamos para o hotel e eu lhe dei uma coisinha extra para ele dormir melhor. Depois fui para o quarto de Trudy, levar nossa conversinha.

— E levou a arma do crime com você?

— Claro. Não pretendia usá-la, que fique bem claro — acrescentou, falando depressa. — Quero deixar isso devidamente registrado. Pretendia mostrar o porrete a ela e me manter no papel de ingênua até quando aguentasse. *O que você fez? Você mentiu para mim? Vou contar tudo a Bobby. Vou procurar a polícia!*

Marnie colocou a mão na barriga e gargalhou.

— Por Deus, você devia ter visto a cara que ela fez. Certamente não esperava por aquilo. Foi nesse momento que me esbofeteou. Disse que eu estava histérica e me deu uma tremenda bofetada. Avisou que eu ia fazer tudo que ela decidira, sem argumentar nem questionar. Se eu quisesse manter minhas mordomias, fecharia a matraca e faria tudo o que ela mandasse. Caso contrário, eu levaria um chute na bunda. Ela mesma cuidaria para que isso acontecesse.

O rosto de Marnie assumiu uma expressão sombria e cheia de ódio.

— Ela disse que eu era *nada*, um zero à esquerda, exatamente como fazia quando eu era criança. *Você não é ninguém*, repetiu várias vezes, *e é melhor se lembrar de quem está no comando*. Foi então que virou as costas para mim. Eu estava com o porrete na mão e não pensei duas vezes; acho que não pensei nem uma vez. Simplesmente aconteceu. Dei-lhe uma porretada bem dada. Ela caiu de frente, ficou de joelhos e eu lhe apliquei mais um golpe, com toda a força. Nunca me senti melhor em toda a minha vida. Quem era um zero à esquerda, agora?

Ela ergueu o café e pediu:

— E aí, posso tomar mais um? Isso aqui é uma bosta, mas serve para dar uma ligada.

Recordação Mortal 465

— Claro. — Eve fez sinal para Peabody, que se levantou e foi pegar a água quente que ficava numa garrafa térmica, no canto da sala.

— Eu não planejei nada — continuou Marnie. — As coisas, às vezes, acontecem sem a pessoa planejar. Tem alguém atrás daquele vidro?

Eve olhou para o próprio reflexo e perguntou:

— Isso importa?

— Só queria saber se estou diante de uma plateia. Eu não a assassinei, simplesmente perdi a cabeça por um instante. Ela me esbofeteou, me meteu a mão na cara com toda a força!

— Com a palma da mão aberta — murmurou Eve, lembrando-se. — Um estalo e a ardência de dor, mas sem deixar marcas. Ela era boa nisso.

— Sim, gostava de dor. Gostava de provocar dor e de sentir também. — Marnie se virou na cadeira, ficou de frente para Eve e os olhos das duas se encontraram no espelho, numa tentativa de intimidade.

Dentro de Eve, algo se retorceu. Ela compreendia muito bem o que era ter uma arma na mão e usá-la de forma cega e feroz.

— Ela era uma dessas mulheres que curtem sadomasoquismo, só que sem o sexo — continuou Marnie. — É isso que eu acho. Era uma vaca, uma doente mental, mas eu não fui lá para matá-la. Não tive nem a chance de lhe dizer quem eu era. Não pude apreciar a cara dela ao ouvir essa revelação. Isso foi péssimo. Eu costumava sonhar com esse momento glorioso.

— Deve ter sido uma tremenda decepção — disse Eve, tornando a se virar quando Peabody voltou com café fresco, e manteve a expressão neutra. — Mas você teve de pensar depressa, depois de fazer o que fez.

— Minha primeira ideia foi fugir dali, mas mantive a cabeça fria. Provavelmente não devia ter roubado a suéter e as outras coisas. — Olhou para a suéter que vestia e sorriu. — Não consegui resistir. Teria sido melhor esperar um pouco, para ficar com as coisas depois, mas aquilo foi um impulso de momento.

— Você sabia que o quarto ao lado estava desocupado?

— Sabia, sim. A camareira comentou. Perguntou se não gostaríamos de passar para lá, a fim de ficarmos mais perto dela. Agradecemos a oferta, mas recusamos. A janela do quarto também não estava trancada, senão eu teria de me limpar na plataforma da escada de incêndio, depois trocar de roupa, dar a volta e sair pelo quarto dela mesmo. Ainda bem que era um hotel de merda, com uma segurança de merda. Nunca imaginei que alguém fosse investigar no quarto ao lado. Deixei uma trilha de sangue que descia pela escada de incêndio. Janela aberta, mulher morta, trilha de sangue. Fui muito meticulosa.

— Nada mau — concordou Eve. — Mas você não deveria ter forçado a sorte. Teria sido melhor deixar Bobby encontrar o corpo.

— Foi mais divertido do jeito que eu fiz. É preciso curtir esses momentos. Você quase me matou de susto quando apareceu no corredor de repente, com Roarke. Vocês eram as últimas pessoas do mundo que eu imaginei que iriam bater na porta da vaca. Tive de improvisar.

— Deve ter suado frio ao perceber que teria de deixar o *telelink* de bolso, a arma do crime e as toalhas ensanguentadas no quarto ao lado, enquanto revirávamos a cena do crime.

— Suei mesmo. Mas logo percebi que, mesmo que vocês encontrassem tudo, não teriam motivo nenhum para desconfiar de mim. O trabalho de limpeza que fiz depois disso, no dia seguinte, foi só por garantia, porque seguro morreu de velho. Peguei as tralhas, fui para a rua e joguei tudo em vários recicladores de lixo enquanto caminhava pelas redondezas, até achar um ponto bom para o "rapto". Eu já morei em Nova York e conhecia aquele bar.

Recordação Mortal

— Eu sabia disso.

— Ah, qual é...? Sabia nada! — Marnie riu de deboche.

— Você deixou escapar sem querer, ao comentar sobre os cachorros-quentes. Eu tinha colocados grampos em vocês dois naquele dia. Seguro morreu de velho.

O rosto de Marnie ficou sem expressão, e Eve percebeu um ar de irritação antes de ela dar de ombros e informar:

— Bobby escorregou.

— Já que chegou até aqui, Marnie, seria bom começar a ganhar pontos extras por cooperar conosco. Não tente me enrolar agora. Trudy estava morta e tinha deixado um monte de dinheiro para trás. Bobby estava no caminho, entre você e a grana. O Bobby que é "um tédio só".

— Você acha que tudo isso foi por causa de dinheiro? É claro que dinheiro é a cereja do bolo, mas não é o bolo inteiro. O motivo foi vingança. Ela merecia aquilo, você sabe muito bem que ela merecia o que recebeu. Bobby é um idiota, mas é um cara legal. Se eu dei um empurrãozinho nele, de leve, foi por impulso, só isso. Só uma ajudinha para manter a polícia atrás do homem invisível. Além do mais, tentei puxá-lo de volta quando ele se desequilibrou. Há várias testemunhas que viram isso.

Ela tomou mais um gole de café e continuou:

— Vamos contabilizar os fatos, Eve: você tem uma chantagista morta; ela me agrediu primeiro; eu joguei fora as gravações que ela me obrigou a fazer para chantagear você; também destruí as cópias dos arquivos que havia a seu respeito, como uma espécie de favor. Se eu estivesse a fim de grana, teria procurado você depois, com todas aquelas informações. Não fiz isso porque, em minha opinião, ela colocou nós duas no mesmo barco, muitos anos atrás. Além do mais, eu poderia ter esperado e acabado com Bobby quando voltássemos para o Texas. Tempo e oportunidade não me faltariam.

— Mas você não pretende voltar para o Texas. Vai para Bali, acertei?

— Sim, estou pensando nisso. — Um sorriso apareceu novamente em seu rosto. — Muita gente que Trudy sacaneou vai ficar alegre por saber que eu dei cabo dela. Você deveria me agradecer. Ela nos esculhambou, Dallas. Foi uma ave de rapina em nossas vidas e brincou conosco. Você sabe disso. Sabe muito bem que ela recebeu o que merecia. Viemos do mesmo lugar, nós duas. Você teria feito a mesma coisa.

Eve pensou na forma como os rostos delas duas haviam se encontrado no espelho, no que tinha visto em Marnie e no que percebera em si mesma.

— Isso é o que você pensa.

— Isso é como a coisa é! — garantiu Marnie. — Não vou ser condenada por causa disso. Ainda mais quando for divulgado o que ela era e o que fazia. Agressão, talvez. Pode ser que eu pegue alguns anos por esse crime e por falsidade ideológica, por ter assumido a identidade de outra pessoa. Mas assassinato? Você não conseguirá levar isso ao tribunal.

— Pois observe com atenção — avisou Eve, erguendo-se da cadeira. — Marnie Ralston, você está sendo presa pelo assassinato de Trudy Lombard. Além desse crime, você será acusada pela tentativa de assassinato de Bobby Lombard. Vamos acrescentar a essas acusações a falsificação de documentos e as declarações falsas que prestou à polícia. Você vai pegar muito mais que alguns anos, Marnie, pode acreditar na minha palavra.

— Ah, qual é, Eve, pare com essa baboseira oficial — insistiu Marnie. — Desligue essa porcaria de filmadora, dispense sua parceira por alguns minutos e vamos bater um papo só nós duas, de mulher para mulher. Você poderá me contar como se sente de verdade.

— Mas eu posso lhe contar como me sinto de verdade com a filmadora ligada ou não

— Você está contente por Trudy ter morrido.

— Engano seu! — O aperto que Eve sentia no peito aliviou um pouco, porque Marnie estava errada. Por completo. — Se dependesse de mim, ela iria para a cadeia, do mesmo jeito que você vai. Cumpriria pena pelo que fez a mim, a você, a todas as meninas contra as quais cometeu abusos e a todas as mulheres que explorou. Isso é justiça.

— Isso é *papo furado*.

— Não, isso é o meu trabalho — corrigiu Eve. — Mas você não me deixou realizá-lo. Pegou um porrete improvisado e rachou o crânio dela.

— Eu não planejei nada, nem...

— Pode ser que não — interrompeu Eve. — Mas não parou no primeiro golpe. E depois de ela estar caída no chão, sangrando, você roubou as coisas dela. Para chegar a esse momento, o ponto exato onde conseguiria colocar em execução sua vingança, você usou um homem inocente. Deixou a cama onde tinham acabado de fazer amor e foi matar a mãe dele. Depois disso, apreciou o luto e a dor dele. Mais tarde, mandou-o para o hospital num impulso de momento, só por segurança. Fez com Bobby o que a mãe dele tentou fazer conosco: transformou-o em nada, num zero à esquerda. Se eu pudesse, mandaria você para a cadeia só por isso.

Espalmou as mãos sobre a mesa, se inclinou até seu rosto quase encostar no dela e completou:

— Não somos iguais, Marnie. Você não passa de uma mulher patética, matando e destruindo vidas por coisas que aconteceram há muito tempo.

Havia lágrimas no rosto de Marnie, naquele momento. Lágrimas de raiva, abundantes e cintilantes.

— Essas coisas nunca passam!

— Pois você terá bastante tempo para pensar nelas. Pegará de vinte anos a prisão perpétua, pelo meu palpite. Não sou nem um pouco como você — insistiu Eve. — Sou uma policial. E vou dar a mim mesma o prazer de levar você até a sala de ocorrências, para fichá-la pessoalmente.

— Você e uma hipócrita. Uma mentirosa hipócrita!

— Pode pensar isso de mim, se quiser, mas eu vou dormir em minha própria cama, hoje à noite. Aliás, vou dormir muito bem.

Agarrou o braço de Marnie e a obrigou a se colocar em pé. Pegando as algemas, prendeu-as nos pulsos da prisioneira.

— Peabody, dê continuidade aos procedimentos, por favor.

— Estarei fora da cadeia em menos de seis meses — disse Marnie, quando Eve a levou pelo corredor.

— Vá sonhando...

— Bobby vai contratar bons advogados para mim. Ela mereceu morrer, reconheça! Ela mereceu. Você a odiava tanto quanto eu.

— E você conseguiu me deixar revoltada — disse Eve, com visível ar de desgaste no rosto —, por ter me roubado a chance de colocar Trudy de cara no chão, prendê-la e fazer com que ela pagasse por tudo que tinha feito.

— Quero um advogado. Exijo uma avaliação psiquiátrica.

— Você vai ter as duas coisas. — Eve a empurrou para dentro do elevador e levou-a para a sala de ocorrências.

Quando Eve voltou à sua sala, Mira apareceu, entrou e fechou a porta atrás de si.

— Você fez um trabalho estupendo na sala de interrogatório — elogiou a médica.

— Tive sorte. O ego dela trabalhou a meu favor.

— Você reconheceu isso, mas ela não percebeu quem você é.

Recordação Mortal

— Mas não ficou muito longe. Eu já matei e sei que dentro de mim existe a violência necessária para tirar uma vida. Antes e agora. Só que assassinato tem um rosto diferente para mim. Não vi o mesmo que ela no espelho. O pior é que ela não vai enxergar nada de errado no próprio rosto.

— Mas você conhece a verdade, Eve, e ela nunca conhecerá. Sei que não foi fácil, para você, levar isso até o fim. Enfrentar esses fantasmas desde o início. Como se sente?

— Preciso ir até o hospital para contar àquele pobre diabo o que a esposa dele fez, e por quê. Tenho de ir lá destruir seu coração e deixar no lugar uma cicatriz que nunca sumirá. Poderia me sentir muito melhor, se não fosse por isso.

— Quer que eu vá com você?

— Ele vai precisar de apoio depois que eu lhe contar tudo, e a senhora poderá ajudar. Mas agora eu tenho de fazer isso, só eu e ele. Creio que devo isso a Bobby. O que a senhora acha de eu entrar em contato com o sócio dele? Os dois parecem ser muito amigos. Posso pedir que ele venha até aqui.

— Acho que Bobby tem sorte por você se preocupar com ele.

— Amigos servem para amortecer a dor dos tombos, mesmo quando a pessoa acha que não precisa ou não quer alguém por perto. Eu lhe agradeço muito por passar aqui na minha sala para ver se eu precisava de um ombro amigo, doutora. Estou ótima, obrigada.

— Então vou deixar você encerrar tudo do seu jeito.

U ma hora mais tarde, Eve estava sentada ao lado da cama de Bobby, no hospital, sentindo-se impotente e infeliz enquanto as lágrimas escorriam pelo rosto dele, sem parar.

— Deve haver algum engano. Você cometeu um erro, Eve.

— Não há erro algum, nem houve engano. Sinto muitíssimo,

mas não conheço outra forma de lhe contar a verdade, a não ser de forma direta. Ela usou você. Planejou tudo. Parte do plano teve início quando ela fez treze anos. Ela afirma que não planejou matar sua mãe, e talvez seja verdade. Foi um impulso de momento. Sempre me pareceu isso, e pode realmente ter sido. Por trás de tudo, porém, Bobby, e eu sei que isso é pior que um soco na cara, ela planejou, acobertou tudo e usou você. Não era a mulher que fingia ser. A mulher com quem você se casou nunca existiu.

— Mas ela... Zana não seria capaz de...

— Zana Kline Lombard não seria capaz. Marnie Ralston era e foi capaz. Ela confessou, Bobby, e relatou a história completa.

— Mas nós estávamos casados todos esses meses. Vivíamos juntos. Eu a conheço!

— Você conhece o que ela permitiu que você conhecesse. É uma profissional, uma manipuladora com uma lista de delitos mais comprida que meu braço. Bobby, olhe para mim. Você foi criado por uma mulher manipuladora e se tornou presa fácil para outra.

— Em que isso me transforma? — Ele cerrou o punho e deu um soco fraco na cama. — O que diabos isso diz de mim, como homem?

— Um alvo, mas não precisa continuar sendo. Ela vai tentar enrolar e seduzir você. Vai chorar, pedir perdão, inventar coisas e jurar que deu início à vingança antes de conhecer você de verdade, e vai garantir que se apaixonou por você ao longo do tempo. Vai jurar de pés juntos que o amor dela nunca foi uma mentira. Vai afirmar que fez tudo isso por você. Ela conhece um monte de ardis e palavras bonitas. Não seja enganado novamente.

— Eu a amo.

— Você ama fumaça. Isso é o que ela é. — Impaciente, com restos de raiva ardendo sob as cinzas no estômago, Eve se levantou.
— Você fará o que quiser fazer, é claro. Não posso impedi-lo.

O que estou dizendo é que você merece mais que isso, Bobby. Hoje entendo que foi preciso coragem para um menino de doze anos me levar comida às escondidas, numa tentativa de tornar minha vida mais suportável. Agora vai ser preciso ainda mais coragem para você enfrentar o que tem pela frente. As coisas serão mais fáceis no futuro se você conseguir superar isso.

— Minha mãe está morta. Minha esposa na prisão, acusada de assassinato. Talvez tenha tentado me matar. Por Deus, Eve, você não poderia tornar as coisas mais fáceis?

— Não posso.

— Preciso falar com Zana. Quero vê-la.

— Sim, tudo bem — concordou Eve. — Você estará livre para visitá-la na cadeia assim que receber alta.

— Haverá uma explicação para tudo isso. Você vai ver.

E você não vai enxergar a verdade, decidiu ela, refletindo consigo mesma. *Talvez não consiga.*

— Boa sorte, Bobby.

E ve foi para casa, detestando de ter encerrado um caso e continuar com a sensação de desânimo e fracasso. Bobby seria manipulado mais uma vez. Talvez o sistema também fosse.

Ela conseguira desvendar e encerrar o caso, mas a dor não tinha passado. Às vezes, refletiu Eve, nunca passava.

Entrou em casa e deu de cara com Summerset.

— Vamos manter a trégua por mais algumas horas — pediu ela. — Estou cansada demais para trocar farpas com você.

Foi direto para o quarto. E ali estava ele, despido até a cintura, procurando uma camiseta na gaveta da cômoda.

— Olá, tenente. Creio que não preciso perguntar como foi o seu dia. A resposta está estampada em seu rosto. Ela conseguiu escapar da lei?

— Não, eu a peguei de jeito. Confissão completa, por sinal. O promotor vai acusá-la de homicídio em segundo grau, no caso de Trudy, e conduta imprudente e negligência temerária contra Bobby. Certamente ficará presa por um longo tempo.

Ele vestiu a camiseta enquanto se aproximava dela e perguntou:

— O que há de errado com você?

— Acabei de chegar do hospital. Fui contar tudo a Bobby.

— Ah, isso explica o seu estado — murmurou Roarke, acariciando o cabelo dela. — Foi tão horrível assim?

— Tanto quanto seria de esperar. Ele ainda não acredita, ou só uma parte acredita na versão completa. Deu para perceber que, no fundo, ele sentiu que eu estava sendo verdadeira e direta. O problema é ele *não querer ver*, nem aceitar. Vai à Central conversar com a esposa. Ela garantiu, no fim do interrogatório, que Bobby vai acabar pagando bons advogados para livrá-la e, sabe de uma coisa?, ele fará exatamente isso.

— Isso é amor. — Ele a envolveu com os braços. — Não existem argumentos contra o amor.

— Bobby é uma vítima. — Ela encostou a testa na de Roarke. — Uma vítima que eu não consegui convencer sobre a própria condição.

— É um homem adulto, e sabe tomar as próprias decisões. Não é um indefeso, Eve. — Ele a segurou pelo queixo. — Você fez o seu trabalho.

— Sim, fiz o meu trabalho, de que estou reclamando? O problema é que não amarrei tudo apertado do jeito que gostaria. Isso é o mais triste. Ainda bem que você está aqui comigo. É ótimo que esteja.

Ela se virou e caminhou lentamente em direção à árvore.

— O que mais aconteceu?

— Ela me disse que éramos iguais. Não somos, sei que não somos. Mas existe uma parte de mim que é parecida com ela, e essa parte entende como ela conseguiu pegar aquele porrete e usá-lo com tanta violência, entende muito bem.

— Eve, se você não tivesse essa parte aí dentro e não entendesse o porquê de algumas pessoas usarem seu lado negro e outras não, certamente não seria uma tira tão boa e competente.

O peso começou a sair dos ombros de Eve quando ela se virou e olhou para ele.

— Sim, eu sei, tem razão. Bem que eu desconfiei que havia um motivo para manter você por perto.

Ela foi até onde Roarke estava e tentou arrancar a camiseta que ele acabara de vestir.

— Para que tanta roupa, garotão?

— Pensei em malhar um pouco, mas minha esposa voltou para casa mais cedo do que eu esperava.

— Bem que eu toparia malhar um pouco, isso me faria bem. Serviria para dissipar um pouco da minha irritação. — Recuou um passo para tirar o coldre e virou a cabeça de lado. — Se você descobrisse que eu dei o golpe do baú e me casei com você só por causa do seu cofre sem fundo cheio de tesouros, o que faria a respeito?

Ele abriu aquele sorriso cruel, e o azul dos seus olhos cintilou um pouco mais.

— Ora, querida Eve, eu a pegaria de jeito, chutaria seu traseiro digno de pena e investiria grande parte desses tesouros para transformar o resto da sua vida num inferno.

— Sim, foi exatamente isso que imaginei. — Ela sentiu o resto do peso se dissolver dos ombros e riu. — Sou uma mulher de muita sorte.

Jogou o coldre sobre a cadeira e largou o distintivo ao lado dele. Estendeu a mão para Roarke, enlaçou os dedos entre os dele e, por algum tempo, resolveu deixar de lado o trabalho e o mundo lá fora.

Impresso no Brasil pelo
Sistema Cameron da Divisão Gráfica da
DISTRIBUIDORA RECORD DE SERVIÇOS DE IMPRENSA S.A.
Rua Argentina 171 – Rio de Janeiro, RJ – 20921-380 – Tel.: 2585-2000